Un desierto de hielo

Crimen y Misterio

Biografía

Nacida en San Sebastián (1970), Maite R. Ochotorena se formó como guionista de cine y televisión y ha trabajado muchos años como creativa en el sector del videojuego. Sin embargo, su verdadera pasión siempre ha sido escribir novela. Amante de la aventura, el misterio y el terror, ha escrito numerosos relatos cortos de este género, y se inspira en autores como Edgar Allan Poe, Agatha Christie o Alejandro Dumas. Con su primera novela, *El secreto de la Belle Nuit*, la autora dio el salto definitivo al mundo literario. Le siguieron *La sombra de Fourneau*, *El destino de Ana H. Murria*, *Donde habita el miedo*, *Victory, en algún lugar desconocido*, y *El sueño de Valentine I, II y III*, obras que siempre llevan una importante carga de profundidad y escritas con una voz clara que busca tocar el alma del lector y agitar sus emociones. *La mensajera del bosque*, publicada en Planeta en 2021, tuvo un amplio reconocimiento por parte de los lectores. Su última novela se titula *Un desierto de hielo* (Planeta, 2023).

Maite R. Ochotorena

Un desierto de hielo

Planeta

PEFC Certificado

Este libro procede de
bosques gestionados
de forma sostenible

PEFC

PEFC/14-38-00305 www.pefc.es

Av. Diagonal, 662-664, 08034 Barcelona
www.planetadelibros.com

Adaptación de la cubierta: Booket / Área Editorial Grupo Planeta
Fotografía de la cubierta: © Svetoslava Madarova / Trevillion
Primera edición en Colección Booket: marzo de 2024

Depósito legal: B. 1.888-2024
ISBN: 978-84-08-28511-3
Impresión y encuadernación: Liberdúplex, S. L.
Printed in Spain - Impreso en España

Esta novela es para ti, mamá

Tengo la suerte de haber sido testigo de la impresionante vida salvaje y de los paisajes de la Antártida. La huella de la humanidad pesa mucho en nuestro compartido planeta, pero este año tenemos la oportunidad de crear un vasto santuario en el océano Antártico y proteger este impresionante paraje para las generaciones venideras. Estoy de acuerdo con los 1,7 millones de personas que ya han pedido a los gobiernos que protejan la Antártida.

JAVIER BARDEM

Lo que sabemos es una gota de agua; lo que ignoramos es el océano.

ISAAC NEWTON

Interior de la base Nytt Håp (Antártida)

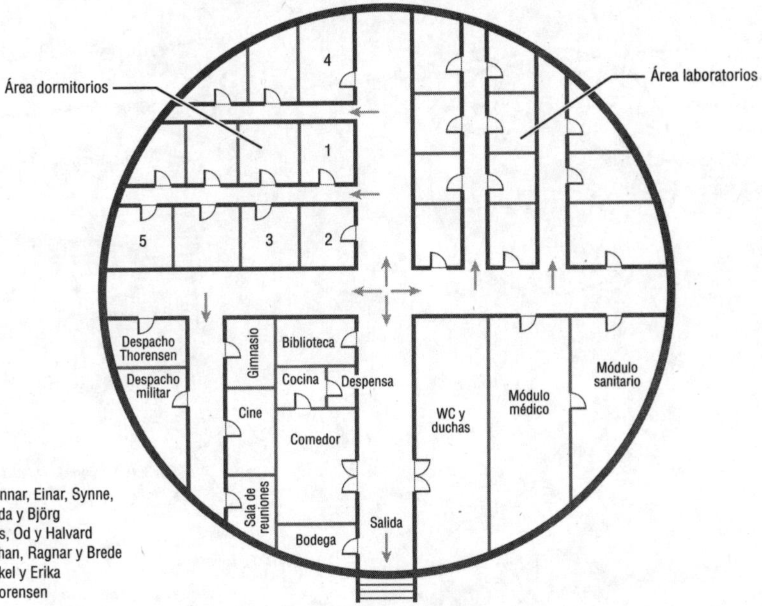

1. Gunnar, Einar, Synne, Frida y Björg
2. Nils, Od y Halvard
3. Johan, Ragnar y Brede
4. Mikel y Erika
5. Thorensen

Plano de la base Nytt Håp (Antártida)

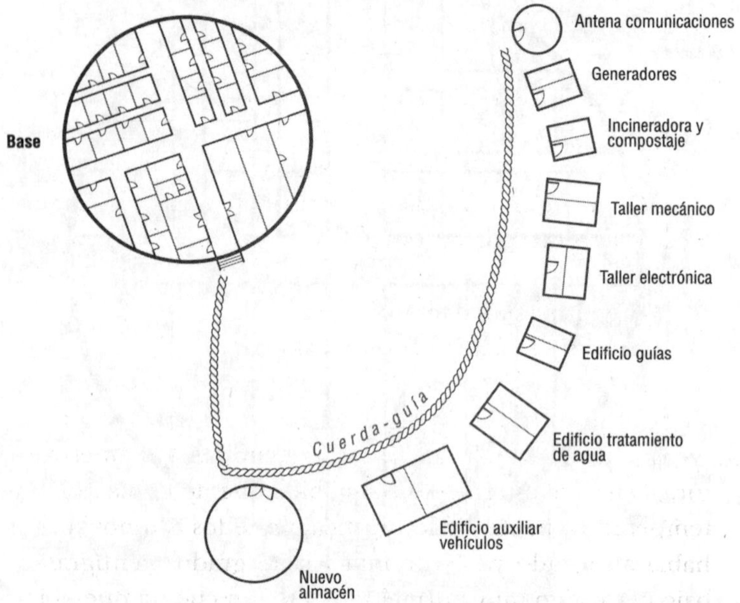

1

Base científica noruega Nytt Håp, Antártida

Synne alzó la vista del ordenador. Se quedó muy quieta, esperando volver a oír ese golpe sordo. Había sonado en el exterior, estaba segura. Se adelantó un poco y atisbó por la ventana del módulo médico la oscuridad nocturna y la tormenta de nieve que azotaba la base. De inmediato pensó en Björg.

Björg, que estaba desaparecido.

Björg, al que habían dado por muerto.

«Nadie puede pasar tres días ahí fuera y sobrevivir».

Si es que estaba ahí fuera. Si es que se había perdido.

El viento sacudía el edificio haciendo vibrar su estructura. Synne se estremeció. Sabía bien que no debía salir, la temperatura había caído drásticamente los últimos días y había alcanzado ya los treinta y siete grados centígrados bajo cero; algo muy normal teniendo en cuenta que el invierno austral se acercaba mordiente y duro. Con aquella tormenta la sensación térmica aún sería peor.

Se puso en pie. Quería saber. Tenía un buen motivo para querer saber: Björg.

Cogió una linterna del armario de equipamiento, se recogió la melena pelirroja en un moño, se abrigó —muchas capas de ropa bajo el chaquetón polar, como una cebolla, de los pies a la cabeza, de menos a más, ese era el truco para no morir de frío— y se dispuso a abandonar el cálido interior del módulo médico. Salió al pasillo desierto. Las luces se encendieron al detectarla y mostraron un ancho túnel semiesférico de acolchadas paredes blancas. Lo recorrió con prisa hasta la salida. Al deslizarse la puerta automática, el viento gélido la recibió. Retrocedió un paso, impresionada por el cambio de temperatura, tan agudo que se le cortó el aliento.

Su instinto de supervivencia tiró de ella instándola a regresar.

Aun así, reunió valor y salió.

¿Y las luces?

Buscó con la mirada los focos instalados en todo el perímetro de la base. Los sensores deberían haberlos hecho funcionar, ya que había pasado delante de ellos al traspasar la puerta. Encendió la linterna y apuntó hacia arriba, siguiendo la línea del tejado. Comprobó uno por uno los que quedaban por encima de su cabeza a derecha e izquierda. Estaban apagados.

¿Por qué?

Remolinos de nieve danzaban frenéticos a su alrededor, recortados en el pequeño espacio iluminado que su linterna robaba a las sombras. Fuera de él no había nada.

—¿Björg?

Su voz se perdió, engullida por la ventisca.

Echó a andar agazapada bajo el peso del viento. Lo sentía mordiendo la piel de su rostro a través del pasamontañas, dentelladas como cuchillas afiladas. Casi no podía respirar, el aire polar dañaba sus pulmones. Rodeó la base. Nytt Håp había sido remodelada con un diseño futurista, capaz de preservar la vida en un medio tan hostil. Se alzaba sobre un bosque de pilares de acero profundamente anclados en el hielo, como un platillo volante que hubiera aterrizado sobre la nieve. Desplazó el haz de luz trazando un arco alrededor.

Y entonces lo descubrió.

Allí, a pocos metros, había algo, un bulto en el suelo. La nieve estaba ocultándolo rápidamente. A Synne se le aceleró el pulso. ¿Qué era aquello? Se aproximó con cautela. Se quitó con los guantes la escarcha que se le adhería a las pestañas y abrió los ojos.

Chilló, resbaló y se cayó de espaldas, la boca abierta en un gesto demudado. Se le escurrió la linterna entre los dedos y quedó apuntando la inconfundible forma de un cuerpo desnudo: el de un hombre en posición fetal, con el vientre abombado y una horrenda herida cosida burdamente desde el pubis hasta el esternón, con los ojos hueros abiertos en una mueca de terror y vuelto hacia ella.

Lo reconoció.

Era Björg.

Björg estaba muerto.

No pudo apartar la vista del cuerpo sin vida de su compañero. Entonces, a través del miedo y la parálisis que aturdía su mente, distinguió una cosa más. Habían escrito algo en ese vientre hinchado, con letras grandes, grabadas a base de crueles y profundos cortes. Leyó: KRIPOS.

Y mientras pugnaba por ponerse en pie, agitando los brazos en el aire para no caer, como si fuera a emprender el vuelo, un sonido muy sutil alcanzó sus oídos. Al fin logró recuperar el equilibrio. Prestó atención. Un lamento se desprendía de alguna parte en la ventisca, un lloro estremecedor cuya tristeza la conmovió de un modo atroz.

Quiso discernir de dónde provenía. No tardó en localizar su origen: un tubo asomaba de la boca grotescamente abierta de Björg. Alguien se lo había introducido por la garganta.

Asustada, regresó a la base. Tenía que despertar a todo el mundo.

2

En algún lugar del Cantábrico

Ese pensamiento potente y cruel regresó. Lo conocía bien, era recurrente, llevaba machacándose con él muchos muchos meses: «Atrévete. Total, ya estás muerto». Se ajustaba a su situación como una catarsis cósmica.

A Mikel Ibarra se le partió una sonrisa, una brecha rota y torcida en la cara. Se rio como un salvaje mientras ponía los cuatro motores del exotraje a toda potencia para sumergirse en las frías aguas del litoral Cantábrico. El indicador en el antebrazo derecho empezó a marcar el descenso. Se sentía seguro dentro del prototipo, diseñado para que un buzo opere con seguridad a grandes profundidades.

Lo sentía por sus socios de Urpekari, lamentaba haberse llevado el traje a hurtadillas. Esperaba que pudieran recuperarlo cuando todo hubiera acabado. Al fin y al cabo, para eso servía el geolocalizador que llevaba incorporado, para eso se habían gastado una fortuna en el sumergible.

Cien metros. Ciento cincuenta. Doscientos.

El Cantábrico. No había necesitado alejarse demasiado de la costa guipuzcoana, había en ese mar salvaje lugares con suficiente profundidad para lo que se proponía hacer.

Morir.

Total, ya estaba muerto. Por dentro, por fuera, de todas

las formas en que se puede estar muerto en vida. El tiempo se le antojaba ahora un dato circunstancial, algo relativo.

Trescientos metros.

El exotraje había sido creado para soportar la presión a novecientos metros de profundidad, por eso él pensaba descender más, mucho más. Por debajo de ese límite aguardaba la oscuridad, la muerte descarnada, desnuda.

Mikel Ibarra, exinvestigador en la Ertzaintza, campeón internacional de apnea, escalador, socio en un equipo de investigación de bioingeniería llamado Urpekari*, era todo eso y tantas cosas más... Ya no quedaba nada de ese Mikel, se había convertido en una sombra de sí mismo, triste y oscura. En apenas dos años.

«El tiempo se vuelve un enemigo cruel cuando juega en tu contra».

Buscaba la soledad de las profundidades, sentirse como al nacer, inmerso en el lugar donde se originó la vida, como el bebé en la placenta de su madre, cuando sus pulmones aún no han respirado, cuando el líquido amniótico todavía es su medio natural. Al fin y al cabo, morir era como volver al punto de partida.

La oscuridad lo engulló. A medida que se hundía, aquel submundo inexplorado que tanto amaba se iba tornando más y más impenetrable. Y hostil.

Cuatrocientos ochenta y cuatro metros.

¿Qué haría cuando la presión lo aplastara?, ¿qué ocurriría?, ¿cómo sería el final? Conocía la teoría, no qué sentiría. Dolor, sin duda. Apretó los dientes y continuó adelante. Empezó a transpirar. Estaba embutido en un sofisticado traje de inmersión que actuaba como una segunda piel protectora fabricada con un material de última generación, la única barrera entre su organismo y el océano; una

* En euskera, submarinista, buzo.

creación que aún no había visto la luz, ni siquiera la habían probado. Esta iba a ser la primera vez; una dura prueba, puesto que pensaba traspasar todos los límites.

Miedo. Reconoció esa clase de miedo, miedo a cruzar el umbral, miedo a morir, a sufrir al morir.

La muerte es violenta. Nacer y morir son los dos momentos más violentos de la vida.

Seiscientos metros. Seiscientos treinta, setecientos. Ochocientos veintisiete. Novecientos.

Su límite.

«Ha llegado a su destino», se burló de sí mismo.

Frenó el descenso y se quedó flotando como un astronauta en el espacio. El exotraje pesaba ciento cincuenta kilogramos, era cien kilos más ligero que cualquier otro del mercado y el doble de resistente. El trabajo de sus amigos de Urpekari —Andrea y Unai— había sido impecable. Como buzo profesional, él había ayudado en el proceso, junto con su socio Aitor, realizando las pruebas físicas con cada prototipo hasta llegar a la versión definitiva. Por algo lo llamaban el Piloto de Pruebas. Habían sido años de investigación, una apasionante carrera. Ahora que habían llegado a la meta, no les quedaba sino encontrar un inversor que apoyara su proyecto.

Las emociones se retorcieron en su corazón.

Mejor no pensar en ello.

Mejor concentrarse en lo que estaba haciendo.

El soporte vital le permitía respirar sin necesidad de bombonas de oxígeno. En caso de que pretendiese emerger, no tendría que preocuparse por la descompresión. Ah, pero su billete no era de ida y vuelta.

No, no pensaba volver. Y era muy consciente de lo paradójico que era utilizar el exotraje como vehículo a la muerte. Bueno, estaba en su derecho de escoger cuándo y dónde acabar. Así que había escogido el mar, había escogido ese día, esa hora, estando en perfecta posesión de sus facultades mentales.

Amaba el océano, amaba la vida, amaba su profesión.

Qué mejor forma de despedirse que buceando una última vez.

Dios, ¡la vida corría por sus venas como un reguero de fuego! ¡Todo su ser aullaba suplicando por vivir!

No encendió las luces del exotraje. Privado de la vista, sus otros sentidos percibieron la oscuridad como una amenaza. No se asustó. Estaba acostumbrado a lidiar con el peligro.

Agarró el cable umbilical que lo mantenía unido al Altair y soltó el anclaje. Luego miró sin ver hacia el punto en el cual el barco con el que realizaban las pruebas en el mar flotaba suavemente, mecido por las olas. No había nadie tripulándolo porque se lo había llevado en plena noche del muelle como un ladrón. Ya nada lo unía a él. Acababa de cortar su nexo con la vida.

Se concedió una oportunidad para retroceder, para arrepentirse. Aún podía volver, estaba a tiempo.

Ni hablar.

Adiós.

Puso en marcha los motores y se impulsó hacia abajo. Había elegido el mejor sitio, allí donde el fondo marino descendía abruptamente hasta alcanzar los casi tres mil metros de profundidad. Aceleró el ritmo de descenso, toda una declaración de intenciones. Bajaba a plomo atravesando las tinieblas del fondo oceánico. Sobrepasó rápidamente los novecientos metros y se preparó para las consecuencias.

Novecientos cincuenta, mil, mil sesenta.

El exotraje aguantaba como un campeón. Sorprendente. Más abajo pues.

Mil ciento treinta.

Constató asombrado que estaba batiendo todos los récords. Qué lástima que nadie fuese a presenciar semejante proeza.

«Enhorabuena, Andrea y Unai. Sois unos genios».

Mil ciento sesenta.

El casco se resquebrajó. No lo vio, lo oyó. Al fin. Imaginó lo que estaba pasando y lo que vendría después: habría aparecido una fisura, luego esa fisura se expandiría, irradiando otras finas grietas largas y zigzagueantes que colonizarían el resistente material.

Hubo un chasquido. Luego otro y otro, y de pronto algo impactó contra su cara. Un agudo dolor atravesó su cerebro y ahogó un gemido. El casco se había aplastado, abombándose hacia dentro, y le había partido el tabique nasal. Su nariz, grande y curvada, esa nariz tocha que era su seña de identidad, estaba rota. La sangre brotó, notó su sabor en la boca. Aquel dolor sordo retumbó en su cabeza. La aleación reforzada del torso también se abolló.

Efectos de la presión.

«Lo siento, chicos; daños colaterales, ya lo repararéis».

Mil doscientos veinte metros.

Sus pies tocaron fondo a mil cuatrocientos metros de profundidad, mucho antes de lo previsto. Levantó una nube de arena. Apagó los motores. Ya no los necesitaba. Encendió las luces. Quería saber dónde estaba antes del final.

Comprobó que el casco se había astillado y abollado hacia dentro, aunque de momento resistía, recorrido por una red de finas líneas entrecruzadas que configuraban un intrincado mosaico contra su rostro. La deformación le impedía girar mucho la cabeza, pero pudo distinguir qué era lo que había frenado su descenso: un antepecho de roca, un escalón natural de apenas un metro de ancho, cubierto de un manto de arena blanca salpicada aquí y allá de negras rocas. La pared vertical de piedra junto a la que había ido hundiéndose continuaba precipitándose bajo él hacia las profundidades. Intentó divisar dónde acababa, pero se perdía en las tinieblas, cortada a pico.

La arena que había levantado por el impacto flotó en suspensión en torno a sus piernas durante unos minutos más. Nada se movía en aquel lugar, ni peces, ni microorganismos; nada. Era como estar en la superficie lunar.

Decidió quedarse allí.

Apagó las luces led. El casco aún aguantaba. Cuando reventara, sería el fin.

Ojalá le hubiera dado un abrazo a su madre; ojalá se hubiera despedido de sus antiguos compañeros en la Ertzaintza, y de Aitor, de Andrea, de Unai...; de su ciudad, Donostia; de tantas cosas que habían hecho que amara la vida.

Qué absurdo. Era evidente que si hubiera intentado despedirse, no habría sido capaz de dar un paso así.

No, se conocía bien. Habría cedido al instinto de supervivencia.

No. Mejor así.

Todo estaba bien allá abajo. Era más él que nunca: Mikel Ibarra afrontando su destino.

Que así fuera.

El exotraje cedió un poco más. La abolladura en el pecho se agudizó, presionando sus costillas, el material también se aplastó contra las piernas, pero aún no llegaba a oprimir músculos y huesos. Cuando sucediera, dolería.

«Joder, no es fácil acabar. Nada fácil. Hace falta valor para quitarse de en medio».

Entonces fue testigo de algo extraordinario.

Creyó que estaba delirando, después de todo estaba sometido a una enorme presión. Algo flotaba delante de él, algo que emitía un resplandor suave, partículas, tal vez microorganismos bioluminiscentes, luciérnagas marinas del tamaño de cabezas de alfiler. Formaban un insólito espectáculo: miríadas de estrellas que emergían desde el fondo que tenía a sus pies. Una sensación de euforia recorrió su cuerpo. El resplandor que producía el fenómeno se reflejó en el casco y le pareció estar contemplando una nebulosa en el espacio. Hizo girar el brazo hidráulico y levantó la mano tratando de alcanzarla. Mientras los chasquidos y lamentos de su traje se multiplicaban y empezaba a sentir la presión comprimiendo su cuerpo, se dijo que definitivamente estaba alucinando. Si era así, le parecía bien.

Morir en la oscuridad sería después de todo una manera amable de morir.

Morir viendo aquello era todo un regalo.

«Magia. La vida es magia —pensó—. La muerte, un misterio».

3

Hospital Policlínico de San Sebastián

—Señor Ibarra. Vamos, despierte. ¡Despierte!

Emergió de la oscuridad y de inmediato abrió la boca buscando aire. Creyó que aún estaba sumergido en el mar. Boqueó desconcertado y se incorporó girando la cabeza en todas direcciones. Había alguien a su lado. Un médico. Lucía una expresión amable.

Apartó de un manotazo al doctor y gimió como un niño pequeño, de pronto deprimido.

Porque no estaba muerto.

—Tranquilo, ¡tranquilo! Míreme, señor Ibarra. Mikel, mírame.

El médico se acercó con precaución. Puso una mano grande y fresca sobre la piel ardiente de su brazo derecho. El contacto calmó ese fuego que emanaba de su organismo. Era evidente dónde estaba: sentado en una cama de hospital. Pero ¿cómo había llegado allí?

Había un ventanal grande a su izquierda y una cama vacía a la derecha. Fuera el cielo era un desgajado amasijo de nubarrones negros. Llovía. Dos enfermeras aguardaban listas para intervenir junto a la cama.

Se sintió triste, abatido. Vacío.

—Mikel, mírame.

La voz del doctor lo obligó a volverse hacia él.

—¿Cómo te encuentras?

Mikel se dejó caer sobre la cama articulada. La parte superior estaba inclinada para ayudarlo a permanecer un poco incorporado. Llevaba una de esas espantosas batas azules de hospital. La piel morena de sus piernas desnudas mostraba un ramillete de feas magulladuras. Se bajó un poco el cuello de la bata. Un gran cardenal negro ocupaba casi todo su pecho.

Había estado muy cerca. ¿Por qué no estaba muerto?

—Mikel, sé que estás desorientado, pero necesito que me cuentes cómo te sientes.

—Debería estar muerto —fue lo que dijo. Y lo dijo con tono de decepción.

El doctor lo miró con curiosidad.

—Cierto. Has tenido mucha suerte. Por lo visto, el traje de inmersión que llevabas cuenta con un sistema de emergencia que avisa en caso de fallo. Gracias a eso te han encontrado a tiempo.

Ahí estaba la explicación. Unai, Andrea, qué mala jugada. ¿Cuándo habían incorporado ese dispositivo? ¿Y por qué no se lo habían dicho?

Esbozó una sonrisa amarga. No lo sabía. Joder, no tenía ni idea de que llevaba un transmisor de fallos, o lo habría hecho añicos. Debería haberlo previsto.

—Estoy bien —su voz sonó ronca. Carraspeó.

—El traje aguantó de milagro, o no lo hubieras contado.

—¿Quién me ha rescatado?

Qué pregunta tan absurda. Pero quería conocer los detalles de lo ocurrido.

—Tu compañero, Aitor Cárdenas, avisó a emergencias. Te rescataron con el sumergible que llevabas a bordo del barco. —El doctor carraspeó—. Caíste en una zona donde el fondo alcanza más de tres mil metros de profundidad, pero tuviste suerte. Supongo que aún te dio tiempo a frenar el descenso y pudiste quedarte en un rcpecho de la pared de roca, a mil cuatrocientos metros. ¿Qué falló? ¿Cómo es que un buzo experimentado como tú se arriesga a hacer una inmersión tan peligrosa sin apoyo?

Mikel se mordió la lengua. No pensaba responder. Movió la cabeza en un gesto vago e imaginó a Aitor devanándose los sesos para entender sus motivos. Eran amigos, socios. Qué cojones, Aitor era como un hermano; escalaban, buceaban, compartían la vida. Pestañeó. No quería pensar en él. Lo había traicionado.

Alguien empujó la puerta, a punto de entrar. El médico se apartó y cruzó unas palabras con esa persona al otro lado antes de dirigirse de nuevo a Mikel:

—Escucha, la psicóloga está aquí. Quiere verte.

—No jod...

Así que sospechaban.

El doctor se retiró y dio paso a una mujer menuda y morena, que entró y se situó a su lado. Se negó a fijarse en la chapita prendida en la pechera de su bata, porque le revelaría su nombre y no quería saberlo. «La psicóloga» estaba bien. Solo querría asegurarse de que no había intentado suicidarse.

—¿Qué día es hoy? —gruñó.

—Domingo —repuso ella. Su voz era amable, denotaba la preocupación que sentía—. Llevas seis días ingresado, Mikel. Has tenido mucha suerte.

—¿De verdad? —Había mucha amargura y cinismo en ese «de verdad». No pretendía ser desagradable, pero qué absurdo decir que había tenido suerte.

—Mikel, estoy aquí para ayudarte. —La psicóloga bajó el tono y oprimió con cariño su antebrazo, en un intento de transmitirle consuelo—. Oye, necesito sab...

—No quiero su compasión —la cortó.

—No es compasión lo que te ofrezco, sino ayuda. Lo que ha pasado es muy grave, y tenemos motivos para pensar que ha sido intencionado. ¿Es así?

Mikel volvió la cara. Apartó su brazo y se sentó en el borde de la cama. La psicóloga comprendió que pensaba marcharse.

—No deberías ir a ninguna parte. Ten paciencia, te darán de alta en un par de días; por ahora es mejor que te quedes, necesitamos estar seguros de que todo está bien.

—Nada está bien. —Giró el rostro hacia ella. Supuso que su cara no debía de expresar nada muy agradable.

—De acuerdo, si lo prefieres podemos vernos fuera de aquí, en unos días. Necesito que vengas a la consulta y hablemos.

—Olvídelo.

Aquello cerró la boca de la psicóloga, que perdió el color. No intentó detenerlo cuando se puso en pie. El suelo estaba helado y sus pies descalzos le enviaron un latigazo de dolor a través de la columna vertebral. Se mareó un poco y trastabilló hacia atrás. La cama frenó su caída. Mikel era un tipo grande y fuerte; impresionaba verlo, con su metro noventa, tan vulnerable. Se apoyó desafiante en la cama y contuvo el aliento. Cuando todo dejó de dar vueltas, se enderezó. No permitió que aquellas enfermeras tan solícitas lo ayudaran.

—Estoy bien, ¡estoy bien! ¿Dónde está mi ropa?

Tenía enterrada la nariz bajo una férula y una montaña de vendas. Le envió punzadas de dolor al cerebro. Se llevó la mano al tabique sin llegar a tocar la protección que lo cubría y gimió.

—Su amigo le ha traído algo, está en el armario —dijo una enfermera.

Agradeció a Aitor que lo hubiera hecho. Aunque en

aquellos momentos también lo odiaba por haberle robado la oportunidad de morir con dignidad. Se fue a la taquilla y la abrió. Dentro encontró unos vaqueros, una camisa azul, su inseparable chaqueta negra de cuero, ropa interior y un par de botas. También había un neceser. Su neceser. Aitor habría pasado por su casa. Se avergonzó. Habría visto el caos que era su vida, el apartamento hecho un desastre.

—Mikel, ¿no puedo convencerte para que te quedes? —insistió la psicóloga.

—¿Hay algo que me obligue?

—Médicamente estás bien, no has sufrido daños internos, pero esa fractura en la nariz ha sido muy severa, han tenido quc operarte.

—Pero estoy bien, ¿no? Quiero decir...

Por primera vez fue consciente de lo nasal que sonaba su voz. Apenas podía respirar por la boca, porque un montón de gasas obstruían el paso del aire a través de la nariz, lo que le resultaba muy incómodo.

—En principio sí, pero...

—Entonces que me den el alta. Ocúpese del papeleo, ¿quiere?

Cogió la ropa y el neceser, y se metió en el baño. Las dos enfermeras se marcharon, y al poco la psicóloga decidió hacerlo también. Antes de salir se detuvo frente a la puerta del aseo y llamó con los nudillos.

—Mikel, ven a verme esta semana. Por favor. Tenemos que hablar de lo que ha pasado. Es importante.

No obtuvo respuesta. Suspiró abatida. La puerta del baño se cerró del todo con un suave clic, y la psicóloga se marchó.

Mikel se desembarazó de la odiosa bata de hospital y se quedó desnudo delante del espejo. El oscuro hematoma en el pecho, sumado al resto de moretones que tenía repartidos por todo el cuerpo, formaba un cuadro bien triste. Tenía toda la zona en torno a la nariz inflamada y de un feo color entre negruzco y violáceo, los ojos inyectados en sangre, más las heridas que le había provocado el exotraje al aplastarse bajo la enorme presión que ejerce el océano a más de mil metros de profundidad. El prototipo lo había salvado. Increíble.

Estaba mortalmente pálido bajo esos cardenales. Se echó atrás algunos rizos rebeldes de pelo castaño con la mano, se metió en la ducha y dejó que el agua le corriera por la piel, teniendo buen cuidado de no mojar la férula que protegía su nariz. Estaba dolorido, y cansado, muy muy cansado. Entonces vomitó. No tenía nada en el estómago, lo que obligó a su cuerpo a expulsar un poco de bilis amarga que abrasó su esófago y su garganta. Cayó de rodillas en el plato de ducha y se echó a llorar como un niño. Estuvo bajo el agua mucho tiempo, dejándola correr.

Cuando al fin salió del hospital, se topó con la lluvia. Cogió un taxi para ir a casa. Tenía las llaves en el bolsillo de la cazadora. También encontró el móvil. Aitor debía de haberlo rescatado del Altair. Era un tipo detallista, siempre estaba en todo. Lo encendió y le envió un mensaje de texto para decirle que se encontraba bien, pero que de momento no quería ver a nadie. Luego se apoyó en el reposacabezas y cerró los párpados. El repiqueteo de la lluvia en la carrocería llenó su mente.

—¿Un accidente? —El taxista le dedicó un gesto amable a través del espejo retrovisor—. No se preocupe, todo mejorará. Siempre es así.

Mikel esbozó una sonrisa que pretendía ser amable. No fue capaz de decir nada. Consultó el reloj en el salpicadero: las once y treinta y siete de la mañana.

Para él cada minuto formaba parte de una inexorable cuenta atrás.

Encontró su piso silencioso y fresco. Lo agradeció. Cerró la puerta principal de una patada y atravesó el recibidor. Se desprendió de la cazadora y la arrojó sobre el sofá del salón. Más desorden en el desorden. En la cocina bebió varios vasos de agua, hasta saciar la sed y calmar el ardor que abrasaba su garganta. Buscó unos analgésicos y se tomó dos comprimidos para el dolor que martilleaba en su cabeza. Apoyó la frente en el armario sobre el fregadero y se quedó un rato así, pensando y no pensando. Recordó sus últimos instantes en el mar antes de perder la conciencia.

«Ojalá hubiera muerto».

Fue al dormitorio, se arrojó cuan largo era sobre la cama y se quedó tendido boca abajo, con el cuerpo hundido en el relleno nórdico color café que su madre le regaló las Navidades pasadas y la cabeza cuidadosamente apoyada en la almohada para no maltratar su nariz recién operada. Su madre. Pensó en ella y una honda ternura pobló sus pensamientos. Ojalá fuera capaz de sincerarse, de contarle por lo que estaba pasando. Se merecía una explicación, una despedida. Iba a quedarse muy sola, joder.

«Maitte zaittut, ama»*.

Pero no podía. No debía. Se había propuesto ahorrarle ese dolor. Además, ella ya no era la misma; apenas tenía momentos de lucidez. El alzhéimer estaba ganando terreno a pasos agigantados. Se durmió hablando con ella en su imaginación. Su cuerpo maltrecho se rindió. Necesitaba descanso y reparación.

De madrugada, una acuciante sensación de ahogo lo despertó. Se incorporó con brusquedad. Aún estaba tirado en la cama, a oscuras. Consultó el reloj en la mesilla de

* Te quiero, mamá.

noche: las cuatro de la mañana. Se limpió las comisuras de los labios con la manga de la camisa y se sentó, aturdido todavía. ¿Por qué se sentía tan mal? Tenía calor, mucho calor. Se dio cuenta de que sudaba. Se puso una mano en la frente, estaba ardiendo. Tal vez tuviese fiebre. Boqueó en busca de aire, pero sus pulmones parecían comprimidos y los apósitos de la nariz le impedían respirar. Deseó arrancárselos. Se le aceleró el pulso hasta volverse un galope endemoniado que hacía que sus venas palpitaran. La adrenalina inundó su torrente sanguíneo. Se arrancó el aparatoso vendaje de la cara y tiró de las gasas que le habían introducido en las fosas nasales. Una densa amalgama de sangre y mucosidad salió con ellas. De pronto, el aire entró libremente por su nariz. Se mareó. Luego sintió alivio.

«Hielo, necesito hielo».

Palideció, su tensión se desplomó y se mareó otra vez. Quiso ponerse en pie, pero sus piernas no lo sostenían y se desmoronó sobre la alfombra. Boqueó de rodillas.

Se asfixiaba, se asfixiaba, se asfixiaba.

La presión en el pecho aumentó.

«Tengo calor...».

Se arrastró como pudo hacia la cocina. No sabía bien lo que hacía. Pensaba en el fuego que lo hacía sudar, en la falta de oxígeno. Tal vez el haber estado sometido a tanta presión ahí abajo haría que su final llegara mucho antes de lo esperado.

«¿No querías acabar? Pues ¿por qué te resistes?».

Abrió el congelador y sacó todas las bandejas de hielo. Las llevó al cuarto de baño y las vació en la bañera. Abrió el agua fría y dejó que se llenara. Se quitó la ropa y se quedó desnudo, dispuesto a meterse en el agua helada. Un largo estremecimiento recorrió su columna vertebral, consciente de pronto de lo débil que se encontraba; las rodillas le temblaban, como las manos. Y la cabeza... Un sordo dolor llamó a su puerta como un intruso agresivo que no está dispuesto a marcharse. Se le revolvió el estómago y vomitó en el lavabo. Aún sacudido por las náuseas, abrió el grifo, lo dejó correr hasta limpiarlo todo y después se enjuagó la boca, se mojó la frente, la nuca, y bebió.

Era incapaz de contener el temblor de las manos. El baño empezó a moverse girando vertiginosamente.

«Tengo que acostarme, tengo que...».

Salió a rastras y buscó la cama. En cuanto la alcanzó, se dejó caer en ella y se envolvió en el relleno nórdico como si fuera un gusano en su capullo, enterrándose en la tibieza que le proporcionaba. Encontró consuelo en la oscuridad.

4

El móvil sonaba como si lo llamaran desde otro universo, uno paralelo, lejano y distorsionado. Mikel tardó en reaccionar. Cuando al fin despertó, se levantó y fue al cuarto de baño. Se miró en el espejo.

«Estás hecho un asco».

Se llevó los dedos a las oscuras ojeras. Los moratones empezaban a amarillear y su nariz aún estaba hinchada, pero el dolor había remitido.

El móvil sonó de nuevo. Esta vez lo oyó alto y claro. Estaba en la cazadora, en el salón. Fue a buscarlo. Comprobó en la pantalla, en cuanto lo rescató ya mudo, que eran las nueve y veinte de la mañana. Se sentó y dejó caer la cabeza en el respaldo del sofá. Sostuvo el teléfono en la mano pensando con remordimiento en sus compañeros de Urpekari. Estarían muy preocupados. Se había marchado del hospital sin más, y después los había ignorado deliberadamente. Aitor lo había estado llamando con insistencia, tenía muchas perdidas de él, y también de Andrea y de Unai. Había recibido una larga ristra de mensajes.

Sin embargo, la última llamada provenía de un número oculto.

El aparato volvió a sonar. Quienquiera que fuera no se daba por vencido. Intrigado, contestó:

—¿Sí?

El tiempo quedó suspendido en la línea. Al fin, su interlocutor habló.

—*Hi, are you Mikel Ibarra?*

Una voz femenina con un tono inusualmente grave para ser de mujer.

—*Who asks?*

—Disculpe —repuso la mujer sin abandonar el inglés—. Soy Erika Oblyakov, agente de la Kripos, investigación criminal noruega.

Mikel arqueó las cejas sorprendido. ¿Investigación criminal? Una alarma se encendió en su cerebro aún abotargado.

—¿En qué puedo ayudarla?

—Por teléfono no. En persona.

—No veo cómo.

—Estoy en San Sebastián.

—¿Está aquí? —Se sorprendió aún más.

—Tengo algo importante que proponerle. ¿Sería posible que nos viéramos?

—Oiga, no sé quién es usted, y no es buen momento para...

—Señor Ibarra, usted no sabe quién soy, lo entiendo; en cambio yo sé muy bien quién es usted, por eso le he escogido.

«¿Escogido?».

—Lo siento, pero yo no...

—Sé que ya no es usted policía, pero lo ha sido.

Mikel tragó saliva, desconfiado, y optó por no contestar.

—Trabaja en la unidad de investigación criminal de la Ertzaintza y disfruta de una excedencia desde hace tres años. Ahora se dedica a probar prototipos de inmersión submarina como buzo profesional en una empresa llamada Urpekari. Y lo más importante, y el motivo por el que le llamo: también es guía en la Antártida; concretamente forma parte del personal de la base que mi país tiene en ese continente durante las campañas de verano, Nytt Håp.

Un pesado nudo se enroscó en su vientre al oír «la Antártida». Se había olvidado por completo de esa parte de su vida.

—¿Para qué quiere verme?

—No puedo decírselo por teléfono.

—Ya, pues necesito algo más.

—Se trata de algo relacionado con Nytt Håp.

Mikel frunció el ceño, se inclinó y apoyó los codos en las rodillas. Su viejo instinto de policía despertó de su letargo y serpenteó por su cerebro.

—Hay algo que debe ver. Es un asunto grave. ¿Ya he captado su atención?

—La escucho.

—Podríamos vernos al mediodía, en el café Garagar del Boulevard. ¿Digamos a las doce?

Antes de que pudiera contestar, la llamada se cortó. Mikel se quedó contemplando la pantalla del móvil, ahora silencioso en su mano. Se le aceleró el pulso pensando en lo que acababa de escuchar. En efecto, trabajaba como guía en Nytt Håp durante las campañas del verano austral, pero la última se la había perdido. No podía entender qué había sucedido para que una colega noruega requiriera su colaboración.

Para averiguarlo necesitaba volver a ser persona antes del mediodía.

Conocía el Garagar, un pequeño local de estilo irlandés donde servían cerveza, tapas y desayunos, ubicado en la esquina que daba a la calle San Jerónimo. Se puso en pie. Ya no se mareaba ni tenía fiebre, pero estaba cansado, terriblemente cansado. Una buena ducha resultaría reparadora. Después un afeitado y desayunaría. Su estómago rugió de pronto, lo primero era reponer fuerzas. Le escribiría un mensaje a Aitor para que estuviera tranquilo y después se ocuparía de Erika Oblyakov. ¿Quién era esa mujer y por qué de entre todas las personas de este planeta lo buscaba a él?

La mañana era soleada y agradable y, como era de esperar, la terraza del Garagar estaba abarrotada. El verano había irrumpido en Donostia con buen tiempo. Un gran bullicio llenaba el Boulevard, atestado de gente que paseaba bajo los frondosos árboles; una marea viviente —mezcla de turistas, gente de la provincia y vecinos de la ciudad— que se deslizaba como una cinta infinita y colorida. El Boulevard daba paso a la Parte Vieja, zona famosa por sus alegres calles empedradas y sus pinchos. A aquella hora lo normal era encontrarlo en pleno apogeo. Mikel pasó junto al antiguo quiosco de estilo francés cuyo diseño recordaba tanto al de la torre Eiffel. Sorteó a la gente que lo rodeaba y, sin molestarse en buscar sitio en las mesas de la terraza del Garagar, entró al local. Se quedó en el umbral, sosteniendo la puerta, y miró alrededor. No sabía qué aspecto tendría Erika Oblyakov, pero estaba convencido de que ella sí lo reconocería. Se arrepintió de no haberla investigado un poco antes de acudir a aquella cita. No habría dejado de hacerlo cuando aún era policía.

«Pero ya no lo soy, ¿verdad?».

Había menos gente en el interior que en la terraza, apenas un puñado de personas en la barra y una pareja sentada en una de las mesitas de alegres recuadros de colores. Un camarero estaba bajando el toldo; el sol de julio caía ya con mucha fuerza. En un rincón al fondo distinguió a una mujer. Estaba sola. Esbozó una leve sonrisa.

Rondaría los treinta y cinco años. Unos ojos entre azules y grises lo observaron, duros y analíticos. Se levantó. Era alta, atlética, de tez clara y cabello negro muy corto; llevaba una chaqueta de ante color beis muy ligera, camiseta y vaqueros. A primera vista le pareció una mujer fría; una de esas mujeres que levantan un muro frente a sus semejantes y no dejan que nadie lo atraviese. Jamás.

Mikel se aproximó y le estrechó la mano, un apretón firme y corto. Se sentaron midiéndose mutuamente. La mesa era pequeña y estaba encajada entre dos cómodos asientos con respaldo de cuero granate acolchado, muy irlandés. La luz de la mañana se derramaba agradable a través de las cristaleras. El reloj en la pared marcaba las doce y tres minutos.

—¿Café? —preguntó Erika en inglés. Se levantó y se fue hacia la barra—. ¿Cortado?

Mikel asintió. Erika Oblyakov pidió para los dos, para ella un café largo, y regresó enseguida. Depositó las dos tazas sobre el tablero cerámico a cuadros verdes y marrones y se acomodó en su asiento. Mikel tomó un sorbo y dejó que el amargor del café le llenara la boca. Estaba bueno. Se quitó la chaqueta, la dejó a su lado y esperó.

—Gracias por venir —empezó Erika.

Mikel no dijo nada. Prefería esperar el desarrollo de los acontecimientos en vez de mostrarse ansioso. Adivinó en Erika, por su atuendo informal y sus gestos, un carácter muy decidido, y por el modo en que lo escrutó de arriba abajo, haciendo gala de una hábil discreción, supo que también era metódica, como lo había sido él. Tuvo la certeza de que sería capaz de arrancarle la verdad a cualquiera. A él, desde luego. Se supo desentrenado. Le costó sostener su inquisitiva mirada sin pestañear. Faltaba saber qué hacía una agente noruega en San Sebastián y por qué lo había llamado precisamente a él. ¿La Kripos y la Ertzaintza? Aquello era algo raro de ver.

Erika se había fijado en su nariz, en los hematomas que aún la rodeaban deformando su rostro inflamado.

—¿Un accidente?

—Nada grave.

Erika frunció el ceño. Se llevó la mano a la chaqueta de ante, sin apartar su atención de él, y sacó de un bolsillo interior un sobre doblado de papel marrón con el sello de la Kripos y la palabra «Konfidenssiel». Lo deslizó por la mesa hasta dejarlo a su alcance. Mikel alzó las cejas con curiosidad. Miró alrededor. Nadie les prestaba atención.

—Seré directa, señor Ibarra. La Kripos se encarga de investigaciones criminales, como su unidad.

—Yo ya no me dedico a eso, ya lo sabe. Debería dirigirse a la Ertzaintza, en cualquier caso.

Erika no se inmutó. Mantenía las manos encima del sobre, los brazos estirados por encima de la mesa. Una porción de su antebrazo quedaba al descubierto bajo la manga de su chaqueta. Mikel descubrió que tenía la piel quemada, quemaduras graves.

—Como le dije por teléfono, ha ocurrido algo grave: se ha cometido un homicidio en Nytt Håp. He sido designada para esclarecer los hechos. Como sabe, la Antártida está sujeta a un acuerdo internacional que la protege. Dado que la base es noruega, mis superiores han considerado que la Kripos es la agencia más adecuada para investigar.

Mikel no supo cómo reaccionar, era lo último que hubiera esperado oír. Se le encogió el estómago al evocar tantos recuerdos de la gente que trabajaba en esa base. Empezó a visualizar en su mente los rostros de algunos de sus amigos noruegos. Tragó saliva.

—¿Qué ha pasado?

Oblyakov abrió el sobre y varias fotografías cayeron sujetas con un clip. Las extendió ante él. Eran siete.

—Dígame qué ve.

Mikel las cogió y un profundo vértigo tiró de él. Recordó de súbito la peor parte de trabajar en el Servicio de Investigación Criminal Territorial de Gipuzkoa (SICTG). En aquellas fotografías se veía a un hombre muerto, desnudo en la nieve. Había sido atrozmente asesinado.

—Es Björg —musitó con estupor.

Erika ladeó levemente la cabeza.

—Correcto, la víctima es Björg Stutgard, geólogo de la base. Desapareció el 26 de junio, y encontraron su cuerpo la madrugada del 30.

Estaban a 15 de julio, luego habían pasado dos semanas.

—¿Quién lo encontró?

—Synne Gulbrandsen, la médica de la base. ¿Qué más ve?

Mikel no quería seguir mirando esas fotografías. Conocía a Björg y ahora estaba muerto, con aquella prominente barriga, que hacía que pareciera una mujer embarazada, sobresaliendo de su cuerpo de forma imposible. Se obligó a analizar las imágenes. El cadáver y el escenario habían sido preparados; estaban ante un asesino planificador, con una fantasía muy particular corroyendo su mente. Miró la última fotografía. Se puso lívido y, sin poder evitarlo, soltó un exabrupto en castellano.

—Pero qué coj... —Acababa de descubrir algo espeluznante. Pasó de nuevo al inglés, y señaló lo que había llamado tanto su atención—: ¿Qué es esto? ¿Le han tatuado el nombre de su agencia en el vientre?

Erika no respondió. Estudiaba su reacción. En efecto, en la última instantánea, tomada con más detalle, podía leerse «Kripos», escrito con tajos en la piel tumefacta de la víctima; una serie de cortes feos y desiguales.

Mikel repasó las fotografías una por una, esta vez con mayor detenimiento. La enorme cicatriz vertical que atravesaba la tripa de su amigo Björg había sido cerrada a costurones, y le habían introducido un tubo de un material translúcido por la boca. Frunció el ceño.

—Como seguro que ya habrá deducido, hay una intencionalidad tras ese tatuaje: es un llamamiento. Lo han puesto ahí para que la Kripos envíe a alguien a investigar el caso.

—¿Y cuál es el problema?

—Por mi parte ninguno, pero los militares que la gestionan creen que la presencia de un equipo de la Kripos en una base de carácter científico como Nytt Håp llamaría la atención, y que podría levantar ampollas en la comunidad internacional. De hecho, se han opuesto a que intervengamos. Argumentan que nuestra presencia allí pondrá nervioso a un personal ya de por sí alterado, así que ellos llevarán el mando de la investigación. Me ha costado lograr que mis superiores me envíen allí. Voy con un papel menor, en calidad de asesora. En resumidas cuentas, contaré con poco respaldo.

—¿Qué implica «poco respaldo»?

Erika le explicó que la Kripos había recibido una llamada anónima a los pocos días de que se encontrara el cuerpo de Stutgard, una llamada breve en la que alguien denunció el asesinato con una voz distorsionada que no permitía saber si era de hombre o de mujer.

—Puede que se tapara la boca con un trapo, nos ha resultado imposible descubrir a quién pertenece. Recibí el encargo de contactar con la base y comprobar la veracidad de la denuncia. Usted conoce personalmente al comandante de la base, Steffen Thorensen. No le gustó mi llamada. No quiso darme muchos detalles, apenas corroboró lo que sabíamos, y le faltó tiempo para mover los hilos. En cuanto supo que íbamos a intervenir, montó en cólera y procuró por todos los medios que nos mantuviésemos al margen. Thorensen pretende llevar el asunto por sus propios medios, y ha estado revolviendo y armando jaleo hasta asegurarse de que no vamos a enviar un equipo a investigar.

De ahí que hubieran transcurrido esas dos semanas. Mikel la escuchaba atónito.

—Pero no lo ha conseguido, puesto que la envían a usted.

—Bueno, puedo ser muy convincente.

—Así que...

—Thorensen no sabe que voy, no me espera, y no me recibirá bien. Si me permite quedarme en Nytt Håp, será un milagro. Mis órdenes son trabajar supeditada a su autoridad, con el único apoyo de una persona de confianza que me ayudará desde fuera. Es todo lo que he podido lograr.

Mikel arqueó las cejas.

—No va a ser fácil —reconoció Erika—. Sin los medios habituales, sin el trabajo de nuestros laboratorios especializados, sin poder analizar las evidencias que encuentre con nuestro personal... Trabajaré a la antigua usanza, usando esto —se señaló la sien—, y esto —se señaló el corazón—. Es en este punto donde entra usted. —Erika se inclinó hacia delante—. Necesito a alguien a mi lado que conozca bien aquello. ¿Quién mejor que alguien que no solo es policía, sino también guía, uno de ellos? Me consta que en Nytt Håp lo aprecian.

Mikel esbozó una medio sonrisa sin humor.

—¿Ya le han hecho la autopsia?

—Así es, y aunque estoy segura de que no se han tomado las medidas necesarias para preservar las pruebas que pudiera haber en la escena del crimen —suspiró resignada—, tengo algunos datos interesantes. La autopsia la ha llevado a cabo la médica de la base, Synne Gulbrandsen, que no es forense y no está cualificada, pero no había nadie mejor capacitado.

Mikel imaginó lo duro que habría sido para la joven doctora. Había descubierto muerto a un compañero y amigo, y además había tenido que realizarle la autopsia.

Erika esbozó una sonrisa triunfal.

—Por suerte, la doctora ha seguido punto por punto mis instrucciones y ha redactado un informe. Anoche pude hablar por última vez con ella. He conseguido que me envíe una copia, la he leído y es muy reveladora. A Stutgard le han extirpado las vísceras. No hay nada en su cavidad abdominal, ni hígado, ni estómago, ni riñones ni intestinos. Rellenaron el hueco con poliespán hasta lograr ese aspecto de embarazo que observa en las fotografías que tomó la propia Synne. Entre todo ese poliespán encontró un reproductor conectado al tubo que asoma por su boca. Se lo introdujeron a través del esófago. Lo que va a escuchar es lo que se oía, según la doctora, a través del tubo.

Sacó su móvil y reprodujo un archivo de sonido.

Mikel escuchó con atención. Por encima de la música que llenaba el local, de las voces de los clientes que conversaban en la barra y del bullicio alegre que llegaba desde la calle, se elevó un largo lamento que reconoció al instante. Se le encogió el corazón.

—Son ballenas, ballenas cantando —musitó impresionado.

—¿Qué cree que puede significar?

Mikel meneó la cabeza, desconcertado.

—Esto es... Oiga, precisamente dejé la Ertzaintza para alejarme de esta clase de horrores.

—Por favor. —Erika abandonó su fría actitud y se ablandó hasta volverse suplicante—. Necesito su ayuda —dijo muy despacio—. Yo no sé nada de aquello, no puedo hacerlo sola.

—Pues pida a sus superiores que le asignen un equipo en condiciones.

—Ya lo he intentado. No puede ser.

—Aunque aceptara, ¿cómo piensa llevar a cabo su trabajo? Como ha dicho, no cuenta con recursos, Thorensen no piensa aceptar su ayuda. Lo siento, Erika, en cualquier caso yo ya no soy policía.

—Tiene una excedencia, digamos que tiene un pie dentro y otro fuera, significa que no se ha desvinculado del todo. Si de verdad quisiera apartarse de esta clase de vida, habría renunciado hace tiempo.

—Ya-no-soy-policía —insistió él perdiendo la paciencia.

—No podré hacer esto sin su ayuda.

—Ya, pues lo siento, pero se ha equivocado de persona.

—¿Equivocarme? No lo creo. No hay nadie mejor que usted para hacer el trabajo, está más que cualificado, su expediente le avala y su presencia tranquilizará al personal de la base, me ayudará a lidiar con los militares. Porque, no se engañe, oficialmente voy como asesora y Thorensen manda, pero haré mi trabajo, no le quepa duda.

Mikel trataba de digerirlo. Su corazón bombeaba a toda máquina. Hacía más de un año que no visitaba la Antártida, y ya había renunciado a volver algún día. Sin embargo, una enorme excitación invadió su alma al pensar en regresar, casi pudo sentir el frío polar en el rostro. Todo su cuerpo se estremeció. Anhelaba volver a pisar aquella tierra helada que amaba, recorrer sus glaciares haciendo algo que colmaba su espíritu, antes de... Parpadeó, aturdido por la imperiosa nostalgia que se había despertado en él.

—No voy a acompañarla, y le aconsejo que renuncie a ir sola. Estará en tierra de nadie, ¡a las puertas del invierno! ¿Sabe ni por lo más remoto lo que eso implica? ¿Es consciente de lo duro que es el invierno allí? La base está situada en el interior del continente, donde las temperaturas alcanzan más de cincuenta grados bajo cero. Sinceramente, no creo que esté preparada ni física ni psicológicamente para soportar un clima tan extremo y el aislamiento al que se verá sometida. La gente que está allí se ha preparado a conciencia durante meses antes de poner un pie en ese lugar, ¿lo entiende?

—¿Pretende que ignore un asesinato por el mal tiempo? —lo interrumpió Erika.

Mikel sonrió.

—Desde luego que no, hablo de otra cosa: la presión psicológica en un lugar como ese ya es muy grande sin contar con un asesinato. Aunque al menos solo tendrá que vérselas con los militares, supongo que habrán evacuado ya al resto del personal. —La expresión de Erika lo desmintió—. ¿Van a hacer que se queden? —se sorprendió Mikel.

—Bueno, el personal de verano ya se había marchado hace semanas, antes del asesinato. Ahora mismo, que yo sepa, hay doce personas entre el personal militar y el científico.

Nytt Håp podía albergar hasta cincuenta y dos personas durante las campañas de verano, cuando se convertía en un hervidero de actividad. Los militares, un pequeño equipo compuesto por seis o siete personas especializadas, se ocupaban del mantenimiento, de las comunicaciones y de las previsiones meteorológicas, además de servir de apoyo a los científicos, que realizaban estudios ambientales, biológicos, climatológicos, geológicos y marinos en el hielo. Normalmente, antes de que llegara el invierno, la mayor parte del personal científico regresaba a casa. Solo unos pocos se quedaban de forma permanente. Ante un asesinato como aquel, hubieran debido evacuarlos.

Mikel frunció el ceño. La idea de verse atrapados en la base con un asesino a las puertas del invierno debía de estar afectando moralmente a los habitantes de Nytt Håp. Erika iba a tener más problemas de los que imaginaba. La compadeció.

Erika leyó en su semblante lo que pensaba.

—Los militares ya han reforzado la seguridad. —Recogió las fotografías y las metió en el sobre—. Le pido que se tome esto en serio.

—Debería dejar que se ocupe Thorensen.

—Por preparados que estén, los militares no son investigadores, carecen de la formación necesaria para identificar y detener al responsable de este homicidio; y no es un homicidio cualquiera, ya ha visto las fotografías.

Mikel no se daba cuenta, pero estaba conteniendo la respiración. Pese a sus palabras, aquel anhelo profundo, casi desquiciado, que se había despertado en él, no hacía más que crecer en su interior. Veía en su mente el paisaje blanco, los icebergs, los acantilados de hielo precipitándose hacia el mar de aguas oscuras, la fauna que habitaba la costa, y luego, hacia el interior, aquella inmensa nada sin fronteras, sin color, sin vida. Por algo lo llamaban el Desierto de Hielo.

—Mikel, piénselo, se trata de un caso extraordinario, ¡es la Antártida! ¡Alguien la ha profanado cometiendo un homicidio tan abyecto como este! No puedo obligarle, pero apelo a su conciencia, a lo que hay en usted de policía. Esto le atañe muy directamente, ¿o acaso no le importa lo que ocurra allí?

«Menuda encerrona».

Mikel entrelazó las manos sobre la mesa y bajó el rostro considerando la propuesta. Había intentado quitarse la vida y no lo había conseguido. Si se quedaba, sabía bien lo que le aguardaba. Tal vez había un motivo por el que había sobrevivido al suicidio. Aún podía lograr su objetivo. Y esta vez podía lograrlo haciendo algo positivo. La gente de Nytt Håp le importaba.

Miró a Erika Oblyakov. Si iba con ella, no sería para vivir sus últimos momentos en la Antártida haciendo lo que amaba, no, iría como policía, para investigar un asesinato brutal, obra de un demente. No quería volver a vivir nada parecido, menos aún sin respaldo ni medios. No, decididamente, y por tentador que fuese volver al continente helado, era consciente de que el invierno los mantendría atrapados en el interior de la base, enfrentándose a un monstruo y temiendo que volviese a hacer daño a alguien. No quería llevarse eso a la tumba. Merecía morir en paz. Aún podía escoger cómo y dónde acabar. Era su derecho y estaba dispuesto a concedérselo.

Erika le lanzó un último reclamo:

—Tiene dos días para pensarlo, aunque me gustaría que se decidiera ya, ahora mismo.

—Lo siento, Erika Oblyakov. —Mikel se levantó y le tendió una mano franca. Lo lamentaba de verdad—. No soy su hombre. Si necesita un guía allí, le recomiendo que se apoye en Nils Høgli; es muy buen tío, tan experimentado como yo, y conoce aquello como la palma de su mano. Buena suerte.

Dejó a Erika allí sentada, con la boca abierta y la decepción pintada en su anguloso rostro. Seguramente no había esperado fracasar así en su primer encuentro.

Salió del Garagar al Boulevard, al sol de mediados de julio y sus veintiún grados. Se estremeció. Aspiró con fuerza y percibió el olor del salitre flotando en el ambiente. Estaba convencido de su decisión. Echó a andar y se perdió entre la gente, buscando ver el mar, la bahía, la playa. Sin duda habría oleaje, de ahí el salitre llenándolo todo como una bruma sutil. Aquella era su tierra. De morir en alguna parte, prefería hacerlo allí.

5

El exotraje había respondido muy bien a la presión, mucho mejor de lo que hubieran esperado. ¡Mikel había alcanzado los mil cuatrocientos metros de profundidad! Aitor Cárdenas pasó los dedos por la fría aleación del pecho, allí donde se había hundido hacia dentro. Podrían arreglarlo, al igual que el resto de abolladuras. Por lo demás, las articulaciones giroscópicas estaban intactas. En cuanto al casco, había que cambiarlo entero —había quedado como una pelota de plástico aplastada, le resultaba imposible creer que la cabeza de su amigo no hubiera acabado hecha puré—, y los sistemas de soporte vital estaban fritos, al igual que los motores, las luces, la batería de respaldo y las comunicaciones. Pero tenía arreglo.

Aitor dejó caer la mano. Nada de eso le importaba. Ahora lo entendía todo, al fin. Debería haberlo sabido, él, que conocía a Mikel mejor que nadie; debería haber notado que estaba mintiéndoles desde hacía meses. Por eso se había llevado el prototipo sin avisar, saltándose las normas básicas de supervivencia de un buzo profesional. Recordó que el cable del exotraje estaba desconectado cuando los de emergencias lo rescataron. Era imposible que se hubiese soltado solo. Aitor parpadeó conmocionado.

Empezaron a escocerle los ojos.

De nuevo contempló asombrado los daños del exotraje. No daba crédito. Los indicadores aún marcaban la profundidad que había alcanzado, muy superior a la que podía soportar su diseño.

Mikel debería estar muerto.

Pero no lo estaba. La capacidad del exotraje era muy superior a lo que ninguno de los cuatro socios de Urpekari hubiera soñado jamás. Eso había impedido a Mikel cumplir con su objetivo; eso y el programa de Unai, capaz de detectar cualquier fallo en la integridad del traje.

Se estremeció al recordarlo todo. Cuando el aviso de fallo en los sistemas del exotraje de la aplicación que Unai había diseñado saltó en su móvil era de madrugada, y él estaba durmiendo a pierna suelta en casa. Se despertó sobresaltado, sin entender nada. Por si acaso, se vistió a toda prisa y se desplazó en coche hasta el edificio donde tenían la sede de Urpekari: uno de los exotrajes no estaba. Al principio creyó que alguien había entrado y lo había robado, pero la puerta no estaba forzada y las alarmas no habían saltado. Además, entrar en el edificio Ikusi no era tarea fácil, pues contaba con un buen sistema de seguridad y había vigilancia permanente, día y noche. Y si habían pretendido robar, ¿por qué llevarse uno de los dos prototipos? El otro continuaba en su lugar, intacto. Y valían una fortuna.

Lo primero que hizo fue utilizar el dispositivo de geolocalización que usaban durante las inmersiones de prueba, integrado en el traje y conectado a un programa de ordenador. Las coordenadas no dejaban lugar a la duda: estaba en el mar, allí donde la plataforma continental se hunde de golpe, en la costa guipuzcoana. Acudió al muelle de Pasajes, donde amarraban el Altair, con la esperanza de recuperar el prototipo. El barco no estaba. En ese mismo momento intuyó que había sido Mikel quien se había llevado el traje y el barco, pero aún no imaginaba por qué.

Ahora lo sabía.

Lo había descubierto porque era cabezota y no se conformó con la disculpa que le envió Mikel después de largarse del hospital; lo había descubierto porque sabía que fue él quien soltó el cable que lo unía al Altair, y que lo hizo adrede; lo sabía porque había decidido averiguar por qué su amigo había pretendido matarse. Había leído varias veces ese críptico mensaje, y algo en la forma en que había sido escrito lo había alarmado aún más. Por eso, pese a que Mikel ya se había ido, fue al hospital y pidió hablar con el médico que lo había atendido. No paró de hacerle preguntas hasta que, para su sorpresa, lo remitió a la psicóloga que había hablado con él, y esta lo derivó al Oncológico.

El Centro Oncológico de San Sebastián.

A partir de ese momento las explicaciones se precipitaron como por un tobogán. Su conversación con la doctora Larrañaga, la oncóloga de Mikel, se lo aclaró todo:

Mikel se moría. Un tumor cerebral crecía en su cabeza. Y era incurable.

Cada vez que dejaba de ir a escalar no era porque estaba con su madre, enferma de alzhéimer, sino porque tenía cita en el Oncológico; cada vez que desaparecía durante días, no estaba con ella, sino sometiéndose a tratamiento.

Aitor suspiró. No había querido decírselo a Andrea y a Unai. No le correspondía a él hacerlo.

Sus compañeros trabajaban en silencio a corta distancia, cada cual en su mesa, ajenos a la dura realidad que él acababa de descubrir. Ya habían hecho un alto para comer, y Andrea, la ingeniera mecánica, menuda y rubia, inclinaba la cabeza hacia la pantalla con el ceño fruncido. Ahora que tenían el prototipo terminado, se encargaría de presentarlo y encontrar inversores mientras reparaban el que Mikel había dañado. Se notaba su enfado por la forma en que apretaba la mandíbula. Su rostro afilado denotaba una gran tensión y tras las gafas redondas se agazapaban nubes de tormenta, guardaba rayos y truenos para Mikel en cuanto lo tuviera delante. Lo que había hecho su compañero, a su juicio, no estaba justificado.

Unai, el más tranquilo de los cuatro, tenía una capacidad envidiable para relativizar los problemas: en ese momento no pensaba en lo que había hecho su amigo, sino que se centraba en que el exotraje lo había salvado. Ya se ocuparía después de lo que implicaban sus actos. Siendo tan grandullón, resultaba fuera de lugar sentado en aquella silla para él pequeña, delante de un ordenador cuya pantalla mostraba líneas y líneas de programación. Sus manos grandes, con dedos fuertes y gruesos, tecleaban a gran velocidad. Eran manos hábiles. Unai era el mejor como ingeniero de diseño. Su carácter bonachón y su expresión dócil contrastaban con su cerebro privilegiado. Cuando trabajaba se transformaba en otra persona.

Unai había sufrido un *shock* al enterarse de que Mikel había sido ingresado en urgencias en situación crítica. Habían estado a punto de perder a su compañero y amigo, el Piloto de Pruebas, como lo llamaban. Andrea, en cambio, no había dejado de preguntarse por qué; por qué había puesto en riesgo no solo su vida, sino todo el proyecto en el que llevaban tanto tiempo embarcados. Estaba furiosa, y él ni siquiera contestaba sus mensajes ni sus llamadas, encerrado en su casa. ¿Qué demonios le pasaba?

Aitor consultó su reloj. Había recibido un nuevo mensaje de Mikel aquella misma mañana pidiendo perdón. Le había asegurado con su habitual vehemencia que iría a verlos a las cuatro y se había disculpado muchas veces. Ya eran las cuatro y media y seguía sin aparecer. Acarició por enésima vez la idea de llamarlo.

—No lo llames, deja que se explique. —Andrea había apartado su atención del ordenador y vio su gesto, el teléfono ya en la mano. Cortó su iniciativa con severidad—: Sé que estás preocupado, los tres lo estamos, pero la ha cagado. No sé tú, pero yo no pienso hacer nada. Que venga y dé la cara.

Aitor se encogió al oírla hablar así. No lo haría si conociera la verdad. Le resultaba muy difícil callar. Las palabras se agolparon en su boca. Se las tragó.

Unai abandonó su silla para acercarse.

—Es por su madre, ya lo sabes. No anda bien con lo del alzhéimer —dijo con tristeza.

Aitor apartó la mirada, cada vez más incómodo y violento.

—Eso no es excusa —se quejó Andrea.

—A lo mejor está peor de lo que nos ha dicho —lo excusó Unai.

Aitor se mordió el labio.

—¡Deja de defenderlo! —Andrea le dio un pequeño puñetazo en el hombro—. ¡Se ha llevado el prototipo, casi se lo carga, por no hablar de lo que podría haberle pasado a él! ¿Y no da señales de vida? ¿Sin una palabra, una llamada, algo?

—Ya sé que se ha pasado —protestó Unai—, pero míralo por el lado positivo: tenemos buenas perspectivas, el exotraje ha demostrado funcionar mejor de lo que esperábamos, se puede reparar y Mikel se encuentra bien.

—¡Pero podía haber pasado una desgracia! —zanjó Andrea.

De súbito la puerta de la oficina de Urpekari se abrió. Los tres se volvieron al mismo tiempo y descubrieron a Mikel. Ninguno dijo nada, sobrecogidos por su nariz rota y su aspecto demacrado. Había un rastro deprimido en su semblante que daba miedo. Aitor constató que había perdido peso. Unai se acercó y lo abrazó con ganas. Era tan grande que incluso Mikel, con su metro noventa y su cuerpo fornido, parecía pequeño entre sus brazos de oso.

—Tío, ¡qué susto nos has dado!

Unai le palmeó la espalda exhibiendo una sonrisa aliviada. Le pasó el brazo izquierdo sobre los hombros con camaradería y lo llevó hasta el centro de la oficina, donde aguardaban Andrea y Aitor. Ella se había cruzado de brazos y se mordía el labio inferior, reacia a abandonar su malestar. No quería llorar, pero estaba al borde de su aguante. De los tres era la más visceral, tardaría en perdonar lo que les había hecho sufrir. Para Aitor en cambio, cuyas emociones amenazaban con romper su entereza como se rompe un dique ante una riada, ver a su amigo llegar por su propio pie después de que lo hubieran rescatado del fondo del mar, sabiendo lo que ahora sabía, fue demasiado. Se acercó y lo abrazó con fuerza, largo rato, pugnando por mantenerse sereno.

Mikel se emocionó. Desvió la mirada hacia el taller, donde guardaban los prototipos, y divisó el que había estropeado.

El exotraje que había usado para quitarse la vida mostraba sus heridas de guerra. Mikel se estremeció al verlo. Estaba muy dañado. El casco descansaba en el suelo completamente aplastado.

—Lo siento. —Se separó de Aitor y se llevó una mano a la nariz en un gesto inconsciente.

Andrea le dio la espalda, volvió a su mesa y se puso a teclear con rabia en su ordenador.

—Venga, Andrea —se lamentó Unai—, deja que se explique, ¿no?

—No puedo explicar lo que ha pasado —se excusó Mikel—. Ha sido una gilipollez.

—¿Lo de irte a tu bola con el traje y casi palmarla o lo de largarte del hospital y pasar de nosotros? —El tono de Andrea era incisivo y un amargo retintín modulaba su voz.

—Vamos a calmarnos —rogó Aitor.

—Venga, tío, nos alegramos de que estés bien —añadió Unai.

Lo empujó hacia la mesa de reuniones redonda junto al ventanal. Unai fue el primero en sentarse, predispuesto a escuchar y comprender. Aitor lo siguió, abrumado por esa verdad que ahora obraba en su poder y que lo cambiaba todo. Quería gritar de rabia, de impotencia. Andrea no se les unió. Mikel ocupó su sitio de siempre, se quitó la chaqueta y se apartó el pelo de la cara.

—No tengo excusa; lo hecho hecho está, se me fue la olla.

—¿Se te fue la olla? —Andrea no daba crédito—. ¡Casi la palmas!

—Lo sé. No debería haber pasado nada —mintió—, pero algo falló, el exotraje sufrió una descarga como para fundir los motores y todos los sistemas. Perdí el control y me hundí sin remedio. —Se encogió de hombros, una verdad a medias era lo mejor que podía ofrecerles—. Lo siento.

Aitor lo miró de soslayo, los ojos enrojecidos.

—¿Y cómo está la *amatxo*? —preguntó Unai.

Mikel negó con la cabeza. Odiaba haber utilizado a su madre como excusa todo aquel tiempo, pero había tenido que hacerlo para justificar sus continuas ausencias, su cada vez más esporádica presencia en la oficina.

—De noche, solo. Has tenido mucha suerte, tío. Vamos, es un milagro que el traje haya aguantado —le espetó Andrea desde su mesa—. Que tú hayas hecho algo así... Se supone que eres nuestro buzo profesional, que conoces las reglas: no ir nunca sin apoyo. ¿Cuántas veces nos lo has dicho? ¿Qué habría pasado si también hubiera fallado el sistema de alarma que programó Unai, o el de geolocalización? Yo entiendo que tu madre está enferma, ¡pero hay que tener narices para llevarte el equipo y jugártela así cuando ni te dignas pasar por la oficina desde hace ni sé cuánto tiempo!

Mikel estaba lívido. Percibió la tensión que sufría Aitor, sentado a su lado en silencio. Se volvió hacia él. Su rostro, alargado y enjuto, estaba tan demudado como el suyo. Lucía una barba de varios días, y las aletas de la nariz, tan pronunciada como la suya, le temblaban; sus ojos, de un intenso color verde, estaban tristes, como si... Adivinó entonces que estaba al tanto de que había soltado el umbilical que lo unía al Altair y que no se lo había dicho a sus compañeros. Aitor se apartó un largo mechón de pelo de la frente. Siempre decía que iba a cortárselo, pero seguía llevándolo largo, sujeto con una goma para mantenerlo a raya en la nuca.

—En cualquier caso, podías haber venido antes —insistió Andrea. Se levantó y se cruzó de brazos.

—He estado hecho un trapo. No tenía ánimo para coger el teléfono. Y la verdad, no sabía con qué cara miraros. Necesitaba algo de tiempo. Para mí también ha sido muy fuerte.

—Bueno, por mi parte estás perdonado —dijo Unai—. Joder, tío, yo me alegro de que estés bien, es lo único que me importa. Ya arreglaremos el exotraje; además, ¡ahora sabemos que puede soportar toda esa presión!

Andrea soltó un bufido.

Unai suspiró. Su intención era rebajar tensiones, nada más.

—Todo va a ir bien —murmuró—. ¿Te duele? —Señaló su nariz.

Mikel disimulaba lo mejor que podía, consciente de que debía de parecer un zombi.

—Está rota, pero ya no duele tanto —dijo—. Tengo sed.

Unai no le dejó levantarse. Voló a la máquina de agua que tenían en la oficina, escogió entre los vasos de cristal que había junto a ella el que llevaba el nombre de su amigo, lo llenó y se lo acercó. Mikel se lo bebió. Luego fue él mismo hasta la máquina y se sirvió un vaso detrás de otro, hasta aplacar aquel ardor que bajaba desde su garganta hasta el estómago. Estaba muy fría, y lo agradeció. Cuando bebió su último trago, se dio cuenta de que sus amigos estaban asombrados.

—Tenía mucha sed —se excusó—. Supongo que estoy deshidratado.

—Bebe todo lo que necesites —dijo Unai.

Mikel dejó su vaso boca abajo en la bandeja con aire pensativo y se reunió de nuevo con ellos.

—Escuchad, después de lo que ha pasado, y viendo cómo está mi situación en casa, he tomado una decisión: no voy a poder seguir en el proyecto.

Ya estaba, había soltado la bomba. Lo había meditado mucho tras su extraña reunión con Erika Oblyakov aquella misma mañana. No podía acompañarla a ella por la misma razón que no podía seguir en Urpekari: estaba enfermo, y tarde o temprano podía convertirse en un problema para sí mismo y para los demás. Su tumor podía provocarle alucinaciones, hacerle ver, oír o decir cosas disparatadas. Pronto su capacidad física y mental empezaría a deteriorarse y eso implicaba correr un gran riesgo cuando su papel en la empresa era probar los prototipos a grandes profundidades. Había llegado el momento de hacerse a un lado. Andrea tenía razón, llevaba tiempo faltando, y Aitor había tenido que sustituirlo unas cuantas veces los últimos meses. Estaban acostumbrándose a su ausencia, y era verdad que su madre estaba mal, ya no lo reconocía la mitad de las veces, pero lo cierto era que la había usado como excusa, y que definitivamente necesitaba estar solo para afrontar el final. Aún no había renunciado a buscar el mejor modo de acabar.

Sus compañeros acogieron sus palabras con un silencio sobrecogido. A Unai se le descompuso la cara. Le puso una mano en el hombro.

—No hablas en serio.

Andrea se adelantó un paso, las mejillas encendidas.

—¿Ahora? ¿Justo ahora que hay que probar el prototipo? —protestó con los ojos llenos de lágrimas—. ¡Lo que faltaba!

—Mikel... —Aitor estaba sobrepasado. No acertó a pronunciar una sola palabra más.

—Joder, no es por capricho.

—Oye, podemos ayudarte, ya sabemos lo mucho que quieres a tu madre, que no eres tú mismo, ¡o no habrías hecho algo tan estúpido! —Unai se giró a medias hacia los exotrajes—. No queremos prescindir de ti, Urpekari no sería lo mismo, ¡eres un pilar fundamental!

—No puedo, Unai, es que necesito margen, no puedo hacerlo todo, no estoy al cien por cien. Mirad lo que ha pasado. Aitor, tú puedes hacer mi trabajo sin despeinarte, ya lo has estado haciendo, ¿verdad? Está ese chico, Samu, ha demostrado ser bueno, lo bastante bueno como para cubrirte. Llamadlo y decidle lo que hay, aceptará ocupar mi lugar sin dudarlo. Apenas notaréis mi ausencia.

—¡Venga ya! ¿Cuando estamos a punto de terminar el proyecto? —preguntó Andrea incrédula. Las lágrimas corrían ahora libremente por su rostro descompuesto—. Estamos en el punto más crucial, ¡ya estamos buscando inversores!

—Ya lo sé.

—¡Es una locura! ¡Tú eres parte de Urpekari! —se quejó Unai.

—Lo sé.

—Joder, Mikel. —A Unai se le hundieron los hombros—. ¿Y así, sin más? ¿Con lo que nos ha costado llegar hasta aquí?

—No es algo que yo haya buscado.

Aitor no aguantaba más. Se levantó y apartó la silla. Les dio la espalda para que no vieran su dolor.

—Aitor —Mikel se levantó también—, perdona, tío.

Se le acercó por la espalda. Aitor no era tan alto como él y sí muy delgado y fibroso, tenía la piel curtida por el sol. También era deportista, escalador, amante de la montaña y del mar. Habían ido siempre juntos a bucear. Urpekari había sido un proyecto que ellos crearon desde el principio. Escudriñó el semblante de Mikel con la ansiedad a flor de piel. Luego se volvió de nuevo hacia el exterior. El paisaje al otro lado del ventanal era amable y cálido en comparación con la tormenta que se había desatado en su corazón.

—Unai, Andrea, ¿podéis salir un momento? —les pidió—. Necesito hablar con Mikel a solas.

Andrea torció el morro, pero accedió a marcharse. Salió de la oficina envuelta en un silencio huraño. Unai la siguió poco después, no sin antes darle un abrazo a Mikel. En cuanto la puerta se cerró tras ellos, Aitor se encaró con su amigo.

—Lo sé todo —le reveló—. He hablado con tu oncóloga. Cuando te fuiste del hospital me quedé planchado, no entendía nada. No me mires así; cuando tuve que llamar a emergencias me quedó claro que algo iba peor que mal, y últimamente estás hecho mierda. Mírate, has adelgazado, tienes ojeras, ¡incluso te tiemblan las manos! Lo de tu madre ya no me cuadraba. La doctora Larrañaga está tan preocupada por ti que me lo ha contado todo.

A Mikel se le formó una expresión torturada en el rostro. Aitor lo sabía, joder, sabía lo del tumor. La oncóloga lo había traicionado, pese a que le había pedido expresamente que no le hablara de su enfermedad a nadie.

—¿No pensabas contármelo? Mikel, tío, somos amigos,

¡no lo entiendo! —Aitor, impotente, se llevó los dedos al entrecejo y lo masajeó pugnando por controlar sus emociones. Luego tomó aire por la nariz, despacio, para poder decir lo que quería—: En cuanto me contó lo de ese tumor supe por qué habías cogido el exotraje y te habías perdido en el mar. Me dijeron que el umbilical estaba suelto; te he jodido el plan, ¿eh?

Mikel tragó saliva.

—No tenías que saberlo, nadie debe saberlo.

—¡Tu oncóloga está preocupada!

—¿Preocupada? —A Mikel se le escapó una risa ahogada, y las lágrimas corrieron por su rostro moreno—. ¿Preocupada? ¡Si ha sido sincera, te habrá contado que no me quedan ni seis meses de vida! ¡Ha sido ella la que ha tirado la toalla, Aitor! ¡Nada de lo que ha hecho por mí ha servido! ¡No tiene solución, no pueden hacer nada! ¡Estoy acabado, esas fueron sus palabras! —Mikel respiraba de forma entrecortada, visiblemente alterado. Se acercó a su amigo y le puso las manos en los hombros—. Tú mejor que nadie deberías comprenderme. No pienso esperar estos seis meses por si ocurre un milagro, de hospital en hospital. No pienso morir en una cama, apagado como un canario al que se le escapa la vida, joder. Quería acabar en el mar, nada más, sin tener que haceros pasar por un infierno mientras... Lo siento, tío. Siento que te hayas enterado así.

Aitor lo abrazó con fuerza, el semblante alargado cubierto de lágrimas silenciosas.

—Quiero acompañarte en esto, estar contigo —musitó al cabo de un rato en su oído. Se separaron. Aitor se secó las lágrimas con la manga de su camisa color caqui y carraspeó—. No pienso dejar que hagas esto solo. No se lo digas a los demás si no quieres, pero no me dejes al margen.

—Es mejor que no.

—¿Mejor? —Aitor agitó las manos con exasperación—. Oye, que me da igual; no voy a dejar que la palmes así, joder. Estaré contigo hasta el final, ¡te guste o no!

Un abismo cargado de significados se abrió entre los dos. A Mikel le costó volver a hablar, se le había cerrado la garganta.

—Aitor, lo siento, pero no. Nos despedimos aquí.

Su amigo suspiró. Dejó caer los brazos a lo largo de su cuerpo nervudo.

—No puedo despedirme.

—Pues no lo hagas.

—Mikel, por favor.

—No.

Aitor lo encaró, tan próximo que sus frentes de nuevo se tocaban.

—Estás jodido, tío. ¿Crees que no sé verlo? No voy a dejarte en tu estado de gilipollez mental. Me necesitas, y lo sabes.

Mikel titubeó.

—Tengo que hacer esto, y tú no puedes acompañarme adonde voy. Esta vez no.

Aquella conversación con Aitor fue la más dura que había tenido en su vida. Despedirse de él, abrazar a Andrea y a Unai con una mentira en los labios, pesaría en su corazón. Sin embargo, no se arrepentía, consciente de lo que la enfermedad iba a hacerle.

Pensó mucho en ellos, así como en la propuesta de Erika Oblyakov. La agente noruega le había dado dos días de plazo para una respuesta, pese a que le había dejado claro que no iba a acompañarla. Aun así, una vaga desazón se había aposentado en su interior desde que había visto las fotografías. Björg Stutgard había sido un amigo y lo habían asesinado, y no de un modo cualquiera. Aquello era obra de un psicópata. Renunciar a acompañar a Erika implicaba darle la espalda a su familia noruega, dejarlos a su suerte, en manos de un criminal que probablemente volvería a matar. Estaba siendo tremendamente egoísta, pero le pasaba lo mismo que con sus compañeros de Urpekari: ¿y si mientras estaba allí su enfermedad lo convertía en un lastre? Porque eso era lo que iba a pasar: en vez de ayudar, complicaría la investigación, su juicio se nublaría, distorsionaría la realidad. Por no hablar de... Sabía bien lo que le esperaba porque la oncóloga le había descrito el proceso. Lamentablemente debía aceptar que ya no iba a volver a ser el mismo. No estaba en su mano ayudar a otros, ya no.

Pensó en la decepción que sufriría Erika. Lo lamentaba, aunque ahora estaba seguro de que se las arreglaría bien sola. Tras su charla con ella había vuelto a casa y, empujado por la curiosidad —ese viejo instinto de policía que formaba parte de su ADN, aunque hubiese renunciado a él—, había estado investigándola, por eso había llegado tarde a la oficina. Lo primero que había descubierto, gracias a Internet, era que no tenía presencia en las redes; Erika era una persona discreta. De hecho, le había costado dar con algo que le dijera quién era. Consciente de que en la perseverancia está la clave del éxito, había dado con una noticia reveladora que decía mucho de la clase de persona que era. Se trataba de un artículo fechado siete años atrás sobre un trágico suceso: Erika Oblyakov había estado a punto de morir en un incendio provocado por su marido, un hombre de carácter atrabiliario al que nunca antes había denunciado y que le infligió malos tratos durante años. Prendió fuego a la casa cuando ella al fin se marchó y decidió divorciarse. Ese fue el detonante; él estalló, incapaz de aceptar que su mujer lo rechazara y rehiciera su vida. Buscó la oportunidad, y quiso quemarla viva. Casi lo consiguió, de ahí esas marcas en sus antebrazos —Mikel adivinaba que tendría más por todo el cuerpo—, pero fue él quien murió víctima de las llamas.

Así que Erika era una superviviente. Después de pasar por una experiencia así, años de maltrato, de vejaciones, después de sobrevivir a un incendio que había destrozado su cuerpo, se había rehecho y había trabajado duro para ser policía. Había llegado a ser la mejor.

Sí, sin duda se las apañaría sola.

En cuanto a él, solo quería buscar un rincón donde morir en paz.

Aunque esta vez no cometería el mismo error: primero debía despedirse de su *ama*. Una última visita.

Fue a verla a la mañana siguiente. Tragó saliva al entrar en la casa familiar, en el barrio de Amara Nuevo. Se enterneció al encontrarla sentada en su salita de estar, como siempre con la radio puesta. La animada avenida de Isabel II, con sus tiendas y terrazas llenas de gente, vibraba al otro lado de las ventanas. Sheyla, la chica que había contratado para que cuidara de ella día y noche desde que le diagnosticaran el cáncer, le aseguró que estaba tranquila, que había pasado una buena noche y que incluso había desayunado con fundamento.

—Hoy ha preguntado mucho por usted, a todas horas.

Acercarse a ella fue difícil, duro, jodidamente cruel.

Se secó con el dorso de la mano algunas lágrimas traicioneras; en cuanto al nudo en la garganta, no pudo hacer nada con él, se le enquistó, doloroso, denso como una bola de plomo, imposible de tragar. Se aproximó a su madre para besarla en la frente, y ella, tan menuda y delgada, apenas un saco de huesos, sonrió feliz. Tenía un buen día, lúcido, libre del tenebroso vacío que es el olvido. Lo buscó con esas manos delicadas y torcidas por la edad que tanto amaba. El tacto de esa piel fina tan frágil en su antebrazo, la calidez de esos dedos cándidos, muy blancos en contraste con su piel morena, y el modo en que se aferraba a él llena de ternura lo conmovieron profundamente.

No estaba preparado para dejarla sola. No estaba preparado para despedirse. La seguía necesitando, la necesitaría al menos otras tres vidas más.

Tal vez se encontraran al otro lado.

A sus ochenta y tres años, Marina seguía siendo el pilar fundamental que sostenía su mundo, su pared maestra. La Mari, como la conocían sus amistades, era la persona más dulce, seguro refugio de las dudas y debilidades de Mikel, su único hijo. Era capaz de ver en su interior todo lo bueno y todo lo malo, sin tapujos, sin juicios, queriéndolo, como lo había hecho desde que lo trajo al mundo.

Mikel se limitó a omitir la realidad. Le contó una verdad disfrazada, que planeaba participar en una nueva expedición y que estaba ilusionado. Le mintió al asegurarle que volvería pronto. Si su madre intuía sus mentiras —con esa capacidad que solo tienen las madres para leer en el corazón de sus hijos—, si había notado o no lo pálido que estaba, si se daba cuenta de su rostro magullado, no lo expresó en voz alta. Marina sonreía todo el tiempo, feliz de verlo, de tenerlo cerca.

Estuvieron juntos mucho tiempo, charlando de todo y de nada. Las horas se escaparon raudas y el avance de las agujas del reloj de carillón que adornaba el salón tomó a Mikel por sorpresa. Marina, como si intuyera que estaban a punto de separarse, le susurró algunas palabras muy quedo al oído. Pocas veces hablaba tanto:

—*Ez izan beldurrik, Mikel, zu oso indartsua zara ta oraindik gauza asko egiteko dituzu bizitza hontan, seme. Orain zatoz ta emaidazu beste muxu bat, kuttuna.**

* «No tengas miedo, Mikel, que tú eres fuerte y aún tienes mucho que hacer en esta vida, hijo. Anda, ven y dame otro beso, cariño».

Y él se inclinó y la besó en la mejilla anhelando dárselo todo. Aspiró el leve aroma de su piel, tan fina y suave, tan surcada de arrugas. Marina le dedicó una mirada profunda y tierna, de madre que entiende a pesar del velo de cansancio y de los años que ensombrecen la mente. De pronto, cogió su rostro con las dos manos y lo acunó en ellas con delicadeza.

—*Komponduko dezu, laztana, odolean damartzu ta*[*].

Su *ama* siempre hablaba con él en aquel euskera dulce como la miel que llevaban en el corazón, el euskera de su pueblo, Ormaiztegi. Mikel fue a sonreír, pero le sorprendió un sollozo que trataba de escaparse de su pecho. Lo contuvo como se contiene una inundación.

—*Zu polizia izateko jaio zinen, zure aita bezela. Ez ahaztu sekula! Ez jarraitu zeure burua zigortzen...*[**]

Su expresión se veló y no llegó a terminar la frase. No hizo falta, Mikel sabía bien lo que había querido decir. Su rostro se ensombreció, como el de su madre, y durante unos segundos ninguno dijo nada más. Mikel buscó la fotografía en blanco y negro que ocupaba un rincón de la sala, la única que su madre había decidido conservar. Allí estaban los dos, su padre y él, con sus trajes de neopreno. Esa fotografía había sido tomada el mismo día del accidente, mientras practicaban buceo en el litoral. Los sorprendió una fuerte galerna y su padre murió, y él no pudo hacer nada para evitarlo. Marina retomó entonces el hilo de sus pensamientos haciendo un esfuerzo, con la expresión turbia y la cara enrojecida por el recuerdo y la pena:

—*Ordun egin dezazu behar duzuna, hor barnean duzun ko-*

* «Lo resolverás, lo llevas en la sangre, cariño».

** «Naciste para ser policía, como tu padre. ¡No lo olvides jamás! No sigas castigándote por lo de tu...».

*rapiloa askatzeko. Beste gauzetarako ba dago denbora ta ez aurreratu gertaeratara, arazoak baimenik gabe iristen bait dira**.

Mikel tuvo la certeza de que su madre intuía que estaba enfermo y, sobre todo, que había renunciado a luchar. Nunca estuvo de acuerdo con su decisión de pedir una excedencia indefinida en la Ertzaintza, cuestionó sus motivos, incluso aceptando que su enorme pasión por el deporte era algo vital para él, incluso conociendo el dolor y la culpa que lo atosigaban por la muerte de su padre, porque no pudo salvarlo.

Ahora no podía ayudarlo. Estaba solo en esa extraña etapa de su vida.

* «Así que haz lo que tengas que hacer para desatar el nudo que tienes dentro. Para lo demás ya habrá tiempo, y no te adelantes a los acontecimientos, que los problemas llegan sin pedir permiso».

6

Cuando su móvil volvió a sonar con el número de Erika Oblyakov en pantalla, Mikel comprendió que, además de ser una mujer llena de coraje, era muy tenaz. Apenas eran las diez de la mañana y él aún necesitaba dormir. No había pegado ojo en toda la noche; demasiadas emociones, demasiado en qué pensar. No había sido fácil abrazar a su *ama* sabiendo que probablemente sería la última vez. Aitor lo llamó muchas veces y él dejó que el teléfono sonara y sonara. Se sabía cruel, pero su vida se estaba desmoronando. Esperaba que su socio se cansara de insistir y al fin lo dejara tranquilo. Solo entonces podría dar el siguiente paso.

Bostezó, y Erika volvió a la carga.

Erika, Erika...

Al fin alargó la mano y rescató el terminal de la mesilla de noche, dispuesto a soltar un exabrupto y zanjar el asunto de una vez por todas. Pero ella no lo dejó hablar.

—Un paseo por el puerto —fue lo primero que escuchó. Hablaba en inglés, pero su fuerte acento noruego resonó grave en sus oídos—. Hable conmigo, dígame por qué no quiere acompañarme, deme algo, algo que pueda aceptar, y lo dejaré en paz. Lo prometo. ¿Qué tal dentro de media hora?

Mikel soltó un gruñido.

—Una hora.

—De acuerdo, una hora. Lo espero en el Club Náutico.

Mikel tiró el móvil sobre la cama preguntándose por qué había aceptado esa cita. Estaba cerrándoles la puerta en las narices a personas que le importaban muchísimo, y a ella en cambio...

Se levantó de mala gana y se dio una ducha. Decidió que tal vez con ella sí podría sincerarse. No la conocía de nada, no le suponía un sacrificio y no volvería a verla jamás. Estaría bien decir la verdad por una vez. La verdad zanjaría el asunto.

Encontró a Erika junto al Real Club Náutico admirando su curiosa estructura. Hacía un bonito día y el cielo azul se abría limpio de nubes sobre la ciudad. Mikel aprovechó que estaba de espaldas para estudiarla. A su mente acudió lo que había leído sobre ella. Ese pasado justificaba la forma que tenía de estar, como una torre defensiva, firmemente anclada en su posición, inexpugnable. Su ancha espalda se erguía recta y fuerte, levantaba la barbilla casi con desafío.

—Parece un yate —dijo Erika cuando percibió su cercanía.

En efecto, el edificio había sido diseñado con la apariencia de un barco, y se asomaba al mar pintado de blanco, con sus grandes cristaleras reflejando el paisaje.

—Antes había aquí una piscifactoría —carraspeó Mikel.

—¿En serio?

Mikel se quitó las gafas de sol. Le molestaban mucho sobre la nariz rota.

—Me han dicho que hay una discoteca dentro.

—La Kabutzia.

—Debe de ser bonito bailar con vistas al mar, viendo la bahía. —Erika se volvió hacia él y esbozó una sonrisa amable—. ¿Caminamos?

Echó a andar despacio hacia el puerto, sin esperarlo.

Era una mujer ágil, se movía con soltura. Aquel corte de pelo tan corto y negro destacaba su rostro anguloso. No parecía tener prisa, o tal vez le estaba dando margen para sincerarse. Erika evaluó su expresión cuando la alcanzó y frunció levemente el ceño.

—Y bien, ¿va a explicarme qué pasa? ¿Cuál es el problema?

Directa al asunto. Mikel buscó las palabras en su interior. Había preparado un discurso breve pero contundente de camino al puerto, por eso había decidido ir andando, para ensayar lo que diría. Unas cuantas frases que hicieran que Erika Oblyakov dejara de molestarlo. Acabaría con su propuesta de la Antártida y no volvería a verla.

Sin embargo, se estremeció al pensar en el continente helado. Mientras contemplaba el dulce paisaje donostiarra, la arena suave y cálida de las playas de La Concha y de Ondarreta, repletas de veraneantes, la vegetación exuberante, verde, mientras sentía el calor del sol y observaba a la gente paseando, disfrutando del verano, no pudo evitar comparar la belleza de su ciudad con las llanuras estériles de hielo y nieve y las temperaturas más demenciales del planeta, de más de cuarenta grados bajo cero. El contraste resultaba chocante. Dejó que el sol acariciara su piel. Rememoró una vez más el duro paisaje polar, las vastas extensiones de hielo cambiante, el silencio, el viento, la ausencia de color, de olores. Algo se removió en su interior, porque más allá de la dureza de ese lugar, de su hostilidad para la vida, albergaba una belleza salvaje que él amaba profundamente.

Ni una palabra salió de su boca. La verdad se le atragantó. Erika notó su incomodidad.

—Dígame qué es lo que le hace dudar. Si puedo hacer o decir algo para que acepte acompañarme...

Mikel negó con la cabeza.

—Ya se lo dije, hace tiempo que decidí dejar atrás mi placa. No quiero volver a enfrentarme a esa clase de horror.

—Lo entiendo, mejor de lo que pueda creer —murmuró Erika.

Entonces empezó a narrarle lo que le pasó cuando estuvo a punto de morir a manos de su marido. Mikel ya conocía la historia, pero le sobrecogió su modo de relatarla. Le habló del miedo, del dolor, de la tristeza y, sobre todo, de la soledad, de la inmensa soledad, que es la mayor trampa en la que uno puede dejarse atrapar. Le mostró sus quemaduras en el antebrazo, también se subió la chaqueta negra de cuero y dejó que contemplara las que arañaban su vientre. No había vergüenza en su gesto, tampoco orgullo. Únicamente constataba su verdad.

—Las tengo por todo el torso y en la espalda. Me recuerdan lo que jamás debo volver a consentir. Me costó mucho volver a ser yo misma, reconocerme, ser normal, sentirme parte de este mundo, volver a creer en las personas, volver a creer en mí. —Suspiró, inspiró y espiró, y una amplia sonrisa se llevó los recuerdos más amargos—. Tardé un tiempo en comprender que yo, Erika Oblyakov, sí que tenía algo que ofrecer a los demás, que yo podía hacer algo útil para cambiar las cosas. —Un brillo vital resplandeció en su interior y traspasó las defensas de Mikel—. Por eso me hice policía. Luchar contra el mal es una buena manera de hacer de este mundo un lugar mejor. Alguien está amenazando las vidas de esas personas en la Antártida, alguien que, por cómo ha colocado el cuerpo de su víctima, volverá a hacerlo una y otra vez. Esa clase de mal ya lo he visto antes, y sé que usted también. Sea lo que sea lo que le está frenando, debería aparcarlo, por esta vez al menos. —Le puso una mano en el brazo y detuvo su paseo—. Todo está en regla si decide acompañarme. El avión sale mañana a las siete menos veinte de la mañana.

Sacó un billete del bolso que llevaba en bandolera y se lo entregó. Estaba a su nombre.

—No puedo, Erika.

Trató de devolverle el pasaje, pero ella no se lo permitió. Tuvo que guardárselo.

—No voy a ir.

Cuando ella dejó caer la mano y se quedó inmóvil a su lado, quiso rectificar. «Vamos, arrepiéntete, ¡cambia de idea!», pero no podía. No debía.

—Hay algo que no me está diciendo. ¿Qué es?

Ya era tarde. Mikel fue consciente de que su oportunidad había pasado, incluso antes de haberse presentado. No encontraba fuerzas para hablarle de su enfermedad, no podía decirle eso a alguien como Erika, una superviviente, una luchadora, que salió del infierno y volvió a la vida. Se sintió cobarde y se encogió de hombros.

—Lamento que haya hecho el viaje en balde.

Erika arqueó las cejas.

—Yo también. —Dio media vuelta y se alejó paseando despacio por el muelle.

«Qué cabrón soy, joder».

Descorazonado, abandonó el puerto y se fue hacia el puente del Kursaal buscando la playa de la Zurriola. Necesitaba caminar, desembarazarse de la marea de recriminaciones que su conciencia ansiaba verter sobre su corazón. No estaba siendo egoísta, realmente su enfermedad podía suponer un problema si iba a la Antártida; de poca ayuda le iba a servir a Erika si empezaba a delirar.

«Pero podrías habérselo dicho. Merece saber la verdad».

Lo había intentado, pero le costaba decirlo en voz alta porque era lo mismo que dictar sentencia: en el momento en que lo admitiera ante los demás, ya no habría marcha atrás. Y tenía miedo.

«Cobarde».

Cuando cruzó el puente y al fin alcanzó la playa, bajó a la arena, sorteando toallas y sombrillas, y se descalzó. Se subió la pernera de los pantalones, cogió las botas en la mano y caminó hundiendo los pies desnudos en la arena hacia la orilla. Había pocos surfistas, seguramente porque apenas había olas, pero unos cuantos flotaban sobre sus tablas dejándose llevar. Los bañistas eran muchos más, y los que paseaban como él por la orilla disfrutaban del sol. Los envidió por ir en traje de baño, no con vaqueros y camiseta. Le habría gustado desprenderse de su ropa y darse un chapuzón. Solo metió los pies en el agua. Estaba fresca. Pensó en acabar allí mismo, en adentrarse en el mar y dejarse ir. Sería la segunda vez que lo intentaba. Sin embargo retrocedió, abandonando la arena mojada y apelmazada de la orilla para regresar a la seca, cálida y fina. Se tumbó boca arriba. Respiró despacio mientras el sol bañaba su cuerpo. Lo sentía a través de la ropa, benévolo, amable. Pensó en lo que Erika le había dicho, en el peligro que amenazaba las vidas de la gente de Nytt Håp. No volvería a verlos. Nunca.

Jugueteó con la idea de ceder al ruego de Erika. Si iba a la Antártida, tal vez su enfermedad lo respetara un tiempo y pudiera evitar que muriera más gente. ¿No era ese un buen motivo para cambiar de parecer? Protegerlos, luchar contra un asesino que probablemente volvería a matar, porque Erika tenía razón: la forma en que había escenificado la muerte de Björg indicaba que era un reincidente.

Se dejó llevar por sus ensoñaciones, se imaginó viajando al continente helado, pasando un tiempo en sus heladas llanuras, volviendo a compartir tiempo con sus amigos noruegos. Y se dio cuenta de que nada sería como lo recordaba. Erika le había dado un billete al infierno. Lo sacó del bolsillo y lo observó. No hallaría ningún placer en la que sería su última visita a la Antártida. No, definitivamente prefería conservar el recuerdo intacto, no mancillado por el horror y la muerte.

Además, había dicho que no a Aitor, a Urpekari y su proyecto. Iba a dejar a su *ama* sola. También debía decirle no a Erika. Lo mismo que le impedía quedarse en San Sebastián le impedía ayudarla a ella. No estaba en condiciones.

«No, no es cosa tuya. Deja que Erika se ocupe».

Arrugó el billete en la mano. Lo tiraría en la primera papelera que encontrara.

Aeropuerto de Loiu, Bilbao

El acceso a la puerta de embarque que correspondía a su vuelo ya estaba abierto. Erika suspiró, tenía un largo trayecto por delante. Aquella era la primera etapa, volaría a Madrid y de allí a Punta Arenas, en Chile, donde tomaría otro vuelo con destino a la base estadounidense McMurdo, en la Antártida. Ya había facturado su equipaje, todo lo que le habían aconsejado que llevara para el gélido rigor del continente helado. El último tramo hasta Nytt Håp lo cubriría gracias a un avión pequeño que los americanos tenían en su base, si el tiempo lo permitía. Le habían advertido que a menudo la climatología obligaba a suspender los vuelos, podía pasar muchos días esperando una ventana de buen tiempo en Punta Arenas, y lo mismo podía ocurrirle en McMurdo. Alcanzar su destino no iba a ser tarea fácil.

Lamentó no tener a alguien experimentado como Mikel Ibarra a su lado.

Sostuvo su billete en la mano meneando la cabeza. Había estudiado el expediente de Ibarra a conciencia, nunca hubiera dicho que fuese a darle la espalda en un asunto tan feo.

La noche había sido larga. Había repasado muchas veces sus dos breves conversaciones con él y estaba segura de que ese hombre ocultaba algo. Había detectado su honda desesperación, una rabia dura, despecho, impotencia y miedo. Ella había experimentado todas las clases de miedo, sabía reconocer a otra víctima cuando la encontraba. Ibarra había perdido a su padre en un trágico accidente mientras practicaban buceo, y su muerte había supuesto un varapalo para él. Poco después había pedido la excedencia, y desde entonces se había volcado en cuerpo y alma en ese proyecto de investigación sobre trajes de inmersión. Eso y sus expediciones a la Antártida se habían convertido en su mejor arma contra el dolor. Pero ya habían pasado tres años y seguía en nómina en el SICTG. Su trayectoria como policía hablaba de un agente muy capaz que amaba su profesión. Esa pasión, esa entrega, no eran valores que se extinguieran sin más. Mikel Ibarra lo llevaba en la sangre, era policía hasta la médula, y lo demostraba el hecho de que aún no hubiera renunciado a su placa. Entonces, ¿qué era lo que le impedía volver a la Ertzaintza? ¿Qué le impedía acompañarla? ¿Ni siquiera el saber que un asesino estaba amenazando las vidas de personas que le importaban era motivo suficiente para coger ese vuelo?

La cola de pasajeros que embarcaban rumbo a Madrid empezó a moverse. Erika ocupaba un puesto al final de una larga cinta de gente que iba avanzando despacio, con pasos cortos, desde ejecutivos hasta turistas, estudiantes, familias con niños o viajeros solitarios. Uno tras otro iban mostrando sus pasajes y documentos de identidad a las eficientes azafatas que controlaban la puerta de embarque. Erika se volvió por última vez. Ni rastro de Mikel. La mujer que estaba a su espalda la empujó apremiándola a avanzar. Erika agarró el asa extensible de su pequeña maleta y saludó a la azafata. Entregó su billete.

—Que tenga buen viaje —dijo la azafata.

Erika apenas sonrió. Estaba ocupada masticando su decepción.

—¡Erika!

Al oír que la llamaban, volvió la cabeza. Para su sorpresa, Mikel Ibarra avanzaba hacia ella a grandes zancadas, abriéndose paso a empujones con varias bolsas de aspecto pesado a cuestas. Destacaba entre la multitud con su metro noventa de estatura y aquella horrible inflamación en torno a la nariz deformando su rostro y esos ojos inyectados en sangre.

Erika sonrió. Lo sabía, sabía que no podía ser. Consultó su reloj de pulsera y lo apremió.

Mikel hizo un último esfuerzo y alcanzó la cola. Ya apenas quedaban seis personas. Erika le pidió a la azafata que le permitiera embarcar con su equipaje sin tener que facturarlo. Como esta se negó, tuvo que mostrarle su acreditación. Mikel le entregó a la azafata el billete arrugado con un gesto de disculpa.

—¿Y eso? —preguntó Erika cuando dejaron atrás el control de embarque.

Mikel se encogió de hombros y compuso una mueca en su rostro sudoroso.

—Tenías razón, necesitas un guía, y pensándolo bien, Nils Høgli no es tan bueno como yo.

Había pasado una larga noche en vela hasta que, de madrugada, había tomado una decisión. No podía dejar a la gente de Nytt Håp a su suerte, con un asesino suelto en su base. Erika tenía razón, aún había un alma de policía en él, y le importaban demasiado esas personas como para fingir que no pasaba nada. Esperaba que el tumor lo respetase lo suficiente como para atrapar a aquel psicópata. Le quedaban seis meses de vida, tal vez más, tal vez menos. Sus síntomas quizá no se volvieran demasiado agudos todavía. Y era más que probable que encontrara lo que buscaba mientras trabajaba para atraparlo. Morir así también le parecía un buen modo de marcharse.

7

Base Nytt Håp

Desde el aire apenas era visible. Habían tenido mucha suerte con la meteorología: de haber llegado a McMurdo un día más tarde, no habrían podido volar, dado que una borrasca se aproximaba y el viento y la falta de visibilidad pronto imposibilitarían el despegue y el aterrizaje de cualquier avión. De hecho, el cielo ya estaba encapotado y ofrecía un mortecino y monótono tono gris. La visibilidad era muy pobre, con el sol tan bajo que apenas lograba asomarse por la línea del horizonte. Camuflada en aquella penumbra gracias a su armazón blanco, la base noruega apenas era una mancha en la nieve. Alrededor se apreciaban estructuras auxiliares, como pequeños cajones diseminados. Mikel se las fue señalando a Erika a través de la ventanilla. Los motores tronaban y lo obligaban a gritar para hacerse oír. En el edificio más alejado, le explicó, tenían la antena de comunicaciones, en otro habían instalado los generadores, en el siguiente la incineradora, la compostadora de plásticos y metal con el fin de contaminar lo menos posible, un taller para los mecánicos y otro para la electrónica, un edificio específico para los guías, otro donde transformaban la nieve en agua para beber, fregar o ducharse, y un módulo donde guardaban los vehículos que llevaban en las expediciones.

Eran los dos únicos pasajeros, por lo que contaban con sitio de sobra donde sentarse, pero de alguna forma habían acabado viajando muy cerca el uno del otro. No había asientos, así que compartían espacio sobre un montón de redes rojas, rodeados por el fuselaje del aparato y los cables que recorrían paredes y techo. Había un baño tras una cortina. Ninguno de los dos lo había utilizado.

Mikel comprendía que el motivo por el que volvía a Nytt Håp era triste y oscuro, pero no podía evitar que su corazón y su alma cantaran al volver a contemplar la Antártida. Hablaba con elocuencia mientras Erika lo escuchaba con aire reflexivo. Le interesaba empaparse bien de los conocimientos de Mikel antes de aterrizar, y era de agradecer el entusiasmo con que se los transmitía. Pero de cuanto salía de sus labios se desprendía lo difícil que era sobrevivir en aquel lugar, lo inhóspito que era. Mikel también le habló de la importancia de la labor de los científicos que trabajaban en la base para el futuro del planeta. Erika detectó un cambio en su humor.

Mikel volvió la cara, consciente de que él no vería jamás ese futuro. Sus labios se retrajeron en una mueca muy amarga. Notó que Erika lo estaba observando, así que, de forma inconsciente, hizo retroceder las traicioneras señales de inquietud que lo delataban hasta el fondo de su alma. Tenía que distraerla antes de que empezara a preguntar, tenía que hacer un esfuerzo por superar aquel acceso de melancólica tristeza que lo había asaltado, así que retomó sus explicaciones. Pero no logró evitar que la amargura impregnara sus palabras. Le explicó por qué la luz era tan escasa, cómo durante el invierno austral los días se transformaban en un largo crepúsculo. A medida que la estación avanzara, se tornarían más y más oscuros y durarían menos, amanecería y no lo apreciarían, porque el sol no volvería a alzarse en el horizonte.

Mientras el avión sobrevolaba Nytt Håp preparándose para aterrizar, el estado anímico de Mikel se ensombreció más y las palabras fueron muriendo en su boca. Dejó de hablar, perdido en sus pensamientos más sombríos. Volvía a ser consciente de por qué estaban allí. Se obligó a recordar que había ido a Nytt Håp no como guía, sino como policía.

No había ido a disfrutar.

Había ido a atrapar a un asesino.

«Y de paso a morir».

Su silencio afectó a Erika, que contemplaba el paisaje con visible intranquilidad. Absorta en aquella inquietante oscuridad, de pronto la nieve se le antojaba fantasmal, y cuanto rodeaba la base, tétrico y peligroso. Contemplaba la inmensa región helada con aprensión: todo era igual, un inmenso lienzo en blanco, una árida meseta sin promontorios ni montañas, nada que interrumpiera la monotonía. El peso del aislamiento en que se hallaba la base noruega tensó su estómago. Aquel lugar estaba envuelto en un halo muy lúgubre.

Al tiempo que el aparato descendía para aproximarse a la pista de aterrizaje, Mikel experimentó la profunda diferencia entre aquel viaje y los anteriores. Para él, viajar a Nytt Håp siempre había sido sinónimo de felicidad, significaba adentrarse en una tierra que amaba, deslumbrante, misteriosa, feroz. Esta vez todo sería muy distinto.

La pista no era sino una lengua de hielo de apenas dos kilómetros de longitud, lo suficientemente llana como para permitir el aterrizaje y el despegue de pequeños aviones. No había luces que la delimitaran, el piloto maniobraría guiado por su experiencia. Cuando el avión tomó contacto con la pista de nieve helada, se sacudió, tembló, y al fin se deslizó con suavidad hasta detenerse a escasos cien metros de la base.

Hacía mucho que los miembros del equipo fijo de Nytt Håp no lo veían. Se sorprenderían sin duda de que apareciera fuera de temporada y sin avisar. Durante el verano austral la base hervía de actividad, las personas que convivían allí en esa época la llenaban de anécdotas, trabajo y mucha ciencia. Él estaba acostumbrado a organizar expediciones con los distintos equipos científicos, biólogos, glaciólogos y geólogos, en un trajín apasionante que le permitía recorrer grandes extensiones explorando aquel mundo aún desconocido. Iba a resultarle muy duro visitar Nytt Håp ahora que estaba casi vacía, sabiendo que no podrían salir de la base si no era por una buena razón: una cuestión de vida o muerte. En aquellos momentos solo estaba el personal de invierno, un puñado de militares y algunos científicos, doce personas de un total de trece, puesto que habían perdido a su geólogo, Björg Stutgard. Desde luego, iba a ser un reencuentro muy duro. No quería ni pensar en las tensiones psicológicas que estallarían en semejantes circunstancias.

Nadie salió a recibirlos.

¿No habían oído el avión?

Mikel se liberó del cierre de seguridad de su arnés y se acercó a la compuerta, la abrió y desplegó la escalerilla. El viento lo sacudió. La temperatura en el exterior era de unos atroces treinta y cinco grados bajo cero, pero el aire racheado hacía que la sensación térmica fuera mucho más aguda y que respirar supusiera un esfuerzo ímprobo. Se ajustó las gafas. No había luces y no se veía un alma. Frunció el ceño. Bajó del avión.

Tras él descendió Erika. Sus botas recién estrenadas se hundieron en la nieve, le impresionó aquel primer contacto con el medio, la violencia con que el clima despiadado asaltaba su organismo. ¿En qué momento había llegado a pensar que los inviernos en Noruega se asemejaban lo más mínimo al rigor de la Antártida? No había sido consciente de lo que le esperaba. Iba a ser duro, muy duro. Tal y como Mikel le había asegurado. Él la ayudó a ajustarse el chaquetón polar y le cerró la capucha sobre el pasamontañas. Todo era nuevo, recién comprado, de buena calidad. Sin duda, Erika se había informado bien antes de volar a la Antártida.

Con la ayuda del piloto y del copiloto americanos, que salieron de la cabina con prisas y fuertemente abrigados, descargaron su equipaje.

—No los esperaban, ¿eh? —bromeó uno de ellos en inglés.

No se entretuvieron mucho. En cuanto hubieron depositado en el suelo la última bolsa, recogieron la escalerilla, cerraron la compuerta, subieron a la cabina y se despidieron levantando la mano. No podían culparlos teniendo la borrasca tan cerca. El avión dio la vuelta, se deslizó por la pista, cogió velocidad y despegó. Pronto se perdió en la distancia.

—¡Qué soledad! —gritó Erika.

Mikel masticó sus sensaciones. No le gustaba lo que estaba pasando, es decir, nada. Una sorda intuición de peligro lo asaltó, brutal e inmisericorde.

Echó a andar de inmediato. Cargó con tantos bultos como pudo, encorvado bajo el viento gélido. Erika lo imitó. El frío mordía con ferocidad la poca piel que quedaba desprotegida bajo sus capuchas, las gafas y el pasamontañas con que se cubrían la garganta y parte de la mandíbula y la boca. Agacharon la cabeza, ladeándola para escudarse un poco de los embates del invierno. Sus pesadas botas se hundían en la nieve hasta las rodillas mientras caminaban hacia la entrada de la base. De cerca, Nytt Håp resultaba aún más impresionante, mucho más grande de lo que se apreciaba desde el aire. Se trataba de un edificio con forma de huevo aplastado, construido con sólidas planchas de aislamiento del mismo color que la nieve. Más que un platillo volante, semejaba una estación espacial. Podría ser la MIR. Y el emplazamiento en que se hallaba bien podía ser la Luna.

Los focos principales repartidos por el perímetro estaban apagados, de ahí esa sensación tan funesta que los había asaltado. Mikel no comentó nada al respecto para no preocupar demasiado a Erika, pero era una mala señal. Algo marchaba mal.

Subieron los peldaños de metal hasta la entrada luchando contra las ráfagas de viento. Aún esperaban que de un momento a otro alguien saliera a recibirlos. La puerta se abrió con un siseo, deslizándose automáticamente hacia los lados.

Dentro no había sino oscuridad, no invitaba a entrar.

—¿Es esto normal? —preguntó Erika.

Mikel no contestó.

La puerta se cerró con un chasquido.

Soltaron el equipaje y escudriñaron las sombras.

Mikel negó con la cabeza. Aquello no estaba bien. En absoluto. Sacó una potente linterna de una de sus bolsas y la encendió. Cuando barrió la oscuridad, su haz luminoso les descubrió el techo y las paredes de un ancho túnel semiesférico de paneles blancos acolchados. Las luces que deberían iluminarlo estaban apagadas, como las del exterior. A juzgar por la temperatura tan baja, no funcionaban los generadores que suministraban energía a la base, entre otras cosas para proporcionarle calor.

—Los dormitorios están al otro lado de este pasillo —indicó Mikel.

Erika sacó su pistola y la empuñó junto con una pequeña linterna. Mikel se sorprendió, nadie portaba armas en la Antártida. Dadas las circunstancias, hubiera agradecido llevar su antigua arma reglamentaria. Hacía mucho que no empuñaba una.

—¡¿Hola?!

Su potente voz resonó hueca. Nadie respondió.

Dio un paso cauto hacia delante. La base parecía abandonada. Empezaron a avanzar por el pasillo. Una gélida corriente de aire lo recorría, la notaban en las piernas, mordiendo su ropa. Fueron comprobando las puertas: estaban abiertas, los módulos desiertos. La primera correspondía a la bodega, la segunda al comedor, que se comunicaba con la cocina y su despensa, y la tercera a la biblioteca. Al otro lado del pasillo se hallaban los aseos comunes, con duchas, lavabos y urinarios. La base contaba también con un gimnasio y una sala de cine para mantener las mentes de sus residentes entretenidas en los ratos de ocio y evitar que les pesara demasiado la ausencia de familia y amigos. Se trataba de mitigar la distancia que los separaba de ellos y la soledad.

Un escalofrío sacudió la espina dorsal de Mikel al imaginar que tal vez había ocurrido una nueva tragedia.

Entonces oyeron un golpe, y enseguida le sucedió un grito. Mikel saltó al mismo tiempo que Erika hacia delante. Corrieron velozmente por el pasillo, hasta donde se bifurcaba en tres: al frente, hacia los dormitorios; a la derecha, hacia los laboratorios y el módulo médico y sanitario, y a la izquierda, hacia la sala de reuniones, el cine, el gimnasio y los despachos del comandante y del resto de militares. Doblaron hacia la derecha, de donde creían que había procedido el grito, y sus linternas iluminaron un cuerpo en el suelo. Una mujer se inclinaba a su lado. Su brillante pelo rojo y un rostro descompuesto y pálido aparecieron en el duro haz de luz con que la enfocaron.

Mikel se acercó con el corazón en un puño. Reconoció al hombre: Brede Leenhardsen, uno de los dos ingenieros de Nytt Håp.

—¿Mikel? —preguntó sorprendida Synne Gulbrandsen, la médica de la base.

Su largo pelo rojizo estaba enmarañado y parecía no haber dormido en los últimos días. Su inicial desconcierto al verlo aparecer de la nada fue barrido por una expresión fulminante de desesperación y recelo. No se alegraba de verlo. De inmediato se levantó. Mostraba una evidente desconfianza y le temblaban las manos. Una aguda tensión contraía su fisonomía. Se mordió el labio.

—Synne, ¿qué ha pasado? —Mikel barrió el resto del pasillo con su linterna para asegurarse de que no había nadie más.

—¿Está muerto? —preguntó Erika.

—¿Qué? ¡No! —Synne la miró desconcertada, preguntándose quién era—. No, pero alguien lo ha agredido. ¿Qué haces aquí, Mikel? ¿Quién es ella?

Se la presentó, y Synne recordó haber hablado con ella por teléfono.

—Estamos aquí por la muerte de Björg, hemos venido a ayudar.

Synne movió los labios musitando algo. Luego se arrodilló junto al ingeniero y comprobó su pulso. Tenía una fuerte contusión en la cabeza. Sin sangre. Por suerte no era grave, se había desmayado. Brede no reaccionó a la presión de los dedos expertos en su garganta, ni cuando trató de despertarlo dándole unos cachetes en las mejillas.

—Doctora Gulbrandsen —intervino Erika, y Mikel la amparó en el haz de luz de su linterna. La agente apuntaba su arma al suelo y vigilaba alrededor—, es importante que trate de recordar: ¿ha visto quién ha sido? ¿Qué ha pasado? ¿Dónde está el resto del personal de la base? ¿Por qué no hay luz?

Synne rehuyó responder a sus preguntas.

—Debería llevar a Brede al módulo médico —fue todo lo que dijo.

—Después —negó Erika—; él está bien, y el peligro aún no ha pasado. Por favor, doctora, es importante. Díganos lo que recuerde.

Synne tragó saliva. Procuró dominar sus nervios, pero escudriñaba furtivamente la oscuridad escuchando. No se oía nada. Luego se volvió hacia Erika. Miró su pistola con aprensión.

—Nadie lleva armas aquí —murmuró y empezó a frotarse los brazos.

Al punto, Mikel se desprendió de su chaquetón y se lo puso sobre los hombros. No sabía cómo sentirse respecto al recelo evidente con que se comportaba Synne. No la reconocía. La joven de treinta y dos años agradeció meter los brazos en las mangas y dejó que el calor corporal de Mikel, aún prendido en el forro interior, le devolviera algo de entereza.

—Ragnar no está —explicó entonces—. Desapareció ayer mientras dormíamos, y ahora... Todo va muy rápido... Yo...

Un velo de amenaza serpenteó alrededor mientras Synne hablaba. Sus palabras sonaban huecas en el ambiente opresivo del pasillo. Tal vez por eso hablaba en voz tan baja, como si temiera que estuvieran escuchándola, como si algo se agazapara en las sombras. Sus dedos aferraban las solapas del chaquetón de Brede con fuerza, crispados por el miedo. Ragnar probablemente sería la siguiente víctima. Ya lo esperaban.

«Aunque no tan pronto», pensó Mikel.

Ragnar Ringstad era uno de los dos informáticos de la base, recordó Erika. Parte del personal militar.

—Continúa, Synne.

La joven osciló como un péndulo, como si hubiera perdido el centro de gravedad. Estaba obnubilada, era evidente que le costaba hilar sus ideas, construir un relato coherente. Se frotó la frente con los dedos, y fue como si quisiera arrancarse de cuajo ciertos pensamientos de su mente con aquel gesto frenético, irritado.

—No podía dormir, así que he estado trabajando hasta que..., hasta que se ha ido la luz. No sabía si ha sido en toda la base y he salido a ver. Bueno, yo suponía que Brede estaría de guardia, hacemos guardias desde lo de Björg, y quería preguntarle. Tampoco hay luz en el pasillo, ya lo ve, estábamos hablando de eso cuando alguien ha aparecido de la nada, y luego... —Meneó la cabeza—. No he visto quién era, ¿cómo ver algo en esta jodida oscuridad?

—Doctora, ¿dónde están los demás?

—No lo sé, no he visto a nadie más. Es temprano, supongo que siguen en los dormitorios. No me he atrevido a dejar a Brede aquí tirado para ir a buscar ayuda. Me daba miedo ir sola, esa es la verdad.

Se estremeció y miró alrededor de nuevo. Las linternas de Mikel y Erika hacían más evidente la presión que las sombras ejercían sobre ellos, cercándolos en su foco de luz. Mikel se arrodilló y alumbró el rostro relajado del ingeniero de treinta y cuatro años. Era un tipo grande, muy rubio, albino. Brede era un militar recio, una columna de granito, de carácter introvertido y hosco, mudo y obediente, difícil de sorprender. Para noquearlo, su agresor debía ser capaz de moverse como un fantasma y tener mucha fuerza. Por tanto, tenía que ser también alto. Alto y fuerte.

—Debería ocuparme de él —musitó Synne—; ayúdame a llevarlo al módulo médico, Mikel.

No tuvo tiempo de responder. Oyeron un chasquido y las lámparas del techo parpadearon y la luz regresó. Los tres al mismo tiempo alzaron la cabeza, sorprendidos por la repentina luminosidad que inundaba el pasillo. No había nadie más allí. Mikel apagó la linterna, Erika lo imitó y enfundó su pistola. Al poco, oyeron voces y pasos que se aproximaban.

Steffen Thorensen, el comandante de la base, dobló la esquina. Andaba con decisión. Lo seguía de cerca Halvard Linnes, el otro informático y su mano derecha, un tipo con la apariencia de un ave rapaz, alto, moreno, nervudo y de rostro afilado. Johan Olsen, el otro ingeniero, apareció en último lugar. Tan rubio y corpulento como Brede, portaba una caja de herramientas y una expresión frustrada en el rostro cuadrado. Al ver a su compañero tirado en el suelo, soltó la caja y corrió hacia él.

—Tranquilo, Brede está bien —le aseguró Synne.

Thorensen evaluó la escena envuelto en un silencio hermético. Era un tipo grande, y sus facciones quedaban en parte ocultas bajo una poblada barba rubia. Estaba claro que él y sus hombres venían del exterior, a juzgar por su atuendo y la escarcha que se les había adherido a la ropa. Si le había sorprendido la presencia de Mikel lo disimulaba, aunque sin duda habrían visto sus bolsas de viaje abandonadas en la entrada. En cuanto a Erika, para él era una completa desconocida.

—¿Qué ha pasado? —inquirió señalando a Brede.

Synne repitió su versión de los hechos.

Thorensen se dirigió a Mikel.

—¿Qué haces aquí?

Mikel le tendió la mano con naturalidad. Conocía bien su carácter, había convivido con él durante meses campaña tras campaña, y sabía que era poco dado a las familiaridades, pero no esperaba que se la estrechara con tanta frialdad. Le desconcertó que lo tratara casi como a un extraño, marcando las distancias. Se tragó el mal sabor de boca de un recibimiento tan poco cordial recordándose que las circunstancias no eran las mejores.

—He venido con ella. —Señaló a Erika—. Acabamos de llegar, nos ha traído un avión desde McMurdo.

—¿Un avión? No lo hemos oído.

—Comandante, deberíamos llevar a Brede al módulo médico, no podemos tenerlo aquí más tiempo —intervino Synne—. Yo sola no puedo con él, por favor.

Thorensen le hizo un gesto a Halvard, y de inmediato este, junto con Johan, se hicieron cargo de su compañero. Lo levantaron en volandas y se lo llevaron, con Synne a la zaga. Fue patente lo mucho que la doctora deseaba salir de aquel pasillo. Sus hombros se relajaron a medida que se alejaba.

En cuanto el grupo desapareció, Erika se acercó al comandante y le tendió la mano en un intento por acortar distancias. Thorensen no la aceptó, y ella la retiró. La situación se estaba volviendo muy incómoda.

—Hablamos por teléfono, comandante. Soy Erika Oblyakov, agente especial de la Kripos.

Las cejas de Thorensen se arquearon. Una fugaz sombra de enojo cruzó su semblante.

—Creí que había quedado claro que nos las arreglaríamos bien sin ustedes.

—Pues con todo el respeto, no parece que tenga la situación controlada en absoluto. —Erika señaló hacia el lugar por donde se habían llevado a Brede—. Por no hablar de que ha desaparecido otro de sus hombres, Ragnar Ringstad, ¿no es así? Por eso he venido, para ayudar.

—¿Y tú?

Mikel no pensaba dejarse amilanar. No estaba allí como otras veces, no iba a hacer de guía, iba a hacer de policía, estaba dispuesto a apoyar a Erika en lo que hiciera falta. Ahora era su compañera, y no le gustaban las maneras con que Thorensen la trataba. Aun así, se esforzó por sonar tranquilo y conciliador.

—Ya sabes que soy policía.

—Creía que lo habías dejado.

Mikel se armó de paciencia. Cuadró los hombros y afrontó la desafiante actitud del comandante, que se comportaba como un animal marcando el territorio, meando alrededor, estableciendo distancias, límites. Estaba diciéndoles que no los quería allí.

«Pues no te queda otra que aguantarnos», pensó Mikel con sorna.

—Y así es, pero cuando he sabido lo que le ha pasado a Björg he creído que os vendría bien un poco de ayuda. Erika me propuso colaborar en la investigación y no lo he dudado. Lo siento, siento lo de Björg.

—¿Y esa nariz? —preguntó Thorensen relajando el tono.

—Un accidente mientras buceaba.

—Te hemos echado en falta este verano.

—Tenía asuntos personales que atender.

—Nada grave, espero.

Mikel guardó silencio. Nada grave, salvo un tumor corrompiendo su cerebro.

—Deberíamos trabajar unidos, comandante. Antes de que haya más bajas —sugirió Erika.

—La investigación es cosa nuestra.

Erika levantó las manos en son de paz.

—Por supuesto.

Los plafones del techo parpadearon. Temieron que volvieran a apagarse.

—¿Qué ha pasado con la luz? —preguntó Mikel.

—Hemos sufrido un sabotaje —aclaró Thorensen—. Alguien ha manipulado los generadores principales. Por eso estábamos fuera. Johan ha estado intentando repararlos, pero están fritos; han robado algunas piezas.

—Pero volvemos a tener luz.

—Porque no han tenido tiempo de tocar el generador auxiliar.

El viejo generador, lo había olvidado, se usaba en casos de emergencia.

—¿No deberíamos contactar con los americanos? —propuso Mikel—. Podríamos avisar a McMurdo. Puede que tengan piezas como las que se han llevado.

—Imposible —negó Thorensen.

—¿Por qué? —preguntó Erika.

El comandante se echó atrás la capucha y se encaró con ella.

—Porque no se han limitado a sabotear los generadores. También se han cargado las comunicaciones. No tenemos Internet, los móviles no sirven con la antena frita, y los satelitales han desaparecido. Ni siquiera podemos contar con la radio.

Mikel comprobó que su móvil estaba sin cobertura, y Erika se llevó una mano al bolsillo interior de su chaquetón en un gesto casi imperceptible. Fue a decir algo, pero se contuvo. La situación era peor de lo que había creído al aterrizar.

—¿Estamos incomunicados? —preguntó Mikel con incredulidad.

—Del todo.

—Vaya. Podíamos haber enviado aviso a McMurdo con el avión que nos ha traído —se lamentó—. De haberlo sabido...

—De haber sabido que veníais, lo habríamos hecho, pero no lo sabíamos y no hemos oído el avión.

—Ya. Pues estamos jodidos —farfulló Mikel.

—Muy jodidos.

—Ha dicho que no hay manera de recuperar los generadores, ¿qué supone eso? —quiso saber Erika.

—Puede suponer la diferencia entre sobrevivir o morir

a merced del invierno. Si el auxiliar falla, no habrá calefacción ni luz. Sin comunicaciones para pedir ayuda, no podremos volver a poner en marcha los generadores principales. Tendremos que aguantar el tirón. Suponiendo, claro está, que el generador auxiliar soporte el exceso de trabajo hasta que pase el temporal. Es viejo y se sobrecarga. No durará.

Mikel lo escuchaba con el semblante sombrío. Las cosas iban a ponerse muy difíciles si el responsable de la muerte de Björg era capaz de ocasionar tantos problemas. Indudablemente estaba jugando con ellos, trataba de ponerlos contra las cuerdas. De ese modo iría saboteando su moral poco a poco, minando sus fuerzas, haciéndoles saber que su destino indefectible era morir, bien a merced del frío, bien asesinados por él. Era perverso. La mano de Erika rozó la suya pidiéndole calma.

—¿Cuántos días pasaron con Björg? Antes de que lo mataran.

—Tres días. —El comandante sabía que lo preguntaba por Ragnar—. Por ahora, ya que no puedo hacer que se vuelvan por donde han venido, supongo que tendré que dejar que se instalen. Usted —señaló a Erika— puede quedarse con Mikel, hay varias camas libres en su habitación de siempre. Mikel, ya sabes cuál es.

Se marchaba, se proponía dejarlos en mitad del pasillo sin una palabra más. Erika se adelantó.

—Con su permiso, quisiera echar un vistazo al dormitorio de Ragnar.

—No veo para qué, ya lo hemos hecho nosotros.

—No tendrá inconveniente en que lo hagamos también.

—Voy a pedir al personal que se reúna en el comedor. Cuando estén todos allí podrán hacerlo. Denos diez minutos.

Había aceptado, pero su tono fue desabrido.

8

Diez minutos les daban margen suficiente para dejar sus bolsas en el dormitorio y tomarse un respiro. Tuvieron que retroceder hasta la entrada donde las habían soltado y volver sobre sus pasos. Al menos ya no era necesario moverse en la oscuridad. Mientras conducía a su compañera hasta el módulo en el que pasarían los próximos días, semanas tal vez, Mikel desplegó sus instintos permitiéndose absorber el pulso del que había llegado a ser su segundo hogar. Percibía cómo la base contenía el aliento, enferma, aquejada por un mal peligroso que parecía haber impregnado las paredes y enrarecido el aire. Fue muy consciente, mientras caminaba codo con codo con Erika, de lo mucho que había cambiado Nytt Håp desde la última vez que la visitó. No intercambió sus impresiones con ella. Abrigaba la absurda sensación de que alguien espiaba sus movimientos. Se le erizó el vello en la nuca.

Al llegar al dormitorio que normalmente ocupaba cuando estaba allí, abrió la puerta con familiaridad y encendió la luz, emocionado por volver a ocuparlo después de tanto tiempo, y la invitó a pasar. Nada había cambiado, aunque, sin la presencia de las personas que solían dormir con él durante las campañas de verano, le resultó menos amable. Aquel no era muy distinto del resto de módulos habitacionales salvo por un detalle: contaba con aseo propio; solo los que ocupaba el personal permanente de la base lo tenían, los que la habitaban durante el verano austral debían utilizar los aseos comunes. Eran estancias espaciosas pensadas para ser compartidas por cuatro o cinco personas. La de Mikel era cuadrada y se hallaba al final del pasillo, con vistas al exterior. Había cuatro camas, un pequeño escritorio, cuatro taquillas y una estufa. Las paredes, al igual que en los pasillos, eran paneles acolchados en blanco tras los cuales se escondía un buen aislante. Había muchas fotografías llenando las paredes, instantáneas de escenas familiares muy personales, recuerdos de experiencias vividas en la Antártida, fotos de grupo, de amigos, de parejas... La cama de Mikel estaba junto a una ventana redonda de doble cristal reforzado a través de la cual apenas se distinguía el exterior, sumido en aquella penumbra invernal. En la pared continuaba pegada con celo su propia colección de fotografías. Había muchas, formando un mosaico de recuerdos felices, hermosos paisajes de Donostia, fotos en grupo con gente de la base, imágenes de sus expediciones, de icebergs, de glaciares imposibles, de sus socios de Urpekari, todos juntos de copas, caras sonrientes, felices, de Aitor y él surfeando, escalando, buceando, y de su *ama*. Erika se acercó y las estuvo estudiando en silencio. Se quedó prendada de una en concreto, una de la madre de Mikel en la que ella lo abrazaba sonriente, con muchísima ternura. A su lado, Mikel también la miraba. Se le aceleró el pulso al contemplarla. Carraspeó para desprenderse de la súbita emoción que había inundado su corazón y arrojó sobre la cama sus maletas. Invitó a Erika a escoger la suya entre las tres que quedaban libres. La agente, a quien no se le había escapado lo mucho que esas fotografías lo removían por dentro, eligió sin decir nada la más cercana a la puerta.

Mikel se sentó sobre el colchón desnudo y se quedó

pensando en la inquietante cadena de acontecimientos con los que se habían topado nada más aterrizar: su amada Nytt Håp era una trampa mortal. Pronto se volvería una jaula de locos. Había detectado desconfianza, resquemor, ocultación. Nada bueno. Le dolía un poco la cabeza. Se llevó la mano a la frente y se la frotó con los dedos, rogando para que su tumor le diera una tregua.

—¿Cansado?

Erika ocupó un sitio a su lado y cruzó los dedos de las manos, apoyados los antebrazos en las rodillas.

—Abrumado.

—Sí. No pinta nada bien, ¿eh? ¿Alguna primera impresión?

Mikel, preocupado por el creciente dolor que taladraba su cráneo, se esforzó por serenarse y centrar su atención en la situación que debían afrontar.

—Tiene que conocer muy bien la base para moverse así por ella burlando la vigilancia —reflexionó refiriéndose al asesino—. Ya ha visto a Brede, no es alguien fácil de sorprender. No dejo de preguntarme cómo ha podido acercarse a él y dejarlo tumbado.

—Es un tipo grande, desde luego. Eso sin contar con su preparación. Y sin olvidar que se ha llevado a otro militar en las narices de esta gente. ¿Cómo ha podido hacerlo sin montar jaleo? ¿Ninguno de los dos se ha resistido? ¡Vamos! ¿Acaso los amenaza con un arma?

—No hay armas en la Antártida —le recordó Mikel.

—Lo sé, lo sé. ¿Cómo es Ragnar Ringstad?

—Bueno, no es como Brede. Es bastante más bajo, aparenta ser poca cosa, muy delgado, pero le aseguro que sabe defenderse.

—Tal vez lo haya drogado, puede que ya estuviera fuera de juego nada más acostarse.

—¿Cree que lo ha sacado de la cama?

—Mmmm... No, eso no lo sabemos. Sin embargo, supongamos que ha sido así, eso lo habría obligado a cargar con él para llevárselo. Un peso considerable. Y después, ¿adónde lo habrá llevado? La doctora Gulbrandsen ha dicho que hacen guardias por las noches. —Erika se echó hacia atrás dándole vueltas a algo—. Eso no parece frenarlo. ¿Cree que es alguien del personal? Eso justificaría que conozca tan bien la base, y debemos pensar que tiene conocimientos de electrónica si ha robado las piezas de los generadores. ¿Sabía que habría borrasca y que no podrían salir a buscar repuestos? Bueno, puede que cuando Brede despierte recuerde algo que nos ayude.

Mikel se acercó a la ventana buscando la nieve y el modo en que el cielo crepuscular se reflejaba en ella. Al menos el paisaje seguía siendo el mismo, nada había cambiado allí fuera; podía conectar con la naturaleza y su inhóspito pulso. Por salvaje que fuera, sabía lo que podía esperar de sus embates.

—No se acomode, Mikel. Cuanto antes nos pongamos a trabajar, antes cogeremos a ese demente.

Mikel se volvió hacia ella. Una intensa desazón le trepó por la garganta. Le resultaba muy duro constatar que allí ya no quedaba nada de lo que había conocido, ni en el edificio ni en la gente. Se apartó de la ventana y se aproximó a Erika.

—Tutéame, por favor —le pidió—. Si vamos a trabajar juntos, es lo apropiado.

—Deberíamos hablar con Synne —propuso ella—, como doctora de la base. Pero primero vayamos a ver dónde dormía Ragnar. —Consultó su reloj de pulsera, impaciente por empezar a trabajar—. Con suerte encontraremos alguna pista en su dormitorio. Puede que Thorensen y sus hombres hayan pasado algo por alto. Vayamos, nuestro plazo de diez minutos ha terminado. Después nos reuniremos con el personal en el comedor y me los presentas, así cuando hablemos con la doctora sabré quién es quién.

No había terminado de hablar cuando las luces del techo parpadearon. Aquel baile duró muy poco y luego cesó, un claro recordatorio de la precariedad a la que los había abocado el sabotaje. Mikel se dirigió hacia la puerta. Agarró el picaporte, a punto de salir, cuando le pareció que la sombra de unos pies se movían al otro lado. Erika también lo había percibido. Se colocó a su lado, cautelosa, atenta a su siguiente movimiento, y entonces Mikel abrió la puerta con un gesto enérgico.

El pasillo estaba desierto.

—Había alguien, Mikel, yo también lo he visto —aseguró Erika.

—Puede que las luces del pasillo hayan estado bailando y sea eso lo que hemos visto.

—Puede.

Ninguno de los dos lo creía. Más bien sospecharon que alguien los había estado escuchando.

La guio hasta el dormitorio de Ragnar. La puerta estaba cerrada y la luz apagada. Ni rastro de Brede y Johan, que compartían habitación con él. Brede continuaría en manos de Synne, tal vez aún inconsciente después de la agresión, y Johan, que junto con Halvard se había ocupado de trasladarlo hasta el módulo médico, se habría reunido con los demás en el comedor. Pulsó el interruptor y la luz del techo se encendió. El módulo era muy similar al suyo, pulcro y ordenado. Tal vez demasiado. El ambiente estaba cargado, algo normal después de una noche si el sistema de ventilación había caído a causa del sabotaje. Olía a humanidad.

Mikel dio unos pasos cortos empapándose de la esencia que destilaba aquel dormitorio, de la impronta que dejaban en él sus habitantes, buscando alteraciones, el desequilibrio que provoca un suceso abyecto. Había estado allí muchas veces y sabía bien dónde dormía Ragnar, en la cama junto a la puerta. Se quedó delante de ella con expresión defraudada. La habían despojado de su ropa de cama, la cual había sido doblada y colocada en una pila a un lado sobre el colchón desnudo. Las camas de Johan y Brede estaban bien hechas.

—¿Es aquí donde duerme Ragnar? —preguntó Erika. Su tono evidenciaba una decepción igual a la suya y un profundo resquemor contra el comandante por haber trastocado así el lugar donde dormía el informático.

—Me temo que sí.

Se asomó al pasillo haciendo cábalas. Halvard y Nils eran los que más cerca dormían, en el módulo contiguo, junto con Molly, la perra de Nils, una husky siberiana de dos años, y Od Thorstvedt. Volvió dentro y cerró la puerta.

—Molly tendría que haber ladrado si alguien anduviera merodeando por los pasillos de noche —conjeturó en voz alta.

—¿Molly?

—Nils tiene una perra, pronto la verás; nunca se separa de ella.

Erika dio una vuelta por el dormitorio sin tocar nada, pensativa.

—¿Tienen pestillo las puertas? —Mikel asintió—. Bien, porque a partir de ahora todo el mundo debería dejarlo echado por las noches.

Mikel volvió a fijar su atención en el rincón que ocupaba Ragnar. Sabía que, al contrario que Brede y Johan, era un tipo distraído y desordenado, siempre se dejaba algo aquí o allá, lo cual provocaba discusiones con sus compañeros. Por eso, más allá de que su ropa de cama hubiese sido doblada y dispuesta en un perfecto montón, le llamaba la atención que su espacio personal tuviera aquella apariencia tan impoluta, tanto que no había objetos personales suyos por ninguna parte, ni sobre su mesilla, donde solían acumularse gafas, tazas de café, libros o revistas y pasatiempos, ni bajo la cama. Se giró varias veces para comparar la parte del dormitorio que había ocupado él con la que pertenecía a sus compañeros. Como casi todo el mundo, Johan y Brede coleccionaban fotografías y pósteres en las paredes, acumulaban algunos libros, revistas, lámparas de lectura, un reloj despertador, todo muy ordenado.

—No conocía a Ragnar, pero ¿y sus cosas? —preguntó Erika, tan escamada como él.

—Aquí no hay nada. Absolutamente nada. Ragnar siempre ha tenido fotografías de su mujer y sus dos hijos en la pared, y los dibujos que le mandan los críos, los adora, no se hubiera desprendido de ellos.

Erika abrió el cajón de la pequeña mesilla junto a la cabecera de la cama.

—Está vacío —constató con tono agrio.

—Porque lo han vaciado. —Mikel se agachó bajo la cama, donde sabía que Ragnar guardaba su ordenador portátil y un cajón con todo tipo de dispositivos y componentes electrónicos, cables y cargadores. No había nada—. Te aseguro que esto nunca ha estado así.

Pensó entonces en los diez minutos que Thorensen les había pedido antes de que fueran a revisar el dormitorio y una oleada de incredulidad lo asaltó.

—Vayamos al dormitorio de Björg —propuso Erika—, apuesto a que encontraremos más de lo mismo.

Se demoraron media hora en dirigir sus pasos hacia el comedor. La cama de Björg ni siquiera estaba en su sitio, se la habían llevado a alguna parte, y, como ya habían imaginado, todas sus cosas habían desaparecido. Aquello demostraba intencionalidad. Había dos razones por las que Thorensen podía haber actuado así: que tuviera algo que ocultar o que estuviera llevando su celo como líder de la investigación al extremo más absurdo, barriendo a su paso cualquier rastro para que Erika y él no tuvieran con qué trabajar.

—¿Siempre es así? —se lamentó Erika. Se refería al comandante.

Mikel no contestó. No hizo falta, su expresión sombría dejaba claro lo que pensaba.

Encontraron la puerta del comedor abierta. Dentro se había reunido la mayor parte del personal. El comandante los había congregado allí, aunque ni él, ni sus hombres ni la doctora estaban presentes. Fue Od Thorstvedt el primero en descubrirlos en el umbral cuando salía de la despensa. Casi chocó con ellos. Miró a Mikel como si fuera una aparición sobrenatural. Su expresión habría resultado cómica de no ser por lo que implicaba su reacción: era evidente que Thorensen ni siquiera se había molestado en informar al personal de su llegada a la base. A Mikel se le estaba acumulando la mala leche en las entrañas. La actitud del comandante sobrepasaba todos los límites. De seguir así, acabaría por tener un serio enfrentamiento con él. Al fin, Od reaccionó.

—¡Mikel, tío! —Su inglés sonaba gutural, teñido por un marcado acento noruego. Lo abrazó medio levantándolo del suelo, no en vano era un tipo alto y fuerte, aunque con una prominente barriga creciendo en el centro de su cuerpo. Sus ojos negros eran amables y lánguidos, y su semblante, el de un tipo de trato fácil, dado al buen humor—. ¡Pero qué haces aquí! ¿Y qué te ha pasado? ¡Estás hecho un asco!

Señaló el mapamundi que aún era su rostro. Mikel deseó que las moraduras empezaran a desaparecer de una vez.

—Me he roto la nariz, no es nada. Od, te presento a Erika Oblyakov, es de la Kripos.

Su reacción fue patente, Od sufrió una leve conmoción que enseguida trató de disimular, demasiado tarde. Pestañeó mientras aceptaba la mano de Erika cuando esta se la ofreció.

—Creía que habían acordado con el comandante que no enviarían a nadie.

—¿Quién lo ha dicho?, ¿el comandante? Bueno, ya ve que no es así. —Erika estaba molesta y no se preocupaba por disimularlo.

Mikel se inclinó hacia ella y le refrescó la memoria: Od Thorstvedt era el técnico de medio ambiente además de ocuparse de la cocina, y quien estaba al tanto de las previsiones meteorológicas, un papel vital a la hora de montar una expedición. Erika se interesó por la amenaza de la inminente borrasca, y Od le confirmó que probablemente aquella misma noche notaran los primeros latigazos del temporal.

—Pude comprobarlo antes del sabotaje, pero ahora estamos a ciegas.

—Esperemos que no dure demasiado.

—Verá, aquí la meteorología es imprevisible, se sabe cuándo empieza una tormenta; cuándo pasará es otra historia, y se preveía que iba a ser dura, así que no son buenas noticias.

Mientras hablaban, Mikel miró de soslayo hacia la mesa donde estaba sentado el personal científico al completo además de Nils Høgli, el guía de la base, su amigo. Aún no se habían percatado de su llegada. Al observarlos fue consciente del ambiente tenso y abatido en que se hallaban sumidos. Conversaban poco entre ellos, absortos en sus problemas. Acompañaban a Nils el bueno de Gunnar Iversen, biólogo, su compañero inseparable Einar Rekdal, también biólogo marino, y la geóloga, Frida Odegard. Los conocía bien, eran de los que pasaban todo el año en la base. Como si hubiera intuido su presencia, Nils, que estaba de espaldas a él, volvió la cabeza. De inmediato, una espléndida sonrisa amaneció en su recio semblante nórdico y se levantó. Llamó la atención de sus compañeros señalándoles a Mikel y Erika, y algo se agitó en aquella mesa hasta entonces silenciosa. Empezaron los murmullos, los codazos, los rostros taciturnos se iluminaron. Nils abrazó a Mikel como un oso, emocionado al verlo cuando no lo esperaba. ¡Al fin una buena noticia! ¡Y tenía que ser Mikel! Este lo abrazó a su vez, profundamente conmovido. Le tenía mucho aprecio a aquel grandullón. Se lo presentó a Erika con especial entusiasmo.

El resto se quedó donde estaba, aguardando pacientemente a que fuera él quien se aproximara a saludarlos. Miraban a Erika con curiosidad, intercambiando entre ellos disimuladas especulaciones sobre su presencia en la base. Le estrecharon la mano cuando se acercó por encima de la mesa. Hubo palabras de bienvenida y sonrisas. Por un instante, el ambiente se distendió y las sombras se retiraron abriendo los corazones y despejando las mentes. Mikel siempre era bien recibido.

Sin embargo, en cuanto les presentó a Erika y mencionó que era investigadora policial, la tensión regresó. Sin duda, aún tenían muy presente la palabra «Kripos» escrita en el cadáver de Björg. Ahora que los veía más de cerca, Mikel constató hasta qué punto les estaba afectando la situación en que se hallaban. Aquellas caras amigas apenas le resultaban reconocibles, transfiguradas por el insomnio y el estrés. Las ojeras, las manos temblorosas, los cuerpos encorvados, los hombros caídos... Le pareció que estaban muy desmejorados, parecían llevar mucho tiempo bajo una gran tensión, bastante más que las dos semanas transcurrridas desde el asesinato de Björg. Las voces se acallaron y uno por uno se fueron sentando.

Erika les trasladó sus condolencias y se esforzó por desterrar el temor que su llegada les provocaba. Estaba allí para ayudar, les aseguró, y haría cuanto estuviera en su mano por acabar con la tragedia que los tenía cercados. Mikel la acompañaba en calidad de investigador. Esto último hizo que la sorpresa se extendiera por la mesa. Erika tomó nota. Al parecer, no sabían que era policía. Habló con un tono conciliador mientras los observaba decidida a grabar en su infalible memoria el nombre de cada uno, sus rostros y cualquier detalle en su comportamiento que le llamara la atención y que pudiera ser relevante para el caso.

Los dos biólogos, Einar Rekdal y Gunnar Iversen, le resultaron una pareja curiosa y dispar: el primero bajito y muy inquieto, de constitución delgada y pelo ralo demasiado largo y desordenado; el segundo alto y tranquilo, moreno, más bien tímido, de mirada huidiza y oscura tras unas gafas redondas de montura metálica. Gunnar parecía deprimido, triste. Según le susurró Mikel, no se separaban nunca, eran uña y carne.

En Frida Odegard, la colega del fallecido Björg Stutgard, sus profundas ojeras daban fe de lo mucho que le había afectado su pérdida. Se notaba que la geóloga había llorado mucho, parecía asustada y retorcía un mechón de su alborotado pelo rizado entre los dedos constantemente. Apenas abrió la boca.

En cuanto a Nils Høgli, destacaba entre el resto como un dios nórdico, tan alto como Mikel, rubio, pelo largo y abundante anudado en una coleta a la altura de la nuca, muy atlético y con unos ojos del color del cielo. Era el que más naturalidad demostraba, incluso bromeó con Mikel a cuenta de su tocha, refiriéndose a su malograda nariz. Le había pasado el brazo por los hombros con cariño, como si no pensara dejarlo escapar.

Una enorme husky de manto negro apareció de la nada. Al verla, Mikel se agachó, dispuesto a prodigarle carantoñas, como hacía siempre que la veía, pero la perra se escabulló eludiendo sus caricias. Nils se encogió de hombros: «Lo siento, tío, no sé qué le pasa», pareció decir. Mikel se enderezó con una punzada amarga por el cariño que le tenía al animal. Molly fue a refugiarse bajo la mesa y se tumbó, los ojos azules fijos en él. Lo miraba como si fuera un completo desconocido, alguien que, por añadidura, no le gustaba.

—Es temprano, pero ayer hice sopa. —Od lo sacó de sus cogitaciones palmeando su espalda—. Nos vendrá bien para levantar los ánimos. ¿Quieres probarla? ¿Y usted, Erika?

Sin esperar respuesta se fue al módulo contiguo, donde estaban la cocina, la despensa y la cámara frigorífica. Nils lo acompañó. Al poco regresaron cargando entre los dos una bandeja llena de tazones humeantes de *sodd*. Un murmullo de aprobación se elevó en el aire. Mikel escogió una silla para Erika y la invitó a sentarse a su lado.

Od tenía una forma de mirar muy afable. Habría cumplido los cincuenta sobradamente y, aunque formaba parte del personal militar de la base, estaba claro que, como Nils, se relacionaba más con los científicos. Su abultada barriga delataba su gusto por la comida. Desde luego no se asemejaba en nada a los dos portentos que eran los ingenieros, Johan y Brede, o al musculoso y esbelto guía. Era su carácter siempre bien dispuesto lo que más valoraban sus compañeros. En aquel comedor las tensiones desaparecían; sus guisos, deliciosos, mitigaban la tristeza por la larga separación de los seres queridos; se sofocaban las paranoias y las desavenencias y crispaciones del roce diario. Al menos, así era antes.

—Od es un mago en los fogones. —Mikel conocía bien las sopas del cocinero, siempre eran bienvenidas.

—Qué bueno, me encanta el *sodd* —Erika entrecerró los ojos—. Huele bien.

—Tiene jengibre —explicó Nils—. Odio el jengibre —murmuró a continuación.

Todos lo oyeron, y hubo algunas risas alrededor.

—Es una receta propia —explicó el cocinero, orgulloso de su buena mano con las cazuelas—, no creo que haya probado nada igual: sopa con albóndigas, pero a mi manera.

—Y jengibre —se quejó Nils de nuevo.

Más risas. Se relajó el ambiente un poco.

Od compuso un mohín cómico y le puso delante a Erika uno de aquellos tazones con la aromática sopa. La agente probó de buen grado una cucharada del delicioso plato noruego. La paladeó y su intenso sabor la sorprendió gratamente. Era cierto, sabía a jengibre, pero era un sabor sutil, no predominante, que a ella no le disgustó en absoluto.

Nils se interesó por la vida de Mikel en San Sebastián, pues hacía muchos meses que habían perdido el contacto. Le preguntó por los avances que estaban haciendo en Urpekari. Conocía a Aitor, Andrea y Unai como si hubiera compartido tiempo con ellos, gracias a todo lo que le había contado su amigo. Se asombró cuando supo que los dos prototipos de inmersión submarina estaban ya muy avanzados. Luego comentaron algunas anécdotas con Erika, cosas de la Antártida, sobre las expediciones y el modo de vida de la base. Sin embargo, pese a sus esfuerzos por dinamizar el rato que estaban compartiendo, era el único que hablaba, aparte de Mikel y Erika. Las caras sombrías señoreaban la mesa alrededor, como una marea negra. Al final Nils acabó por callarse.

—Ragnar no va a volver, ¿verdad?

La repentina pregunta de Frida dejó claro en qué pensaban todos mientras Nils trataba de levantar el ánimo en el comedor. La mayoría soltó la cuchara y dejó de comer. Hubo un silencio prolongado.

—¿Cómo vamos a sobrevivir si se nos van llevando uno a uno mientras dormimos? —continuó.

—Frida...

Gunnar alargó la mano por encima de la mesa y atrapó la de la geóloga. La apretó con cariño, en un esfuerzo por transmitirle su calor, pero ella retiró la mano con brusquedad.

—¡No! ¡No seas hipócrita, Gunnar! —le espetó con rencor—. No tienes derecho.

—No soy hipócrita, yo...

—No deberías hablarle así a Gunnar, Frida —le dijo Einar defendiendo a su amigo.

—Y tú deberías hablar menos que nadie —murmuró ella.

Einar la oyó con claridad pese a que apenas había alzado la voz. Apretó los labios, finos y muy rojos, el rostro opaco de color gris. Mikel y Erika asistían a tan tenso diálogo sin intervenir, muy atentos a lo que se decía y a lo que no.

—Entiendo cómo debes de sentirte, Frida —trató de calmarla Od.

—¡No tienes ni idea! —lo cortó Frida. Luego miró a Mikel y Erika, como arrepentida de su arranque, entrelazó las manos en el regazo y calló, pálida y hosca. Se mordía el labio inferior con tanta saña que se hizo sangre.

De pronto, la voz de Thorensen se alzó desde la puerta del comedor:

—Estamos todos muy alterados, no se lleve una impresión equivocada, agente Oblyakov. —Se acercó a la mesa y ocupó su silla habitual. Miró al personal, uno por uno. A Mikel le pareció advertir en ese gesto una advertencia—.

Somos una gran familia a pesar de todo, aquí se estrechan fuertes vínculos de una forma intensa y duradera, que usted no puede comprender todavía porque nunca ha experimentado lo que es vivir en la Antártida.

—Oh, no se preocupe, no he venido para juzgarlos, comandante.

—Bien, porque sería un error.

Nils negó con la cabeza y lo interpeló empleando un tono desafiante:

—Deberíamos hablar de lo que ha pasado, comandante; Frida tiene razón. —Buscó apoyo en el resto de compañeros, pero nadie dijo una palabra—. Ragnar no debería haberse quedado durmiendo solo.

—Sabes que Johan y Brede tenían guardia.

Eso aclaraba la cuestión que se había planteado Mikel: se habían llevado al informático de su cama, mientras dormía.

—¡Precisamente! ¡Deberíamos hacer las guardias de otro modo!

Por la actitud de Nils, Mikel imaginó que su amigo ya había tenido aquella discusión con el comandante previamente sin éxito, por eso insistía delante de los demás, con la esperanza de obligarlo a replantearse su forma de hacer las cosas. Esperó con curiosidad la reacción de Thorensen.

—Basta, Nils. Este no es momento para hablar de las guardias.

Al guía se le crispó el rostro, pero se contuvo.

—¿Y cuándo lo será? A estas alturas, Ragnar ya estará muerto, ¡todos lo sabemos! ¡Podríamos haberlo evitado si uno de sus compañeros de módulo se hubiese quedado con él!

—O si hubieran montado guardia en la zona de los dormitorios —se atrevió a murmurar Gunnar—. Porque de nada ha servido que nos encerremos. ¿Cómo puede entrar en nuestros dormitorios estando el pestillo echado?

Hubo un murmullo de aprobación.

Erika prestó atención: así que ya tomaban esa precaución. Thorensen se envaró en la silla con incredulidad. Nils estaba poniendo en entredicho su capacidad al frente de la base. Sus cejas se abatieron sobre sus ojos como cuervos, oscureciendo su mirada.

—No basta con protegernos nosotros —rezongó con un siseo de cólera bullendo en su lengua—, al parecer no somos capaces de impedir que ese lunático campe a sus anchas por la base. Se ha llevado a Ragnar, sí, pero también ha noqueado a Brede y ha saboteado nuestras comunicaciones y nuestra fuente de energía. —Thorensen masculló un improperio, empezaba a cansarse de la abierta animadversión del guía—. No olvides quién está al mando aquí, Nils. —Se dirigió entonces al resto—: Seguiremos con las guardias nocturnas, seguiremos cerrando bien las puertas por las noches, pero sobre todo —recalcó— protegeremos nuestras instalaciones, porque si se carga el generador auxiliar estaremos muertos. ¿Lo entendéis?

Nils palideció, y el comandante lo retó desde su lugar en la mesa con la soberbia que lo caracterizaba a flor de piel. Nadie osó rebatir sus palabras, y el silencio se tornó espeso y sofocante. Entonces Thorensen abandonó el comedor dejando tras de sí una profunda incertidumbre.

—Está enloqueciendo —murmuró Gunnar.

—Nadie se comporta con normalidad desde lo de Björg —lo defendió Od con las mejillas, normalmente rubicundas, faltas de color—. Cómo hacerlo. No te lo tomes a mal, Nils, todos estamos alterados.

—No lo defiendas, ¿quieres?

Frida y Einar mantenían la atención en sus tazones vacíos.

Erika ya había visto suficiente. Se volvió hacia Mikel y le susurró:

—¿Qué tal si hablamos con la doctora y con el ingeniero?, a ver qué nos cuentan.

—¿Vas a hacer de poli, vasquito? —murmuró Nils. Había oído a Erika.

—Tengo buen olfato, ya lo sabes. —Mikel se llevó la mano a la nariz y Nils esbozó una sonrisa carente de humor.

—Pues que tengas suerte con el viejo.

Se despidieron y Mikel guio a Erika hacia el módulo médico. Rumiaba en su fuero interno el malestar por el enfrentamiento que acababan de presenciar, como un poso amargo difícil de digerir. El modo en que Nils se había dirigido al comandante —al viejo, como lo llamaba ahora al parecer— y el tono de sus últimas palabras delataban la crispación que Thorensen causaba al menos en uno de sus hombres.

Por suerte, Brede ya estaba despierto. El ingeniero se hallaba sentado sobre una camilla, con una camiseta térmica cubriendo su ancho tórax, tan ceñida que se le marcaban los poderosos músculos. Estaba empezando a vestirse capa tras capa. Ahora que había recuperado la consciencia y sus movimientos enérgicos, les pareció más evidente su envergadura y potencia física. No sonrió al verlos entrar. Su piel albina y las cejas casi inexistentes restaban expresión a su rostro, volviéndolo inquietante.

—¿Se encuentra bien? —preguntó Erika y se presentó.

—Sé quién es usted, Synne me ha puesto al día. —Brede le estrechó la mano con fuerza—. Mikel, me alegro de verte.

Pero no era cierto, no se alegraba. La forma en que lo miró lo evidenciaba.

—Ojalá fuera en otras circunstancias. —Fingió no haberse dado cuenta del modo en que se había tensado ante su presencia. Se le estaba helando el corazón ante tanta hostilidad.

—¿Recuerda algo de lo que ha pasado? —intervino Erika.

—No. Solo lamento haberme dejado sorprender así por la espalda, aunque con el pasillo a oscuras ese cabrón jugaba con ventaja. —Se llevó una mano a la nuca y se frotó donde ya estaba creciendo un chichón considerable.

—Ha sido todo muy rápido, estaba diciéndome que no sabía qué estaba pasando y de pronto... —dijo Synne.

—Yo me voy si nadie me necesita —se apresuró a excusarse Brede. Se levantó de la camilla, dispuesto a marcharse cuanto antes.

—¿No tiene nada más que aportar? —preguntó Erika.

Brede esbozó una sonrisa burlona.

—No, cuánto lo siento.

Se puso provocadoramente cerca de Erika, como constatando su superioridad física. Su imponente altura la obligó a alzar la cabeza para mirarlo. Erika no se amedrentó. Le sostuvo la mirada con premeditada calma, tan cerca que notaba su calor corporal. Al fin Brede la apartó a un lado y se fue. Mikel cerró la puerta tras él, apoyó la espalda en ella y se cruzó de brazos, conteniendo su creciente mal humor.

Synne, ahora que no podía escudarse en su compañero, pareció sentirse desprotegida y reculó inquieta. Para disimular su angustia se apartó un molesto mechón de pelo de la cara y les dio la espalda. Una zozobra muy evidente la atosigaba, a todas luces ansiaba escabullirse de allí, como había hecho Brede.

—Doctora, míreme, por favor —pidió Erika. Estaba siendo amable.

—¿De qué quiere hablar? —preguntó Synne de mala gana. Se volvió hacia ella, la cabeza gacha para que no pudiera leer en su rostro.

—De la autopsia de Stutgard en primer lugar.

—Ya le mandé el informe y se lo dije por teléfono: no

soy forense, nunca he hecho una autopsia. Mis conclusiones pueden no ser del todo fiables.

Estaba a la defensiva.

—Y no me quejo de su trabajo, doctora, no me refiero a eso.

—Björg no era alguien cualquiera, Synne, era nuestro amigo —intervino Mikel. Procuró emplear un tono conciliador, cercano, para rebajar la tensión y hacerle recordar que en él tenía un amigo en quien confiar—. No te disculpes, has hecho bastante, no tenías por qué pasar por algo así y sin embargo lo has afrontado.

Surtió efecto. En parte. Synne se relajó un poco y dejó de mirarse las botas, aunque continuaba alerta, las aletas de la nariz muy dilatadas, como si fuera un ciervo que ventea el peligro.

—Pretendo que nos relate de nuevo sus conclusiones, doctora Gulbrandsen, nada más. Tal vez nos diga algo que nos ayude.

Por toda respuesta, Synne cogió unos papeles de una carpeta marrón y se los acercó a Erika.

—Es el original del informe que le envié, no encontrará nada distinto en él, ni nada que no le haya dicho ya por teléfono. Björg murió desangrado. Tiene una punción en el brazo izquierdo, así que seguramente le drenaron la sangre y eso lo mató. No puedo decir cuándo murió, dado que, como sabe, su cuerpo estuvo expuesto en el exterior, y en cuanto a la herida de su vientre, lo abrieron en canal, sacaron sus vísceras e introdujeron en la cavidad abdominal poliespán. —Synne tragó saliva en ese punto—. Encontré el reproductor del que le hablé dentro, y ese tubo conectado a él, pegado con cinta aislante. Le atravesaba el esófago y salía por la boca.

—¿Por qué cree que pusieron el poliespán ahí?

—¿Para proteger el reproductor del frío? —se adelantó

Mikel—. Supongo que el asesino no sabía cuánto tardarían en descubrir el cadáver, y prefirió asegurarse de que seguía funcionando cuando lo hicieran.

—Quería que procediera de su víctima —convino Erika, y se estremeció. Reprodujo en su cabeza aquel canto triste de las ballenas e imaginó la escena, el cadáver en medio de la nieve, el canto elevándose desde sus entrañas—. Puesta en escena —concluyó al mismo tiempo que Mikel.

Se miraron un instante, el instinto tirando de ellos con un familiar cosquilleo. Aquel asesinato tenía un *modus operandi* y una firma.

—El poliespán también forma parte del cuadro, simula un embarazo, antinatural en un hombre. —Synne enrojeció.

—Me pregunto qué nos quiere decir —murmuró Erika. Se dirigió a Synne de nuevo—: ¿Tiene el reproductor aquí?

—Claro.

Synne lo rescató de un armario con puertas de cristal. Lo había metido en una bolsa de plástico, tal y como le había indicado Erika que hiciera por teléfono. Había una caja de guantes de látex sobre la mesa, cogió un par, se los puso y lo sacó con cuidado. Lo accionó. Al poco se reprodujo aquel extraño audio que ya habían escuchado cuando se reunieron por primera vez en San Sebastián: un lamento escalofriante, prolongado, que les puso los pelos de punta. Mikel se reafirmó en su primera deducción, se trataba del canto de una ballena. Le resultó extraño escucharlo en aquella sala, rodeado de aparatos médicos, sabiendo que alguien lo había grabado para que sonara a través de la boca de Björg mientras yacía tendido en la nieve. Como si el propio Björg llorase.

—¿Qué significa? —preguntó Synne.

—Es pronto para decirlo.

Synne devolvió el aparato a la bolsa y se lo entregó a Erika, quien se lo guardó bajo el chaquetón polar. Almacenarían todas las evidencias en su dormitorio, bajo llave, para llevarlas a un laboratorio en cuanto fuera posible. También le pidió a Synne el tubo. La doctora se disculpó: el tubo, el poliespán, la cinta aislante, todo había ido a parar a la basura, es decir, a la incineradora. Se mostró avergonzada.

—El comandante dijo que no era necesario guardar nada de eso —explicó—. Solo he podido conservar el reproductor.

De nuevo Thorensen. Mikel soltó un bufido. No se lo podía creer.

—En adelante, doctora, aquí no se tira nada; cualquier cosa que encontremos relacionada con la investigación se fotografía, se etiqueta y se preserva en una bolsa sin tocarla con los dedos, como ha hecho con el reproductor. Diga lo que diga Thorensen, ¿entendido?

Synne tragó saliva.

—Claro —murmuró.

Erika sacudió la cabeza y procuró que el enfado por las torticeras maniobras del comandante no obnubilara su mente.

—Recapitulando —dijo Mikel—, tenemos a un psicópata metódico, calculador y cuidadoso. No empleó la violencia para matar a la víctima, le sacó la sangre poco a poco, de manera que, si eso fue lo que lo mató, le provocó una muerte en cierto modo dulce. ¿Las heridas fueron hechas *post mortem*?

—Sin duda. —Synne se estremeció.

—Bien, y es evidente que trasladó el cuerpo hasta aquí desde algún lugar. Tiene una guarida, un escondrijo por ahora desconocido, donde mató a Björg y donde probablemente retiene a Ragnar.

—Debemos contar con que también lo matará ahí. Está bien, no había huellas en torno al cadáver, ni marcas de haberlo arrastrado ni pisadas, ¿no es cierto? —apuntó Erika. Synne lo corroboró—. Doctora, ¿qué puede decirnos de ese corte en el vientre?

—Diría que el asesino utilizó instrumental quirúrgico para abrir la cavidad abdominal y sacarle las vísceras. Son cortes pequeños, irregulares. Luego cosió la herida con hilo quirúrgico como el que uso yo aquí. La sutura es torpe.

—Tiene instrumental médico, pero no sabe utilizarlo —concluyó Erika.

—¿Has notado que te falte algo?

—No me falta nada.

—¿Y de dónde habrá sacado el material?

Imposible saberlo, al menos por el momento.

—Está claro que nos está lanzando un mensaje, pero ¿cuál? —se preguntó Mikel—. ¿Por qué escenificarlo así? La apariencia de embarazo, el poliespán y el canto de las ballenas. Y escribió «Kripos» porque quiere que lo investiguemos.

—Ragnar... —musitó Synne. Tuvo que sentarse, sobrepasada por todo aquello. Apoyó la frente en la mano. No soportaba pensar que el informático fuera a correr idéntica suerte que Björg.

—Synne, ¿qué pasa con Frida? —preguntó Mikel.

—¿Qué pasa? —Synne se enjugó una lágrima que resbalaba por su mejilla—. Nada. ¿Por qué?

—¿Nada? ¡Venga! Has tenido que notar lo tensa que está. Acabamos de presenciar una discusión en el comedor. Frida está pasada, nunca la he visto así.

—Bueno, supongo que está preocupada, como todos. ¿A ti qué te parece?

Mikel la miró con extrañeza. ¿Por qué estaba a la defensiva?

—Usted hace de psicóloga aquí, ¿le contó algo el señor Stutgard antes de morir? —le planteó Erika—. ¿Notó que estuviera asustado, preocupado por algo?

—No me contó nada.

—Piénselo bien, doctora. No solamente él. Tal vez alguien más le haya comentado algo a título personal, trate de hacer memoria.

—Si alguien me comenta algo a título personal, no puedo revelarlo —Synne se encogió de hombros—, aunque no es el caso.

—¿Y Einar? ¿No te preocupa la salud mental de tus compañeros?

—No sé qué quieres que te diga, Mikel —repuso la médica con sequedad—. Tampoco han venido a verme, pero te diré que estoy tan asustada como ellos; es normal que estemos alterados. Tú mejor que nadie sabes lo que es estar aquí, lejos de todo. Ya es bastante difícil sin que ocurra nada.

Mikel la observó con una amarga sensación de zozobra en el pecho. Estaba mintiendo. Lo supo, igual que Erika, sin demasiado esfuerzo.

9

Un sabor amargo llenó su boca, se le tensó el estómago y enseguida un latigazo doloroso sacudió su cerebro. Mikel recordó haber dormido la primera mitad de la noche mientras Erika montaba guardia. Había dormido mal, preocupado, dando vueltas en la cama, hasta que al fin el agotamiento había vencido su insomnio. Hacia las tres de la madrugada le había tocado el turno a él, y Erika lo había despertado. Pese a que Thorensen les había asegurado que pondría a alguien a vigilar en el área de los dormitorios, no había visto a nadie.

Trató de moverse. Su cuerpo se negaba a obedecer, comprimido contra el suelo como una piedra inerte.

El suelo.

El suelo desnudo.

¿Dónde estaba? Se agitó, y las luces se encendieron. Estaba en el pasillo, cerca de su dormitorio. Fue consciente de que tenía la mejilla aplastada y la garganta reseca por haberse dormido con la boca abierta. Estaba boca abajo, tendido de bruces.

Tosió, y el dolor en su cerebro se recrudeció.

«No... joder...».

¿Cuánto tiempo llevaba así? ¿Se había dormido o había sufrido un ataque? Su mente no le devolvió nada, tal vez había pasado su turno allí tirado. Tenía que ser una consecuencia de su tumor.

Avergonzado, hizo un esfuerzo supremo, tiró de sus músculos agarrotados y rechinó los dientes mientras luchaba por moverse. Al fin logró incorporarse. Se quedó sentado, aturdido. Se miró la ropa; estaba vestido, incluso llevaba puesto su chaquetón polar y las botas, como si hubiese estado fuera de la base. Se palpó los pantalones. Estaban húmedos. Trató de hacer memoria. ¿En qué momento de la noche había dejado su guardia para salir? ¿Acaso ahora se paseaba por ahí sonámbulo? Un martillo pilón sacudía las paredes de su cráneo impidiéndole pensar. Se puso en pie despacio. Se mareó. Contuvo las náuseas, las arcadas subieron desde su estómago provocándole un incontrolable temblor en las rodillas. ¿Estaba sufriendo un bajón de tensión?

«¡Venga ya! Vamos, Mikel, ¡que no te encuentren así!».

Apoyó la espalda en la pared acolchada y se agarró la frente con la mano.

Consultó su reloj: las seis de la mañana. Tenía una laguna de tres horas en su memoria. Masculló un improperio. Sin duda había sufrido un ataque. Trastornos como ese eran los que lo habían frenado para acompañar a Erika. No podía controlar su enfermedad y había fallado durante su turno poniendo en peligro a las personas a las que debería haber protegido. Procuró centrar la mente, recordar. Imposible saber cuánto tiempo había estado fuera, ni por qué, ni cuándo había perdido el conocimiento.

Dejó caer la cabeza contra el acolchado. Esperó a recuperar el control sobre su cuerpo. El pasillo estaba desierto. Las luces del techo parpadearon, oscilando en un baile amenazante. Extraños susurros resonaban alrededor, esporádicos, como cuchicheos que brotaran de las paredes. El edificio se quejaba, al igual que lo haría una construcción antigua cuya estructura sufre por el paso del tiempo. Claro que Nytt Håp era una base moderna, apenas tenía seis años. Soltó un bufido. Había tenido suerte si nadie lo había visto allí tirado. Johan o Brede podían haberlo descubierto desmayado.

«Pero no ha pasado. ¡Eh! Tranquilízate, ¿vale?».

Se frotó la frente y apretó los párpados.

«Necesito dormir».

No lo dudó, después de todo era el final de su turno, se había despertado justo a tiempo. Debía avisar a Erika. La puerta del dormitorio que compartía con ella estaba cerca. Llamó tres veces, tal y como habían acordado, y esperó a que su compañera quitara el pestillo. No hubo movimiento al otro lado. Volvió a llamar. Nada. O Erika tenía el sueño muy profundo, o...

Asustado, insistió. ¿Y si alguien había entrado mientras él estaba inconsciente? Giró el picaporte, el rostro demudado de preocupación. Para su sorpresa la puerta se abrió. Entró con sigilo y echó un vistazo.

Todo estaba en orden. Su compañera ocupaba la cama junto a la entrada y dormía a pierna suelta, vuelta de espaldas, de cara a la pared. Al parecer, tenía un sueño muy profundo. Su corto pelo negro destacaba sobre la blanca almohada. Mikel reparó en su camiseta azul de manga larga. Se le habían subido los puños hasta los codos y sus brazos cubiertos de quemaduras estaban a la vista. Un taco estuvo a punto de escaparse de sus labios al verla dormir tan apaciblemente.

Seguramente había olvidado echar el pestillo. Un descuido muy peligroso.

Siguió dormida cuando pasó a su lado para llegar hasta su cama, incluso mientras abría la cremallera de una de sus bolsas —aún no habían deshecho el equipaje— y rebuscaba en su interior. Rescató las pastillas que la oncóloga le había recetado para los dolores de cabeza y se tragó dos, haciéndolas bajar a la fuerza por su garganta reseca. Luego despertó a su compañera.

—¿Todo bien? —Erika parpadeó, somnolienta, y se incorporó.

Mikel se limitó a asentir con la cabeza. No mencionó nada sobre el pestillo. Dejó que Erika se vistiera y ocupara su lugar en los pasillos, con una creciente impotencia corroyendo su ánimo. Habían acordado hacer guardias todas las noches, turnarse para evitar que hubiera un nuevo rapto, y estaba claro que no se podía contar con él.

En cuanto Erika hubo dejado el dormitorio, echó el cierre, se quitó la ropa hasta quedarse en camiseta y calzoncillos y se deslizó bajo el edredón.

Frunció el ceño y rezó para que el dolor se marchara, consciente por primera vez del ulular del viento que hacía crujir las paredes. La tormenta ya estaba sobre ellos. Debía de haberse desatado durante la noche.

Y él había estado ahí fuera. ¿Haciendo qué?

Dos horas más tarde se despertó como si nada hubiese pasado, completamente recuperado. Erika había llamado a la puerta. Volvía a estar en forma, las pastillas sin duda habían surtido efecto. No comentó nada sobre su deambular nocturno con su compañera, y ella no mencionó haber olvidado encerrarse. O fingía o ni siquiera se había dado cuenta de su desliz. Bueno, no había pasado nada, y él estaba demasiado preocupado por los problemas que su enfermedad iba a ocasionarle en el futuro inmediato. Ni siquiera podía permitirse tomar somníferos y asegurarse así de que no se levantaba sonámbulo por las noches, no si pretendía mantenerse alerta, no cuando el asesino aprovechaba cuando dormían para llevarse a sus víctimas. Lo estuvo meditando mientras se vestía. Por suerte, su ropa ya se había secado. Se enfundó los pantalones.

En el exterior la ventisca sacudía Nytt Håp con virulencia; sus silbidos resonaban como aullidos sobrenaturales que contribuían a enardecer los sentidos. Empezó a sentirse atrapado en una frágil cáscara de nuez, a merced de los elementos.

Se asearon por turnos, como en un baile ensayado que llevaran practicando toda la vida. Mikel se echó agua fría en la cara y el cuello y se lavó los dientes. Se miró en el espejo del baño. Los moretones de su cara empezaban a desaparecer y la hinchazón de la nariz ya casi no se notaba, sus ojos ya no estaban enrojecidos. Suspiró profundamente. No dejaba de darle vueltas a ese inesperado sonambulismo suyo. Incluso cuando estuvo de regreso en el dormitorio, siguió ensimismado y sombrío.

Erika interrumpió sus cavilaciones. Se la veía despejada y dispuesta para la acción. Se había vestido con un forro polar de un azul eléctrico, unos pantalones de goretex negros sobre las mallas térmicas y un buzo cortavientos encima. Empezaba a acostumbrarse a llevar todas aquellas capas de ropa. El pelo corto se arremolinaba alborotado sobre su rostro decidido. Agarró un abrigo de plumas ligero y se lo puso. También echó mano del chaquetón polar, los guantes, el pasamontañas y las gafas antiventisca, por si tenían que salir al exterior. Mikel la imitó en silencio.

—¿Qué tal si empezamos a tocarles un poco las narices?

Erika sonrió, y Mikel se contagió de su vitalidad. De pronto olvidó sus inquietudes. Sin duda, todo sería más fácil aquel día. Después de todo, no iba a sufrir ataques a cada rato, tal vez no tuviera ninguno más en mucho tiempo. Su compañera tenía razón, era hora de empezar a trabajar.

Sin embargo, en cuanto abrieron la puerta y pusieron un pie en el pasillo, comprendieron que los problemas no iban a darles tregua. Todo estaba de nuevo sumido en una densa oscuridad. Normalmente los sensores hacían que las luces se encendieran de forma automática cuando detectaban movimiento. No funcionaron. ¿Un nuevo apagón? Por instinto, Mikel agarró a su compañera del brazo y la retuvo, atento a lo que sucedía alrededor. No podían descartar que fuera una nueva encerrona. Erika comprendió lo que pensaba: Brede había sido agredido durante un apagón. Se pegó a la pared en silencio. Enseguida Mikel retrocedió, rescató su linterna de la habitación y regresó. Al encenderla, su potente foco les mostró el pasillo desierto. No había nadie más. ¿Un nuevo sabotaje? ¿Habían inutilizado también el generador auxiliar?

Recorrieron el pasillo sin separarse lo más mínimo, pendientes de cualquier movimiento en las sombras, hasta alcanzar el comedor. Descubrieron con alivio que allí sí había luz. El personal de la base estaba reunido ya en torno a la mesa. Johan acababa de llegar del exterior, a juzgar por el chaquetón polar que aún llevaba puesto y la capucha cubierta de nieve. Fue él quien les dio una explicación: no habían sufrido ningún nuevo ataque, sino que por orden de Thorensen habían cortado el suministro eléctrico en los pasillos, la biblioteca, el gimnasio, la sala de cine y los laboratorios, aunque eso los obligara a moverse por la base con linternas y los condenara a una mayor inactividad. Mikel, lejos de calmarse, torció el gesto. ¿Sin luz en las zonas de ocio? ¿Sin nada que hacer salvo esperar a que el asesino volviera a actuar? ¡Se volverían locos! Sin duda Thorensen debía de saber eso, ¿verdad? Por no hablar de lo mucho que le facilitarían al asesino sorprenderlos como a conejos.

—El generador no aguantará de otro modo —aseguró Johan como si le hubiera leído el pensamiento.

—Me temo que el temporal va a durar unos cuantos días —se lamentó Od sirviéndoles el desayuno—. Y me revienta no tener forma de saber cuántos, sin acceso a las previsiones meteorológicas no puedo asegurarlo. Tendré que salir fuera y levantar el dedo a ver de dónde sopla y mirar al cielo —sonrió—, a la antigua usanza.

Comprobaron al sentarse a la mesa hasta qué punto había afectado aquella medida al personal. Nadie conversaba, cada cual sumido en un taciturno aislamiento. Gunnar se inclinaba sobre su taza haciendo girar la cucharilla sin cesar; las gafas se le habían resbalado hasta quedar suspendidas en la punta de la nariz. A su lado, Einar permanecía muy quieto y pálido, el ralo cabello desordenado, completamente ausente. Frida, Nils, incluso Brede, todos desayunaban en silencio. Levantarse por la mañana con la decisión de ahorrar energía escatimando su seguridad no había contribuido precisamente a aliviar la presión psicológica. El malestar se palpaba en los ceños fruncidos y el rictus de las bocas al masticar, aunque nadie cuestionara los motivos de Thorensen. La precariedad a la que los condenaba el viejo generador mandaba sobre cualquier otra consideración.

Mikel percibió por el rabillo del ojo que Johan se disponía a salir otra vez. Brede había terminado su desayuno y se reunió con él, se puso también el chaquetón polar, el pasamontañas y los guantes. Los dos ingenieros cuchichearon un instante junto a la entrada del comedor. Sería una buena idea que fuera con ellos, que espiara lo que hacían y que de paso echara un vistazo en el exterior. Cogió su chaquetón polar y se lo puso. Se apresuró a alcanzarlos antes de que se marcharan.

—No hace falta que vengas, vamos a comprobar algo en el generador auxiliar —lo detuvo Johan.

—Voy con vosotros.

—Ni hablar, ahí fuera hace un frío del demonio. ¿Para qué quieres venir?

—Podríais perderos —se mofó Mikel.

Johan no le rio la gracia. Estaba claro que no quería que se les uniera. Sin embargo, la expresión de Mikel era decidida, y como no tenía una razón de peso que lo obligara a quedarse, el ingeniero acabó por encogerse de hombros. Antes de que se arrepintieran, Mikel enfundó las manos en los guantes y se cubrió con el pasamontañas. Más le valía si quería soportar los cuarenta y tres grados bajo cero a los que iba a exponerse en cuanto pusiera un pie fuera de la base.

—¿Listo? —preguntó Brede.

Por supuesto que lo estaba. Erika le dedicó un gesto significativo desde el otro lado del comedor. Seguiría sus propios planes mientras él estaba fuera.

Nada más salir a la intemperie, el temporal se abatió sobre ellos con brutal virulencia. Tuvieron que encorvarse en aquella perpetua oscuridad polar, ponerse en fila india, cada uno con una mano en el hombro del compañero que tenía delante para no perderse en medio de la ventisca que castigaba sus cuerpos con mordiente voracidad; el viento les arrojaba cortinas de dardos congelados como si fueran dentelladas, enloquecidos remolinos de copos de nieve endurecidos cuya caótica danza les dificultaba la visión. De poco les servían las linternas, sus focos de luz mostraban cuchilladas de un panorama devastador; delante, detrás, a derecha e izquierda, arriba y abajo, todo era igual: un infierno de hielo. Por fortuna, Johan y Brede habían instalado el día anterior una gruesa cuerda sólidamente amarrada a una serie de postes clavados en el hielo cada cuatro metros entre la base y los edificios auxiliares. Servía de guía, de manera que pudieran agarrarse a ella y no perderse.

Emplearon una eternidad en recorrer apenas treinta metros. Avanzaban penosamente, respirando de forma entrecortada. El gélido aire polar penetraba hiriente en sus pulmones, atravesando sus narices como si respirasen fuego, quemando sus labios ya insensibles. Mikel cerraba la marcha. A duras penas lograba poner un pie delante del otro. Cuando quiso comprobar si habían avanzado algo, pues le parecía que llevaban anclados en el mismo lugar una eternidad, descubrió que habían alcanzado el primer edificio. Lo estudió con atención. No recordaba haber visto aquella estructura esférica tan grande desde el avión. Al contrario que el resto de instalaciones exteriores, semejantes a contenedores metálicos, era igual a un iglú, a todas luces nuevo y mucho más grande. Sus paredes blancas tal vez lo habían disimulado en la nieve. Se detuvo en seco, obligando a sus compañeros a imitarlo.

—¡¿Qué hay ahí?! —tuvo que aullar para hacerse oír por encima de los elementos.

—¡Es un almacén!

Entonces algo más llamó su atención. Se puso en cuclillas. Había un trozo de candado tirado en la nieve y bajo él se había formado un montón de partículas de metal. En el portón descubrió que una cadena colgaba suelta, una cadena cuya función había sido impedir el acceso a ese edificio. Cogió con la mano las partículas. De inmediato el viento se las arrancó de entre los dedos y las diseminó desperdigándolas en todas direcciones. Sin duda, eran parte de aquel trozo de candado. Era como si una parte de él se hubiese desintegrado, ¿qué podía haber provocado un fenómeno así? Se volvió hacia Brede y se lo mostró. El ingeniero lo estudió con atención.

—¡¿Qué hay ahí dentro?! —insistió Mikel.

—¡Material de montaña! —aseguró Johan.

Mikel no podía ver su expresión, oculta tras las gafas antiventisca.

—¡Deberíamos comprobar si todo está bien!

—¡No! ¡El generador es más importante!

Brede le dio unas palmadas en el hombro para indicarle que debían seguir avanzando.

—¡Ya no falta mucho! ¡Vamos!

Johan y Brede reemprendieron la marcha siguiendo la cuerda, y Mikel no tuvo más remedio que seguirlos. ¿Por qué tanto empeño en mantener cerrado un almacén de material de montaña? No tenía sentido, nunca había oído hablar de un caso de robo en ninguna base. Pensar en algo así allí, en la Antártida, resultaba ridículo.

Erika aprovechó la ausencia de Mikel para entrevistar a Gunnar y Einar, los biólogos, también habló con Frida largo rato, sin éxito. Ninguno de los tres aportó nada esclarecedor, como si un impulso común los hubiera hecho tragarse las palabras que la hubieran ayudado a avanzar en la investigación. Ninguno recordaba nada, ninguno había visto nada, ninguno entendía qué estaba pasando. Reconocieron que había mal ambiente, pero se debía a la crispación que la situación les provocaba. Al fin tuvo que optar por buscar respuestas por sí misma, colándose de nuevo en el dormitorio que habían compartido con Björg Stutgard y al que se había trasladado la doctora, muy poco dispuesta a seguir dándose de bruces contra la pared. Lo intentaría por la puerta trasera. Por supuesto, a espaldas de Thorensen y sus hombres. No sabía dónde estaba el comandante; ni él ni su mano derecha, Halvard Linnes, habían aparecido por el comedor para desayunar. En cuanto a Nils Høgli y Od Thorstvedt, prefirió dejarlos para más tarde.

Se deslizó en el módulo de descanso de los científicos a hurtadillas, cerró la puerta con sigilo y miró alrededor alumbrando con la linterna cada rincón. Era algo más grande que el que usaban Mikel y ella, y como el resto de habitaciones destinadas al personal permanente de la base, contaba con aseo propio. No sabía bien qué buscaba, pero intuía que podían haber pasado algo por alto, quizá hubiera alguna evidencia oculta entre las pertenencias de alguno de los compañeros de Stutgard. Después de todo, solo habían comprobado el espacio personal del geólogo durante el primer registro. Consciente de que podían descubrirla, dejó la luz apagada y se valió de la linterna para empezar a rebuscar en los cajones de Gunnar, Einar, Synne y Frida. Llevaría a cabo un examen del dormitorio más exhaustivo y concienzudo.

Tal y como ya habían observado el día anterior, Gunnar era un tipo ordenado, su ropa se hallaba pulcramente doblada, clasificada y bien colocada. Guardaba muchas revistas científicas sobre biología y un álbum con fotografías de su esposa y su hija, una preciosa niña de apenas dos años, morena como él. No vio nada especial, ni a simple vista ni oculto entre la ropa o en algún doble fondo de la taquilla o los cajones.

Era el turno de Synne. Le gustaba leer, eso estaba claro, y era amante sobre todo de la literatura japonesa, como lo atestiguaban varias novelas muy manoseadas apiladas con descuido sobre su mesilla. Rebuscó entre sus páginas, sacudiéndolas por si caía algo escondido en ellas. Miró también bajo su cama y en la funda del colchón, palpando, metiendo el brazo hasta el hombro bajo la ropa de cama.

Frustrada, se puso a hurgar en las cosas de Einar, el polo opuesto de su amigo Gunnar. Dentro de sus cajones reinaba el más absoluto caos, tuvo que abrirse camino con las manos entre el revoltijo de ropa y objetos de aseo personal. Einar tenía libros de ficción, artículos científicos, mapas de la región, notas de sus actividades en el exterior, incomprensibles para ella, lápices, gomas... El biólogo era un verdadero desastre. Dentro de la funda de su almohada al fin encontró algo que llamó su atención: una caja de ansiolíticos. Los cogió sin sorprenderse; que los necesitara cuadraba con su aspecto enajenado, con sus tics nerviosos y ese rostro tan consumido. Había tomado ya más de la mitad, luego llevaba tiempo echando mano de ellos, aunque no parecía que tuvieran mucho efecto a juzgar por el estado de ánimo que había mostrado durante su entrevista con él. Tal vez los tomaba por las noches, para conciliar el sueño. ¿Se los había recetado Synne? Debía de ser así, puesto que nadie que tuviera problemas para dormir o que sufriera de ansiedad llegaría a superar las pruebas psicológicas a las que se sometía a todo el personal antes de viajar a la Antártida, menos aún para formar parte del equipo permanente de invierno. Así que estaba tomándolos desde hacía relativamente poco tiempo, y sin lugar a duda Synne debía de habérselos facilitado, lo que implicaba que Einar sí que había acudido a ella. ¿De qué habrían hablado?

Un zumbido en su costado la sacó de su ensimismamiento. Se llevó la mano al chaquetón polar y sacó un teléfono satelital que llevaba oculto bajo la ropa. Esperaba que su hombre de apoyo tuviera noticias.

—Erika —la saludó una voz masculina.

—Kronos, dime.

—Ya me he puesto en contacto con la base americana y me han confirmado que tienen piezas de repuesto para vuestros generadores.

Erika contuvo la exclamación de júbilo que ansiaba soltar y esperó, cautelosa, a que siguiera hablando. Conocía a Kronos, sabía por su tono que faltaba algo más, algo que no le iba a gustar.

—La mala noticia es que no pueden hacéroslas llegar a Nytt Håp a causa de la tormenta, y me temo que las previsiones son muy malas a corto plazo.

—¿Cuánto?

—Impredecible.

Erika se estremeció. Los ingenieros habían dicho que el generador auxiliar no aguantaría mucho, y se referían a unos pocos días.

—Las necesitamos, Kronos, ¡nos quedaremos sin calefacción en cualquier momento!

—Si estás pensando en acercaros hasta McMurdo a recoger esas piezas, olvídate. Es muy peligroso.

—Lo sé.

—Lo siento.

Erika se dejó caer en la cama de Einar, desanimada, dando vueltas a los ansiolíticos entre los dedos. Los miraba sin ver, perdida en sus pensamientos. Agradecía a Kronos la rapidez con que se había ocupado de su petición. De no ser por el clima tan adverso, los americanos les habrían enviado las piezas y todo se hubiese arreglado, aunque eso la habría colocado a ella en una situación incómoda: nadie, ni siquiera Mikel, sabía que tenía un satelital.

Y eso no iba a cambiar de momento, porque en cuanto Thorensen se enterara, se lo requisaría, y había muchas posibilidades de que el saboteador se lo robara poco después. En consecuencia, perdería contacto con Kronos y cualquier posibilidad de recibir apoyo externo.

—¿Has comprobado ya que el personal de la campaña de verano ha vuelto a casa?

—Estoy en ello. Son muchos para localizarlos a todos, Erika.

—Investiga también a los que están aquí. Quiero que consigas el registro de llamadas de la base, también de los móviles del personal.

—De acuerdo.

—Nosotros buscaremos en los ordenadores de la base, a ver qué encontramos.

—¿Has instalado ya el programa que te di en el disco duro de Thorensen?

—No he tenido ocasión todavía.

—En cuanto lo hayas hecho, avísame. Si hay algo en sus archivos, lo encontraré.

—Espera a que te llame yo.

—Hecho. Ten cuidado, Erika.

En cuanto volvió a entrar en la base, lo primero que hizo Mikel fue ir a reunirse con su compañera. La encontró en el dormitorio que compartían. Al parecer, había estado muy ocupada, porque había arrinconado las camas que no usaban, poniéndolas de lado contra la pared, y había instalado en el hueco que había liberado una mesa y dos sillas para trabajar lejos de la vigilancia del comandante. Estaba sentada, enfrascada en su libreta de notas. Cuando Mikel entró, se volvió hacia él con una muda pregunta bailando en la punta de la lengua. Mikel, agotado, se quedó plantado ante ella, con el chaquetón polar cubierto de nieve congelada y una expresión sombría.

—¿Estás bien? —se preocupó Erika.

Le confesó que no. Salir había sido una experiencia extenuante y no había logrado su objetivo. Johan y Brede se habían entretenido una eternidad con el generador, no habían contestado a sus preguntas sobre el misterioso almacén-iglú, y le había sido imposible, a causa del temporal, escabullirse por su cuenta a husmear en el resto de edificios. Le estaba costando no exteriorizar su enorme frustración. Se retiró la capucha de la cabeza de mala gana y se desprendió del chaquetón. Luego se sentó en una de las dos sillas que Erika había llevado al dormitorio respirando profundamente por la nariz, como un buey furioso.

—¿Mikel? —Erika le puso una mano en la espalda.

—Estaré bien, dame un momento.

—Te traeré un café.

Erika se marchó, y él permaneció muy quieto, tratando de recuperar el control de sus emociones. Al menos ahora sabían que el generador auxiliar estaba funcionando bien, aunque se sobrecargaba, dado que, tal y como Johan le había explicado, estaba soportando demasiada carga más tiempo del que debía, incluso habiendo limitado los sistemas que tenía que alimentar. No estaba pensado para hacerlo durante tantos días y era viejo. En realidad, deberían haberlo cambiado cuando se reconstruyó la base y se modernizaron las instalaciones exteriores, pero no lo habían hecho, y ahora se exponían a que fallara. Los ingenieros le habían asegurado que, si no lo remediaban, probablemente afrontarían numerosos cortes de luz que los obligarían a hacer muchas reparaciones. No podían permitirse estar distraídos con eso. De ahí que trataran de encontrar una solución. Estudiaban entre distintas alternativas la más viable. Eso de por sí ya era bastante preocupante. Tenían a un psicópata rondando la base. Sin duda, le encantaría ver cómo se las arreglaban a oscuras.

Erika regresó con dos cafés bien cargados, uno largo para ella, uno corto para él. Mikel se tomó el suyo a sorbos y pronto se recuperó. Los ingenieros habían logrado horadar su ánimo. Eso, unido al general recelo con que los habían recibido en la base, había acabado por dejarlo exhausto. Le sorprendía su escasa paciencia. Tal vez su enfermedad estaba mermando sus capacidades, el Mikel de antes hubiera toreado todo aquello sin despeinarse.

—Imagino que tu excursión al exterior no ha sido muy fructífera —señaló Erika—. ¿Me equivoco?

Mikel miró por la ventana, hacia la ventisca. No había sido del todo infructuosa si lo pensaba bien. Sonrió un poco y su frente se despejó.

—Bueno, depende de lo que signifique el nuevo almacén que tienen ahí fuera.

—¿Almacén?

Le explicó lo sucedido, y Erika coincidió con él en que

era extraño que lo mantuvieran cerrado a cal y canto si almacenaban material de montaña en su interior.

—Thorensen los ha aleccionado bien. No sacaremos nada en claro de sus hombres.

—Pues me temo que tampoco hay mucho que rascar con los científicos.

Erika le contó su estéril conversación con los biólogos y con Frida.

—Esto es absurdo, ¡deberíamos aunar fuerzas para coger al responsable de todo esto, no ponernos palos en las ruedas!

—Bueno, tú los conoces mejor que yo.

Mikel meneó la cabeza.

—No sé qué decirte, todo el mundo se comporta diferente.

—¿Cuánto llevabas sin venir? Pueden haber pasado muchas cosas en tu ausencia.

—Esta última campaña de verano no he venido, eso son muchos meses desde la última vez. Pero, aunque lo hubiera hecho, cuando estoy aquí me paso el tiempo entrando y saliendo, organizando expediciones. Me relaciono mucho más con los científicos que se quedan de diciembre a febrero, no tanto con los que permanecen también durante el invierno. Aunque los conozco bien, no es con quienes más suelo estar. En cuanto a Thorensen y su gente, siempre he tenido un trato cordial, pero sin más.

—Pues me ha parecido que a Nils y a Od les tienes aprecio.

Mikel sonrió.

—Con ellos siempre me he llevado muy bien. Lo que quiero decir es que puede que si ha cambiado algo en el último año, más allá de su actitud, no me dé cuenta. No lo sé, Erika. Están pasando cosas muy graves que explican su comportamiento.

—Pues yo creo que la doctora nos ha mentido. Einar ha

ido a verla. He encontrado ansiolíticos en la funda de su almohada. Ya sabes que no puede haberlos traído de fuera, no le habrían dejado venir. Así que se los ha dado ella, ¿por qué lo niega?

—No es de extrañar que tome ansiolíticos, Erika.

—Lo sé, pero sin duda han hablado, algo le habrá contado. ¿Por qué negarlo?

—Bueno, Gunnar tenía una niña, ya has visto sus fotos en la pared de su dormitorio. Por lo que sé, murió hace dos años por culpa de un problema en el corazón que no detectaron a tiempo. Su mujer y él se han separado hace poco, parece que el dolor de la pérdida de su hija les pasó factura y él no hizo más que empeorar las cosas: antes no formaba parte del personal de invierno, solicitó el cambio al poco de perder a su pequeña y pasó las pruebas. Así que, en vez de quedarse en casa y superarlo junto a su mujer... Jara se habrá cansado de estar sola, como es normal.

—¿Y Einar?

—Einar no hace nada sin tener en cuenta a Gunnar. Cuando este pidió pasar a formar parte del personal de invierno, él también. Sin dudarlo.

—Así que llevan los dos muchos meses sin volver a casa. —Erika se estremeció al ponerse en su lugar.

—Desde luego no ayuda, pero Gunnar siempre ha sido un tipo equilibrado.

—¿Y Einar? ¿Es que no tiene familia?

—Solo sus padres. —Mikel se reclinó en el respaldo y descansó la espalda—. Son muy mayores. Einar proviene de una familia humilde, de pocos recursos, gente de pueblo, personas que se deslomaron para darle a su hijo una educación. Siempre se ha sentido en deuda con ellos. Ha trabajado duro desde que tenía dieciséis años con el único objetivo de ayudar a costear su carrera en la universidad. Se tituló con honores y cuando le surgió la oportunidad de trabajar aquí no lo dudó. El sueldo es bueno, le permite vivir holgadamente y mantener a sus padres. No viaja, no tiene amigos fuera de esta base, todo lo que gana lo dedica a brindarles todas las comodidades. Por eso se vuelca tanto en Gunnar, es su sustento emocional. Créeme, si los hubieras conocido antes, estarías tan sorprendida como yo del cambio que se ha operado en ellos.

—Claro.

—En un lugar como este los roces más nimios se vuelven problemas irreconciliables, cualquier discrepancia puede hacer estallar una discusión, te asombraría ver lo grave que se vuelve que alguien se coma tus galletas después de varios meses aislado aquí. De ahí que las pruebas para venir sean tan estrictas. Deben serlo.

—Precisamente, las acusaciones de ayer, la forma de hablar de Frida... —Había algo muy insano en la forma en que la geóloga se había dirigido a sus compañeros—. Yo nunca he estado en un lugar como este, Mikel. Me sorprende la capacidad de estas personas para soportar estas condiciones. Por muchas pruebas psicológicas que les hagan.

—¿Sigues creyendo que el asesino está entre ellos? Me cuesta creerlo, Erika.

—O puede que sea alguien del personal de verano, puede que no todo el mundo haya vuelto a casa, puede que alguien se haya quedado y que se esconda en alguna parte. Alguien que tenga motivos para odiar a esta gente, que esté desequilibrado.

—No tenemos forma de comprobarlo —se lamentó Mikel—. No sin comunicaciones.

Ignorante del satelital que Erika ocultaba bajo la ropa, Mikel lamentaba las graves implicaciones de haberse presentado en Nytt Håp sin respaldo.

Esa noche Erika hizo el primer turno de vigilancia. Mikel no durmió bien. Se agitó en sueños en su estrecha cama, presa de alguna pesadilla. Sudaba, se revolvía, gimió y sus manos crispadas aferraron el edredón hasta que sus nudillos se volvieron blancos.

Y entonces despertó.

Estuvo unos instantes respirando agitado, el semblante rígido y enrojecido. Su pecho subía y bajaba con fuerza, su corazón bailaba, saltaba como loco, desquiciado, bombeando sangre a través de sus arterias a golpe de cañón, bum, bum, bum.

Atisbó en la oscuridad, los ojos aún velados por la telaraña que teje el sueño. Poco a poco fueron habituándose a la oscuridad.

Y entonces percibió algo. Allí, a su lado.

Algo o alguien.

Una figura fue definiéndose, una figura humana.

Distinguió a un hombre. Alto, corpulento, una sombra en las sombras, observándolo.

Acaso aún no estaba despierto del todo.

Se incorporó sobre los codos y pestañeó.

Allí no había nadie.

Miró alrededor, inseguro y nervioso. Todo eran tinieblas. La lógica le decía que era imposible ver estando sumido en una oscuridad tan absoluta, mientras que su instinto clamaba a gritos en su fuero interno advirtiéndole del peligro. Él siempre se fiaba de su instinto. Recordó que había dejado la linterna bajo la almohada antes de acostarse, por precaución. Tanteó con los dedos hasta encontrarla y la encendió. Lo primero que hizo fue alumbrar la cama de Erika. Estaba vacía, luego seguía haciendo la ronda en los pasillos. A continuación, deslizó el haz de luz por el resto del módulo. Definitivamente, no había nadie.

—No puede ser —murmuró aturdido.

Se asomó por encima de la cama. No sabía bien qué buscaba.

Y entonces descubrió restos de agua en el suelo, marcas de pisadas.

Se le escapó un gemido.

De manera que no se había confundido, realmente alguien había estado allí. Alguien que se había colado pese a que la puerta estaba cerrada con pestillo. Las ventanas no se abrían, eran herméticas. ¿Por dónde había entrado quienquiera que hubiera dejado esas huellas? ¿Y Erika? Su pulso se aceleró. De inmediato se levantó. Las huellas se dirigían a la puerta. Comprobó el pestillo: estaba echado. Acaso estaba delirando, presa de su tumor otra vez.

Lo descorrió y salió.

En el túnel semiesférico que era el pasillo continuaban las pisadas. Le pareció que se estaba volviendo loco. ¿Cómo habían podido acceder al dormitorio? Siguió aquel rastro húmedo. El pasillo estaba desierto y tranquilo, ¿dónde se había metido su compañera? Lo barrió con la linterna de derecha a izquierda para asegurarse. Luego volvió a centrarse en las huellas. Eran propias de las suelas de unas botas de montaña. Por un momento se le ocurrió si no habría sido la propia Erika la que las había dejado. Tal vez había entrado un momento en el dormitorio. Pero no, porque el pestillo había estado echado; habría llamado a la puerta, tal y como habían acordado. Además, eran pisadas grandes, de hombre; el pie de Erika, pese a su altura, era pequeño. Se perdían pasillo adelante. Las siguió, hasta que de pronto se interrumpieron. No había más, como si quien las había dejado se hubiera volatilizado. Desconcertado, decidió salir de la base.

Avanzó por los pasillos sin ser consciente de que no llevaba ropa de abrigo y franqueó la puerta de entrada. Para su sorpresa, la noche lucía un cielo estrellado. Bajó las escaleras y se alejó un poco, percibiendo la fuerza de la Antártida bajo sus pies desnudos. Allí no había huellas de ninguna clase, ni las que habían dejado los ingenieros y él mismo aquella mañana —puesto que la ventisca las había borrado por completo—, ni otras más recientes.

Paseó la luz de la linterna buscando algún indicio, una pista que explicara lo ocurrido.

Y entonces una luz brillante lo atravesó avasallando su cerebro enfermo. Se desplomó, cegado por el brutal resplandor que llenaba su cabeza, sus ojos, aplastándolo, hiriéndolo, obligándolo a postrarse de rodillas en la nieve. La linterna se le escapó de las manos y quedó encajada en medio de la blancura helada. No podía pensar, no podía hacer nada salvo suplicar, subyugado por aquel resplandor delirante que llenaba su mente de luz. Gimió, se encorvó, doblegado por aquel ataque inmisericorde. Se llevó las manos a la cabeza y se meció adelante y atrás mucho tiempo, vencido, vacilante, preso de su enfermedad.

—¡Mikel!

Erika atravesó la puerta y salió como un vendaval, pistola en mano, buscándolo con el miedo reflejado en el semblante. Eran las tres de la madrugada, hora de acabar su turno, y tras recorrer una última vez los pasillos del área de los dormitorios, había ido a despertar a Mikel. Al descubrir la puerta abierta y su cama vacía, había salido a buscarlo, creyendo que tal vez se había levantado antes para empezar su guardia. Había visto pisadas por todo el corredor y, creyendo que eran suyas, las había seguido hasta un punto a partir del cual se desvanecían. Solo por instinto había optado por salir de la base y se lo había encontrado gimiendo como un niño, agarrándose la cabeza con las dos manos. Asustada, comprobó que apenas llevaba ropa. Corrió hasta él, segura de que alguien lo había herido, y aterrizó a su lado deslizándose de rodillas por la nieve hasta alcanzarlo. ¡Dios! ¡Cómo mordía aquel ambiente gélido! Sabía que había más de cuarenta grados bajo cero, pero la sensación térmica era mucho peor. Casi no podía respirar. Se guardó la pistola.

—¡Mikel! —jadeó asustada—, ¿te encuentras bien? ¿Qué haces aquí fuera? ¡Estás sin ropa! Pero qué...

No obtuvo respuesta. Erika lo abrazó tratando de darle calor mientras le murmuraba al oído palabras para calmarlo y comprobaba que no estaba herido. Mikel notó apenas cómo lo agarraba por los hombros, cómo tiraba de él, desesperada por ponerlo en pie. No percibía el intenso frío, pese a estar medio desnudo. Se encontraba desorientado, con el cerebro entumecido, como si se lo hubieran triturado con una batidora. Le corrieron lágrimas ardientes por la cara, lágrimas que se le congelaron al instante sobre la piel enrojecida. Erika gruñó frustrada. No lograba ponerlo en pie. Lo soltó un momento y recogió la linterna de Mikel, medio enterrada en la nieve. Enseguida tiró de nuevo de él con todas sus fuerzas. Mikel gimió. Sus piernas eran dos piedras, su cuerpo entero un saco inerte.

—Venga —se lamentó Erika—, ¡ayúdame! ¡Tienes que entrar ya!

Mikel la escuchó como si su voz le llegara desde otro universo, lejana, muy lejana. Pero entendió lo que decía. Quiso esforzarse, moverse. No lo logró. Musitó algo entre dientes, luchando por recuperar el control, por volver a su ser y poder pensar, rezando para que aquel fogonazo que lo estaba torturando desapareciera.

«Relájate, relájate», se repitió.

—Espera, Erika, espera... —Las palabras salieron al fin de sus labios, entrecortadas, un murmullo apenas comprensible.

Puso las manos sobre las de ella pidiéndole calma. Al punto Erika, en extremo perceptiva, se detuvo y esperó dándole margen para respirar. Mikel se centró en su rostro femenino, muy cerca del suyo, en el calor de su cuerpo pegado al suyo; su respiración agitada rozaba su cuello.

Inspiró y espiró despacio, aquietando su cerebro. Al fin se calmó. El ataque empezó a retroceder, y poco a poco logró enderezarse. Erika lo ayudó. Cuando se sostuvo sobre sus piernas, lo sujetó por la cintura. Se apoyó en ella pesadamente. Desanduvieron así el camino, de regreso a las escaleras de la entrada. Con su ayuda las subió y entraron en la base. En cuanto traspasaron la puerta dejaron atrás el gélido viento y la quietud del interior descendió sobre ellos como un bálsamo redentor. Mikel se paró un momento. Estaba agotado. Quería continuar hasta su dormitorio, pero se le doblaban las rodillas. Se derrumbó en medio del pasillo, gimiendo. Erika se arrodilló a su lado sin saber qué hacer, la luz de su linterna oscilaba en la oscuridad, pues la sujetaba de cualquier manera.

Mikel se frotó las sienes con los dedos. El resplandor se había extinguido en su cabeza, pero aún estaba conmocionado. El tumor, el puto tumor recordándole que seguía allí, un cuchillo en su cerebro. Así que no pensaba darle tregua. Apretó los dientes. Luego recordó por qué había salido. Las pisadas.

—Déjame..., déjamela.

—¿El qué?

Recuperó su linterna de manos de Erika e iluminó el pasillo delante de ellos. Ya no había huellas. Tal vez nunca las había habido. Erika apoyó la frente en su hombro y susurró con dulzura:

—Vamos, Mikel, vamos, te llevaré a la cama; tienes que entrar en calor.

Dejó que lo aupara, consciente de lo difícil que iba a resultarle recorrer los pasillos a oscuras con él a cuestas. Al fin lograron alcanzar el dormitorio. Enseguida Erika le quitó la ropa helada y húmeda y lo obligó a acostarse. Obedeció como en trance, se metió en la cama temblando. Oyó a Erika desvistiéndose también. Quiso hablarle de las huellas, de esa figura junto a su cama, quiso advertirla, pero sus fuerzas se habían consumido. Para su sorpresa, en vez de acostarse en su propia cama, Erika se deslizó a su lado acoplándose a su cuerpo desnudo. Pretendía darle calor con el suyo. Agarró el edredón y los cubrió a ambos. Mikel se estremeció al sentir el calor de sus brazos en torno a su cintura, las manos en su pecho, los muslos entre los suyos, su respiración en la nuca. Funcionaba. Percibiendo que se relajaba un tanto, Erika se pegó aún más a él, la piel cálida y suave contra su espalda. Su corazón se inflamó teniéndola tan cerca, y sorprendido, deseó que aquel encuentro tan íntimo no terminara nunca. Cogió las manos de su compañera con las suyas y las apretó con delicadeza, entrelazando los dedos con los de ella. Erika no lo rechazó. Enterró la cara en el hueco de su hombro y cerró los ojos.

—Gracias —musitó Mikel.

Fue todo lo que pudo decir antes de perder el conocimiento.

10

Al despertar, la escasa luz del crepúsculo le permitió ver el rostro de su compañera muy cerca del suyo. Encendió la luz de la mesilla y se entretuvo en sus facciones aprovechando que dormía. No se movió, temeroso de despertarla. ¿Cómo había llegado a su cama? ¿Cómo habían terminado compartiendo espacio? No lo recordaba, no recordaba nada desde que el fogonazo en su cerebro lo dejó fuera de juego. ¿Tal vez Erika lo había encontrado en la nieve? En tal caso, ya debía de sospechar que algo iba mal en él.

Su rostro mostraba serenidad, el pelo corto revuelto hundido en la blancura de la almohada. Tenía los labios entreabiertos y respiraba profundamente. Entonces Mikel descubrió que estaba desnudo, y Erika en ropa interior, su atlético cuerpo, esbelto y tibio, desmadejado bajo el edredón. Volvió a taparse. Permaneció muy quieto, acomodándose a su presencia, a la intimidad de estar a apenas unos pocos centímetros de ella, tan cerca que casi se rozaban. Descubrió que le gustaba tenerla así, le gustaba mucho.

En ese momento, Erika despertó. Sus ojos, turbios por el sueño, se aclararon y lo miró con fijeza. Por un instante ninguno supo qué decir. Al cabo, fue ella la que rompió el silencio.

—Anoche me asustaste —musitó muy quedo.

Así que lo había encontrado en la nieve, en pleno ataque.

—Lo siento. —Frunció el ceño—. ¿Me trajiste tú hasta aquí?

—Bueno, tú me ayudaste; podías caminar más o menos. ¿No lo recuerdas?

Mikel recordaba vagamente haber estado buscando pisadas en el pasillo. Erika cortó el confuso hilo de sus pensamientos:

—Espero que no te importe que haya invadido tu cama, tuve que desnudarte y meterme contigo. Creí que iba a darte una hipotermia. En algún sitio he leído que el calor corporal ayuda.

Mikel esbozó una sonrisa tímida. Erika en cambio estaba seria, fruncía el ceño, preocupada, así que la borró de su cara.

—Gracias.

—¿Qué fue? ¿Qué te pasó? Cuando te encontré estabas ido, temblando en ropa interior en medio de la nieve.

Iba a tener que mentir, no podía contarle la verdad. Se odió por traicionar la confianza que ella le demostraba.

—Bueno, supongo... Hacía años que no me pasaba, que no me levantaba sonámbulo, quiero decir.

—¿Eres sonámbulo? —se sorprendió ella.

—Sí.

—¿Cuándo pensabas contármelo?

Estaban hablando muy cerca el uno del otro, casi cuchicheando, y no eran conscientes de lo cómodos que estaban en aquella íntima cercanía, abstraídos por las revelaciones que se estaban haciendo. Poco a poco, los recuerdos fueron aflorando en el extenuado cerebro de Mikel. De pronto recordó por qué había estado siguiendo pisadas por el pasillo. Su relato sobre el misterioso visitante nocturno inquietó sobremanera a Erika. Pese a que lo planteó como fruto de una ensoñación muy vívida, ella desmintió que lo hubiera imaginado. Como él, había visto esas huellas. Habían sido muy reales.

—Creí que eran tuyas —recapacitó—, pero eso no tiene sentido, eran las marcas que dejaría alguien que venía del exterior, las que dejarían unas botas que han estado en la nieve. Y cuando te encontré estabas medio desnudo, descalzo.

—Pero lo comprobé, cuando me ayudabas a volver, ¿lo recuerdas? Ya no quedaba rastro de esas pisadas, por eso creí haberlo soñado.

—Es imposible que se secaran tan rápido.

A juzgar por lo que Mikel contaba y teniendo en cuenta lo que ella había visto con sus propios ojos, Erika no quiso descartar la posibilidad de que hubiese habido alguien junto a su cama. E inevitablemente pensó, como lo había hecho él, en la ineficacia de los pestillos. De ser cierto que alguien había entrado en el dormitorio, significaba que no eran infalibles, pese a que los habían comprobado, y por tanto no podían sentirse seguros mientras dormían, de ningún modo, sabiendo que alguien rondaba de noche, alguien capaz de atravesar las puertas y de burlar la vigilancia con que pretendían protegerse. Mikel había tenido suerte, o, conjeturó, el asesino sabía que era policía, como ella, lo que reforzaba la teoría de que había sido él mismo quien había denunciado la muerte de Stutgard a la Kripos. Quizá había buscado de forma premeditada que Mikel lo viera allí, junto a su cama, con objeto de demostrar su poder, su capacidad para moverse por la base a su antojo. ¿Quería que supieran que no había modo de detenerlo?

Se lo planteó a Mikel y estuvieron hablando de ello en susurros, como si las paredes tuvieran oídos. «¿Y por qué no?», pensó Erika. A partir de entonces pondrían una silla trabando la puerta y recomendarían al resto que hiciera lo mismo.

—Es mejor que no contemos lo que ha pasado, no conviene añadir más tensión a esta gente —dijo Mikel.

—Deduzco que quiere que investiguemos, pero no que lo detengamos. ¿Estás de acuerdo?

Mikel no contestó.

—¿Por qué, si no, piensas que no te hizo nada? —insistió Erika.

—No lo sé.

—Sabe que eres policía. ¿Y si es porque te conoce, porque tú lo conoces? —le planteó—. ¿Y si no pasó nada no porque pretenda demostrarnos que no podemos detenerlo, sino porque es alguien que te aprecia?

Mikel se estremeció.

—Puede pensar que estoy aquí para ayudarte —reflexionó—, no significa que sepa que soy policía, no todo el mundo tiene esa información, no es que vaya anunciándolo a diestro y siniestro.

—¿Quién lo sabe?

—Bueno, ahora todos los que estamos aquí.

—¿Y antes?

—Thorensen. Y Nils, a él también se lo conté.

—Vamos, Mikel, cualquiera de los dos puede habérselo contado a otros.

Mikel se encogió de hombros.

—Nils sé que no. En cuanto a Thorensen, si lo ha hecho no puedo saberlo.

Erika se apartó y se sentó de espaldas a él. Mikel se quedó muy quieto, acusando el vacío que había dejado a su lado. Vio las quemaduras de su espalda desnuda, la recorrían desde la cintura hasta los hombros. No le resultaron desagradables, le parecieron heridas de guerra, señales que formaban parte de su ser, una orografía llena de significados. Alargó la mano y las rozó con la punta de los dedos, en un gesto no premeditado, impulsivo. Erika cerró los ojos. Luego volvió a medias la cabeza y lo miró de soslayo. Imposible saber qué pensaba. En respuesta, Mikel retiró la mano muy despacio.

—Perdona —musitó.

—No pasa nada, tranquilo.

Se inclinó y rescató del suelo su camiseta térmica. Se la puso, y las quemaduras desaparecieron. Cuando volvió a encararse a él, había logrado dominar sus emociones.

—Me has asustado esta noche, Mikel —se limitó a decir—. Si padeces de sonambulismo, no podré contar contigo para hacer las guardias. Por favor, no vuelvas a esconderme nada. Te necesito entero, centrado. Formemos equipo. Hagamos esto juntos, ¿te parece?

Cuando Erika le tendió la mano, notó su enorme vulnerabilidad y se reprochó haberla tocado. Mikel se la estrechó al punto.

—Estaremos bien, Erika.

Mentira. No era algo que pudiera prometer, pero Erika necesitaba oírlo. Pareció satisfecha, y en su cara relumbró un destello cálido.

—Vamos a reforzar la seguridad por las noches, les diremos a todos que se aseguren de encerrarse bien al acostarse; habrá algún modo de mejorar los cierres de las puertas, y si no, que pongan una silla o cualquier otra cosa que impida que ese demente entre. En cuanto a Thorensen, le pediremos que cumpla su palabra y extienda la vigilancia a la zona de los dormitorios. —Suspiró con fuerza. Organizar los pasos a seguir la confortaba—. Además, vamos a registrar la base de arriba abajo.

Dirigió su atención hacia la ventana. La borrasca les había dado una tregua durante la noche, pero ya volvía a cubrir el cielo de nubarrones negros y llevaba descargando su furia sobre ellos desde primera hora de la mañana.

—No vamos a poder hacer mucho ahí fuera por ahora, pero deberíamos insistir, intentar comprobar que nuestro asesino no se esconde en alguno de los edificios auxiliares, esta vez sin que nadie nos importune.

—¿Puede que en ese almacén donde no quieren que entremos?

—Por descontado. Aunque a estas horas apuesto lo que quieras a que han vuelto a ponerle un candado.

Erika terminó de vestirse con naturalidad.

Mikel se levantó sin importarle su desnudez y buscó su ropa. Erika descubrió entonces los cardenales que aún adornaban su pecho y sus piernas, y recordó que había hablado de un accidente buceando. Las marcas de su cara ya iban desapareciendo, pronto no quedaría rastro de ellas, y su nariz, grande y algo arqueada, volvía a la normalidad, pero esos otros moretones hablaban de un accidente serio. Simuló no haberlos visto. Luego recordó cómo lo había encontrado, encogido en la nieve a más de cuarenta grados bajo cero. La historia del sonambulismo no encajaba con lo que había visto. A Mikel le pasaba algo.

No se acostumbraba a aquella sempiterna oscuridad. Cuando viajaba a Nytt Håp siempre era en verano, y en esa época sucedía todo lo contrario, nunca anochecía del todo. Prefería la luz a la oscuridad. Le resultaba opresivo moverse por la base a ciegas, siempre con la linterna en la mano; los pasillos se le antojaban túneles de pesadilla y, para empeorar las cosas, su cerebro parecía entumecido, le lanzaba pensamientos muy negros, le hacía sentirse inseguro de sí mismo, de su capacidad. Su estancia en Nytt Håp estaba siendo un verdadero tormento psicológico. Mikel caminaba junto a Erika pensando en lo que le había pasado aquella noche. Si empezaba a ser un estorbo, si comprobaba que su tumor lo convertía en un peligro, para sí mismo y para los demás, tendría que tomar medidas. Antes de lo esperado.

Nada más desayunar, tal y como había planeado Erika, se dispusieron a recorrer la base de una punta a la otra, revisando cada laboratorio, cada módulo habitacional, en uso o no, cada sala de ocio, se utilizara o no. Se dividieron, Erika se ocuparía de los dormitorios, la biblioteca, de la sala de cine y del gimnasio, y Mikel de los laboratorios. Tenían que descubrir cómo entraba y salía el asesino de la base, cómo lograba pasar desapercibido y dónde tenía su guarida. Ya habían hablado con el personal sobre las medidas de seguridad que habrían de tomar por las noches, y Thorensen, a regañadientes, les había ordenado a Nils y a Od que hicieran guardia en la zona de los dormitorios, ya que no quería prescindir de Johan y Brede junto al generador auxiliar.

Volvía a haber luz en la biblioteca. Algunos se habían quejado a Thorensen, y sus protestas al fin habían acabado por dar resultado: Johan había devuelto la corriente a ese módulo. La mayoría se había reunido allí. Los demás escogieron permanecer en el comedor mientras Mikel y Erika llevaban a cabo su registro. En cuanto al comandante y sus hombres, imposible saber lo que hacían.

Emplearon toda la mañana en recorrer la base. Lo hicieron a conciencia, paso a paso, conscientes de la importancia de su registro. No solo se trataba de encontrar el escondrijo del asesino, de comprender cómo lograba moverse sin ser descubierto, sino de mirar en los ordenadores y dispositivos electrónicos de cada módulo y acceder a su contenido, el que había en las carpetas almacenadas en los discos duros y en las bandejas del correo electrónico. Una tarea ardua y lenta.

Al llegar la hora del almuerzo no habían terminado, y se encontraban agotados y deprimidos. Seguían sin tener respuestas. Aún quedaba mucho por explorar y estaban decididos a continuar después de comer, cuando hubieran recuperado fuerzas. Eran instalaciones muy grandes y recorrerlas linterna en mano los obligaba a avanzar con exasperante lentitud.

Se reunieron con los demás en el comedor con la moral bastante baja. Por suerte, Od se había esmerado preparando un soberbio plato a base de pescado. Los estaba esperando servido en la mesa. El cocinero se esforzaba por ofrecer a sus compañeros algo positivo que desterrara al menos durante las comidas el miedo y la incertidumbre.

Mientras disfrutaba del delicioso guiso, Mikel se fijó en el ala de la mesa que ocupaba Thorensen junto a sus hombres de más confianza: Halvard, Johan y Brede. Acababan de llegar no sabían de dónde. Nils Høgli se sentaba aparte, no parecía querer formar parte de su camarilla. Le pareció incluso que recelaba de sus compañeros militares. Tenía un talante irritado aquella mañana. Resultaba evidente, más que nunca desde que lo vieran discutir con Thorensen a cuenta de la desaparición de Ragnar, que evitaba al comandante y a su pequeño séquito.

Thorensen hablaba con Halvard inclinándose hacia él, de manera que nadie más escuchara lo que le decía. Mikel lo había visto varias veces saliendo de su despacho con él y con los dos ingenieros el día anterior. Nils no había estado presente en esas reuniones. Le preguntó a Od discretamente sobre el particular, y este le confirmó que solían pasar horas encerrados en ese despacho y que Nils nunca los acompañaba. Tampoco él. Por tanto, no podía decirle de qué trataban durante esas reuniones.

Erika, también pendiente del grupo de Thorensen, ladeó la cabeza y le dijo a Mikel en un tono confidencial:

—No me gusta ese hombre. Cuanto más tiempo pasa, más convencida estoy de que no es trigo limpio. Voy a explicarte por qué no pienso seguirle el juego.

—No necesitas rendirme cuentas, Erika.

—Quiero hacerlo. Necesito que entiendas por qué voy a actuar como lo voy a hacer. Ya te hablé de mi marido. Durante mucho tiempo permití que su voluntad invadiera la mía, asfixiándome, atormentándome. Me dejé conquistar, y eso acabó conmigo, como un terreno que una vez fue fértil y hermoso y que, hollado por las botas enemigas, se vuelve baldío, yermo, incapaz de recuperarse. —Mikel escuchaba con atención. La voz de Erika era templada y fría mientras espiaba a Thorensen—. Durante mucho tiempo creí que lo merecía, que tal vez esa nueva bandera clavada en mi alma, esa bandera invasora, era legítima, por eso agaché la cabeza y soporté lo que me estaba pasando. Ya no, Mikel. Hace mucho de eso. He navegado mucho y muy lejos desde aquellos años oscuros. Ahora vuelvo a ser la capitana, dueña de mi barco. Ser policía me ha enseñado mucho; por ejemplo, he aprendido a no amedrentarme, a saber cuándo debo traspasar una frontera, aupándome por encima de las normas, de lo permitido, de personas como Thorensen. Míralo bien, se cree el rey, el dueño de las vidas de esta gente. Este hombre ha clavado su bandera en Nytt Håp, juega su propio juego autoritario y tiene amedrentado a su personal. Pienso averiguar por qué, por eso esta misma noche haré una incursión en su despacho. Pienso entrar en su ordenador y husmear en sus archivos.

De hecho, instalaría en su CPU el programa espía de Kronos para que pudiera acceder de forma remota a su disco duro a través de su satelital. Incluso pensaba ir más lejos. Pero eso no lo dijo.

—Quería que lo supieras.

Mikel leyó algo más entre líneas, pero se lo guardó para sí. Sonrió con disimulo.

—Por mí, adelante.

Continuaron con el registro de la base tras la comida. Había distintos laboratorios: los húmedos, los de microbiología y biología molecular básica, y otros, como el que estaba al otro lado de aquella puerta, que servían a distintas disciplinas científicas; era el que utilizaban los geólogos y los glaciólogos. Mikel ya los había visitado todos aquella mañana, salvo ese que frecuentaban sobre todo Frida y el malogrado Björg. Había dejado a Erika no hacía ni media hora mientras él acababa allí. Sentía la tripa pesada, había comido demasiado deprisa el sabroso pescado de Od.

Puso la mano en el picaporte, lo giró... Unos pasos sonaron en el interior.

Detuvo el gesto. Apagó la linterna y escuchó con la cara pegada a la puerta, atento al menor movimiento al otro lado. El silencio oprimió sus oídos.

Presión.

Oscuridad.

Era como estar sumergido a gran profundidad.

Pero no estaba en el mar, el mar le infundía calma, paz.

Nytt Håp, en cambio, parecía haberse transformado en una bestia herida. Recorrer sus pasillos sumidos en las sombras, sus salas vacías, era como haber sido engullido y tener que abrirse camino a través de un laberinto. Le provocaba verdadera angustia.

Se obligó a serenarse y esperó.

Un suave rumor en el laboratorio le hizo dar un respingo. Ya no había duda. Había alguien allí. Tenía que entrar.

Giró de nuevo el picaporte, despacio, y se asomó un poco, sigiloso como un gato al acecho. Había una linterna encendida apoyada sobre un monitor que lo deslumbró. Mikel se agachó, esperando a que sus ojos se habituaran a la oscuridad. Luego se deslizó en el interior, cerró la puerta y se quedó muy quieto. El haz de luz de aquella linterna pasaba ahora por encima de su cabeza. ¿Quién la había dejado allí? Entonces una figura atravesó su potente foco. Alguien estaba hurgando en el que había sido el puesto de trabajo de Björg Stutgard. No distinguió quién era, pues su silueta había quedado a contraluz, recortada como una sombra negra de bordes refulgentes. Tecleaba frenéticamente en el ordenador, unas manos femeninas.

Mikel alzó su linterna y la encendió alumbrando directamente a la misteriosa figura. La mujer se giró sabiéndose sorprendida.

Frida Odegard.

Cegada por la linterna de Mikel, no alcanzó a verlo y gritó, desencajada de terror. Retrocedió, tropezó con una silla, trastabilló y finalmente se vino al suelo. La linterna que estaba apoyada en el monitor traqueteó, rodó y cayó con estrépito fuera de su alcance.

Mikel contempló la escena. Frida estaba aterrorizada, gemía y suplicaba. Sintió lástima por ella. No había pretendido asustarla así. Se levantó y avanzó hacia ella.

—Frida, soy Mikel. Frida, cálmate, soy yo, ¡Mikel!

Rescató del suelo la linterna y se alumbró a sí mismo para que pudiera verle la cara. Cuando la geóloga distinguió las facciones conocidas del que había sido guía en Nytt Håp campaña tras campaña en los últimos años, algo en su cerebro saltó. No había peligro si era Mikel Ibarra quien estaba agachado a su lado. Al punto se calmó. Mikel la ayudó a levantarse y le devolvió su linterna. Recorrió con la suya el laboratorio. No había nadie más. El sofisticado instrumental y las máquinas con que estaba equipado permanecían mudos y abandonados en la oscuridad. El ordenador de Björg Stutgard en cambio estaba encendido, la pantalla de su monitor emitía un suave fulgor fantasmal. Frida comprobó hacia dónde miraba y apretó los labios.

—¿Qué estabas haciendo aquí? —le preguntó Mikel.

Frida contuvo el aliento perceptiblemente. Se tensó y se enjugó con rapidez las lágrimas que el terror le había arrancado.

—Trabajo aquí —repuso. Aún le temblaba la voz, pero había recobrado en parte la serenidad—. Quería comprobar los últimos datos del ordenador de Björg para copiarlos en mi ordenador personal y seguir haciendo algo. Ya sabes que ya no puedo venir aquí a trabajar, desde que han cortado la luz. Necesito estar ocupada, Mikel, o me volveré loca.

—Joder, Frida, sabes de sobra que estamos registrando la base. —De hecho, le habían pedido a Johan que devolviera temporalmente la corriente a los ordenadores para revisar su contenido y todos en la base estaban avisados—. ¿Por qué no nos has dicho que ibas a pasar por aquí?

Frida no contestó, desvió la mirada.

—¿Qué haces en ese ordenador? Se supone que ninguno deberíais estar aquí durante el registro.

—He pedido permiso, para un rato, mientras copiaba los archivos.

Aquello sonaba extraño, no tenía sentido. La expresión huidiza de Frida desmentía sus palabras. ¿Por qué estaba allí en realidad? Mikel observó el largo pelo rizado y negro de la geóloga, encrespado en torno a su rostro, otrora luminoso, moreno, que se había vuelto macilento; sus ojeras parecían más pronunciadas, encorvaba los hombros y sus manos temblaban sin control. Recordaba a otra Frida muy distinta, la mujer que había sido estaba muy lejos de la sombra vulnerable que tenía delante. Esa otra mujer era madre de tres hijos, estaba felizmente casada con un profesor de universidad, se había labrado una brillante carrera en su campo y se había volcado en cuerpo y alma en lo que hacían allí, en la Antártida. Era una científica comprometida, fiel, tenaz e ilusionada. ¿Qué quedaba de esa persona? A Mikel le costaba reconocerla en ese manojo de nervios desafiante. Era como un animal acorralado. Le pareció que la muerte de Björg no podía haberla destruido tanto. Le recordó a Einar. Los dos estaban al borde del precipicio.

—Dime qué ocurre, Frida. —En la pantalla del ordenador de Björg se veía el escritorio con un fondo de montañas nevadas, vacío de carpetas. Una sospecha se abrió paso en su mente—. ¿Lo has borrado todo?

—¡No! ¡Lo he copiado todo! Björg y yo trabajábamos juntos, ya lo sabes, pretendía traspasar la información de su ordenador al mío, ¡nada más!

—¿Y dónde has copiado sus archivos?

—No me ha dado tiempo, me has asustado, y creo... creo que se me ha caído el *pendrive*. Puede que esté por ahí tirado, ahora no lo encontraremos.

Frida se agachó y empezó a buscarlo alumbrando el suelo con su linterna. Mikel recorrió el laboratorio con la suya. No había rastro del dispositivo. Frida estaba mintiendo. Se había colado en el laboratorio antes de que él llegara para hurgar en el ordenador de Björg. Solo había una razón para que se hubiera arriesgado así. Mikel se acercó al terminal del difunto geólogo y lo comprobó. El disco duro estaba vacío. Al volverse, descubrió a Frida de pie a su lado, atenta a la pantalla. Muda y fría.

—Lo has borrado todo. No querías copiarlo, sino borrarlo. ¿Por qué?

—Te equivocas, he perdido el dispositivo, ¡se me ha caído! Además, tú no sabes nada, Mikel. No tienes ni idea —fue su sorprendente respuesta.

—Pues explícamelo.

—No, no tengo por qué pasar por esto. Lo siento.

Y antes de que pudiera detenerla, abandonó el laboratorio cerrando la puerta. ¿Qué había sido eso? Desconcertado, Mikel se fue hacia la mesa donde solía trabajar Frida, junto a la de Björg. Sabía que la geóloga tenía un ordenador personal además del de sobremesa, y probablemente ya habría traspasado el contenido del disco duro a ese portátil, pero por si acaso movió el ratón y la pantalla se iluminó. El escritorio era un fondo azul vacío de carpetas. Abrió el disco duro: vacío. Tan vacío como el de Björg. Así que por eso se había colado allí a escondidas, para formatear los ordenadores antes de que él los revisara. La pregunta era: ¿por qué?

La respuesta tal vez estuviera en el portátil de Frida.

O entre las cosas de Björg, aunque Thorensen ya se había ocupado de deshacerse de sus pertenencias. Sin duda había tenido un dispositivo personal, como casi todos en la base. Como Frida. Tenía que evitar que la geóloga borrara también los archivos de su portátil, si es que no lo había hecho ya; después de todo, había tenido tiempo y oportunidades para ocuparse de ello.

De inmediato abandonó el laboratorio y corrió hacia los dormitorios, temiendo llegar demasiado tarde. ¡No debería haberla dejado marchar! Recordó esperanzado que Erika aún estaría en esa área, si es que no había terminado antes que él. Su presencia frustraría los planes de Frida. ¡Tal vez incluso ya hubiese revisado ese portátil!

Por desgracia, cuando llegó al módulo habitacional de la geóloga lo encontró vacío. Ni rastro de Erika, ni rastro de Frida. Encendió la luz. Allí estaban las camas hechas de sus ocupantes. Todo parecía en orden. Se afanó en revisar los cajones y armarios de la geóloga. Miró bajo el colchón, entre la ropa de cama y en la funda del colchón. Revisó el resto del dormitorio, comprobando cada centímetro, palmo a palmo. Nada.

Al final se quedó de pie en medio del módulo, con los brazos en jarra, preguntándose qué estaba pasando.

El constante goteo lo estaba volviendo loco. Ragnar, atado de pies y manos a una camilla metálica, aguardaba su destino completamente desnudo. Llevaba mucho tiempo tendido, tiritando, oyendo con creciente angustia aquel rítmico goteo contra el suelo.

Ploc, ploc, ploc.

No recordaba cómo había acabado así. Había despertado en aquel lugar, con unas bridas negras ceñidas a sus muñecas y tobillos. Sus duros contornos de plástico dentado mordían su carne, le cortaban la circulación, lo obligaban a estirar los delgados brazos y piernas hacia los cuatro extremos de la camilla a la que estaba atado. No alcanzaba a ver nada más allá de la luz que emitía la bombilla que colgaba de un techo invisible, a escasos cincuenta centímetros de su cabeza. Su calor le alcanzaba en la frente. Fuera de su resplandor todo eran sombras. Una sibilante corriente de aire helado circulaba sobre él provocándole aquella constante tiritona.

Había visto el cadáver de Björg. No quería acabar igual.

Trató de buscar en su interior la formación militar que lo había preparado para superar situaciones críticas, pero él no era un hombre de acción, era informático y, por mucho que supiera defenderse, llevaba demasiado tiempo en la apacible soledad de la Antártida ocupándose del mantenimiento de la base, años sin empuñar un arma, sin enfrentarse a la muerte. Se aferró a su voluntad, lo único que le quedaba, y apretó las mandíbulas. Sin sus gafas, todo era borroso. Pestañeó.

Alzó la voz y pidió ayuda. Rogó por su vida, pidió compasión, se humilló.

No podía hacer otra cosa. Sabía que iba a morir.

De inmediato una figura apareció a su lado. Al reconocerla, las facciones de Ragnar se contrajeron en una mueca de espanto. Abrió la boca para aullar, pero esa persona ya tenía un trozo de cinta americana en la mano. Le cubrió la boca con ella y acalló sus gritos. Gimió entonces. Las lágrimas barrieron su rostro deformado por el miedo. Su captor, imperturbable, le enroscó una goma en torno al brazo izquierdo, por encima del codo, cortándole la circulación. A continuación, le introdujo en vena una vía conectada a un tubo que, a su vez, iba a parar a un cubo. Enseguida liberó la goma y la sangre pasó a través de la vía, entró en el tubo y empezó a llenar el cubo.

11

Habían obligado a Frida a sentarse en la sala de reuniones, un módulo rectangular, amplio y diáfano, con una gran mesa blanca, seis sillas giratorias de cuero y unas estanterías con una extensa colección de libros técnicos. Un televisor de plasma colgaba del techo. Era el único lugar donde podían interrogarla en condiciones, allí sí llegaba la corriente, aunque con interrupciones, y la temperatura se mantenía estable.

La geóloga, sentada a la cabecera de la mesa, se estrujaba las manos en el regazo y enredaba los dedos entre sí, negándose a encarar a Mikel y a Erika. Un grueso forro polar de color rojo con el cuello alto cubría su garganta y unos pantalones negros de pana se ajustaban como un guante a sus delgadas piernas. Sus pies saltaban inquietos, embutidos en unas caras botas de montaña.

Mikel y Erika aguardaron, dándole margen para tranquilizarse. Eran las seis de la tarde y no lo parecía a causa de la oscuridad que reinaba en el exterior. La base entera crujía bajo los furibundos embates del temporal, que había ido arreciando cada hora que pasaba.

Tenían que obtener alguna verdad de Frida Odegard.

Estaba allí porque Mikel le había contado a Erika el incidente en el laboratorio y ella había vuelto con él a buscar esa supuesta memoria externa, que la geóloga aseguraba haber perdido al asustarse cuando Mikel la había sorprendido. Sin éxito. O no existía, y Frida había mentido, o la había ocultado o había caído en algún rincón inexpugnable que sus linternas no habían alcanzado a descubrir. Habían registrado a Frida y no se la habían encontrado encima. Tampoco había querido decirles dónde estaba su portátil.

Un café caliente humeaba delante de ella. No lo había tocado.

—Frida, sabemos que son momentos muy difíciles para ti —dijo Mikel—, tiene que ser duro haber perdido así a un compañero.

—Björg y usted llevaban muchos años juntos, ¿verdad? —preguntó Erika con suavidad.

—Siete años.

—¿Cómo lo conoció?

—Ya me lo preguntó la primera vez.

—Vuelva a decírmelo.

—Ya debe de saberlo todo sobre nosotros, y lo que no le hayamos dicho se lo habrá contado él. —Señaló a Mikel con la cabeza—. ¿No es así, Mikel?

Su voz era acusadora. Mikel no se inmutó, estaba preparado para ese comportamiento.

—Quiero oírlo de usted, Frida.

La geóloga resopló.

—Lo conocí cuando vine aquí. —Miró alrededor—. Claro que Nytt Håp no era como ahora, no tenía nada que ver. La base era mucho más precaria en aquel entonces, todo eran módulos independientes, teníamos que salir al exterior para ir de uno a otro; tú no la has conocido así, ¿eh, Mikel? —Su semblante reflejó el pasado, se volvió soñador—. Pero funcionaba bien, éramos una familia. —Entrelazó los dedos de las manos en el aire, frente a su cara—. No me gusta cómo es la nueva Nytt Håp; hablan de modernidad, están orgullosos de su diseño tan futurista, de haberla equipado con lo más vanguardista. Y sí, tenemos más servicios, más comodidades, pero la convivencia ya no es igual. —Sacudió los hombros levemente, como para desprenderse de pensamientos más oscuros—. Me siento atrapada aquí dentro.

—¿Y Björg?

—Enseguida hicimos buenas migas y empezamos a colaborar. Formamos buen equipo.

—Uña y carne. —Sonrió Mikel.

Frida se encaró con él sin asomo de afinidad. Su respuesta fue lacónica:

—Sí.

—Cuando te he encontrado en el laboratorio, me has echado en cara que no tengo ni idea de lo que pasa, ¿qué has querido decir?

—Nada. No sé muy bien por qué lo he dicho, o si lo he dicho en realidad. —Se frotó la frente con los dedos, eran dedos largos, delicados. Su atención saltaba de Mikel a Erika, y enseguida escapaba de sus miradas, rehuyéndolos—. Tengo miedo, como todo el mundo, es todo.

—¿Y por qué has borrado los discos duros de vuestros ordenadores?

Frida suspiró.

—Ya te lo dije. He querido copiarlos, supongo que con las prisas los he borrado en vez de pasarlos a la memoria externa. Pero da igual, en realidad no lo necesitaba y ahora la he perdido y todo se ha borrado.

—¿Y tu portátil?

—Ya te he dicho que yo no tengo.

—Pero, Frida, ¿por qué mientes?

La geóloga apretó los labios, obstinada.

—Los ordenadores de los demás laboratorios están interconectados, comparten la información; puedes mirar en ellos —propuso.

—Ya lo he hecho, llevamos todo el día con el registro y hemos comprobado que no hay nada en ningún ordenador de la base. Alguien los ha borrado a conciencia. Supongo que solo quedaban sin limpiar tu ordenador y el de Björg, y que por eso te has adelantado y te has colado en el laboratorio a escondidas. ¿Ha sido un descuido?, ¿olvidasteis borrar esos discos duros? Vamos, Frida, la cuestión es por qué. ¿Qué es lo que no queréis que veamos?

Ella se parapetó tras un muro de hostil indiferencia, los brazos firmemente cruzados sobre el escuálido pecho. Respiraba deprisa, visiblemente alterada.

—Frida, Frida, míreme —le pidió Erika. Seguía siendo amable—. Respire despacio, tiene que calmarse. Por favor, tómese su tiempo, serénese. No estamos acusándola de nada, lo que queremos es entender. Recuerde que estamos aquí para detener al asesino de Björg. Ya ha matado una vez, y Ragnar está desaparecido. ¿No quiere ayudar a cogerlo?

—Sí —musitó—, pero no sé cómo hacerlo. —Y se echó a llorar.

—¿Qué puede decirnos de los biólogos? ¿Sabe por qué Einar está tan nervioso y deprimido?

—Antes todo era diferente, ¿verdad? Mikel, tú lo sabes bien, has estado aquí con nosotros. —Un duro reproche asomó de pronto en la expresión de Frida—. Has pasado meses en esta base, nos conoces, somos tu familia. Y ahora vienes a interrogarnos, estás ahí sentado con ella, que es policía, haciéndome preguntas; andas husmeando por los rincones, fisgando, desconfiando —recalcó esta última palabra con marcado despecho—. No me parece bien. No es justo. Es una traición.

Mikel arqueó las cejas confundido. «¿Traición?».

—Mikel ha venido a ayudar, Frida. Como yo —lo defendió Erika—. Solo intenta protegeros.

—Mentira, joder.

Entonces se encerró en sí misma, las demacradas facciones crispadas. Erika suspiró decepcionada.

—Frida, no he venido a cuestionaros, ¡no os juzgo! —aseguró Mikel. Alargó la mano por encima de la mesa tratando de recuperarla—. Queremos coger a ese cabrón que nos está haciendo esto, que Nytt Håp vuelva a ser la de siempre, que volvamos a ser una familia, a trabajar juntos por la ciencia, ¡como hemos hecho siempre!

—Eso es imposible. Ya nunca nada volverá a ser como antes. Nada. —Frida pareció recordar algo y se agitó inquieta—. Están pasando cosas imposibles aquí.

—¿A qué te refieres?

—Anoche... —Buscó apoyo en los ojos de Mikel. Al fin resolvió que aquello sí podía decirlo—. Anoche vi algo, algo que no puedo describir. Flotaba en el aire, era algo sobrenatural, brillaba y se desplazaba atrás y adelante. Y estoy convencida de que... —Meneó la cabeza y calló.

Mikel la escuchaba con el corazón en un puño. ¿De qué hablaba? ¿Cómo habían pasado de hablar de discos duros y asesinatos a entes sobrenaturales? Frida estaba peor de lo que pensaban.

—¿De qué? ¿De qué estás convencida, Frida?

—No lo sé. No soy la única que lo ha visto. —Miró a Mikel, desafiante—. Synne también lo vio.

—¿Habla de fantasmas? —Erika no daba crédito.

Entonces la geóloga soltó un bufido, una especie de risotada amarga, y al fin se echó a llorar desconsoladamente.

Mikel se levantó, rodeó la mesa y se acuclilló junto a ella. Le pasó un brazo sobre los escuálidos hombros y la atrajo hacia sí en un gesto cariñoso que desarmó en parte su coraza.

—Frida, ayúdanos. Venga, si sabes algo que evite que Ragnar muera, debes contárnoslo. Sé que quieres tanto como yo que esto acabe, por favor. Dime por qué has estado hoy en el laboratorio. ¿Tiene algo que ver con la muerte de Björg?

Frida pareció desfallecer, como si anhelara desprenderse de una pesada carga.

—Es demasiado tarde, nos equivocamos, Mikel. Y lo siento, lo siento tanto...

—¿A qué te refieres?

Frida abrió la boca para hablar, dispuesta al fin a liberar su conciencia, cuando la puerta se abrió. Los tres se volvieron al mismo tiempo. Thorensen estaba allí. Halvard Linnes lo acompañaba. El comandante lanzó una mirada dura a Frida, que se encogió en su silla. Luego se volvió hacia Mikel y Erika. Parecía disfrutar por haber irrumpido así.

—Comandante, por favor, ahora no —protestó Erika.

Él levantó las manos.

—No molestaré. Sigan, por favor.

Erika arqueó las cejas sorprendida. Hubiera jurado que estaba dispuesto a impedir que interrogaran a Frida, ¿y en cambio los animaba a continuar? Halvard cerró la puerta con aire parsimonioso. Llevaba un rollo de papel bajo el brazo. Thorensen y él se situaron aparte. Mikel quiso retomar su conversación con Frida donde la había dejado, pero algo había cambiado en el ambiente, tanto Erika como él lo percibieron. Presintiendo ya el fracaso, procuró recuperar la atmósfera de confianza que había logrado establecer con Frida, atraerla de vuelta a la burbuja en que había logrado sumergirla por un breve instante. En vano. La geóloga se había vuelto a encerrar en sí misma, cohibida a todas luces por la presencia del comandante. Lo vigilaba de soslayo continuamente, pálida y retraída. Cualquier atisbo de confesión se había evaporado.

—Frida, ibas a contarme algo.

La geóloga empezó a transpirar, se le enrojecieron las mejillas hundidas.

—No, no, no... Lo siento, yo no...

De pronto empujó a Mikel y se levantó, escabulléndose como un conejo asustado de la sala.

Mikel soltó un improperio y golpeó la silla que había ocupado Frida, haciéndola rodar unos metros hasta que se topó con la pared. Ahora que la geóloga no estaba, se estableció un tenso silencio entre los cuatro presentes. Halvard parecía muy satisfecho con la situación generada. El comandante dejó transcurrir unos segundos antes de decir:

—Deben disculparla, está muy alterada. En cualquier caso, me han contado lo ocurrido en el laboratorio. Pido disculpas, he sido yo quien le ha dado permiso para copiar esos archivos. Lamento que se hayan borrado accidentalmente.

Erika abrió la boca, desconcertada ante la desfachatez del comandante. ¿Cómo se atrevía a burlarse así de su inteligencia? No, buscaba obstaculizar su trabajo interponiéndose a cada paso, vejándolos ante el personal y sus hombres, restándoles autoridad. El dardo envenenado de sus palabras se clavó en su pecho. Se encogió como si la hubiera agredido físicamente. Entonces se fijó en el rollo bajo el brazo de Halvard y le pareció que era un plano. Entrecerró los ojos y se prometió que no iba a dejarse amilanar. Se volvió hacia Mikel y le hizo un gesto, como si no pasara nada. Al punto se recompuso, poco dispuesta a que la mangonearan.

—Bien, aclarado esto, he creído necesario intervenir, vamos a hacer algo que nos lleve a alguna parte de una vez, en lugar de dar palos de ciego avasallando al personal. Adelante, Halvard —ordenó el comandante—. Muéstraselo.

Halvard tomó el misterioso rollo que llevaba apretado contra el costado y lo desplegó de buena gana sobre la mesa con manos hábiles. Era un mapa de la Antártida. Cruzó con Mikel una mirada desafiante.

—Ya ha comprobado por sí misma que es imposible que nadie se oculte aquí, no tiene dónde.

—Eso aún está por ver —lo cortó Mikel.

Thorensen no lo escuchó. Estaba más pendiente de Erika. Ella lo retaba sin abrir la boca, sabedora de que sus palabras iban destinadas a herirla en su orgullo. Consciente de su intención, la agente se preparó. Todas las alarmas se habían disparado en su cerebro, sabía bien ante qué tipo de persona se encontraba. Su rostro afilado se endureció evaluando a su adversario. Porque eso era Thorensen, su adversario.

—Debería abrir su mente a otras posibilidades, Oblyakov.

Mikel escudriñó la reacción de Erika ante el descarado ataque de Thorensen. Ella no se inmutó. Una expresión divertida bailaba en su mirada, oculta pero perceptible, al menos para él. Le encantó.

—¿Qué otras posibilidades? —dijo Erika con calma.

—Halvard, si eres tan amable, podrías mostrárselo en este mapa.

El informático se apresuró a obedecer con diligencia. Mikel comprendió entonces lo que iba a sugerir y arqueó las cejas con sorpresa. Por eso Thorensen se había hecho acompañar por Halvard y no por Nils. De haber estado el guía allí, habría echado por tierra semejante teoría. El segundo de a bordo de Thorensen era un hombre preparado, sabía bien que lo que iban a plantear no tenía ni pies ni cabeza. No, aquello era una pantomima, urdida a todas luces con el único fin de desbaratar el interrogatorio de Frida e impedir que hablara. Un intenso deseo de echarlo de allí a patadas se abrió paso en su corazón. Erika percibió su creciente tensión y le puso una mano en el hombro. Sus dedos cálidos lo apretaron levemente. Pero Mikel no sabía callarse como ella. Se mordió el labio a punto de saltar, los ojos chispeantes, el enojo acumulándose en su garganta. No permitiría que engañaran a Erika. Apoyó los dos puños sobre la mesa y cargó el peso de su cuerpo sobre ellos, la mandíbula tensa. Ahora los cuatro se inclinaban sobre el mapa del continente. Thorensen había señalado previamente la ubicación de Nytt Håp con un rotulador rojo.

—Halvard —insistió—, explícaselo, por favor.

—¿Esto va en serio? —saltó Mikel al fin—. Comandante, con todos mis respetos, conoce tan bien como yo este mapa. ¡Cualquier campamento o base está demasiado lejos como para que nadie en su sano juicio ande yendo y viniendo! Espero que no vayas a considerarlo siquiera, Erika.

—¿A qué te refieres?

—¡Van a decirte que el asesino se esconde en alguna base del entorno!

—Bueno. Adelante, quiero saber de qué estamos hablando. Por favor, Mikel, deja que el señor Linnes nos lo enseñe. —Erika lo animó con su gesto, las cejas arqueadas y los ojos brillantes.

Halvard sonrió. Inclinó su rostro de rapaz para estudiar el mapa. Marcó con el rotulador rojo que Thorensen dejó sobre la mesa tres enclaves. Mikel asintió. Ya imaginaba que serían esos los puntos que señalaría. El primero era un campamento de verano, situado a algo menos de sesenta kilómetros hacia el norte, un conjunto de edificaciones aisladas, apenas utilizado por los expedicionarios. Lo habían levantado los rusos, cuya base distaba de Nytt Håp unos doscientos kilómetros al sur. Era uno de los asentamientos más antiguos, lo que significaba que su construcción era mucho más precaria que la de cualquier otro. El segundo enclave era una base búlgara que permanecía abierta únicamente durante el verano austral: San Peter. Estaba a treinta kilómetros, una distancia que, aunque sensiblemente menor, seguía suponiendo demasiados riesgos con la continua amenaza de las borrascas que asolaban el continente en la época invernal. Más aún con la que tenían encima. Por último, Halvard había señalado la base rusa, tan lejos de Nytt-Håp que considerarla resultaba ridículo. Ni siquiera alguien experimentado, desplazándose con una moto de nieve en un día sin viento y despejado, lograría llegar sin contratiempos hasta ella, pues debería atravesar kilómetros de glaciares llenos de grietas ocultas. Y menos teniendo en cuenta que el asesino se movía de noche, presumiblemente solo.

—De los tres puntos que he señalado, San Peter es el más indicado para esconderse —dijo Halvard—. Este otro campamento —señaló el de verano—, como bien dices, Mikel, está demasiado lejos. La base rusa la hemos descartado.

Mikel se dirigió a él con tono desabrido:

—Cubrir cualquiera de esas distancias de noche, a través de una tormenta como la que tenemos encima, sobre un terreno imprevisible que está constantemente cambiando, desplazándose y abriendo profundas grietas, es del todo inviable, Halvard, y tú lo sabes. Más aún siendo conscientes de que merodea por aquí tan a menudo —sentenció con intención—. Anoche mismo.

—¿Qué es eso de anoche mismo? —Thorensen se envaró.

—Lo he visto, en mi habitación.

Quería poner al comandante en un brete. Lo logró.

—¿Aquí?

—En mi dormitorio, junto a mi cama. Fue un momento, no pude verle la cara, pero estuvo allí, observándome tan tranquilo. Un tipo grande, corpulento.

Erika apretó los labios y miró de soslayo a su compañero. Se suponía que no iban a compartir con el comandante nada sobre ese suceso.

—¿Por eso el empeño en que la gente refuerce las puertas por las noches y lo de que se hagan guardias en la zona de los dormitorios?

—Por supuesto.

—No se esconde en esta base —se empeñó Thorensen.

—Aquí no, es cierto —concedió Mikel con calma—; como has dicho antes, la hemos recorrido de arriba abajo y no puede estar oculto dentro. Sin embargo, puede que esté utilizando alguno de los edificios auxiliares. No hemos podido registrarlos aún a causa del mal tiempo, pero cuando acompañé a Johan y a Brede a comprobar el generador auxiliar vi que habéis levantado un almacén nuevo, y que alguien ha roto el candado que cierra el portón.

Roto no, pulverizado. Sin duda, Johan y Brede ya habrían puesto al tanto de eso al comandante. A Thorensen se le formó un rictus severo en el semblante. No le gustó oír hablar de ese edificio.

—Lo hemos comprobado. No hay nadie allí.

—Bueno, nos gustaría echarle un vistazo, y al resto de edificios auxiliares de paso —insistió Mikel.

—Ya lo hemos hecho nosotros —lo atajó Thorensen con sequedad.

—Con todos mis respetos, queremos hacerlo nosotros también.

—¡Te repito que no se esconde aquí!

—¡Pues entonces estamos ante un fantasma! —gritó Erika—. ¡Un fantasma que al parecer es capaz de atravesar las puertas!

—Soy yo quien está al mando de esta base, yo digo qué se hace y qué no, ¿entendido?

—¿Y qué sugiere? ¿Ir a San Peter sabiendo que no encontraremos nada allí?

Thorensen no contestó. Recogió al mapa y abandonó la sala.

Halvard le palmeó el hombro a Mikel con sorna y se fue tras su superior. Cerró la puerta con suavidad, dejándolos a solas. Erika se dejó caer en una silla y la hizo girar con los pies para que diera vueltas lentamente, pensando mientras miraba al techo.

—Erika, ¿estás bien?

Ella no contestó y siguió girando sobre sí misma durante un rato. Al fin detuvo el movimiento de su silla y se sentó erguida y serena.

—Perfectamente, ¿por qué?

—Por la pantomima a la que acabamos de asistir, por las formas del comandante.

—Ya sé a qué juega. No quiere que hablemos con el personal, ha interrumpido deliberadamente la entrevista con Frida y ha conseguido intimidarla y hacer que se fuera cuando estaba a punto de hablar. No soy guía como tú, pero me doy perfecta cuenta de que lo de San Peter es una sandez.

—Sin embargo, puede que tengamos que recurrir a los búlgaros y jugarnos el pellejo en el intento.

—¿A qué te refieres?

Mikel sacudió la cabeza aplazando una idea que se había abierto camino en su mente al ver el mapa sobre la mesa.

—A nada, no es nada.

—No perdamos de vista lo importante: ahora sabemos que Frida quiere hablar. La has visto, no le hace falta mucho. Tú lo conseguirás, se nota que confía en ti. Ya encontrarás el momento, eso lo dejo en tus manos. En cuanto al comandante, dejémoslo interpretar su papel. Prefiero que crea que puede burlarnos mientras hacemos nuestro trabajo. —Se inclinó hacia delante con malicia—. Haremos lo que tengamos que hacer ahí fuera, y por mi madre, que en paz descanse, que entraremos en ese almacén. Además, ya te lo he dicho, esta noche voy a colarme en su despacho y pienso copiar el contenido de su disco duro. —Sacó de su chaqueta un *pendrive* y se lo mostró con una irresistible sonrisa juguetona—. Han borrado todos los de la base, pero hay uno al que no tenemos acceso: el de Thorensen. Puede que aún esté intacto, así que voy a husmear en sus correos, en sus documentos, voy a hurgar hasta encontrar lo que nos está escondiendo. Es más, ¿has visto su caja fuerte?

—Desde luego.

—Pues pienso colocarle una cámara desde la que podré ver la clave que utiliza para abrirla.

Mikel sonrió abiertamente, contento de poder ayudarla a desafiar al comandante.

—No te va a hacer falta. Yo sé la clave, te la daré encantado.

—¿Sabes la clave? —se sorprendió Erika.

—Soy observador, la descubrí hace tiempo. Si Thorensen se entera, me mata.

Einar no podía conciliar el sueño, se revolvía inquieto en la cama. Gunnar, acostado al otro lado de la habitación, lo espiaba mientras fingía dormir. Su compañero sudaba, gimoteaba en susurros, lo oía con claridad sufriendo en la oscuridad. Synne dormía, en cambio, profundamente.

Al fin, Einar se incorporó. Miró a su alrededor sin ver, atento al menor movimiento. Las sombras lamían su piel, se adherían a ella como un manto helado. Esas sombras pesaban, eran densas, lo confinaban en una espantosa ceguera. Se volvió hacia Gunnar, pendiente de su sueño, pero su amigo fingió respirar profundamente. Einar apartó el edredón y se levantó. Permaneció inmóvil un momento, temblaba de arriba abajo, movía la cabeza como un demente y mascullaba algo entre los labios húmedos, desorbitado por el miedo. Tanteó a través de las tinieblas buscando su abrigo y, cuando sus dedos lo encontraron doblado sobre una silla, se lo puso por encima. Se calzó a ciegas, cogió su linterna y se dirigió hacia la puerta. Apartó la silla con que la habían atrancado, quitó el pestillo y abandonó la habitación.

Gunnar oyó sus pasos alejarse. No tardó en seguirlo.

No había nadie haciendo guardia. ¿Dónde estaba Nils? ¿Y Mikel y Erika? ¡Se suponía que iban a encargarse de protegerlos por las noches!

Einar avanzaba pasillo adelante. Gunnar fue tras él, palpando la pared, apoyándose de vez en cuando en los paneles acolchados, sigiloso y asustado. Casi no se atrevía a respirar. La figura de su amigo era una mancha oscura recortada en el haz de luz de su linterna. No debía perderlo de vista. ¿Adónde iba tan furtivamente?

Einar se detenía de vez en cuando, prestaba atención al menor rumor, a la corriente helada que recorría el pasillo semiesférico, y luego reanudaba su marcha. Llegó así, parándose y avanzando cada poco, hasta la bifurcación y siguió de frente, hacia la salida. A la altura de la puerta del comedor se detuvo. Se quedó muy quieto delante de uno de los paneles curvos, esperando. ¿A qué? De pronto empezó a estampar la frente contra el acolchado una y otra vez, como un loco. Gunnar se apiadó de su amigo. No lo reconocía, no quedaba nada de su querido Einar en aquel manojo de nervios. Mil veces había pensado en ayudarlo, en hablar con él, pero su extraño comportamiento tenía algo de siniestro, por eso había optado por espiar sus paseos nocturnos. Quería saber adónde iba cada vez que abandonaba su cama. No era la primera vez.

Un lamento interrumpió sus pensamientos. Provenía de todas partes y de ninguna, escalofriante. Einar retrocedió unos pasos y empujó el panel contra el que se había estado golpeando. Gunnar creyó ver que lo abría. Sorprendido, comprendió lo que pasaba. A través del hueco apareció un hombre. No podía verle la cara, pero vislumbró una figura alta y corpulenta. Einar se acuclilló a sus pies, se postró como si fuera un esclavo y lloriqueó como un niño.

Mikel consultó por enésima vez su reloj en la oscuridad. Hacía ya una hora que Erika se había deslizado fuera del dormitorio, decidida a colarse en el despacho del comandante para fisgar en su ordenador y en su caja fuerte. Esa noche ellos dos no hacían guardia. No le gustaba nada que anduviera sola por la base a las mismas horas en que rondaba el asesino, y ya se estaba arrepintiendo de no haberla acompañado. Formar un equipo significaba afrontar los problemas juntos, trabajar codo con codo y, sobre todo —según el manual de todo buen policía—, no dejar nunca jamás que tu compañero actúe por su cuenta, sin respaldo. Cada vez tenía más claro que Erika era como un lobo solitario, acostumbrada a enfrentar los riesgos sin ayuda.

«Bien, pues yo no soy así».

Optó por levantarse y hacer lo que debía: cubrir a su compañera. Reprodujo en su mente lo que le había dicho antes de marcharse: «Ha sido un día largo y no has dormido, Mikel. Te quiero descansado. De esto me ocupo yo».

Ni hablar.

Se vistió y salió linterna en mano al pasillo. Todo estaba sumido en una profunda quietud. Escudriñó el entorno, atento a la menor señal de peligro. Echó a andar, despacio, temiendo toparse con Nils y Molly, o con Od. Pero no encontró a nadie hasta llegar a la bifurcación. El despacho del comandante estaba en el pasillo de la derecha y lo enfiló con precaución.

Entonces oyó un topetazo seco en el pasillo principal que conducía a la salida. Algo había caído al suelo, algo pesado. De fondo oyó algo más, un siseo tal vez. Luego nada. Un escalofrío le recorrió la columna. No podía ignorar aquellos ruidos, Erika iba a tener que esperar. De pronto algo pasó corriendo por delante del haz de luz de su linterna; sus pisadas sonaron furtivas, como los pies desnudos de una persona que corre a hurtadillas. Pensó en Molly. Tal vez Nils anduviera cerca. Retrocedió hasta la bifurcación y tomó el pasillo principal hacia la salida. Algo estaba a punto de suceder, lo presentía. Lamentó no tener un arma.

Farfullaba para sí mismo mientras superaba la puerta de la biblioteca y avanzaba hacia el comedor.

Dudó, no muy seguro de arriesgarse más. A continuación, oyó cómo algo se arrastraba en alguna parte. Había sonado en algún punto cerca del comedor. Apretó el paso. Un tintineo de campanillas reverberó tenuemente; luego algo más, tal vez, un chasquido, una puerta deslizándose. Echó a correr. Ya no le cabía la menor duda de que había alguien en el comedor. Dudaba que se tratara de Nils con su perra. Cuando alcanzó la puerta se asomó y apagó la linterna. Todo estaba tranquilo.

«A la mierda».

Volvió a encender la linterna y recorrió con su foco el comedor sin abandonar el umbral y manteniendo la puerta abierta con su bota. No vio nada ni a nadie. Desconfiando de la aparente quietud que lo rodeaba, abandonó su posición y cruzó el comedor vacío.

Tal vez debiera comprobar la cocina.

Se preparó para lo peor. Su instinto bramaba en su cerebro alertándolo del peligro.

La encontró también desierta. Sin embargo, la cámara frigorífica donde Od almacenaba la comida fresca y los congelados tenía la puerta entreabierta y esta aún se estaba deslizando lentamente sobre sus goznes, como si alguien acabara de empujarla. Se aproximó de puntillas y la abrió del todo.

Una temperatura heladora salió de la cámara y lo golpeó en la cara. Iluminó el interior con la linterna.

Un grito enmudeció en su garganta.

Había encontrado a Ragnar Ringstad.

Su cuerpo colgaba del techo cortado en canal. Sus dos mitades habían sido colocadas de tal modo que se enfrentaban la una a la otra. La parte derecha de Ragnar se balanceaba levemente y chocaba con la izquierda, que también se mecía con un gancho atravesando su media cabeza, nariz contra nariz, pecho con pecho, pie derecho con pie izquierdo. La escena era tremendamente macabra; el infortunado Ragnar se miraba a sí mismo, como en un espejo, cara a cara.

No tenía globos oculares. Sus cuencas estaban vacías.

No había sangre.

Horrorizado, Mikel estuvo a punto de vomitar. Cayó de rodillas a los pies del dantesco cadáver, controlando las arcadas que le subían por el esófago. Le costó serenarse, pero el asesino aún podía andar cerca. Decidió encender las luces, allí sí había corriente, no tenía por qué seguir utilizando la linterna y jugar en desventaja. Buscó el interruptor y lo pulsó. De inmediato, las lámparas del techo parpadearon y se encendieron, iluminándolo todo. De nuevo había pisadas de agua en el suelo. Se perdían hacia el pasillo por el que él mismo había llegado. En un punto desaparecían.

Otra vez.

Se volvió en todas direcciones, desconcertado. Había tardado muy poco en llegar a la cocina desde que oyera aquel primer golpe. Debería haberse cruzado por el camino con el animal que le había hecho aquello a Ragnar, ¿cómo era posible que no se lo hubiera encontrado?

Regresó junto al cadáver del pobre informático. Comprendió que había estado muy cerca de descubrir al asesino con las manos en la masa. Se lamentó por no haber salido antes de la cama.

Cerró la puerta de la cámara frigorífica y fue en busca de Erika.

Tenía que asegurarse de que se encontraba bien.

12

Erika cerró la caja fuerte de Thorensen, cuyo contenido acababa de revisar y fotografiar. Estaba más que satisfecha. Ya había instalado el *software* espía en su ordenador para que Kronos pudiera entrar en él, y lo había enlazado al satelital que llevaba oculto bajo la ropa. El terminal tenía capacidad para enviar y recibir abundantes datos, por muy pesados que fueran.

Se disponía a retirarse cuando Mikel entró como una tromba en el despacho y encendió las luces, cogiendo a Erika desprevenida.

Se creyó descubierta y se puso en pie de un salto, al tiempo que soltaba el móvil con el que había fotografiado el contenido de la caja y empuñaba su pistola. Encañonó a Mikel y quitó el seguro en un eficiente gesto muy interiorizado. Tardó medio segundo en reconocer a su compañero y un poco más en borrar de su rostro la tensión que le había provocado irrumpiendo así. Al punto bajó el arma, se la guardó en la parte de atrás del pantalón, recuperó su teléfono del suelo y de muy mal humor se encaró con él. De su boca estuvieron a punto de salir unas cuantas palabras gruesas, pero algo en la expresión de su compañero las sofocó.

—¿Qué ha pasado?

—Es Ragnar. Está muerto.

A Erika se le encogió el estómago. Lo acompañó fuera y juntos recorrieron en silenciosa carrera los pasillos hasta la cocina.

—No he visto a nadie de guardia —se extrañó Erika—. ¿Dónde están los hombres de Thorensen?

—No lo sé, me he preguntado lo mismo.

Mikel se detuvo delante de la cocina.

—¿Está ahí dentro?

Por toda respuesta, Mikel la llevó con gesto grave hasta la cámara frigorífica y se detuvo ante la puerta metálica. Erika inspiró y espiró varias veces preparándose para lo que estaba a punto de ver.

—Adelante.

Mikel empujó la puerta y ante ella apareció aquel horror, el cuerpo de Ragnar seccionado limpiamente en dos. La dura luz del techo iluminaba la escena con crudeza. Erika permaneció muy quieta evaluando lo que veía.

—Cuéntame cómo lo has encontrado. ¿Qué ha pasado?

Mikel le explicó cuanto había sucedido desde que abandonara el dormitorio para ir a buscarla. Erika lo escuchaba pensativa, el ceño fruncido, almacenando en su cabeza cada palabra, sin alterarse. Mientras tanto, observaba con ojos analíticos la nueva escena del crimen.

—Dices que has oído algo que se arrastraba.

—Sin duda.

—¿Ha traído las dos partes del cadáver de Ragnar a rastras? —Erika miró al suelo—. Ha tenido que costarle mucho manejarlas. Puede que las haya traído sujetas con algo.

—Ragnar tiene marcas de bridas en las muñecas y en los tobillos —le indicó Mikel.

—Las he visto. Björg también las tenía. Está claro que los ha tenido atados en alguna parte antes de matarlos. —Tomó aire con resolución—. Mikel, ¿te das cuenta? Es la primera vez que llegamos al escenario del crimen antes que Thorensen. Aprovechemos la ventaja que tenemos y busquemos pistas.

La noticia de la muerte de Ragnar Ringstad cayó como una bomba en la base. Sin tiempo para echar una cabezada, y una vez acabado su trabajo de rastreo en la cámara frigorífica, Erika y Mikel hicieron lo que tenían que hacer: avisar al comandante Thorensen y despertar a todo el mundo. Ya había amanecido para cuando dieron la voz de alarma, un nuevo crepúsculo, oscuro y tormentoso, que ya en las primeras horas prometía muy poco. Estaban agotados, física y emocionalmente, y necesitaban un café.

El cadáver había sido trasladado a una mesa camilla del módulo sanitario, donde permanecía a la espera de practicarle la autopsia. Habían acordado con el comandante que nadie entraría allí bajo ninguna circunstancia, aunque no contaban con que cumpliera su palabra. Cuando Thorensen empezó a dar órdenes a diestro y siniestro con la firme intención de inspeccionar la cámara frigorífica, se guardaron de reconocer que ya se habían ocupado de ello y que por desgracia el asesino no había dejado la más mínima pista. Si había huellas o cualquier otra evidencia imperceptible al ojo humano, no podían saberlo, pues no contaban con el equipo necesario para detectarlas.

Preguntaron a Thorensen por los hombres que deberían haber estado haciendo guardia aquella noche. El comandante miró de reojo a los ingenieros. Su gesto indicaba que otra vez había sido el turno de Johan y Brede junto al generador. Luego les aseguró que habían sido Nils y Od los encargados de vigilar en la zona de los dormitorios, tal y como habían acordado. Dijo que confiaba en ellos plenamente, los hizo adelantarse y ellos corroboraron que habían hecho la ronda toda la noche. Mikel estudió sus caras con incredulidad mientras aseguraban no haber visto ni oído nada extraño. Mentían. ¿Por qué? ¿Acaso se habían dormido y no se atrevían a reconocerlo? Nils desviaba la mirada, las mejillas rubicundas, los labios apretados. A su lado, Od guardaba silencio, muy serio y sombrío. Thorensen mentía también.

En cuanto a Molly, la perra de Nils, otra de las incógnitas que necesitaban resolver, su dueño les aseguró que no se había movido de su lado. La perra le lamió los dedos de la mano mientras hablaba, y él acarició su denso pelaje entre las orejas. De modo que era imposible que la figura que Mikel había creído ver por un instante a la luz de su linterna fuera la de Molly. Contempló pensativo al noble animal. ¿Quién o qué entonces?

Emplearon las primeras horas en interrogar al personal, uno por uno, sin resultado. Nadie había visto ni oído nada.

El ambiente se fue enrareciendo a medida que la realidad de la muerte de Ragnar se hacía más consistente en las conciencias de cada uno. Mikel podía percibirlo con claridad en la forma que tenían de contestar a sus preguntas, en el temblor de sus manos, en las voces apocadas. Para cuando el personal se reunió para almorzar, la tensión ya era una malsana bruma que flotaba en torno a la mesa. Unos y otros disimulaban, el recelo era generalizado; revelaban temor y desconfianza. Nadie tenía ganas de hablar. Ni siquiera Od, que siempre trataba de levantar el ánimo con su buen humor, dijo una palabra.

Synne, tan desanimada y triste como el resto, sonrió a Mikel cuando sus miradas se cruzaron, como si quisiera deshacerse de sus fantasmas. Abrió la boca para decir algo y luego la cerró. Al fin se sumió en un abstraído silencio.

Fue entonces cuando sucedió algo inaudito.

Algo que jamás hubieran esperado presenciar.

Y ocurrió tan rápido que no pudieron evitarlo.

De pronto Gunnar, quien por una vez no se había sentado junto a Einar, se puso en pie sin mediar palabra, impasible, inexpresivo, cogió un cuchillo de la mesa, se acercó a él y simplemente se lo clavó varias veces en el pecho.

—Traidor —murmuró en su oído.

Malherido, Einar emitió un gemido apenas audible, resbaló de su silla y se cayó al suelo. La hemorragia manchó enseguida su grueso jersey de lana.

Hubo un silencio sepulcral. Gunnar permanecía junto a su víctima sin moverse, como si hubiera echado raíces y su cuerpo fuera de cartón piedra. A su alrededor, doce pares de ojos lo observaban atónitos, sin dar crédito a lo que acababa de hacer.

Nadie se movió.

Fueron Halvard y Nils los que reaccionaron. Al mismo tiempo, se abalanzaron sobre Gunnar y le arrancaron el cuchillo ensangrentado de la mano. El biólogo no se resistió. Su rostro era una máscara helada. En medio del estupor general, se lo llevaron de allí. El comandante se levantó y empezó a pronunciar un discurso para calmar los ánimos. Mientras hablaba, Synne, como si acabara de despertar de un mal sueño, acudió a socorrer a Einar. El biólogo gimoteaba retorciéndose de dolor. La sangre manchaba ya el suelo.

—Por Dios, ¡está sangrando mucho! —exclamó Synne. Cogió una servilleta y presionó con fuerza las heridas, pero no daba abasto; eran tres, aunque no letales.—. ¡Hay que llevarlo a la enfermería!

Mikel llegó a su lado, y Erika tras él. La doctora alzó el rostro demudado hacia ellos y meneó la cabeza.

Mikel pensó que tal vez se habían equivocado al creer que era Einar el que estaba pasándolo peor —el hecho de que tomara ansiolíticos los había inducido a creerlo—, y que seguramente Gunnar, habiendo sufrido por la muerte de su pequeña y la separación de su mujer, en realidad era el que estaba más desequilibrado. Ayudó a Einar a levantarse del suelo y lo trasladó al módulo médico, sujetándolo por la cintura. Allí Synne disponía de todo lo necesario para atenderlo. Lo tumbaron en una camilla y la doctora le quitó el jersey y las dos camisetas, dejando al descubierto su torso delgado de piel muy blanca. Un ensortijado vello negro cubría su pecho y su estómago. Enseguida empezó a limpiar las cuchilladas que Gunnar le había propinado.

—No son profundas, por suerte —dijo muy pálida—, y no han afectado ningún órgano vital. Las coseré y te repondrás enseguida, Einar —lo animó—. No creo que Gunnar pretendiera matarte.

El biólogo no contestó, encerrado en sí mismo. Ya no lloraba, temblaba, sin color en la cara. Mikel y Erika observaban la escena con aire circunspecto. Synne era eficiente, sus manos habilidosas. Le temblaban los labios trémulos, pero su pulso era firme.

—No sé cómo no lo he visto venir —murmuró la doctora—. Debí darme cuenta, debí...

—Einar, ¿sabe por qué lo ha agredido Gunnar? —la interrumpió Erika. El biólogo volvió el rostro y apretó los labios—. Einar, por favor, es importante.

—Deberían dejarlo descansar, mírenlo, está en *shock*. —Synne se frotó la frente con la muñeca—. Yo puedo explicarlo: creo que la presión ha podido con Gunnar. Diría que le ha dado un brote psicótico provocado por la tensión que estamos padeciendo. Nada más. No es un asesino.

—Ah, ¿no? —Erika estaba harta de mentiras.

—¿Quieres decir que no hay una motivación detrás de sus actos? —preguntó Mikel interesado.

—Eso creo. Tú lo sabes, la presión psicológica aquí ya es muy alta en condiciones normales. Gunnar ha sufrido mucho a nivel personal y ahora han muerto dos compañeros. —Hizo una breve pausa y tomó aire—. Y yo no le he prestado la debida atención. Es culpa mía.

Se llevó la manga de la chaqueta a la nariz buscando calmarse. Se había sujetado el largo pelo rojo en una coleta y sus delicados rasgos resaltaban más al tener el rostro despejado. Soltó el aire por la boca y continuó trabajando. Fue suturando una por una las heridas. Erika detectó obstinación en esa boca.

—Doctora Gulbrandsen, ¿cree que podría repetirse un episodio como este? —le preguntó con suavidad. Trataba de contener la impaciencia que corroía su espíritu. Empezaba a estar realmente cansada de la actitud de la doctora, de sus mentiras. Estaba apoyada en la puerta, las manos en los riñones, un pie cruzado sobre el otro—. ¿Debemos preocuparnos?

Synne negó con la cabeza. Erika bufó.

—¿Es consciente de lo que supone mentir sobre sus pacientes en el curso de una investigación? —Su voz tembló, y Mikel supo que estaba a punto de perder el temple—. Nos ha ocultado que Einar estaba tomando ansiolíticos, o que estaba preocupada por la situación emocional de Gunnar.

—Lo sé, lo siento. No creí que fuera eso lo que buscaban saber.

—¿No? Vaya. Pues buscamos saberlo todo, cualquier detalle puede ser importante. Tenga en cuenta que aún desconocemos las motivaciones que impulsan a este asesino a matar, aunque es evidente que está relacionado con ustedes, y déjeme que le diga que cada vez creo con más convicción que ustedes esconden algo relacionado con él. Porque los conoce, los va escogiendo, eliminando uno a uno. Dígame por qué, doctora.

Erika se separó de la puerta y atrapó la mirada de Synne con dureza. La joven bajó la vista, roja como la grana.

—¿En serio lo cree? ¿Cree que matará a alguien más?

—Lo siento, pero sí. Pero eso no responde a mi pregunta. Una vez más, doctora, dígame por qué.

Synne desvió involuntariamente su mirada hacia la habitación contigua, la enfermería, donde sabía que aguardaba el cadáver de Ragnar. Tragó saliva.

—Y bien, ¿hay algo que quiera contarnos? —insistió Erika con mayor dureza—. Deje que la ayude. Vamos, dígame, ¿qué tenían en común el señor Stutgard y el señor Ringstad? ¿Qué es ese algo que todos ustedes comparten y que los hace revolverse unos contra otros, como estamos viendo desde que llegamos?

Synne negaba con la cabeza, fruncido el ceño, las mejillas más y más encendidas. Sus manos quedaron suspendidas en el aire, a medio terminar la última sutura. Tendido sobre la camilla, Einar la observaba, pendiente de sus labios. Synne dudaba, y Einar intuyó que deseaba hablar, notó cómo su boca buscaba las palabras, cómo su garganta intentaba desprenderse de la sequedad que la acartonaba y su semblante se relajaba. Entonces rozó con los dedos su pantalón para atraer su atención. Había una muda súplica en aquel gesto. Con un movimiento apenas perceptible, salvo para Synne, el biólogo negó con la cabeza y formó un «no» con los labios húmedos. A la joven médica se le aceleró la respiración. Carraspeó y terminó la sutura. Dejó el instrumental en una bandeja donde después lo desinfectaría. Estaba a punto de llorar.

—¿Synne? —Mikel se aproximó y le puso una mano exigente en el brazo percibiendo, aunque no hubiera alcanzado a descubrir el mudo diálogo que acababa de sostener con el biólogo, la enorme tensión que sufría. Su actitud se parecía mucho a la de Frida antes de que Thorensen los interrumpiera en su entrevista, cuando estaba a punto de hablar—. Debes decirnos lo que está pasando. Antes de que sea tarde, antes de que venga a por otro. Tú no quieres que muera nadie más.

Synne se liberó de su mano.

—No sé nada, Mikel. —Miró de reojo a Einar.

Al captar ese gesto, Mikel se giró hacia él, pero el biólogo se volvió de cara a la pared. Erika dio otro paso adelante visiblemente enojada. Como ella, Mikel se daba cuenta de que aquellos dos compartían la verdad y que estaban dispuestos a enterrarla en su silencio. Allí estaba pasando algo, algo serio. Iba a presionar a Synne cuando la cabeza albina de Johan se asomó desde el pasillo.

«Qué oportuno», pensó Mikel.

—Synne, deberías venir en cuanto puedas. Es mejor darle un sedante a Gunnar y dejarlo aislado el resto del día.

La doctora suspiró aliviada de poder escapar de aquella habitación donde se sentía acorralada. Se fue a un armario, cogió dos jeringuillas precintadas, ocultándolas a la vista de Mikel y Erika, rasgó el envoltorio antiséptico que protegía una de ellas, escogió dos frascos de cristal de entre los que llenaban la vitrina que había sobre la mesa, llenó la jeringuilla con el contenido de uno de ellos y le puso una inyección a Einar en el hombro con una maniobra rápida, antes de que pudieran impedírselo. Nadie vio lo que hacía. Se guardó la otra jeringuilla y el segundo frasco en el bolsillo de su pantalón tranquilamente. Einar sonrió un poco.

—Descansa. —Synne le apretó el hombro con delicadeza y enseguida se volvió hacia Johan, que aguardaba en la puerta como un halcón.

—No hemos terminado. —Erika la agarró del brazo, reteniéndola cuando alcanzaba la puerta. Estaba indignada.

Synne sonrió. Se fijó en Einar una última vez, tiró del brazo para zafarse de su mano y salió.

Erika se volvió rápidamente hacia el biólogo. Aún estaban a tiempo, si echaban el pestillo nadie podría impedir que lo interrogaran hasta sacarle la verdad. Sin embargo, antes siquiera de que se acercaran a él, había caído en un profundo sueño.

—¡Lo ha sedado! —rugió Erika en el colmo de la impotencia.

Mikel fue a decir algo cuando la luz del techo parpadeó. Enseguida hubo una serie de chasquidos, y se quedaron a oscuras. La ventana era un rectángulo mortecino de luz crepuscular, no los ayudaba a ver.

—¿Qué ha sido? —preguntó Erika.

—El generador auxiliar. Me temo que ha saltado.

—O lo han saboteado.

Mikel escuchó el bufido que soltó su compañera ante aquel nuevo contratiempo. Esperaron, por si la corriente volvía. Encendieron las linternas, que ya siempre llevaban consigo, y comprobaron que Einar seguía plácidamente dormido en la camilla.

—Si se ha sobrecargado —conjeturó Erika, y alumbró a Mikel para verle la expresión—, y ningún cabrón lo ha manipulado, ¿crees que tendrá arreglo?

Mikel no podía saberlo. Esperaba que sí. De otro modo, iban a estar muy muy pero que muy jodidos.

Se reunieron con Thorensen y Halvard en el despacho del comandante para discutir qué medidas adoptar si habían sufrido un nuevo sabotaje. Thorensen había sacado una lámpara de gas que tenía para emergencias y la había colocado sobre el escritorio, lo que les permitía verse unos a otros sin necesidad de utilizar las linternas. Nils apareció con Molly y pidió permiso para entrar. A Thorensen no le gustó su presencia, pero no podía expulsarlo sin ponerse en evidencia, así que lo admitió en la reunión. Molly se tumbó junto a su dueño y enterró su noble cabeza de orejas negras entre las patas delanteras, dos zarpas grandes de pelaje hirsuto, como de lobo. Mikel la observó. Continuaba sin mostrar el menor signo de afecto por él. Intrigado, se acercó para acariciarla, como había tratado de hacer el primer día. No muy seguro de cuál sería su reacción, alargó la mano, dispuesto a enterrar los dedos en el denso pelaje de su formidable cuello, un gesto que sabía que le encantaba. Al punto Molly levantó la cabeza, las orejas erguidas, y le sacó los dientes. Sorprendido, Mikel retiró la mano y la llamó por su nombre, repitiendo «¡Hey, chica! ¿Qué pasa?», mientras sonreía. Pero Molly lo observaba como a un extraño, y sus grandes colmillos asomaban bajo los belfos retraídos. Un gutural gruñido brotó de su garganta.

—¡Molly! ¡No!

Al escuchar la voz de Nils, de inmediato la perra escondió los dientes, se relamió y gimió insatisfecha mientras volvía a descansar la cabeza entre las patas, sin quitarle ojo a Mikel. Este no entendía aquel cambio. Había jugado mil veces con Molly, quería a aquel animal y le constaba que había sido un sentimiento mutuo. No solamente lo rehuía, sino que parecía haber desarrollado una profunda animadversión hacia él. Su corazón se encogió de pena.

—¿Qué ha sido eso? —le preguntó a Nils poniéndose en pie.

Pero Nils no lo sabía. Se encogió de hombros, tan desconcertado como él. Tumbada como estaba, Molly gruñó, y Mikel se apartó un poco, no muy seguro de lo que podría pasar si se quedaba tan cerca de ella.

De pronto la luz regresó. El comandante lanzó un «¡Sí!» aliviado, y apagó la lámpara de gas. Mikel y Erika permanecieron con el semblante sombrío. Nils, de brazos cruzados sobre el pecho y embutido en su chaquetón polar, pues la temperatura en la base había caído en picado desde que el generador saltara, negaba con la cabeza. Farfulló entre dientes y Erika creyó entender algo de lo que decía.

—¿Qué pasa, Nils? —le preguntó.

—Por favor, Oblyakov —se apresuró a intervenir Thorensen—, hemos venido a discutir qué medidas tomar para impedir que sigan saboteándonos. Centrémonos.

—No, disculpe, comandante, quiero oír lo que este hombre tiene que decir. ¿Qué pasa Nils?, ¿por qué has venido?

—Han arreglado el generador —dijo—. De acuerdo, son buenas noticias, significa que tal vez no ha habido un sabotaje como temíamos. Pero eso también quiere decir que este trasto no puede con todo. Le estamos pidiendo demasiado, no tardará en volver a fallar, y cuando eso suceda es muy probable que ya no podamos volver a arrancarlo.

—¿Y qué sugieres? —preguntó Halvard.

De pie tras el comandante, semejaba un halcón, con su nariz aguileña, sus facciones angulosas muy afiladas e intransigentes, los ojos del color del hielo, como los de Nils.

El guía soltó un bufido.

—Hay que salir.

—¿Salir? ¡Es una locura! —exclamó Thorensen.

Nils levantó una mano. A su lado, Mikel ya sabía lo que iba a proponer. Y estaba de acuerdo con él. Desde que el comandante les hablara de la posibilidad de que el asesino se estuviera escondiendo en San Peter, no había dejado de darle vueltas a esa idea.

—Hay que hacerlo, y lo sabes tan bien como yo. —Se volvió hacia el comandante—. O recuperamos los generadores principales o más tarde que temprano nos quedaremos sin energía. Todos sabemos lo que eso supone. En otras circunstancias no lo recomendaría jamás, pero dada la situación...

Erika se estremeció. Miró alrededor, todos protegiéndose de las bajas temperaturas con capas y capas de ropa, ¡en el interior! Fuera la tempestad de nieve los asediaba con temperaturas inhumanas. La oscuridad reinante, siendo de día, resultaba deprimente. No imaginaba cómo iban a ser capaces de llegar hasta la base búlgara para hacerse con las piezas de repuesto que necesitaban.

Sin embargo, Nils parecía muy seguro de lo que decía. Mikel se apoyó en el escritorio y dijo:

—Son treinta kilómetros hasta San Peter a través de esa ventisca, a cincuenta grados bajo cero.

—Hay que intentarlo.

—Lo sé.

Erika se volvió hacia él sorprendida y lo miró de hito en hito. No había esperado que apoyara a Nils.

—¿Thorensen?

El comandante no contestó.

—No tenemos opción —insistió Nils.

Hubo un silencio grave. Molly alzó la cabeza. Percibía la tensión en el ambiente.

Nils se acercó a las estanterías abarrotadas de libros del comandante y sacó un mapa de una balda. Lo extendió sobre la mesa. Era el mismo en el que Halvard señalara las bases y campamentos más cercanos cuando Thorensen interrumpió el interrogatorio a Frida. Puso su dedo sobre la marca que indicaba la posición de Nytt Håp y trazó un recorrido imaginario hasta llegar a la que marcaba la ubicación de San Peter.

—Es demasiado arriesgado —murmuró Erika, hipnotizada por aquel trazado.

—¿Y qué alternativa hay? —le dijo Mikel con suavidad.

—No lo sé —reconoció Erika.

Molly ladró, y de pronto la puerta se abrió y Johan y Brede irrumpieron en el despacho. Venían del exterior, muertos de frío, con la nieve dura adherida a sus chaquetones polares. Tenían la piel de la cara, de por sí muy blanca, completamente enrojecida, los labios amoratados y las pestañas albinas cubiertas de finas partículas de escarcha. Johan se retiró la capucha, se quitó el pasamontañas y soltó un bufido.

—¿Y bien? —preguntó Thorensen—. ¿Qué ha sido?

El ingeniero no se desprendió de su chaquetón. Apenas había subido la temperatura en la base, tardarían un rato en volver a tener un ambiente agradable. Meneó la cabeza. A su lado, Brede permanecía serio y sombrío.

—Creemos que no ha sido un sabotaje, seguramente el generador es viejo y ha saltado —explicó.

—¡Son buenas noticias! —afirmó Thorensen—. Señores, ¡parece que no hará falta ir a San Peter!

Johan chascó la lengua.

—O puede que alguien lo haya hecho saltar. No debería haber fallado tan pronto.

Los presentes acogieron sus palabras con estupor. Aquello no pintaba bien. Nils insistió.

—No importa qué haya sido esta vez. Hay que recuperar los generadores principales y reforzar la seguridad para que nadie pueda volver a acceder a ellos. O lo hacemos así o estamos muertos.

—No me gusta —saltó Erika—. No me gusta nada. Comandante, ¿se da cuenta de que si envía una expedición a San Peter, dejará Nytt Håp más desprotegida que nunca? ¿Cuánta gente haría falta para esa expedición?

—Tres personas al menos —admitió Nils—. Uno de ellos —señaló a los ingenieros—, yo mismo y tal vez Mikel; si quieres unirte, claro. Me vendría bien tu ayuda.

—¡Pero puede que eso sea justo lo que busca ese demente! —argumentó Erika—, ¡dividirnos, enviar a unos cuantos hombres valiosos ahí fuera, a la muerte, mientras él juega con los que quedemos al gato y el ratón!

Mikel sabía bien que esto era cierto, pero no veía otras opciones.

—No, Erika, Nils tiene razón. Ese psicópata se mueve por la base como un fantasma, es capaz de burlar nuestra vigilancia, se lleva a la gente en nuestras narices, accede a los edificios auxiliares y manipula las instalaciones a su antojo. Si no hacemos nada, seguirá su juego.

—¡Su juego es que unos cuantos salgáis de aquí!

—Es posible, pero si hay una oportunidad de frenar sus maniobras... Voy contigo. —Se volvió hacia Nils y le estrechó la mano.

A Erika se le encogió el estómago. No iba a permitir que Mikel se expusiera así.

—Si todo va bien, podríamos estar de regreso en dos o tres días —calculó Nils.

—¿Dos o tres días para recorrer treinta kilómetros? —musitó Erika—. Mikel, ¡te necesito aquí!

—Si no voy, las probabilidades de que fracase la expedición se duplicarán. Estaremos muertos, Erika.

—Yo no voy —dijo Brede—. Lo siento, pero acabo de venir del exterior, y sé lo que es. —Negó con la cabeza—. Moriremos en el intento.

El comandante se puso en pie.

—No apruebo esa expedición. ¡Reforzaremos aquí las medidas de protección y con eso deberá bastar!

—Así pues, ¿ya no crees que nuestro asesino se esconde en la base búlgara? —se burló Mikel—. Si vamos a por las piezas, comprobaremos también si tu teoría es cierta, comandante.

Thorensen no contestó.

—Esperaremos un par de días —propuso Nils—, por si el temporal nos da una tregua. Quién sabe, puede que amaine, y entonces nuestras posibilidades crecerán notablemente. ¿Mikel?

Erika agradeció la intervención de Nils. Eso sonaba más sensato. Suspiró aliviada cuando comprobó que Mikel aceptaba su propuesta. Thorensen, a quien Mikel había dejado en entredicho, no pudo negarse y dio su brazo a torcer. Acordaron que en aquellos dos días Nils prepararía lo necesario para partir.

—Y ahora salgan, por favor. Mis hombres y yo tenemos que ver la forma de evitar más sabotajes —masculló Thorensen.

—Creía que íbamos a discutirlo entre todos —protestó Erika.

—Lo he pensado mejor. Salgan.

Una vez fuera del despacho, Mikel sondeó la sombría expresión que lucía Erika en su rostro. Algo le atravesó el pecho al profundizar en esa expresión y sentirse atrapado en ella. No acertó a distinguir si se preocupaba por él o el motivo era otro.

Tras la reunión con el comandante, Erika propuso ir a visitar a Gunnar al lugar donde lo habían recluido, una pequeña despensa contigua a la cocina. Allí Od podía vigilarlo de cerca. Lo encontraron sentado en un rincón, sobre una cama que habían trasladado desde alguno de los dormitorios que no se utilizaban. Od les aseguró que no se había movido, ni siquiera había abierto la boca.

Fue inútil tratar de sacarlo de su mutismo. Su espíritu parecía haber abandonado su cuerpo, estaba enajenado. Los miró con expresión vacua, ni siquiera parecía oír sus preguntas. Así que volcaron sus esfuerzos en Einar. Tampoco de él obtuvieron respuestas. Continuaba sedado, y Synne se opuso firmemente a quitarle los tranquilizantes. Adujo, con tremenda desfachatez, que la salud mental de Einar exigía mantenerlo calmado.

Al menos se recuperaba bien de sus heridas. Pedía a Synne una y otra vez, entre murmullos casi siempre ininteligibles, que le permitiera volver a dormir en su cama. No paró hasta que consiguió su autorización. Entonces abandonó el módulo médico y regresó a su dormitorio. Synne prohibió a Erika y Mikel visitarlo, y Thorensen respaldó su decisión.

Tras la cena, Erika y Mikel volvieron a montar guardia. Tenían claro que a Thorensen no le preocupaba la seguridad del personal. Acordaron mantener la vigilia los dos, sin turnos. Aguantaron las primeras horas con relativa facilidad, pero, traspasada la medianoche, la primera en acusar la falta de sueño fue Erika. Se le cerraron los ojos y cayó en un dulce sopor. Mikel decidió no despertarla. Se creía capaz de aguantar toda la noche. Si notaba síntomas de otro ataque, se prometió, avisaría a Erika. Sin duda, los reconocería en cuanto se presentaran. Siempre era igual: antes del estallido de luz que lo cegaba, llegaba aquel hormigueo por todo el cuerpo, la sensación de vértigo y el zumbido en la cabeza. Sí, podría adelantarse y aparentar que sufría espantosas pesadillas. Su compañera no sospecharía que estaba enfermo.

Lo intentó, pero no fue su enfermedad la que le impidió mantener la guardia, sino la apacible respiración de Erika. Lo adormecía, y estaba realmente agotado. La miró con envidia. Se había vuelto de cara a la pared, como hacía siempre, y dormía el sueño de los justos. Mikel bostezó. Un agradable cosquilleo recorría sus venas, apenas lograba mantener los ojos abiertos... Al fin sucumbió.

Despertó tendido de bruces en la nieve. De nuevo en el exterior, de nuevo en ropa interior, desorientado, sin recordar cómo había llegado allí. Levantó la cabeza y miró alrededor, acusando el peso de la tormenta sobre su cuerpo. Ya estaba medio enterrado en la nieve, y la ventisca se abatía sobre él a bofetadas, implacable y mordaz. Apenas podía moverse. Descubrió que se había desmayado junto a uno de los edificios auxiliares. Se apoyó en las manos, enterrando los dedos desnudos en la nieve helada, y trató de ponerse en pie, pero el viento lo tumbó.

Gimió impotente. El ataque aún no había cesado, notaba que algo malo pasaba en su cabeza. El zumbido, aquel vértigo... Un tono grave resonaba en su interior, un lamento, una voz, o muchas voces murmurando al mismo tiempo. Querían decirle algo y no lograba entenderlo. Gruñó desesperado. El tumor, era el tumor devorando su cerebro, el tumor haciendo que viera y oyera cosas que no existían, haciendo que se levantara por las noches y perdiera el conocimiento.

Un nuevo intento por ponerse en pie. Logró mantenerse erguido. Se miró las largas piernas, embutidas en las mallas negras que usaba para dormir, los pies morenos descalzos y la camiseta de manga corta. No temblaba, pese a estar tan expuesto.

«Tienes que volver dentro, antes de que Erika despierte y tenga que salir a buscarte por segunda vez. No querrás tener que darle explicaciones, ¿eh?».

Convencido de que nadie haría la ronda aquella noche, Einar abandonó el dormitorio y se deslizó por el pasillo como una sombra; le resultó muy fácil hacerlo sin que Synne, que había tomado un somnífero, se diera cuenta. En cuanto a Gunnar, no le preocupaba; continuaba aislado en la despensa, vigilado de cerca por Od.

Apenas había recorrido unos metros cuando tuvo que retroceder y ocultarse tras la esquina en la bifurcación que era el corazón de la base. Apagó la linterna de forma precipitada. Mikel se aproximaba trastabillando medio desnudo. Parecía venir del exterior a juzgar por la nieve que impregnaba su ropa y su pelo. Lo observó en silencio, el aire contenido en sus pulmones. Amparado en la oscuridad, dejó que pasara por delante de él. Murmuró algo para sí y se asomó con cautela, para asegurarse de que desaparecía pasillo adelante. Ni siquiera se preguntó qué había estado haciendo a la intemperie casi sin ropa y descalzo. Solo le importaba no ser descubierto.

Dio unos pasos y se quedó en medio del pasillo, balanceándose como un demente, mascullando algo con los ojos muy abiertos, desquiciados. Luego fue a buscar el panel móvil en la pared. Miró alrededor, escuchó y finalmente lo presionó con las manos. El panel se abrió, y Einar se deslizó por el hueco.

13

A Synne apenas le dio tiempo a alcanzar el lavabo. Lo vomitó todo, presa de una serie de arcadas, hasta que su estómago se redujo al tamaño de una pelota de tenis, contraído dolorosamente. Boqueó durante varios minutos, la cara enrojecida mientras trataba de recuperar el control.

—¿Mejor? —le preguntó Mikel.

La médica no respondió, avergonzada por haber reaccionado así. Mikel le alcanzó una toalla de mano. Synne abrió el grifo y dejó que el agua arrastrara su vómito. Se enjuagó la boca. Después bebió a pequeños sorbos. Su estómago lo aceptó.

—Necesito sentarme —murmuró.

—Claro, descansa un poco.

Entretanto, Erika permanecía de pie junto a la camilla donde yacían los restos mortales de Ragnar Ringstad, a quien acababan de hacerle la autopsia. De brazos cruzados, trataba de encontrarle un sentido a aquel nuevo cadáver. Se esforzaba por penetrar en la mente del asesino, por identificar sus anhelos, reconocer su búsqueda. Pero aquel cuerpo seccionado, sin globos oculares, sin sangre, no le daba la clave, ni siquiera lograba relacionar aquella escenificación con la de Björg Stutgard.

Mikel dejó a Synne y se acercó a ella, ansioso por contrastar opiniones.

—Sin duda es otro mensaje.

—Sí, pero ¿qué significa?

Mikel no había parado de darle vueltas desde que lo encontrara en la cámara frigorífica.

—Le ha drenado la sangre —razonó—, como a Björg, utilizando el mismo método. —Señaló la punción que Synne había señalado en su brazo izquierdo—. ¿Tiene eso un significado, o lo hace para manipular el cadáver sin el engorro de la sangre salpicándolo todo?

—Apostaría por lo segundo —dijo Erika.

Él no se atrevía a afirmarlo.

—Puede que sea parte de la puesta en escena. Veamos, nuestro *vampiro* ha cortado el cuerpo en dos y después ha colgado una mitad enfrentada a la otra. Cuando lo encontré, me pareció que Ragnar colgaba ante un espejo, aunque...

—Aunque Ragnar no tiene ojos, porque se los ha arrancado.

—Eso es. No puede verse a sí mismo; se mira, pero no se ve. ¿Qué es lo que no ve? ¿No reconoce quién es?

—De acuerdo. ¿Adónde nos lleva eso?

—Digamos que lo ha colocado así para forzarlo a verse tal y como es. ¿Qué es lo que quiere que reconozca?

Lo repitió varias veces, dándole vueltas a una idea que trataba de aflorar en su mente, pero estaba agotado. Demasiadas tensiones, demasiados desmayos. De pronto, arqueó las cejas.

—¡Un examen de conciencia! Eso es.

Synne lo escuchaba en silencio, muy pálida.

—Vale, según tu teoría —dijo Erika—, nuestro «vampiro», como lo has llamado, nos deja claro que Ragnar era incapaz de hacer un examen de conciencia por sí mismo, así que ha sido él quien lo ha obligado a hacerlo, como un castigo. ¿Qué es lo que no reconocía?

—Su culpa. Cuando uno hace examen de conciencia es porque ha cometido algún error y quiere enmendarlo.

—Eso es. Culpa. Pero ¿de qué? ¿Y de qué modo se relaciona la escena que ha montado esta vez con la primera?

—Se nos escapa algo, Erika. No veo la relación, el hilo conductor, y está claro que está desenrollando una madeja.

Erika bajó la voz:

—Pues a mí me parece que está muy claro. —Señaló a Synne—. Tal vez alude a su silencio, al modo en que mienten todos en esta maldita base.

Synne aguardaba nerviosa, los labios trémulos. De pronto, se tapó los oídos y sollozó. Erika y Mikel no le quitaban ojo.

—Es inútil, no dirá nada —murmuró Mikel—. Mírala, hoy está especialmente inquieta. Dejemos que se vaya.

Erika asintió.

—Synne, debería marcharse —le sugirió—. Váyase a descansar, duerma un poco.

—¡Dormir! —Synne se apartó las manos de la cara con rabia—. ¡No puedo dormir!, ¿es que acaso alguien puede?

Erika escudriñó su rostro desencajado, sorprendida ante su reacción exagerada. Mikel tenía razón, la joven doctora estaba al borde de un ataque de nervios.

—Intente calmarse.

—¡No! ¡No lo entiende! —Se puso en pie, el gesto crispado, los ojos desorbitados, enrojecidos por el miedo—. ¡No puedo dormir! Y no puedo —dejó de gritar y empezó a susurrar— porque hay un loco matándonos uno a uno, y desde luego no puedo dormir pensando ¡que es alguien que conozco!, ¡uno de nosotros! ¡Y no puedo dormir porque usted me acusa de mentir! —La señaló con un dedo tembloroso—. ¡Y tú, Mikel! ¿Crees que no sé de qué cuchicheáis? ¡Nos presionáis en vez de protegernos! —Se rio como una demente—. Y mientras jugáis a los detectives dando palos de ciego, ¡yo no paro de presenciar cosas extrañas! —Movía las manos como si hubiera enloquecido—. Gunnar ataca a Einar, Frida está desquiciada, y yo...

—¿Y usted?

Synne alzó el rostro demudado, enajenada, como si buscara algo en su interior.

—He vuelto a verlo. Esta noche.

Erika se tensó. Dio un paso adelante.

—¿Qué es lo que has visto? —preguntó Mikel—. ¿Al asesino? Synne, ¿lo has visto?

—No, no me refiero al asesino, sino a esa presencia. Ya la había visto antes, más o menos a la misma hora, cuando aún no había amanecido. Estaba despierta y he sentido cómo se me erizaba el vello, electricidad corriendo por mis venas. —Soltó una risa histérica—. Y sé que no debería, que es peligroso, pero lo siento, lo he hecho, tenía que hacerlo: he salido a ver. Y allí estaba, flotando en el aire, esa... cosa.

Mikel recordó a Frida describiendo un ente fantasmal. Arqueó las cejas sorprendido, no era lo que había esperado oír. Otra vez. Dejó caer los hombros, cansado, muy cansado. Synne continuó:

—No puedo describirla, era como una nebulosa, irradiaba luz... Era algo muy hermoso en realidad. Estoy segura de que me veía. Se ha detenido delante de mí, se ha quedado ahí, flotando, y sé que era consciente de mi presencia en ese pasillo, me ha reconocido; sabe quién soy. He sentido que me miraba. Esa cosa tiene conciencia, de sí misma y de cuanto la rodea. Y es muy real.

—Está bien, Synne. ¿Y le ha hecho algo? —Erika la miró con preocupación.

La joven doctora estaba peor que mal si ya había empezado a delirar. ¿Acaso todos en la base se estaban volviendo paranoicos? Recordó las advertencias de Mikel al respecto y por primera vez tuvo miedo.

Synne se encogió de hombros.

—¿Hacerme? No. Todo ha terminado enseguida, de pronto se ha alejado flotando y ha desaparecido. —Se le hundieron los hombros, sus brazos colgaban inertes. Miró a Erika con dureza—. Así que no me diga que duerma un poco. No me mire así. No estoy loca. Pero acabaremos matándonos unos a otros.

Synne pestañeó arrepintiéndose de su última frase. Se mordió el labio y se frotó la frente con los dedos rígidos. Aquella aparición sobrenatural no era lo único que había creído ver de madrugada, de hecho, le había parecido que Einar abandonaba el dormitorio más de una vez por la noche. No diría nada de eso. Einar no era el asesino y no quería empeorar las sospechas de Erika y Mikel. No iba a permitir que siguieran presionándola. Entonces atravesó la enfermería, procurando evitar el cadáver de su compañero, y los dejó a solas, cerrando la puerta con suavidad.

—¿Qué ha sido eso? —inquirió Erika—. Me ha puesto los pelos de punta.

—Es lo mismo que dijo Frida, exactamente lo mismo. No puede ser un delirio colectivo.

—Eso no le da más credibilidad, Mikel. ¿Un ente flotando por la base? No tengo tiempo para estas cosas.

Pero él presentía que había algo importante detrás de aquellas ensoñaciones o lo que fueran. Le vino a la mente la figura que él vio junto a su cama y sacudió la cabeza con disgusto. Aquello, producto de su mente enferma o no, no tenía nada que ver con nebulosas flotantes; él había visto a una persona. Cruzó una mirada elocuente con Erika y ella le devolvió un gesto con la cabeza para tranquilizarlo. Sabía en qué estaba pensando y tampoco creía que una cosa tuviera que ver con la otra. Mikel se irguió y cuadró los hombros para desprenderse de la inquietud que el extraño relato le había provocado.

—Seguimos teniendo un problema aquí —argumentó Erika. Levantó la mano, como abarcando toda la base—. ¿Cómo entra y sale ese tipo? —No quería hablar de seres sobrenaturales, estaba claro—. Sin duda ha de ser un mago si puede ir y venir impunemente, abrir puertas atrancadas, colarse en los dormitorios y cargar con sus víctimas desde el lugar donde las mata y las drena.

—Es más que eso. Se burla incluso de Molly. Es una gran guardiana y no ha ladrado una sola noche. ¿Cómo logra eludirla?

—Bueno, a ti sí te ladra —se mofó Erika.

Mikel compuso una mueca.

—Llevabas tiempo sin venir por la base —quiso apaciguarlo Erika—. Puede que esté enfadada; hay perros muy sentidos y, por lo que yo sé, los huskies son muy especiales.

—No lo tengo claro.

—Centrémonos. —Levantó el dedo índice—. Uno: se trata de algo personal, tiene algo contra sus víctimas, contra la gente de esta base, o contra algunos de ellos al menos. —Añadió el dedo corazón—. Dos: no distingue entre militares y científicos. —Y, por último, el anular—. Y tres: la forma de matar es muy fría, no hay ensañamiento, no hay violencia ni cuando captura a sus víctimas ni cuando las mata.

—Las utiliza como un medio para alcanzar un fin —añadió Mikel.

—¿Y cuál es ese fin?

—¿Un mensaje de denuncia? Eso encajaría con lo de la conciencia. Y lo de la conciencia, con las mentiras y con la actitud de Thorensen. Tenemos que descubrir qué es lo que se empeñan en esconder con tantas ganas.

—Tenemos que ir ahí fuera. —Erika señaló frustrada el exterior. Miró por la ventana. Ya llevaban demasiado tiempo acorralados por el temporal—. Tenemos que hacerlo ahora. ¿Estás conmigo?

—A muerte.

—Pues venga, porque estoy harta.

Mikel sonrió. Cubrieron el cadáver de Ragnar y lo dejaron allí. A continuación fueron a vestirse a su dormitorio, varias capas de ropa y sobre todas ellas un abrigo de plumas ligeras y otro más grueso, el chaquetón polar.

—Erika, quiero un arma. —Mikel la retuvo por el brazo cuando se disponían a salir. No estaba para bromas—. Necesito un arma.

La agente se detuvo con la puerta abierta. Lo escrutó un instante. Luego, sin mediar palabra, fue hasta su cama y sacó una maleta que estaba debajo. La abrió y volcó su contenido sobre la cama. Luego manipuló con los dedos en un costado del interior, hasta que se oyó un clic y quedó al descubierto un falso fondo. Oculta en un molde de espuma negra hecho a medida, había una pistola con un cargador de repuesto, la P320 de Sig Sauer, una semiautomática ambidextra 9 mm Parabellum, el arma reglamentaria de la Policía noruega. Se la entregó a Mikel junto con el cargador extra.

—¿Aún recuerdas cómo utilizarla? —se mofó.

Mikel sonrió de medio lado, la sopesó empuñándola con seguridad, rescatando del olvido sensaciones muy familiares. La escondió en su espalda, encajada en la cinturilla del pantalón.

Nada más salir, Erika resbaló en la nieve helada y se cayó de bruces. Al punto, Mikel se agachó a su lado y la ayudó a levantarse.

—¿Estás bien?

Erika se frotaba la cadera.

—No es nieve blanda.

—No, se ha congelado. Vamos.

El temporal parecía estar concediéndoles una tregua, pero la temperatura se había desplomado. Una densa niebla envolvía la base haciendo imposible distinguir nada alrededor. Erika escudriñó aquel manto de confusa blancura con aprensión mientras se encorvaba para luchar contra el frío. No iba a ser tarea fácil registrarlo todo en semejantes condiciones. Les llevaría todo el día. Erika dudaba que pudiera aguantar más de diez minutos.

—Agárrate a esa cuerda. —Mikel le cogió la mano enguantada y la puso sobre la gruesa soga que utilizaban los ingenieros para desplazarse de un edificio a otro—. No te separes por nada del mundo, Erika. Pon tu mano izquierda en mi hombro y no te sueltes.

La mano de Mikel aún permanecía sobre la suya en la cuerda. Erika notó la presión de sus dedos a través del guante térmico. Percibía en él una genuina preocupación por su seguridad. No bromeaba. Así que se agarró con fuerza a la cuerda y le puso la otra mano en el hombro, tal y como le había indicado. Satisfecho, Mikel se volvió y empezó a avanzar clavando con firmeza sus botas en la nieve endurecida.

Cuando alcanzaron el almacén-iglú, un nuevo candado había sustituido al que Mikel encontró roto en la nieve. Se le ocurrió algo y se volvió hacia Erika, que también se había detenido y permanecía muy pegada a él, buscando protección.

—¿Y si Nils y Od no estaban de guardia porque en realidad estaban aquí? —sugirió.

Erika lo miró incrédula.

—Tienes razón, y ha de haber algo muy gordo ahí dentro si Thorensen lo cree más importante que proteger a su gente. Debemos entrar —dijo con determinación—. Y necesitaremos una cizalla.

Mikel estaba mirando con frustración el candado. Había creído todo el tiempo que las cadenas seguirían sueltas, que podrían entrar sin obstáculos. Estudió el portón, tan ansioso por traspasarlo como Erika. Entonces se fijó en su cerradura. Una cizalla no sería suficiente, iban a necesitar una palanca. De pronto recordó algo. La solución había estado en una de sus bolsas de viaje desde que llegaron, olvidada en un bolsillo interior.

Se trataba de un ingenioso artilugio para replicar llaves. Se lo dio uno de sus confidentes cuando aún estaba en el SICTG, en agradecimiento por un favor personal, y consistía en una sencilla cajita. Tras abrirla, se rellenaban las dos mitades con una masilla especial, se colocaba la llave en el centro de una de las dos partes y se cerraba. Transcurridos unos segundos, se volvía a abrir, se retiraba la llave y quedaba un molde perfecto de la misma. Después había que cerrar la caja, rellenar el molde con un líquido especial a través de un orificio que tenía en el extremo superior y esperar una hora. Pasado ese plazo se había endurecido y se obtenía una copia perfecta que podía usarse al menos un par de veces o tres antes de que se rompiera.

Necesitaría hacerse con la llave del candado y la de la cerradura, en la que Erika aún no había reparado. Y para eso primero debía averiguar quién las tenía.

De pronto notaron un tirón en la cuerda a la que estaban agarrados. Al volverse, vieron a Nils Høgli. Avanzaba con dificultad hacia ellos utilizando la soga. Cargaba con una pesada bolsa. Cuando llegó a su altura les indicó por señas que se dirigía al edificio auxiliar donde guardaban las motos de nieve. Quería que lo acompañaran.

Después de un rato luchando con denuedo contra la niebla y el frío, al fin lograron alcanzar el edificio, alejado unos veinte metros del misterioso almacén al que habían pretendido acceder sin éxito. Nils se coló dentro y dejó caer su carga. Soltó un bufido. Una vez que Mikel y Erika entraron, cerró el portón. Ninguno fue capaz de decir nada hasta transcurrido un buen rato. Les faltaba el aire, les ardían los pulmones, notaban la garganta abrasada y el cuerpo entumecido. Apoyadas las manos en las rodillas, jadeaban tratando de recuperar el resuello. Tenían los músculos agarrotados, duros como piedras, insensibilizados. Al fin, Nils se enderezó y soltó otro resoplido.

—Erika, ¿estás bien? —Mikel le frotó la espalda y ella tosió.

Su compañera siguió un rato con la cabeza gacha, inclinada sobre las rodillas. Se incorporó, se apartó con gesto cansado la capucha de la cara y se quitó el pasamontañas y las gafas. Miró alrededor. Un vehículo pesado de grandes ruedas estaba aparcado allí. Contaba con un desproporcionado brazo hidráulico plegado sobre sí mismo, acabado en una pinza metálica. Sus ruedas eran como las de un tractor. Era lo que llamaban una Manitou, y la utilizaban para descargar material y trasladarlo de un sitio a otro.

—¿Qué hacíais ahí fuera? —preguntó Nils.

También se liberó de la capucha y se quitó las gafas y el pasamontañas. Su largo pelo rubio, atado en una coleta que desaparecía bajo su abrigo, asomó algo despeinado. Se pasó la mano para echar hacia atrás algunos mechones. Mikel, que también se había guardado las gafas, le respondió sin tapujos:

—Necesitamos descubrir dónde se esconde el asesino de Björg y Ragnar, y descartar que pueda estar utilizando alguno de los edificios auxiliares.

Analizó la reacción de Nils, que miró hacia el exterior y meneó la cabeza. Al ver sus dudas, Erika dio un paso al frente e insistió:

—En la base no puede esconderse y lo sabes, no tiene dónde, y es imposible que esté en alguna otra base o campamento, como defiende Thorensen.

—Thorensen se burla de vosotros. —Nils soltó una risotada. Luego se puso serio—. No, yo tampoco lo creo; vamos, es inviable. Pero aquí..., lo siento, pero tampoco lo veo. Yo suelo entrar en los edificios auxiliares con frecuencia, igual que Johan y Brede, y no he visto la menor señal de que alguien se esté escondiendo en ellos. En eso Thorensen tiene razón. Además, aquí hace muchísimo frío. Nadie resistiría estas temperaturas.

—¿Y tú? ¿Adónde vas con eso? —Mikel señaló la gran bolsa de lona negra con la que había cargado hasta allí.

—Es para la expedición a San Peter. Ya casi está todo listo.

—Es una locura —murmuró Erika—. No deberíais arriesgaros así, Mikel. Nils, haga el favor...

—No tenemos elección. Ese generador, créame, fallará.

—¡Pero nos ha costado casi la vida solamente llegar aquí!

—Bueno, si le consuela saberlo, Od asegura que va a haber una ventana de cambio, una tregua. En cuanto se retire la niebla, sin viento...

—¡Od no tiene acceso a las predicciones meteorológicas!

—No, pero es un experto en climatología y medio ambiente. Yo confío en su criterio.

Nils abrió la bolsa y les mostró su contenido. La había llenado con mantas térmicas, una tienda de campaña y sacos de dormir.

—Por si no logramos llegar a San Peter de un tirón —explicó—. Venía a cargar esto en el trineo y a poner a punto las motos de nieve. Es ahora o nunca.

Se aproximó a los mencionados vehículos. Retiró la lona que los protegía y empezó a comprobar sus depósitos. Su rostro se demudó.

—Pero qué... ¡No puede ser!

Erika y Mikel seguían sus movimientos con preocupación, adivinando ya lo que estaba ocurriendo. Nils, presa de la angustia, fue revisando uno por uno los depósitos de las otras motos. Luego pasó por delante de ellos y miró el de la Manitou.

—¡Están vacíos!

Mikel se adelantó un paso.

—¿Y la reserva de combustible?

Se fue directo a los bidones apilados al fondo del módulo. Nils se reunió con él. Entre los dos inclinaron uno de ellos. Vacío. Volcaron el resto. Vacíos.

Derrotado, Nils fue a sentarse en el sillín de una de las motos. El resto del material que iban a necesitar lo había depositado ya en uno de los trineos. Se frotó la frente arrugada por el desánimo con los dedos, el desconcierto pintado en su noble rostro.

—¿Lo han robado? —preguntó Erika.

—Al parecer. No veo otra explicación.

—Otro sabotaje —concluyó Mikel—. Probablemente ya faltaba desde el principio.

Nils se levantó y dio unas vueltas por el edificio, furioso e impotente.

—Tengo que informar al comandante, tiene que saberlo, esto lo empeora todo...

—Esto confirma que ese demente no va a parar. —Erika señaló los bidones—. Lo tiene todo calculado.

—No vamos a poder ir a ninguna parte, sin las motos estamos vendidos —se lamentó Nils—. Se acabó, esto es el fin.

Mikel meneó la cabeza barajando una posibilidad demencial. No le gustaba nada, pero no se le ocurría qué otra cosa podían hacer. Su supervivencia en aquel juego tal vez dependiera de ello. Erika tenía razón, ese psicópata los estaba acorralando, cortando todas sus opciones.

—Vayamos a San Peter —propuso de pronto—. Tú y yo

podemos lograrlo, estamos preparados, sabemos qué hacer. Y si Od tiene razón y contamos con una ventana de calma...

—¿Andando? —se mofó Nils—. ¡Bromeas!

—No bromeo. Usaremos las raquetas.

—¿Empujando el trineo?

Mikel se acercó a él y le habló con firmeza.

—Sin trineo. No seremos los primeros que hacen algo así. Llevaremos la carga en mochilas, una cada uno. No sabemos cuándo pasará el temporal, puede que no pase, puede alargarse semanas, y lo sabes. Tarde o temprano ese lunático se cargará también el generador auxiliar, eso si no falla antes. Aprovechemos la oportunidad. Tienes razón, Od no suele equivocarse. Si de verdad va a haber una ventana de mejoría, debemos utilizarla. Es ahora o nunca. ¿Qué quieres hacer?

Nils apretó los labios debatiéndose en una amarga incertidumbre, entre la sensatez y la desesperación a que los habían abocado. Su mente trabajaba a toda potencia buscando otra salida, consciente de los riesgos que correrían si emprendían una expedición así a pie.

—Si tú también vienes, lo haremos. —Lo abrazó con fuerza. El rostro grave.

Erika no daba crédito a lo que estaba oyendo.

—¿Es que estáis locos? Mikel, no vais a ir, ¡es un suicidio!

A Mikel se le escapó una medio sonrisa al oír la palabra «suicidio». Apartó a Nils y dio unos pasos hasta situarse a un palmo de ella.

—No hay otra solución, Erika —moduló su voz grave para que sonara calmada y confiada—, piénsalo. Ese psicópata nos tiene a su merced, y mientras discutimos ya estará escogiendo a su próxima víctima. Necesitamos reparar esos generadores y lo sabes.

—¡Lo sé! ¡Claro que lo sé! Pero si os lanzáis a cubrir

treinta kilómetros andando con este temporal, soportando temperaturas de más de cincuenta grados bajo cero... ¡Por favor! —rogó—. ¡Ni siquiera tenemos la seguridad de que haya piezas de repuesto en San Peter! ¡Puede que os arriesguéis para nada!

Mikel le puso una mano en la mejilla y apoyó la frente en la suya.

—Volveremos sanos y salvos con las piezas de los generadores —prometió.

Y lo creía de veras.

Erika se apartó de Mikel, incómoda por aquel gesto inesperado. Cruzó una mirada con él, unos segundos de muda conversación. Volvió el rostro y se obligó a centrarse en el problema que los ocupaba. Pensó en su teléfono satelital, en llamar a McMurdo. No podrían enviar un avión, eso quedaba descartado. Pensó en Kronos, al menos podía llamarlo para que le confirmara la predicción de Od Thorstvedt. Si podía asegurarle que contaban con un día o dos de calma, habría ganado algo. Tragó saliva y miró de nuevo a su compañero, que le había dado la espalda y recorría el almacén. Más que nunca creía que era su deber protegerlo. Le lanzó a Nils una mirada aguda. No sabía si podían confiar en él. Una amarga desazón anidó en su corazón.

—Salimos mañana mismo —resolvió Mikel.

Erika lo agarró por el brazo.

—¿Y qué hay de lo que íbamos a hacer? Aún tenemos que encontrar su guarida. Si tenemos razón, no tendréis que arriesgaros así.

Mikel sopesó sus palabras.

—Está bien, terminemos con esto. Si no encontramos nada, saldremos a primera hora de la mañana.

Nils se mostró conforme.

—Os ayudaré.

Se cubrieron de nuevo y salieron los tres de vuelta al desierto de hielo.

Había varias instalaciones que revisar. No distaban mucho unas de otras, pero avanzar a través de la densa niebla, a más de cincuenta grados bajo cero, hacía que resultara una tarea penosa, agotadora y dura, muy dura.

Emplearon en ello toda la mañana, largas horas que pusieron a prueba su fortaleza física y mental. A medida que avanzaban y descartaban posibilidades, sus esperanzas menguaban y sus cuerpos se lamentaban lanzándoles punzadas de dolor. No había la menor evidencia de que alguien se ocultara allí fuera. Al fin, al llegar al último edificio, tuvieron que claudicar.

Habían agotado sus opciones.

Solo quedaba una.

Mikel y Erika no dijeron nada sobre el almacén nuevo. Habían notado que Nils lo obviaba de forma premeditada. No necesitaron comentarlo en voz alta para sospechar que el guía sabía lo que había allí dentro y que no había querido franquearles el paso. Mikel sospechaba que tenía las llaves que abrían el candado y la cerradura del portón. Una punzada de decepción hirió su corazón. No había previsto que su amigo le mintiera también, como todos los demás.

De regreso en la base, Erika se separó de Mikel y, con la excusa de ir al baño, aprovechó para llamar a Kronos. Por fortuna, su hombre de apoyo siempre estaba pendiente de sus llamadas y respondió apenas marcó su número.

—He terminado de localizar al personal de verano. Todos los que debían marcharse de Nytt Håp están de regreso en casa —dijo Kronos a modo de saludo.

Eso implicaba que el asesino estaba entre los que convivían en la base. Varios de ellos cuadraban con la descripción que Mikel hizo de la figura que vio junto a su cama y con una complexión fuerte: Johan y Brede, Nils, el comandante Thorensen, incluso Halvard, Gunnar y Od.

—No es todo —continuó Kronos—, tengo algo interesante. He recuperado algunos correos internos procedentes de la cuenta de Nils Høgli.

—Pero ya lo hemos comprobado, han borrado los discos duros sistemáticamente, Kronos.

—Puede que lo hayan hecho, pero he recuperado sus *mails* de las cuentas de sus destinatarios.

Erika sonrió esperanzada. Chico listo.

—¿Y qué has visto?

—Al parecer, Nils tuvo un enfrentamiento físico con Björg Stutgard semanas antes de su asesinato. Llegaron a las manos. También ha tenido serias desavenencias con Ragnar Ringstad y con otros miembros de la base, incluso con el comandante. Le escribió a su hermana contándoselo, aunque no explica los motivos. Habla de la enorme decepción que siente y de que acabarán pagando un alto precio.

Erika procesó esa información. Nils, un tipo aparentemente afable, corpulento, conocedor como nadie del entorno y de la base. Nils, que no había querido entrar en el almacén nuevo, que pese a sus evidentes desavenencias con Thorensen mentía. ¿Y si su empeño por llevarse a Mikel y a uno de los ingenieros a una expedición suicida fuera una estratagema para librarse de ellos? Se le aceleró el pulso al imaginarlo. ¡Y Mikel se lo estaba poniendo en bandeja con su propuesta de ir a pie!

—¿Y las llamadas?

—Nada por ese lado. ¿Qué más necesitas?

—La predicción meteorológica para los próximos días. Por favor, dime que mañana va a haber una tregua.

—¿Por qué? ¿Qué pasa?

—Vamos, Kronos. Dímelo.

—Un momento.

Erika oyó cómo tecleaba y lo imaginó delante de su ordenador, con las gafas en la punta de la nariz y toda su atención puesta en la pantalla.

—Bueno, no es seguro, pero parece que habrá una ventana de mejoría a partir de mañana. Erika, sabes que predecir algo así con una borrasca como la que tenéis encima es muy difícil.

—Lo sé. ¿Cuánto durará?

—Un par de días como mucho. Los de la base americana no os enviarán ayuda con la niebla que hay.

—Lo sé, no es para que vengan ellos. Un par de días es todo lo que necesitamos. ¿Y después?

—Tiene mala pinta.

—¿Y los archivos de Thorensen?

—Siento decirte que no hay nada.

—Está bien —suspiró Erika. Tampoco había obtenido resultados de las fotografías que había sacado del contenido de su caja fuerte—. Gracias, Kronos, volveré a llamarte.

Por supuesto, debía poner a Mikel sobre aviso. Se alegró de haberle dado la pistola.

Esa noche los que iban a partir de expedición, Nils, Johan, Mikel y Brede —quien pese a sus reticencias se había apuntado en el último momento—, se acostaron temprano, después de una reparadora cena. Había sido una tarea larga y difícil convencer al comandante de la importancia de seguir adelante con la misión una vez que estuvo al tanto del robo del combustible, pero al fin había cedido. La presión que Nils y Mikel habían ejercido sobre él había logrado derribar sus muros.

Tendido en su cama, Mikel se preparaba mentalmente

para lo que iba a tener que afrontar, un auténtico periplo del que tal vez no regresara nunca. Primero por la climatología tan adversa, segundo por su enfermedad. Si sufría un ataque por el camino, estaría acabado. Una extraña paz inundó su pecho. No estaba asustado, hacía lo correcto. Confiaba en Nils al mil por mil, no imaginaba mejor compañía para emprender semejante locura. Como él, era un experto guía, montañero, con muchas travesías extremas a sus espaldas; era un tipo inteligente y templado, conocía mejor que nadie el medio y los peligros a los que se enfrentarían. Nils, como él mismo, hubiera desaconsejado seguir adelante en otra situación, pero era tan consciente como él de la amenaza que se cernía sobre ellos. En cualquier caso, era una oportunidad. Si no lo lograban o, si como temía Erika, no había piezas de repuesto en San Peter, sería el fin.

Sorprendido, notó que su compañera se sentaba a su lado. Quería hablar. Se incorporó un poco, apoyó la espalda en la pared y encendió la luz. Erika sostenía algo en la mano: un teléfono satelital. Al verlo, Mikel se enfadó. Fue a decir algo, pero ella puso un dedo en sus labios y lo obligó a callar.

—Silencio. Nadie debe saberlo.

Su tono fue duro. Mikel se tragó la rabia que corría por sus venas. No podía creer que Erika tuviera un satelital y se lo hubiera callado. Esa traición le dolió en el alma.

—Pero qué coj... ¿Desde cuándo lo tienes? —rugió.

—Desde el principio —admitió ella.

—¿Y has esperado hasta ahora para decírmelo? ¡Podíamos haber pedido ayuda!

—Ya lo he hecho, ¿por quién me tomas? Es lo primero que intenté, le pedí a Kronos que llamara a McMurdo y que investigara qué piezas son las que necesitamos para reparar esos generadores. Los americanos tienen repuestos, pero con este temporal no enviarán a nadie. Además, recuerda que, nada más llegar, Thorensen nos dijo que les habían robado sus satelitales. Temo que si saco el mío a relucir nos lo roben también. Y lo necesitamos, Mikel. ¡Estamos solos! ¿Qué crees que pasará si se descubre que lo tengo? —Escudriñó su rostro con cierta ansiedad—. Ya te hablé de Kronos. Me está ayudando, está al otro lado, ¿lo entiendes?

Mikel levantó los brazos y se cubrió la cara con ellos. Apretaba los labios rumiando su enojo.

—Me pediste que fuéramos un equipo —masculló—, y me ocultas cosas. Me mantienes al margen, decides por tu cuenta. Yo no trabajo así, Erika.

—Lo sé. Pero debes comprender que nunca he tenido un compañero, no como tú.

—¡Pues ahora sí! ¡Tienes que empezar a confiar en mí!

—Mikel, lo entiendo. Lo estoy intentando. —Apoyó una mano fresca y liviana en su antebrazo, la deslizó hasta su mano y la atrapó—. Confío en ti.

Mikel se quedó absorto en la forma en que la mano de ella encajaba en la suya, y en el inusitado cosquilleo que le provocaba su contacto. Pero Erika retiró la mano y dejó un hueco desnudo entre sus dedos.

—Hay algo más. Kronos ha accedido a las cuentas de los contactos de tu amigo. Resulta que Nils ha tenido serios enfrentamientos, no solo con Thorensen, también con Björg y con Ragnar. Con Björg llegó a las manos poco antes de que lo asesinaran.

Mikel arrugó la frente. Erika continuó hablando y sus palabras se fueron clavando con dureza en su corazón.

—Sé que sois muy amigos, pero piénsalo. Encaja con lo que viste junto a tu cama, no quiso entrar en el nuevo almacén y conoce esta base y el entorno mejor que nadie. Tengo miedo de que trate de eliminaros a los tres de un plumazo. Le resultaría muy fácil ahí fuera.

—Es imposible. Nils no puede ser el asesino. Ni hablar.

—Mikel, sabes bien que no debemos descartar ninguna posibilidad. No tiene coartada, dice que dormía cuando Stutgard y Ringstad desaparecieron, dormía cuando se encontraron sus cadáveres. Nadie vio ni oyó nada, su perra no ladra nunca cuando el asesino anda cerca, no estaba de guardia cuando debía... ¡Tendría sentido si es él!

Mikel negaba con la cabeza sin querer admitir semejante posibilidad.

Erika le puso una mano en el hombro y habló con gravedad:

—Te pido que tengas cuidado durante la expedición. Es todo. Sé prudente, ¿quieres?

Mikel apretó los dientes.

—Y ahora las buenas noticias. Hay una alta probabilidad de que contéis con una mejoría a partir de mañana, de unos dos días. Después... —Meneó la cabeza—. Vuelve sano y salvo, por favor.

14

Mikel avanzaba justo detrás de Nils; los dos ingenieros lo seguían de cerca. Formaban un grupo compacto, como un gusano. Se habían vinculado con cuerdas de seguridad para no separarse durante la travesía. Mikel notaba el peso de su pistola bajo la ropa. Esperaba no tener que utilizarla.

Arrastraban penosamente uno de los trineos a través del temporal, cargado con comida, sacos de dormir aptos para soportar más de cuarenta grados bajo cero, una tienda de campaña, paneles solares portátiles, cuerdas, piolets, esquís de fondo y el único GPS con que contaban en la base, programado con la ruta hasta San Peter. Finalmente habían descartado cargar cada uno con una mochila; su peso añadido, caminando por la nieve con raquetas, les hubiera dificultado más la marcha. Era preferible tirar del trineo. Molly no los acompañaba. Habían salido a las cuatro de la madrugada con el fin de alcanzar San Peter sin tener que hacer noche. Ya llevaban cuatro horas de travesía.

Siempre pendiente de aquel sempiterno y crepuscular cielo blanco, cuyos límites se difuminaban con el vasto terreno helado por el que avanzaban, envueltos en la persistente niebla, cuyo manto lo cubría todo, Mikel rogaba para que llegara la prometida calma climática; sin embargo, las horas avanzaban y nada cambiaba. Caminaban con lentitud desesperante. Las raquetas de nieve evitaban que se hundieran hasta las rodillas, ahorrándoles un considerable esfuerzo, pero, aun así, cada paso les suponía un enorme desgaste físico, incluso respirar se había convertido en un suplicio, por mucho que se cubrieran la boca y la nariz para proteger sus pulmones. No obstante, los cuatro estaban decididos a lograr su objetivo y luchaban con denuedo contra los elementos. Tiraban del trineo acusando sus doscientos kilos. De vez en cuando debían detenerse y liberar sus patines, cuando se hundían en la nieve y se atascaban, a paladas.

Al fin, sobre las diez de la mañana, el viento aflojó sus embates y el cielo se abrió sobre ellos. La niebla se retiró mostrando el entorno con algo más de claridad. Sin la fuerza del temporal empujando en dirección contraria, sus cuerpos se volvieron ligeros y avanzaron más rápidos. Incluso el trineo parecía más liviano. Nils se volvió hacia sus compañeros. Los cuatro se miraron preocupados. Apenas habían recorrido cinco kilómetros. Aunque aquella tregua se mantuviera, su avance era penoso. Parecía imposible cubrir el resto del trayecto hasta completar la distancia de treinta kilómetros que mediaba entre Nytt Håp y San Peter sin tener que hacer noche. Por eso, pese a que lo necesitaban, no se detuvieron a descansar.

Tras otras diez horas de extenuante travesía, Nils al fin distinguió los edificios de la base búlgara, cuatro construcciones anticuadas, contenedores grandes pintados de rojo, con sus tejados negros salpicando el paisaje helado. Se volvió hacia Mikel, y este le hizo un gesto esperanzado. Ya faltaba poco. Todos a una tiraron del trineo y su preciada carga. Eran ya las ocho de la noche. Lo habían conseguido, habían llegado sin tener que acampar en medio de la nada. Agotados, se detuvieron para recuperar fuerzas. Notaban la tensión en los hombros, la espalda y los brazos, las lumbares cargadas, los músculos de las piernas agarrotados, los pies y las manos entumecidos. A Brede se le había puesto la nariz blanca, un primer síntoma de congelación.

Mikel se dirigió al primer edificio y empujó la puerta. Le costó abrirla. Tuvo que golpearla con los hombros. Al fin logró que chirriara sobre sus goznes. Se asomó al interior. Se trataba de un módulo habitacional, con una cocina y un pequeño comedor. Alguien había dejado una ventana mal cerrada y el hielo y la nieve se habían adueñado de cada rincón, todo estaba cubierto de una dura capa de absoluta blancura. Por eso la puerta estaba atascada. Aquello era una nevera.

Salió e hizo una señal a sus compañeros. Johan y Brede rescataron otra bolsa con material para desmontar las piezas que necesitaban de los generadores de la base y empuñaron sus linternas. Siguieron a Mikel al siguiente edificio, buscando las instalaciones que suministraban energía a la base. Rogaron en silencio para que los búlgaros tuvieran lo que necesitaban.

Fueron registrando cada edificio, uno por uno. Contaron un total de seis, además del que había sido conquistado por el hielo: dos módulos habitacionales con cuatro literas cada uno, un almacén de material de montaña, un taller de reparaciones, la incineradora y un aseo exterior. Sus esperanzas pronto se desmoronaron. Los búlgaros no disponían de nada parecido a un generador, ni tenían radio ni antena de comunicaciones. Si había existido, ya no estaba allí. Con el ánimo decaído y el corazón encogido en el pecho, Johan y Brede buscaron por todas partes cualquier cosa que pudiera servirles, pero San Peter llevaba tiempo abandonado y era una base precaria y antigua.

Habían hecho el viaje en vano.

Cuando se reunieron con Nils en el exterior, emergiendo del oscuro interior del último edificio que habían revisado, sus caras lo decían todo. Johan dejó caer la bolsa con las herramientas y Nils alzó la cara hacia el cielo, ahora estrellado. No acababa de creerse que tuvieran tan mala suerte.

—Lo hemos intentado —murmuró Mikel.

Se dejó caer en la nieve. Necesitaba un momento para

recomponerse. Por primera vez podían ver el paisaje en toda su amplitud, una meseta inmensa de un blanco deslumbrante y helado que parecía refulgir en la oscuridad. Nils se sentó a su lado y le pasó el brazo sobre los hombros con camaradería.

—De verdad creía que encontraríamos una solución aquí —se lamentó—. ¿Qué haremos ahora? Ese cabrón nos tiene cogidos por los huevos.

A Mikel se le encogió el corazón al recordar lo que Erika le había contado sobre él. Había pasado todo el trayecto dándole vueltas, y por más que lo intentaba, no lograba verlo de modo objetivo. Aquel hombre sentado a su lado era Nils, un buen amigo, un inmejorable compañero. No podía haberse equivocado tanto con él. Además, no había intentado nada por el camino. No quería tener que sacar su pistola. No quería tener que empuñarla contra Nils.

—Esto es una tragedia —dijo al cabo de un rato—, acabaremos por volvernos locos, ¿eh?

Nils meneó la cabeza con una áspera sonrisa.

—Ya estamos todos un poco locos, Mikel.

—Lo sé, lo de Gunnar acuchillando a Einar ha sido muy fuerte. —Observó la reacción de Nils con disimulo, pero su amigo no dijo nada. Decidió tantearlo—. Me han dicho que tuviste lo tuyo con algunos de la base. ¿Estás bien?

Entonces sí, Nils reaccionó de golpe, su expresión se alteró y un rictus amargo torció su boca. Se le escapó un bufido burlón.

—¿Quién te lo ha dicho? ¿Thorensen?

—Eso da igual.

—No da igual. Ese viejo cabrón me la tiene jurada, Mikel. Y lo peor —bajó la voz— es que todos lo siguen como corderillos, saltan cuando él lo ordena, se callan cuando se lo manda. No aguanto que se arrodillen así ante él. No lo aguanto.

Masculló una imprecación y miró de soslayo hacia el lugar donde Johan y Brede descansaban.

—¿Me he perdido algo? —le preguntó Mikel.

Nils apartó los ojos de sus compañeros y se puso muy serio.

—Muchas cosas. Sí, me pegué con Björg, y sí, he tenido mis más y mis menos con algunos otros, con Ragnar, incluso con Thorensen, ¿y qué?

—¿Por qué esas desavenencias? ¿Qué está pasando? Cuando estuve aquí la última vez todo parecía ir bien, éramos una familia.

—Hace mucho de eso, ¿no crees? Y recuerda que cuando vienes la base está llena de gente. Los problemas pasan desapercibidos.

—¿Qué problemas?

Johan los interrumpió. Ni siquiera habían percibido cómo se acercaba. Nils masculló algo, profundamente irritado. Los ingenieros eran auténticos vigías. Mikel adivinó que Brede se había apuntado en el último momento a la expedición para reforzar la vigilancia junto con Johan. Estaban siempre pendientes de todo lo que hacía el resto y se apresuraban a intervenir cuando creían que alguien estaba dispuesto a hablar. Como Nils, tuvo que controlar su rabia, por mucho que en aquel momento lo que más deseara fuera saltar sobre Johan y estrangularlo con sus propias manos.

—Deberíamos volver. —El ingeniero habló con tono desabrido, con mala cara. Señaló a su espalda—. Me temo que pronto volveremos a estar bajo esa condenada borrasca, y Brede tiene síntomas de congelación.

Mikel y Nils se volvieron al mismo tiempo hacia el punto que señalaba con la mano.

—Mierda... —se quejó Nils.

En efecto, una densa masa nubosa se estaba acumulando de nuevo en aquella dirección. De inmediato se pusieron en pie y se reunieron con Brede, cuya nariz tenía mal aspecto. No debían poner en riesgo su integridad física, y quedarse en la base no era una buena opción.

—Me niego a hacer noche, ¿estáis conmigo? —sugirió Nils.

Todos estuvieron de acuerdo, ninguno se planteaba detenerse a descansar con la que se avecinaba. Si se quedaban, tal vez no pudieran regresar, así que se aprestaron a partir. Mikel cruzó una mirada con su amigo. Nils sabía algo y estaba dispuesto a hablar. Eso lo libraba de toda sospecha. En todo caso, sería culpable de encubrimiento. Mikel se prometió que buscaría la ocasión, cuando nadie más los escuchara, aunque empezaba a temer que eso no fuera posible.

Se fueron vinculando a las cuerdas que tiraban del trineo. Nils describió un amplio círculo y emprendió el camino de regreso siguiendo las marcas que habían dejado para llegar hasta allí, ahora visibles gracias a que la niebla se había retirado. Miró al frente. Otros treinta kilómetros de vuelta. Tomó aire y se cuadró. Iba a ser un regreso duro. Muy duro. Ni él ni Mikel lo dijeron, pero dudaban que lograran llegar a Nytt Håp sin hacer noche. Sus cuerpos no lo resistirían.

Como para corroborar este pensamiento, el viento reapareció empujándolos por la espalda. El cielo, ya de por sí mortecino, se ensombreció cuando las nubes que llegaban desde el norte lo cubrieron por completo, y enseguida la borrasca se abatió sobre sus cuerpos aplastándolos con virulencia. Imposible hablar, apenas veían por dónde marchaban. Una incesante cortina de dardos helados los bombardeó desde todas las direcciones. El paisaje se tornó un confuso torbellino blanco. La nieve que pisaban se levantaba y se mezclaba con la que caía del cielo formando remolinos en torno a ellos. Pronto el trineo se atascó.

Tiraron de él con todas sus fuerzas, sin lograr moverlo ni un centímetro. Sin soltarse de las cuerdas, sacaron unas palas y excavaron bajo sus patines, tratando de liberarlo.

Hubo un chasquido seco. Luego otro.

Mikel se detuvo. Reconoció aquel crujido característico del hielo al romperse bajo sus pies. Gritó con todas sus fuerzas para advertir a sus compañeros, que continuaban cavando frenéticos, pero su voz se extinguió, devorada por el temporal. No lo oyeron. Empujó a Nils, que era el que tenía más cerca, y luego trató de tirar de Johan y Brede para sacarlos de allí. Solo entonces comprendieron lo que pasaba. Se desvincularon de inmediato de las cuerdas.

El suelo se abrió. Una enorme grieta se fue extendiendo bajo el trineo y creció muchos metros a derecha e izquierda, como una profunda boca hambrienta con dientes afilados. El trineo se hundió en ella y desapareció con su preciada carga. Nils y Mikel apenas tuvieron tiempo de sujetar a Johan agarrándolo por los brazos para que no se precipitara por la abismal raja que partía la plataforma sobre la que estaban. De haber estado aún vinculados, habrían desaparecido los cuatro tras el trineo. Cayeron al suelo, al borde de la grieta, comprendiendo que habían perdido todo el equipo, incluidas las cuerdas que los habían mantenido seguros todo el camino. Retrocedieron como pudieron y se pusieron en pie. La ventisca no les dejaba ver nada. Sabían que la grieta estaba allí, abierta a pocos metros, pero no alcanzaban a distinguirla.

Nils palpó la bolsa que colgaba de su cinturón. Al menos conservaban el GPS. Sin él no podrían regresar a Nytt Håp, se perderían irremediablemente, devorados por la tormenta.

—¡¡Vamos!! —aulló. Agarró a Mikel y puso su boca junto a su capucha para hacerse oír—. ¡¡Hay que moverse!! ¡¡Todos juntos!!

Mikel empujó a Johan y Brede para que se pusieran detrás de Nils, y él cerró la marcha. Avanzaron en fila india, cada uno agarrado al arnés del que tenía delante, sin permitirse pensar en lo que podía pasar.

Nils consultaba su GPS cada poco tiempo, esforzándose por no perder el rumbo, aunque le resultaba muy difícil distinguir algo en la pantalla, que constantemente quedaba cubierta por una pátina de hielo. Sus propias gafas estaban casi todo el tiempo cegadas por la nieve, y todos en mayor o menor medida empezaban a sentir los efectos del rigor de la tormenta: entumecimiento general, fiebre, somnolencia, falta de coordinación. Fueron horas muy duras. Caminaron sin descanso, cada vez más agotados, más encorvados, sintiendo cómo sus cuerpos se resentían y los primeros síntomas de congelación aparecían. No tenían nada que comer para recuperar el calor corporal y las fuerzas, ni la tienda y los sacos para guarecerse. La nariz de Brede, de aspecto alarmantemente ceroso, empezaba a verse de un tono gris azulado, y una persistente tos lo aquejaba. Era mala señal, muy mala, y Nytt Håp aún no aparecía.

O tal vez no alcanzaban a verla en medio de la tormenta de nieve.

O se habían desviado.

Mikel se agarraba al arnés de Johan, en último lugar, luchando como el resto por perseverar. Por suerte, todavía estaba en buena forma física. Avanzaron en semejantes condiciones durante horas, a punto de desfallecer. Nils señalaba hacia delante cada poco, animándolos a seguir, pero no se veía nada. Habían perdido las raquetas y se hundían en la nieve hasta más arriba de las rodillas. Brede avanzaba penosamente, tosiendo sin cesar. Nils estaba muy preocupado. Miró hacia delante, queriendo atravesar la tormenta de nieve con los ojos y descubrir que no había equivocado el rumbo. Se dijo que iban a conseguirlo. Redobló sus esfuerzos.

Mikel percibió el apretón que Nils imprimió a la marcha. Se esforzó por no soltarse de Johan. Dio un paso, otro... Y de pronto aquel resplandor fulminante ya conocido atravesó su cabeza, cegándolo. Cayó de rodillas, sin tiempo para reaccionar o pedir ayuda. No pudo hacer nada, simplemente su mente se quedó en blanco y él, ya inconsciente, cayó de costado. Mientras la violenta ventisca lo engullía, sus compañeros siguieron adelante sin percatarse de que se quedaba atrás.

Halvard Linnes había desaparecido sin que nadie supiera cómo. Fue Od quien lo echó en falta en primer lugar. Tras buscarlo por todas partes, después de un primer momento de estupor y desconcierto, concluyeron que también se lo habían llevado. Ya esperaban que se produjera otro rapto aprovechando la ausencia de cuatro miembros de la base, tal vez por eso la urgencia y el caos se colaron en Nytt Håp a empellones. Registraron cada módulo de arriba abajo, incluso salieron al exterior, a la desesperada, pero, al igual que había ocurrido con Björg y con Ragnar, no hallaron rastro de él.

Para empeorar las cosas, el mal tiempo regresó tras apenas una jornada de calma, y eso les hizo temer por la seguridad de los expedicionarios. La pérdida de Halvard, sumada al peligro de que los cuatro hombres que habían ido a San Peter no lograran volver, sumió a los habitantes de la base en una horrible desazón.

Erika tuvo que descartar a Nils como sospechoso, dado que se encontraba fuera. De nuevo a ciegas, de nuevo sin pistas. Habían transcurrido treinta horas desde la partida de la expedición. Od le había explicado que era habitual sufrir incidentes en ese tipo de travesías, más aún con un temporal como el que estaba castigándolos. Cualquier obstáculo podía haberlos frenado, o simplemente el agotamiento los habría obligado a pasar la noche en San Peter.

—Por suerte son los mejores, Nils y Mikel saben lo que hacen —le dijo Od con una sonrisa tranquilizadora—. Si alguien puede hacer que vuelvan ilesos, son ellos.

Molly, que en ausencia de Nils acompañaba a Od a todas partes, gimió a su lado, como si entendiera el riesgo que estaba corriendo su dueño. Erika la observó, ofuscada y pálida. Removió su café deprisa. No había probado un sorbo y se le estaba enfriando. No podía permitirse perder a Mikel, lo necesitaba más de lo que se atrevía a admitir. Si al menos las horas de calma hubieran durado un poco más...

Oyó barullo en la entrada.

Su corazón se disparó, latiendo desaforado en su pecho, y derramó el café al salir al pasillo a la carrera. El espectáculo que se encontró removió sus entrañas hasta apretarlas en una bola compacta. La puerta principal estaba abierta, el viento se colaba en la base furibundo, arrastrando a su paso bocanadas de nieve helada, y en el umbral tres hombres grandes, con las ropas completamente cubiertas de nieve, se esforzaban por respirar, iluminados con dureza por las linternas de Od y Gunnar. Frida, Einar, Synne, todos hablaban a la vez, se arremolinaban frente a los recién llegados sin darse cuenta de que les impedían refugiarse en el interior, agotados como estaban. Los rodeaban entre exclamaciones de esperanza. Erika quiso llegar hasta ellos, pero el grupo apelotonado en torno a los expedicionarios se lo impedía.

—¡Mikel! —llamó.

Al fin los tres hombres lograron avanzar un poco y la puerta se cerró con un siseo. La tempestad quedó fuera.

Tres hombres.

Faltaba uno.

Todo el mundo se dio cuenta, y de pronto las voces de júbilo se acallaron.

Uno de ellos se quitó la capucha, las gafas y las protecciones que cubrían su cara y su cabeza. Era Nils. Su aspecto era lamentable, tenía la piel endurecida, con ese tono blancuzco síntoma de congelación. Su expresión era triste. A su lado, Johan y Brede se descubrieron también.

—Oh, Dios mío, Brede, ¡tu nariz! —Synne lo cogió por el brazo.

El ingeniero tosió y cayó de rodillas.

—Estoy bien, estoy bien.

—No, no me gusta esa tos. Hay que tratarte enseguida. —Lo ayudó a incorporarse.

Erika al fin se abrió paso hasta el guía noruego.

—¿Dónde está Mikel?

Molly apareció entonces desde alguna parte, trotó moviendo la cola y se pegó a las piernas de Nils lloriqueando emocionada. El noruego acarició sus orejas, aunque apenas lograba mover los dedos. Negó con la cabeza.

—¿Qué? ¿Qué significa? —Erika escudriñó sus ojos llena de ansiedad.

—Lo hemos perdido. —Se enjugó algunas lágrimas rebeldes. Apreciaba mucho a Mikel y no soportaba haberlo dejado atrás.

—¿Cómo ha sido? —preguntó Thorensen, que apareció por el pasillo justo entonces.

—Hemos tenido un accidente. —Nils arrastraba las palabras, otro síntoma de congelación—. Una grieta se ha tragado el trineo, nos hemos quedado sin equipamiento, salvo el GPS. Tampoco teníamos ya las cuerdas, y Mikel iba el último. No sabemos cómo ni cuándo, pero Johan, que iba delante de él, ha notado que no lo seguía. Hemos retrocedido para buscarlo, pero...

—¿Se ha perdido?

Nils no lo desmintió.

—¡Salgamos a buscarlo! —exclamó Erika. Se lanzó hacia delante, dispuesta a hacerlo ella misma, pero Nils la sujetó por los brazos y negó con la cabeza.

—No, Erika. Ya lo hemos intentado nosotros, créame. Mire ahí fuera. Si salimos otra vez, correremos el riesgo de perder a alguien más. Mikel no querría eso.

A Erika se le nubló el rostro.

—Pero entonces...

—Está muerto. Lo siento.

Erika se cubrió la boca con las manos, sacudida por la impresión. A su lado, Thorensen escuchaba con aire grave.

—¿Habéis conseguido las piezas?

Nils negó con la cabeza. El comandante buscó la corroboración de Johan. Este se mostró consternado.

—No había nada en San Peter, ni generador ni radio; nada —aseguró el ingeniero.

—Halvard también ha desaparecido —musitó Frida entonces.

Nils se volvió hacia Thorensen, quien con aire adusto lo confirmó. Dos hombres en un día. Era demasiado.

Sobrepasada por la pérdida de Mikel, Erika retrocedió por el pasillo y buscó la seguridad de su dormitorio. Se tumbó boca abajo en su cama y enterró la cara en la almohada.

Gunnar había estado aislado hasta aquella misma mañana, pero ya le habían permitido salir. Synne había decidido que se encontraba bien y que no sería un problema para sí mismo ni para los demás, puesto que lo estaba medicando para controlar sus emociones e impedir que volviera a sufrir un brote como el que lo había llevado a acuchillar a Einar. Nadie lo culpaba por haber reaccionado así, tampoco Einar, y Gunnar no sabía cómo sentirse. Pasado el tumulto provocado por el regreso de los expedicionarios, buscó un rincón en el comedor donde sentarse a pensar mientras mordisqueaba sin ganas algunas galletas energéticas. La amenaza de quedarse sin generador flotaba en el ambiente, infectándolo todo. Eran más vulnerables que nunca.

Gunnar no soportaba la tensión, el malsano recelo

entre unos y otros, no soportaba la espera y no aguantaba a Einar. No lograba olvidar lo que sabía, el panel móvil, esa figura entrando desde el hueco abierto en la pared torturaba su mente. ¿Quién? ¿Quién era el que había visto atravesando la pared? Su compañero lo estaba dejando entrar. Era un traidor. Por eso lo había acuchillado. Y ahora no soportaba mirarlo. Einar se había sentado en la otra punta de la mesa, con la cabeza enterrada en los brazos. Ya no era el mismo, se había transformado en un despojo humano, febril, angustiado y asustadizo. No lo reconocía.

—¿Cómo te encuentras? —Synne apareció a su lado y se sentó, sacándolo de sus cogitaciones.

Gunnar no quería compañía. Synne le puso una mano en el hombro con preocupación. Una expresión turbia emanaba de él. Tras las gafas, sus ojos enrojecidos semejaban dos pozos sin fondo.

—Einar no tiene la culpa de lo que está pasando, Gunnar —insistió la doctora.

Al biólogo se le escapó una risita nerviosa. Aquello sí tenía gracia. Se estremeció.

—Ah, ¿no? —Arrugó la frente—. No sabes nada, Synne. —Se inclinó hacia ella y moduló su voz para infundirle gravedad—: Deberías tenerle miedo.

—¿A Einar? ¿Por qué?

«¡Díselo!», pensó Gunnar. Pero no lo hizo. Un perverso deseo de acabar se apoderó de él. Podía dejar que Einar siguiera con su traición.

—Gunnar, por favor, ¿qué has querido decir?

Synne estudió su rostro. El biólogo negó con la cabeza. Entonces Einar desenterró la cara de sus brazos y miró a Gunnar sin expresión.

—Estoy harto de todo esto, Synne —dijo Gunnar—. ¿Cómo puedes mantener la calma? ¡Es inhumano! ¡Él es inhumano! Y pensar que lo he considerado mi amigo, ¡mi hermano!

—¿De qué hablas?

Gunnar se mordió el labio. Se le atragantaba la verdad. Palideció.

—No importa; de todos modos, pronto estaremos todos muertos.

Synne se apartó un tanto y lo miró con fría dureza.

—Deja de decir esas cosas, por favor.

—Tal vez lo merecemos, Synne. No dejo de pensar en eso.

—Esto no tiene nada que ver con...

—No importa. Es un justo castigo.

—¡Oh, cállate, Gunnar!

Se sirvió la cena, pese a que nadie tenía hambre. Erika acudió al comedor obligándose a reaccionar. Masticó sin ganas, perdida en sus pensamientos. Buscó con la mirada a Thorensen. No estaba.

«Deberías estar aquí, con tu gente, viejo zorro».

Sondeó los rostros del personal. Synne contemplaba su plato sin tocarlo, fría y silenciosa. Más allá estaba Frida, con esos ojos brillantes que no dejaban de moverse en sus órbitas; enfrente tenía a un Gunnar taciturno; a Johan, el único que comía con normalidad; a Brede —ya no tosía más que de vez en cuando, y su nariz había mejorado—, y a Od, triste y silencioso. Todos desperdigados, evitándose unos a otros. Einar se había retirado a su dormitorio, y Nils tampoco estaba.

Ella misma no quería estar allí. Sin embargo, era su deber esforzarse, mantenerse firme. El peligro era mayor que nunca, y el cadáver de Halvard Linnes pronto aparecería, mutilado a saber de qué manera espantosa. Ya tendría tiempo de llorar después, cuando hubiera atrapado al «vampiro». Se estremeció al recordar cómo llamaba Mikel al asesino que los estaba diezmando.

«Nariz larga, pequeño el culo, vasco seguro», solía decir Mikel cuando Nils se mofaba de su tocha.

Se apretó el entrecejo y cerró los párpados.

Estaba sola.

«Ah, pero estás acostumbrada a trabajar sola», se recordó.

Ya no. Se había acostumbrado a Mikel. No había sabido cuánto hasta que la expedición había regresado sin él. Un frío agujero se había abierto en su pecho, le costaba respirar. Se llevó la mano al lugar donde latía su corazón y lo masajeó, como si así fuera a hacer desaparecer el dolor y la añoranza.

El reloj de pared del comedor daba ya las diez de la noche. Las luces del techo se estremecieron, parpadearon, recordándoles la fragilidad del motor auxiliar que les suministraba energía. Todos levantaron la cabeza temiendo que se apagaran definitivamente.

Entonces Synne gritó, profirió un alarido tal que logró que el resto dejara de respirar. Se volvieron hacia ella como a cámara lenta. Estaba petrificada, la mirada fija en la puerta del comedor. Erika se giró hacia allí y descubrió, con un vuelco del corazón, que Mikel había regresado. Abrió la boca y la cerró, incapaz de creerlo. Allí estaba, pálido, agotado, derrumbándose contra el marco de la puerta, a punto de desmayarse.

—¡Mikel!

Fue la primera en reaccionar. La siguió Od. Llegaron hasta él a tiempo para sujetarlo, cuando ya se le doblaban las rodillas. Los demás se acercaron murmurando incrédulos, entre aliviados y sorprendidos, mientras Erika y Od lo tumbaban en el suelo y le quitaban las gafas y la capucha. Una sonrisa asomó al rostro afilado de Erika.

—Hay que darle calor —apremió Od.

—Llevadlo al módulo médico—ordenó Synne—. Rápido.

Lo trasladaron en volandas mientras la doctora iluminaba el pasillo con una linterna y lo depositaron sobre la camilla. Mikel apenas era consciente de lo que pasaba, yacía desmadejado boca arriba. Erika le tocó la frente, una mejilla, la otra, el cuello. Extrañada, se volvió hacia Synne:

—¡Está ardiendo! ¿Es eso normal?

Synne comprobó su temperatura. Mikel había perdido el conocimiento.

—Es fiebre, un síntoma de congelación. Por favor, salid —ordenó—. Necesito espacio para atenderlo.

—Ni hablar, yo me quedo —dijo Erika.

—No. Váyase, la avisaré si es necesario.

—Pero...

—Tranquila, Mikel estará bien.

Synne lo miró por encima de su hombro.

—¿Qué quiere decir?

—Por favor, salga ahora para que pueda cuidar de él.

Cuando Erika y Od se marcharon, Synne se aproximó extrañada a la camilla y de nuevo comprobó la temperatura corporal de Mikel. Pese a lo que le había dicho a Erika, aquello no era fiebre, y no tenía síntomas de hipotermia, no tiritaba y su piel presentaba un color normal. Le puso un termómetro: treinta y ocho grados. Sin embargo, dormía plácido, diría que incluso sereno. Palpó su ropa. Estaba empapada. Comprobó hasta qué punto estaba mojada y gélida. Frunció el ceño.

«Debería estar muerto», pensó.

Le encontró una pistola oculta en la cinturilla del pantalón. La sujetó con aprensión. Erika también llevaba una, y recordó que Mikel estaba allí como policía. La dejó con cuidado en uno de los bolsillos del abrigo que le había quitado y siguió desvistiéndolo. Cuando le sacó por la cabeza el forro polar que llevaba sobre la camiseta térmica, algo cayó al suelo. Intrigada, se agachó a recogerlo y descubrió que era un sobre. Tenía un sello, era de un centro oncológico de San Sebastián e iba dirigido a Mikel. Una expresión atónita se dibujó en su semblante. Supuso al punto lo que significaba. Le temblaron los dedos, pero decidió cruzar todos los límites y comprobar si lo que parecía era cierto. Rezó para que no lo fuera mientras sacaba el papel. Un informe. Trató de entender lo que ponía, mordiéndose la lengua en el intento, pues estaba escrito en español y era un idioma que ella no dominaba. Sin embargo, identificó sin dificultad los términos médicos que determinaban la enfermedad de Mikel.

Se llevó la mano al pecho y tomó aire. Se le fue el color.

Mikel tenía cáncer. Un tumor cerebral en último estadio.

¡Eso, desde luego, justificaría los treinta y ocho grados!

Copió un fragmento del texto en una aplicación que tenía instalada en su móvil y escogió el noruego como lengua a la que deseaba traducirlo. Esperó. Al cabo de un segundo pudo entenderlo: se le notificaba que su tumor no solo no había disminuido tras la última intervención, sino que se había reproducido y crecido muy rápido. Allí ponía que estimaban su supervivencia en un máximo de seis meses.

Dejó la carta en el sobre y lo devolvió al bolsillo interior del forro polar. Dudó qué hacer a continuación. Le parecía irónico que Mikel hubiera sobrevivido allí fuera mientras un tumor lo devoraba por dentro. Miró hacia el módulo de enfermería, contiguo al médico. Sin pensarlo demasiado, decidió utilizar el escáner cerebral portátil con que habían equipado la base aquel último año, para comprobar por sí misma lo que decía la funesta carta. Se alegró de haberle insistido a Thorensen con aquella adquisición, probablemente Nytt Håp era la única que contaba con un equipamiento así. Aún recordaba lo ocurrido a Thea Haründ dos años atrás. Thea era una glacióloga de treinta y cuatro años novata e insegura, recién llegada a la Antártida; un resbalón en la nieve durante una expedición le provocó una conmoción cerebral que no detectaron hasta que ya fue tarde. De haber tenido un escáner como aquel, habrían ganado un tiempo precioso.

Se plantó ante la puerta que daba paso a la enfermería y entonces se mordió el labio inferior. Había olvidado algo: al otro lado de aquella puerta estaban los cadáveres de Ragnar y de Björg. Un escalofrío le subió por la columna.

«No puedo hacerlo».

No quería obligarse a volver a verlos, pasar por ese trauma otra vez. Solo de pensarlo le entraba pánico.

Sin embargo, quería confirmar si Mikel tenía un cáncer terminal. Así que hizo acopio de valor para entrar.

Abrió la puerta, sin importarle si se rompía el precinto con que Erika la había sellado, y, sin permitirse ser consciente del cuerpo del informático —por suerte sus dos mitades estaban cubiertas con una sábana—, ni del de Björg, más al fondo, fue hasta el rincón donde habían instalado el escáner y lo trasladó al módulo médico.

Suspiró, ya estaba hecho. Aprovecharía que Mikel estaba inconsciente y que nadie más la acompañaba para escanear su cerebro. Lo preparó todo, lo puso en marcha y se apartó, dispuesta a esperar. El aparato emitió un suave zumbido.

La luz se fue.

Todo quedó a oscuras.

Echó mano de su linterna, la encendió y apuntó a Mikel. Seguía dormido. El escaneo se había interrumpido. No podía creerlo.

Se quedó pensando. ¿Para qué necesitaba confirmarlo? Un centro oncológico no se habría equivocado, no tenía necesidad de verlo por sí misma.

Se acercó a la camilla y alumbró su rostro moreno. ¿Sabía Erika que estaba enfermo?

15

Era muy tarde y Erika necesitaba descansar, pese a que se sentía de pronto ligera ahora que Mikel estaba de vuelta. Dormiría unas cuantas horas y pasaría a verlo por la mañana. Esperaba que las horas que había estado expuesto a la intemperie, a merced del temporal, no le dejaran secuelas graves.

Alumbró con su linterna el lóbrego pasillo mientras caminaba. Atravesar las zonas a las que ya no llegaba el suministro de energía resultaba cada vez peor, ya era como cruzar un congelador, y anhelaba alcanzar la seguridad de su módulo. Al cruzar la bifurcación central de la base y tomar el corredor al que daban los dormitorios, deslizó el haz de su linterna por las paredes, atrás y adelante. Se sentía de pronto observada.

Entonces, como respondiendo a sus temores, algo se movió a su espalda.

Oyó pasos.

Al punto se volvió, sacó su pistola y apagó la linterna, conteniendo a duras penas la respiración.

El brillo de otra linterna osciló en el pasillo que llevaba al despacho de Thorensen. El comandante apareció al poco, reconoció su figura y su forma de andar, cómo se inclinaba ligeramente a la izquierda, como si tuviera algún defecto en la cadera. Por puro instinto, Erika se pegó a la esquina, con el arma apuntando preventivamente al suelo. Se preguntó adónde iba a aquellas horas. Desde luego, había algo raro en el modo furtivo con que se movía. Iba vestido para salir y llevaba una pesada bolsa colgada del hombro.

En cuanto fue seguro, avanzó dispuesta a seguirlo. Sacó de un bolsillo de su chaquetón el pasamontañas y se lo puso. A continuación, se cubrió con la capucha y se cerró el cuello. Gafas, no tenía las gafas, y le harían falta ahí fuera. Tembló de pensar en volver a exponerse a aquel frío glacial.

«¿Adónde vas? ¡Tienes que estar loca!».

Thorensen salió de la base y se agarró a la cuerda de seguridad, caminando encorvado bajo el temporal. Erika esperó un poco y fue tras él. El viento era mortalmente gélido. Levantó un brazo y trató de protegerse los ojos. Con la otra mano se guardó el arma, aferró la cuerda con fuerza y avanzó en pos del comandante. Su figura se confundía en la ventisca, transformada en una sombra difusa pese a estar muy cerca. Thorensen avanzaba despacio. Fue dejando atrás edificio tras edificio. Erika temía perderlo. La terrible brutalidad del temporal la obligaba a doblar las rodillas al caminar. Si en algún momento se soltara de la cuerda, se desorientaría. Ella no era Mikel, moriría.

Ajeno a su presencia, el comandante avanzó hasta el último edificio auxiliar. Erika recordaba que era el que albergaba la antena. Una vez allí, se detuvo. Alguien se asomó a la entrada.

Reconoció sus ojos azules. No llevaba pasamontañas, así que no había posible confusión.

Distinguió los rasgos de rapaz de Halvard Linnes.

No estaba desaparecido. Y Thorensen lo sabía.

Erika frunció el ceño preguntándose de qué iba todo aquello.

Halvard estrechó la mano de su comandante. Conversaron unos momentos. Temblando, Erika sacó su móvil y trató de grabarlos. Sin embargo, el frío era demencial, y la batería del dispositivo no lo había aguantado; estaba muerto. Thorensen miró alrededor y Halvard lo hizo pasar al interior del edificio. Resignada, Erika se obligó a esperar los próximos acontecimientos. Transcurrieron varios minutos infernales. Zarandeada por la tormenta, sentía cómo sus articulaciones se ponían rígidas y el inconfundible cosquilleo en la piel, síntoma de un principio de congelación. No aguantaría mucho más que la batería de su móvil.

Por suerte, Thorensen reapareció. No había nadie más con él. ¿Y Halvard? Erika observó, mientras le castañeteaban los dientes, que ya no llevaba consigo la bolsa que había sacado de la base. ¿Cuál era su contenido? Sin duda ahora la tenía Halvard. El comandante emprendió el camino de regreso, y Erika tuvo que retroceder para ocultarse. Thorensen tardó en rebasarla. Volvía a la base. Erika notó la mente cada vez más abotargada. Tardó unos pocos segundos en decidirse.

Se acercó al portón del edificio donde presumiblemente continuaba oculto Halvard. Estaba entreabierto. Se asomó. No había nadie al otro lado. Por seguridad, rodeó la instalación hasta volver al punto de partida.

Algo se movió a su espalda.

Se volvió con lentitud, tan entumecida estaba, con el tiempo justo de ver una figura oscura que se abalanzaba sobre ella. La atacó, y apenas tuvo ocasión de reaccionar. Se le habían agarrotado los músculos hasta el punto de volverse rígidos. Quiso defenderse, pero Halvard la tumbó con un certero puñetazo. Luego se alejó a la carrera, llevando consigo la bolsa que le había entregado el comandante. Se subió a una moto de nieve que tenía oculta a unos metros y se alejó a toda velocidad, desapareciendo en la ventisca.

Erika gimió.

No había visto la moto. No había visto venir a Halvard.

La moto. Una moto con combustible.

El golpe le había robado el aliento. Se retorció, y al fin se puso en pie. Quiso ir tras él, pero tropezó aparatosamente. Salió despedida hacia delante y cayó de bruces. La nieve ni siquiera amortiguó el impacto, pues estaba dura como la piedra. El dolor sacudió su costado. Enterró la cara en las manos y ahogó un grito de frustración.

«¡Te he visto! ¡Maldito cabrón, te he visto!».

Se mordió el dorso de la mano enguantada para sofocar el sufrimiento que le provocaba el topetazo. No sintió la presión de sus dientes. Se retorció en el suelo, y al fin quedó boca arriba. Su pecho subía y bajaba sin fuerza. No podía quedarse allí tirada o moriría. Y aún tenía que regresar a la base.

Buscó la cuerda cojeando. Su maltrecha cadera se lamentó por el esfuerzo y empezó a sentir calambres. Los pulmones le ardían al respirar, tenía la piel del rostro tirante, endurecida... Perseveró, porque le iba la vida en ello. Mientras se esforzaba por regresar, no dejaba de pensar en Halvard Linnes escondido en ese edificio, en Thorensen riéndose de todos, dejando que creyeran que lo habían raptado y que correría la misma suerte que sus compañeros.

«Maldito embustero».

Cuando al fin alcanzó la entrada de Nytt Håp, el alivio recorrió su cuerpo. Casi se echó a llorar. Más tarde se preguntaría cómo había sido capaz de regresar por sí misma, y reconocería la suerte que había tenido. Sin embargo, ahora sabía la verdad sobre Halvard Linnes. ¿Hasta dónde llegaban las mentiras de Thorensen?

Subió los peldaños metálicos y, cuando la puerta se deslizó hacia los lados dejándola entrar, se le doblaron las rodillas y cayó a cuatro patas. Esperó muy quieta mientras su cuerpo se lamentaba. Nada se movía en el oscuro pasillo. Encendió la linterna. Se obligó a enderezarse y empuñó su pistola. Le temblaban tanto las manos que apenas era capaz de sostenerla. Avanzó despacio, rígida, anhelando alcanzar la seguridad de su dormitorio, quitarse la ropa y cambiarse. No podría sentarse cerca de la estufa o se le formarían ampollas.

Tras un recorrido que se le hizo eterno, entró en su habitación, echó el pestillo y se quitó los guantes. Tenía los dedos grises, quebradizos. Encajó una silla contra el picaporte y, arrojando su arma sobre la cama, se desnudó con torpes movimientos. Tiritaba, le ardía la cara a causa del contraste de temperatura con el exterior. Se miró los dedos de los pies, amoratados si los comparaba con los de las manos. ¡Podía perderlos! Se los frotó con brío, tratando de hacer circular la sangre. Luego buscó una camiseta térmica y unas mallas calientes, un par de calcetines gruesos, se lo puso todo y se metió en la cama bajo el grueso edredón. De inmediato, una dura sensación de desprecio se abrió paso en su pecho. Estaba arriesgando la vida por aquella gente, y allí todos mentían.

Alargó la mano para apagar la luz, pero antes miró hacia la cama vacía de Mikel. Lo echó terriblemente de menos. Ojalá estuviera bien. Al fin pulsó el interruptor y se quedó a oscuras. La ausencia de su compañero lo llenaba todo. Deseó salir de allí y buscarlo en el módulo médico, dormir aunque fuera en una silla, a su lado. Cualquier cosa era mejor que aquella apabullante soledad.

Hacía mucho que no se sentía tan perdida.

Estaban dando palos de ciego, sin una sola pista decente, siendo testigos del enrarecido ambiente que reinaba en la base, sabiendo que el comandante trabajaba en su contra, ocultando algo y obligando a todo el mundo a callar.

No podían seguir así, mucho menos limitarse a esperar

al siguiente cadáver para descifrar el mensaje de un loco con sed de sangre.

Tenían que encontrar un hilo del que tirar, y pronto.

En cuanto a Steffen Thorensen, tampoco era que le sorprendiera su comportamiento. Hacía tiempo que le seguía la pista, por eso estaba allí. El asesinato de Björg Stutgard le había proporcionado la excusa que necesitaba para ponerse tras sus pasos en la Antártida. Faltaba por averiguar si lo que sospechaba de él se ajustaba a la realidad. Necesitaba pruebas, o todo lo que estaba arriesgando, su carrera y su vida, sería en vano. Al punto pensó en el nuevo edificio que con tanto empeño mantenían cerrado. Tenía que entrar allí.

Esto la llevó de vuelta a pensar en su compañero.

Lo necesitaba.

Mikel vagaba por los pasillos. No llevaba linterna, no le hacía falta. Se sentía ligero, muy ligero, y oía ese lento canto en su cabeza, un lamento grave susurrándole a su mente cosas que no alcanzaba a entender. Estaba intrigado, sorprendido, porque sabía que debería estar en el módulo médico descansando. Quería volver y acostarse, pero algo tiraba de él dominando su voluntad, algo poderoso. Seguramente su propio subconsciente, que había tomado el control. O tal vez estaba afectado por su tumor, era el cáncer lo que provocaba esos paseos nocturnos.

De pronto despertó.

Se descubrió tirado en el suelo del módulo médico. No había llegado muy lejos. La luz lo golpeaba con dureza desde el techo. Synne debía de haberla dejado encendida para que no se asustara cuando despertara.

Le costaba pensar, su cuerpo era un pesado saco de rocas inamovible. Tomó conciencia de que había estado delirando. Otra vez. Se llevó una mano a la cabeza y se masajeó el cuero cabelludo tratando de recuperar el control. Había logrado sobrevivir a la expedición, volver a la base por sus propios medios. Era todo un milagro que lo hubiese conseguido tras caer sin sentido en medio de una ventisca tan inmisericorde. Ni siquiera recordaba cómo lo había hecho, no recordaba nada después de soltarse del arnés de Johan, solo aquel fulgor repentino en su cabeza llevándose su conciencia.

Algo llamó su atención bajo el mueble que quedaba a su lado. Alcanzó a distinguirlo a duras penas arrinconado contra la pared. Un papel. Estiró la mano para rescatarlo, lo rozó con la punta de los dedos y al fin logró atraparlo. Se trataba de un informe con algunos fragmentos tachados con un rotulador negro. Se incorporó un poco y lo leyó.

Era una copia de la autopsia de Björg que Synne le había enviado a Erika. Estaba debidamente fechada y firmada por ella misma. Él lo había leído tantas veces que casi lo había memorizado, y aquel informe era distinto: algunas líneas habían sido tachadas. Lo levantó tratando de ver algo al trasluz, pero el texto oculto tras los gruesos trazos de rotulador negro resultaba ilegible. Arrugó el entrecejo. Esas líneas suprimidas eran las del último párrafo del apartado que se refería al examen de la cavidad abdominal, donde se relataba el hallazgo del reproductor y el poliespán. Al parecer, Synne había encontrado algo más. Y esa copia desmentía la posibilidad de que hubiese incurrido en un error: mencionaba en el párrafo anterior que había encontrado cuatro elementos extraños en su interior, y enumeraba el poliespán, el tubo que salía por la boca de Björg, el reproductor y... los tachones. Sin perder un instante dobló el documento en cuatro. Se percató entonces de que su ropa estaba colocada en una silla junto a la calefacción, aún húmeda.

Se puso el pantalón de goretex, el único que se había mantenido seco, y se guardó el informe en el bolsillo. Luego volvió a acostarse en la camilla y se cubrió con las mantas. ¿Qué era ese cuarto elemento?

El reloj en la pared marcaba las ocho de la mañana cuando despertó. Dejó vagar la vista alrededor. Aquel módulo era un espacio aséptico con todo lo necesario para atender al personal. Estaba equipado de forma exhaustiva, sin duda sería la envidia de muchos médicos, todo de última generación, costoso y moderno. De hecho, había un escáner cerebral allí mismo, a su lado. Los conocía bien, estaba harto de que la Doctora Muerte, como llamaba a su oncóloga, hurgara en su cerebro con ellos.

Enseguida, el hallazgo del doble informe de Synne acudió a su mente. Se palpó el bolsillo. Allí estaba, donde lo dejó antes de acostarse. Estiró brazos y piernas. No le dolía nada, su cuerpo se había recuperado bien. Sacudió la cabeza y se estremeció. Llevaba una camiseta térmica y su pantalón de goretex por encima de la malla. Recordó que su forro polar, su abrigo de plumas y su chaquetón estaban extendidos en el respaldo de dos sillas junto al radiador situado a su espalda. Se volvió hacia allí y descubrió que en una de ellas dormía profundamente Erika, tapada hasta la barbilla con una manta.

Se quedó mirándola. ¿Cuándo había decidido dormir a su lado? Sin duda, se había deslizado hasta el módulo médico después de que él volviera a quedarse dormido. Tenía mala cara, la cara de alguien que no duerme bien, la cara de alguien con muchas preocupaciones. Aun así, había preferido montar guardia junto a su camilla que dormir en una cama decente. Una medio sonrisa se le escapó al ver que había atrancado la puerta con una cajonera metálica. Sigiloso como un gato, tocó la ropa. Estaba seca. Se la puso, con cuidado de no despertar a Erika, y se calzó las botas. Estas aún conservaban la humedad, menos mal que tenía un par de repuesto en el dormitorio. A continuación, se acuclilló junto a la agente y estudió su rostro anguloso. Fruncía el ceño incluso en sueños. De pronto despertó, y sus pupilas dilatadas se contrajeron bajo la fuerte luz de la lámpara del techo. Pareció no reconocerlo, aún nublada su mente por los restos del sueño. Tardó un poco, pero al fin se despejó y su entrecejo se relajó.

—Me alegro de verte en pie —murmuró.

—¿Has pasado toda la noche en esta silla? No parece muy cómoda.

Erika se llevó una mano a la espalda y se frotó los riñones. La cadera, magullada tras su aventura nocturna, le lanzó una punzada de dolor.

—Tenía que hablar contigo y quería hacerlo en cuanto despertaras. Y también..., supongo que no me gustaba la idea de dejarte aquí, así que me he trasladado —reconoció.

—Gracias.

La ayudó a levantarse cogiéndola de la mano. Erika se peinó hacia atrás con las dos manos y soltó un bufido aún somnoliento. Se aguantó las ganas de contarle a su compañero sus pesquisas. Antes quería escuchar de sus labios la versión de lo ocurrido durante la expedición.

Mikel se sentó en la camilla con aire abatido. Erika ocupó un sitio a su lado.

—San Peter es una base abandonada. No hay nada allí que pueda servirnos. A no ser que el tiempo mejore y podamos pedir ayuda a los americanos, estamos jodidos. Es una suerte que tengamos tu satelital.

—¿Todo bien con Nils?

—Está furioso, dice que Thorensen los tiene a todos bajo su bota y que nadie se atreve a replicarle. Iba a contarme algo más concreto, pero Johan nos interrumpió.

—Eso es ya una constante, ¡cada vez que alguien quiere hablar, nos interrumpen!

Erika se acercó más, hasta que sus cuerpos se rozaron.

Mikel se estremeció sin poder evitarlo. Se volvió hacia ella, y sus ojos de tormenta lo atraparon. Le pareció que el océano entero se concentraba en ellos. ¿Desde cuándo se sentía así?

—Mikel, quiero que sepas que Halvard Linnes ha desaparecido mientras estabais fuera.

—Otra víctima más —dijo consternado.

—No he acabado.

Entonces, punto por punto, le relató todo lo ocurrido mientras él estaba ausente hasta que siguió a Thorensen fuera de la base. Cuando le reveló que Halvard estaba vivo, el desconcierto de Mikel se hizo patente.

—No podemos ignorar algo así, Erika —rugió—. No me lo puedo creer, ¿y todo este tiempo ha estado fingiendo? Tenemos que enfrentarnos al comandante y obligarlo a hablar.

—Es lo que iba a proponerte. No sé adónde habrá ido Halvard ni qué se ha llevado, pero me preocupa no saber qué traman.

—He encontrado algo —dijo Mikel.

Casi lo había olvidado. Sacó la copia del informe de la autopsia de Björg del bolsillo de su pantalón y se la entregó a su compañera, quien lo leyó de cabo a rabo. Enseguida llegó a la misma conclusión que él:

—Diría que es el original. Y que tachó esto después, no firmaría un informe con errores. Y la copia que me envió omite ese fragmento. Es raro que Synne no nos mencionara que tuvo dudas. Esto es serio, Mikel.

—Lo sé.

—Estoy pensando que antes de hablar con ella o con Thorensen, ¿qué tal si volvemos a ese módulo que tienen cerrado con tanto celo?

—Entiendo.

—Lo digo porque si hablamos con Thorensen antes y mostramos nuestras cartas, estaremos poniéndolo sobre aviso. Seguro que se las arregla para hacer desaparecer lo que sea que esconden, igual que han hecho con el contenido de los ordenadores. No podemos fiarnos de nadie, Mikel. Aquí todo el mundo está jugando con nosotros. ¿Te encuentras bien como para hacer una nueva excursión? Acabas de volver del infierno.

—Estoy perfectamente y ya hemos esperado demasiado.

—¿Seguro?

—Hagámoslo esta misma noche.

—Ni una palabra sobre Halvard, que Thorensen siga creyendo que pensamos que está desaparecido. —Erika arrugó el entrecejo—. Será mejor que vayamos ideando el mejor modo de entrar. ¿Crees que habrá algo en los edificios auxiliares para hacer saltar ese candado?

La puerta del módulo se sacudió antes de que Mikel pudiera contestar. Alguien había pretendido entrar. Enseguida llamaron a la puerta. Erika apartó el mueble que hacía de barricada, quitó el pestillo y abrió. La maraña de pelo rizado y oscuro de Frida se asomó. Les impresionó hasta qué punto sus ojeras se habían oscurecido. Además había adelgazado mucho, lo cual la hacía parecer un saco de huesos bajo la holgada ropa de abrigo. Pidió disculpas y tras vacilar un instante al fin entró, aunque sin cerrar la puerta. Se abrazó a sí misma dirigiendo su atención alternativamente a Mikel y a Erika, como si no supiera qué hacer.

—¿Está bien? —le preguntó Erika y se aproximó a ella.

Frida se apartó al punto, como si no soportara su cercanía. Luego balbuceó una disculpa. Su comportamiento empezaba a ser errático.

—Quería saber cómo estabas, Mikel. Nos has dado un susto tremendo, temimos que no volvieras.

—Me encuentro muy bien, Frida. No te preocupes, todo ha quedado en eso, en un susto.

—Dicen Johan y Brede que no había nada en San Peter para reparar los generadores. —Las luces del techo parpadearon justo entonces, y Frida se distrajo un instante—. Ayer se fue la luz varias veces.

—Siéntate, Frida —le ofreció Erika—, estábamos hablando de eso precisamente.

Frida rehusó su invitación y retrocedió un paso.

—Ojalá las cosas fueran distintas, ojalá, porque entonces yo podría..., debería... —Se frotó la frente con los dedos sin encontrar las palabras.

Mikel captó sus intentos desesperados por hablar. No había ido allí para interesarse por su salud, sino porque había algo que necesitaba decirles. A juzgar por lo asustada que estaba, debía de haberle costado un gran esfuerzo decidirse, sobre todo si Thorensen la había presionado para que mantuviera la boca cerrada.

—Y Halvard... No soporto pensar que perderemos a otro compañero.

—Frida, estás entre amigos —le aseguró Mikel—. Quédate un rato —dijo entonces despreocupadamente. Se estiró fingiendo naturalidad—. Me apetece un café, ¿queréis uno?

—Iré a buscarlo —se ofreció Erika.

—¡No! Gracias, pero no. —De pronto Frida se quedó muy quieta, como perdida—. No debería estar aquí. —Se llevó una mano temblona a la frente—. ¿Qué hago aquí? Lo siento, disculpadme, es mejor que me vaya. No debería haber venido. Quería decirte que me alegro de que estés de vuelta, Mikel.

—Frida, espera.

La geóloga retrocedió y se escabulló por el pasillo. La luz de su linterna se perdió en la oscuridad y pronto dejaron de oír sus pasos.

16

Tras la extraña visita de Frida, a Mikel le quedó la amarga sensación de estar siendo absorbidos por la fuerza centrífuga de un sumidero de proporciones descomunales. Si estuvieran en otra parte, en Noruega, donde Erika contaba con la autoridad que la agencia le confería y con los profesionales con los que habitualmente trabajaba, sin duda habrían avanzado mucho más. Desde luego, Erika actuaría con autoridad con respecto al personal de Nytt Håp. Y Frida no se habría marchado así, sino que la habrían detenido y le habrían tomado declaración. Nils, Gunnar, Einar, todos habrían pasado ya por un interrogatorio exhaustivo. Incluso Thorensen.

Sin embargo, se hallaban en una base científica perdida en la Antártida, incomunicados, a merced del capricho de un militar que tenía a sus subordinados sometidos bajo su mando de hierro y que llevaba las riendas de la investigación. Hacia dónde, cada vez le costaba más comprenderlo.

Si algo odiaba era que jugaran con él.

No controlaban nada y no estaban en posición de forzar las cosas. Todo lo que hacían era por la puerta trasera, y hasta el momento Thorensen había boicoteado su trabajo adelantándose a sus movimientos.

Nadie iba a hablar.

O tal vez sí, pero debían dejar que acudieran a ellos.

Por eso decidieron pasar el resto del día fingiendo colaborar con el comandante, esperando su oportunidad aquella noche. Thorensen continuó su extraño juego. Empeñó todos sus esfuerzos en preservar el generador auxiliar de un posible sabotaje, esgrimiendo la amenaza que suponía quedarse sin energía como excusa para explicar su falta de interés en localizar a su mano derecha, Halvard Linnes. Argumentó que si no habían encontrado a Ragnar y Björg, tampoco esta vez conseguirían dar con su paradero. Tras mucho debatir con sus ingenieros, al fin habían decidido que debían sacar el generador del edificio auxiliar donde estaba instalado y trasladarlo a la base, donde volverían a conectarlo. Escogieron uno de los laboratorios como el lugar idóneo donde volver a montarlo, pues era el punto por donde los cables principales con que abastecía a la base de energía llegaban desde el exterior. Allí podrían tenerlo bajo vigilancia constante e impedir el temido sabotaje sin tener que exponerse a la intemperie. A Mikel aquello no le pareció mal. Por una vez hacían algo con sentido, y deseó que tuvieran éxito.

Los dos ingenieros se pusieron manos a la obra enseguida, lo que supuso cortar la luz durante unas cuantas horas y condenar al personal a pasar todo ese tiempo reunido en el comedor a la luz de la única lámpara de gas de que disponían y abrigados para soportar el ambiente helador.

Mikel y Erika tuvieron que tragar y permanecer también allí. Thorensen afirmó que su presencia, como policías que eran, tranquilizaría los ánimos. Lo que en realidad quería decir era que prefería tenerlos bajo control, encerrados con los demás.

Así, mientras los ingenieros se esforzaban por proteger su única fuente de energía, se vieron obligados a esperar mano sobre mano en el comedor, rumiando su complicada situación. Si pretendían llevar a buen puerto sus planes, era mejor disimular. Si Thorensen llegaba a descubrir sus movimientos, se las arreglaría para hacer que pasaran el resto del tiempo encerrados en su dormitorio. Y por supuesto, en cuanto la meteorología lo permitiera, le faltaría tiempo para meterlos en un avión de vuelta a casa.

Eso no debía suceder.

Por eso aguantaron estoicamente las largas horas de encierro. Mikel dejó a su compañera y se deslizó junto a Nils. Tenía algo que hacer, algo de lo que no había hablado con ella, delicado y primordial si querían que su incursión nocturna al misterioso almacén nuevo tuviese éxito.

Erika lo miró con curiosidad, consciente de que tramaba algo. Consultó el reloj con pesimismo, estaba a punto de ponerse a tiritar. Acabó poniéndose la capucha del chaquetón y los guantes. Por suerte, Od disponía de una pequeña cocina de gas auxiliar, lo que le permitió preparar una deliciosa y contundente sopa caliente. El olor se extendió por el comedor como un bálsamo redentor, lo que contribuyó a templar los ánimos. El papel de Od para superar aquel día largo y difícil fue primordial, porque los ingenieros tardaron más de la cuenta en volver a poner el generador en marcha. No lo lograron hasta las ocho de la tarde.

Cuando el reloj marcaba las siete y cincuenta y cuatro minutos, se oyó un chasquido, luego un zumbido, y de pronto la luz regresó, para júbilo del personal. Hubo vítores, risas y abrazos. Al poco Thorensen apareció en la puerta y anunció que todo estaba en orden. Pronto volverían a tener calefacción y Johan y Brede se turnarían para vigilar el generador.

Mikel se reunió con Erika y sonrió de medio lado.

Después de cenar fingieron retirarse a dormir. Lo cierto era que los dos necesitaban descansar y hubieran dado lo que fuera por pasar en la cama unas cuantas horas, pero no estaban dispuestos a retrasar su plan. Sería aquella noche o nunca. Se prepararon a conciencia para salir. Mikel palpó con la mano en el bolsillo interior de su chaquetón polar, asegurándose de llevar consigo lo que necesitaban. Lo rozó con los dedos, satisfecho de su habilidad como ladrón. Había sido delicado conseguirlo, pero, después de todo, aquella larga jornada encerrados en el comedor había sido útil, le había proporcionado mucho mucho tiempo, y Nils ni siquiera se había percatado de lo que pasaba mientras se sentaba a su lado. Erika tampoco se había dado cuenta de lo que se proponía.

Mientras se aseguraba de que su preciado botín seguía donde lo había dejado, sus dedos tropezaron con algo más enterrado al fondo del mismo bolsillo, algo que había olvidado que llevaba encima. No le hizo falta sacarlo para saber de qué se trataba: el último informe oncológico. Ni siquiera entendía por qué lo había llevado consigo a la Antártida, ahora le parecía masoquista. Lo arrugó con rabia y lo enterró aún más dentro de su abrigo, decidido a no pensar en ello en un momento tan delicado.

Cuando dio la una de la madrugada, se dispusieron a abandonar la base. Mikel se asomó al pasillo, seguro de que encontrarían vía libre. Thorensen ya no se molestaba en disimular que no le preocupaba tanto la seguridad de su gente como la del generador: las guardias nocturnas eran para preservarlo. Nils era quien, junto con Od, debía ocuparse de proteger a sus compañeros. Aprovecharían el cambio de turno para escabullirse.

Salieron como sombras furtivas en el momento justo en que suponían que Nils estaría dirigiéndose a su dormitorio con Molly para despertar a Od. Disponían de unos pocos minutos antes de que el cocinero empezara su turno. No vieron rastro ni de uno ni de otro. Guiándose por la luz de sus linternas, buscaron la salida de la base. La puerta principal se deslizó con aquel leve siseo característico, y de inmediato, como cada día desde que llegaran, los azotó el despiadado invierno polar. Mikel fue delante y Erika lo siguió, suponiendo que irían en primer lugar a alguno de los edificios auxiliares en busca de algo con que romper la cadena que cerraba el almacén. Agarrados a la cuerda de seguridad, iniciaron el recorrido.

Erika no se dio cuenta de dónde estaba hasta que Mikel se detuvo y chocó con él. Levantó los ojos y estudió el edificio que tenían delante. ¡Era el nuevo almacén! Habían luchado tanto contra los elementos, zarandeados por el viento y la nieve, que no se había percatado de las intenciones de Mikel. Lo miró inquisitiva. No parecía que se hubiera equivocado, muy al contrario, su expresión era resuelta. Había cogido la gruesa cadena, trabados sus dos extremos con el nuevo candado. Se volvió hacia ella. Erika aguardaba, inmóvil, sin comprender. ¿Cómo pensaba romperla?

—¡Deberíamos ir a buscar una cizalla! —gritó para hacerse oír por encima del viento.

Él negó con la cabeza. Entonces Erika descubrió otro inconveniente que hizo que su preocupación aumentara: además de la cadena y del candado, una potente cerradura reforzaba la seguridad del portón. Podría reventarla con su pistola, pero, aunque era improbable que el disparo se oyera por encima de la tormenta, correría un gran riesgo. A Mikel no parecía preocuparle nada de todo aquello. Para su sorpresa, sacó del bolsillo de su chaquetón polar dos llaves nuevas. No eran metálicas, no brillaban, más bien parecían de plástico o resina. Cabeceó asombrada.

—¡¿Cómo las has conseguido?!

—¡Hoy, mientras esperábamos, le he sisado las originales a Nils y he hecho copias!

—Pero ¿cómo?

—¡Tengo un cacharro que hace copias! —Erika no daba crédito.

Mikel cogió una de las dos llaves y probó a abrir el candado. No funcionó. Usó la otra, con cuidado de no romperla, la giró, y entonces sí se abrió. De inmediato retiró los extremos de la cadena y se guardó el candado en el bolsillo.

—¡Es mejor así! —explicó—. ¡Nos permitirá entrar más veces si no se dan cuenta de que hemos estado aquí!

Tenía razón. Erika lo reconoció un tanto molesta, por una parte, por no haber previsto algo tan evidente, y, por otra, porque Mikel no le hubiera explicado nada sobre ese cacharro duplicador de llaves. Se quedó embobada ante los dos extremos de la cadena bailando a merced del viento racheado que corría desde el norte barriendo la base. Cuando volvieran a la seguridad del interior, lo dejarían todo como estaba y Thorensen nunca sabría que habían estado husmeando.

Siguiente obstáculo: la cerradura.

Mikel cogió la segunda llave y la probó. Cedió enseguida. El portón estaba abierto.

Erika invitó a Mikel a hacer los honores, ya que había sido quien había resuelto el problema, y él no se hizo de rogar. Empujó el portón con el hombro y las dos hojas se desplazaron hacia el interior con suavidad. Antes de traspasar el umbral, debían asegurarse de que no corrían peligro. Pasearon el haz de sus linternas por el interior, oscuro como un abismo insondable, sin dar un paso adelante.

Parecía vacío.

Era enorme, ¿para qué un espacio tan grande si no iban a almacenar nada en él?

Allí no había material de montaña ni ninguna otra cosa. Además, el edificio parecía haber sido construido de una pieza en otra parte y trasladado allí, a juzgar por la estructura semiesférica, que era perfecta, sin aparentes ensamblajes, y se apoyaba directamente sobre el terreno cubierto de nieve, como si alguien hubiera cortado una pelota de golf gigante por la mitad y hubiera depositado una parte boca abajo en el suelo. Mikel no le encontraba sentido al esfuerzo de Thorensen por impedir el paso a una instalación vacía. Cadenas, cerraduras, para proteger... nada.

Erika, envalentonada por la aparente ausencia de peligro, pasó al interior. Mikel la imitó y cerró el portón para dejar fuera el castigo del viento y disfrutar de una relativa calma mientras estuvieran allí. Y también por si alguien más merodeaba fuera de la base, no quería que alguien notara que estaban husmeando donde no debían.

Una columna de metal de un metro y medio de diámetro sostenía la estructura en el centro, asentada sobre una base de metal mucho más grande, de unos cuatro metros de diámetro. Erika subió a la plataforma, de apenas diez centímetros de altura, se quitó los guantes y acarició la superficie pulida de la columna mientras la rodeaba. Era muy inusual: demasiado ancha para ser un pilar, demasiado futurista. Nunca había visto una estructura con forma de iglú de aquel tamaño que necesitara esa clase de refuerzo. Sus dedos notaron una irregularidad.

—Aquí hay algo.

Dirigió la linterna hacia el punto donde sus sensibles dedos habían percibido un cambio en la pulida superficie de metal. Mikel también lo alumbró. Entonces adivinaron, más que vieron, el contorno de una puerta rectangular cuyas ranuras apenas eran perceptibles. Comprendieron que estaban ante una especie de cabina circular, como un futurista tubo redondo vertical, que iba desde el techo hasta el suelo. Parecía una cápsula espacial. La estudiaron al milímetro, buscando una cerradura, un modo de abrirla. No la había, y aquellos finos resquicios no ofrecían el menor espacio donde introducir una palanca para forzar la puerta.

De repente un panel se iluminó a un costado, respondiendo al contacto de la mano de Erika.

—Es un cierre electrónico —murmuró Mikel, y su expresión, iluminada por lo que estaban descubriendo, se ensombreció de pronto.

—¿Qué pasa?

—No vamos a poder abrirlo.

—¿Por qué tantas medidas de seguridad? ¿Qué guardan ahí dentro?

—Es como una caja fuerte.

Mikel también se quitó los guantes y acercó la mano a la pantalla táctil. No tenía bordes, formaba parte de la propia superficie, un cuadrado luminoso de unos veinte centímetros de ancho por quince de alto muy bien integrado en ella. De pronto un texto apareció en letras verdes sobre un fondo negro: APROXIME SU ACREDITACIÓN.

—Ahí lo tienes. Eso es lo que tenemos que buscar, un permiso electrónico.

—No puedo creerlo, ¿otra vez nos quedamos a medias? —gimió Erika. Estaba visiblemente frustrada.

Mikel apartó la mano y el texto desapareció. La pantalla volvió a brillar con un tenue resplandor azul. Luego se apagó.

—No he visto nada parecido a un permiso electrónico en el despacho de Thorensen —se lamentó Erika—, ni en su caja fuerte.

Aquello iba a frustrar sus planes definitivamente. La decepción creció en sus rostros.

—Puede que lo lleve siempre encima —sugirió Mikel.

—Seguramente. Y eso es malo, muy malo.

—Bueno, dudo que sea el único que lo tenga.

—¿Quién más?, ¿Halvard? Te recuerdo que se ha largado y ya hemos registrado cada rincón de esta base.

—Si alguien más lo tiene, lo llevará encima. Ha de ser algo así como una tarjeta.

—Aunque averigüemos quién tiene una de esas tarjetas, esta vez me temo que no vas a poder usar tu cacharro para hacer copias. ¿Cómo vamos a quitársela sin que se dé cuenta? Veamos, ¿quién podría tener una?

—Johan y Brede —sugirió Mikel.

Erika meneó la cabeza con impaciencia. Acercarse a esos dos iba a ser imposible.

—¿Y Nils?

—Es factible. Déjame que lo madure, a ver qué se me ocurre. Míralo como un obstáculo más. Hemos superado los anteriores, este también. Te lo prometo.

Mikel lo dijo con tanta confianza que Erika se calmó. Consultó su reloj. En una hora Od iría a despertar a Nils para su segunda guardia. Habían tenido suerte de no toparselos, lo que le hizo reflexionar sobre lo fácil que resultaba moverse por la base eludiendo la vigilancia. En cualquier caso, había llegado la hora de volver y fingir que habían pasado la noche durmiendo.

—¿Frida? —Synne se sentó en la cama, arrebatada al sueño.

Aquella noche no había tomado su somnífero porque presentía que algo iba a ocurrir. La había sentido moverse, aunque no acertaba a decir si Frida seguía en su cama o no. Sus ojos no podían atravesar la oscuridad, alrededor todo era un insondable abismo negro. Se quedó muy quieta, atenta, escrutando las tinieblas en que se hallaba envuelta. Las agujas fosforescentes del reloj en la mesilla de Gunnar marcaban las cinco de la mañana.

De pronto algo se movió a pocos metros de ella. Se volvió sobresaltada, temiendo lo que no podía ver, hasta que comprendió que era Gunnar. Se había dado la vuelta en su cama. Al poco se oyó su respiración. Eso debería tranquilizarla, pero Synne se echó a temblar sin saber al principio por qué. Algo visceral despertó sus instintos más primarios, algo como una garra estrangulando sus cuerdas vocales.

Entonces presintió que había alguien más en el módulo habitacional. Intentó recordar si habían olvidado dejar el pestillo echado.

Alargó la mano, tanteando en las sombras, se inclinó y palpó el suelo, a los pies de su cama. Sus dedos rozaron la linterna. La había dejado ahí al acostarse, a mano, por si la necesitaba. Se estiró un poco y logró asirla. Volvió a su posición con la linterna apuntando hacia arriba. No se atrevía a encenderla.

Porque de verdad había alguien más allí.

El asesino.

El sudor le cubrió el rostro, una pátina de humedad pegajosa; se le secaron los labios y se le cerró la garganta. Podía percibirlo. Estaba ahí, en la oscuridad. Sus sentidos estaban muy despiertos, sensibles. Notó un leve roce cerca, algo que se deslizaba, muy sutil. Luego una inhalación contenida.

Imposible, ella misma había echado el pestillo, recordó; nadie podía entrar.

Salvo que Frida hubiese salido y hubiese dejado la puerta abierta.

Y entonces encendió la linterna.

Empezó a jadear. Enseguida barrió la habitación con su luz brillante, un foco estrecho y alargado que le permitía ver fragmentos del dormitorio encerrados en un círculo de luz. Gunnar descansaba en su cama, tendido boca abajo, dormido. Desplazó el foco y buscó a Frida.

Su cama estaba vacía. La geóloga había salido.

Algo en el hueco que debería haber ocupado Frida le resultó hiriente, no sabía por qué. Al poco se arrepintió de albergar semejantes sentimientos, cuando cabía la posibilidad de que se la hubieran llevado, como a los otros. Asustada, desplazó la luz hacia la cama de Einar.

No llegó a iluminarla, porque la linterna le desveló algo en la oscuridad antes de alcanzar a su compañero de habitación.

Estaba de pie en medio de la estancia, mirándola.

No podía verle la cara.

No gritó.

Permaneció muda y fría, manteniendo la luz fija en esa figura que parecía llenarlo todo con su presencia. Espantada, lo vio levantar la mano y llevarse el dedo índice a los labios en un gesto inequívoco.

A los pies de la cama de Nils, Molly levantó la cabeza de forma repentina. Olfateó el aire, las orejas erguidas, atenta a lo que ocultaba la oscuridad. Su instinto le advertía del peligro. El brazo de Nils se había deslizado por el borde del colchón y colgaba inerte a su lado, rozando su lomo. La perra olisqueó y lamió los dedos de su mano. No logró despertarlo. Od dormía profundamente, roncando en su cama. Se volvió de nuevo, alerta. Lloriqueó. Quiso levantarse, pero estaba atada, como siempre. Levantó los belfos y mostró los colmillos gruñendo a la oscuridad.

—Molly, échate.

La voz de su dueño, gutural, lenta, la voz propia de alguien que duerme, resonó una sola vez, y Molly se tumbó obediente. Se relamió el hocico, nada conforme con esa orden. Ella sabía. Se mantuvo alerta escudriñando, olfateando, sabiendo.

Entonces algo penetró en el dormitorio flotando. Simplemente atravesó la puerta. Molly volvió a sacar los dientes, pero no intentó moverse. Una masa etérea sin forma refulgía en la oscuridad, como si mil suaves chispas de una fría luz azulada emitieran pulsos luminiscentes en su interior, igual que las estrellas en el cielo. Se acercó a la perra sin llegar a tocarla y se quedó ante ella. Molly agachó las orejas y gimió asustada.

Mientras tanto, Nils continuaba sumido en un profundo sueño. La perra siguió con los ojos el desplazamiento de aquella forma evanescente sin dejar de gruñir. La vio flotar hasta colocarse encima de su dueño, a apenas unos centímetros de su cara. Nils no reaccionó. El vello de su cuerpo y su cabello se erizaron atraídos por la carga eléctrica que desprendía. Su piel, iluminada por el resplandor que emitía su visitante, se veía azulada. El ser observó un buen rato al guía noruego, luego se meció por el dormitorio, deteniéndose aquí y allá. Al fin se dirigió a la puerta y la atravesó, desapareciendo igual que había llegado. Todo quedó a oscuras.

Frida esperó a que la espalda de Mikel desapareciera pasillo adelante en pos de Erika, y aún un poco más, hasta que dejó de ver sus luces y de oír sus pasos. Erika y Mikel habían estado en el exterior. Apenas lograba sostener la linterna entre sus dedos sin que se le resbalara. Miró con auténtico pavor hacia las sombras temiendo descubrir a alguien más en la oscuridad. Encendió la linterna y reanudó su corto trayecto hacia la enfermería. Poco le importaba lo que estuvieran haciendo esos dos correteando a escondidas fuera de la base, su intención era recuperar algo. Eso era lo que tanto la asustaba. No tenía que temer encontrarse con Nils patrullando con Molly por los pasillos. Tampoco Od haría guardia aquella noche, ya se había ocupado de ello. Estaban fuera de juego. Una mueca torcida rompió su rostro enjuto. Cuando hubiera conseguido lo que necesitaba, se lo haría llegar a Mikel para que pudiera comprender. Sería un modo de hablar sin traicionar a nadie.

No. Aquello era una traición.

Ah, pero después ya no importaría.

Trotó con sus flacas piernas de alambre, la luz danzando alocadamente de las paredes al techo, del techo al suelo. Sus jadeos resonaban en el silencio, roto a veces por aquellos chirridos estrambóticos que recorrían los pasillos de vez en cuando. En más de una ocasión creyó que algo se movía a su espalda. Se giraba entonces, veloz, y alumbraba las sombras.

Estaba sola.

Sola.

Sola.

Y observada. Se sabía observada, se sabía presa. Ella era el conejo, caería en la trampa, tarde o temprano. Y entonces su cuerpo aparecería mutilado y sin sangre en algún rincón.

Pero no esa noche.

Se detuvo ante la puerta precintada de la enfermería.

Trató de acompasar los latidos de su corazón alborotado a su respiración. Abrió la puerta y empujó. La cinta que la sellaba se rasgó. No importaba. Frida se coló y cerró.

Cruzó el módulo, dispuesta a pasar por delante de los cadáveres de Ragnar y su colega Björg sin mirar. No pudo, algo más fuerte que ella la obligó a detenerse a su lado, algo que la impulsó a levantar la mano en el aire. La dejó suspendida sobre la sábana que cubría el cuerpo sin vida de Ragnar. Frida era como una marioneta cuyos hilos manejan en la sombra. Agarró la sábana y la retiró.

Ragnar, muerto, seccionado en dos.

Miró su mitad derecha, luego su mitad izquierda. Estaban juntas, muy cerca la una de la otra, como queriendo simular que aún eran una sola cosa. No lo eran. Sus cuencas vacías se hundían en esa cabeza cortada. Frida se tragó el grito que pugnaba por brotar de su garganta. Si lo dejaba salir, no se extinguiría jamás.

Dejó caer la sábana y se apartó. No, ella no acabaría así. Ni hablar.

Le dio la espalda al cadáver y fue sin dudar hasta un rincón. Se agachó bajo la mesa donde Synne tenía su ordenador y buscó con la linterna la rejilla de ventilación en la pared. No necesitaba desatornillarla, sabía que estaba abierta. La retiró con sus manos largas de dedos finos y temblorosos, y la dejó en el suelo. Un hueco cuadrado quedó a la vista. Metió el brazo hasta el fondo y palpó, musitando oraciones entre dientes para que lo que buscaba aún estuviera allí. Synne no lo habría movido de sitio, nadie más habría ido a buscarlo, ¿no se suponía que lo había destruido?

«Ah, Synne, ¿a qué juegas?».

Entonces sus sensibles dedos rozaron una superficie suave. Allí estaba, un recipiente cuadrado de plástico transparente, uno de los que utilizaban para guardar las muestras que traían del exterior. Lo agarró y tiró de él, arrastrándolo para sacarlo del conducto de ventilación. Pesaba, pesaba bastante. Cuando al fin lo tuvo consigo, lo depositó en su regazo. Estaba precintado. Comprobó su contenido.

No comprendía por qué Synne no lo había hecho desaparecer. Contempló hechizada lo que la doctora había sacado de las tripas de Björg. ¡Agradecía mucho sus escrúpulos!

Puso la rejilla en su lugar, se levantó, se colocó el recipiente bajo el brazo y abandonó la enfermería con sigilo, apagando la luz al salir. Trató de dejar la cinta sin que se notara que estaba rasgada.

Regresó a su dormitorio, segura de que hacía lo correcto.

«Pronto acabará todo —se dijo—. Ya queda menos, Frida. Ya está».

Echó el pestillo y alcanzó su cama. Gunnar dormía en la contigua, Einar roncaba al otro lado, boca arriba, Synne estaba de cara a la pared, su respiración era pausada. Estaban todos profundamente dormidos. Nadie la había visto salir ni entrar, para algo les había puesto somníferos en la cena. También a Nils y a Od. A todos salvo a Synne, ella ya los tomaba siempre.

Se puso de rodillas y deslizó el recipiente bajo su cama hasta tocar la pared. Luego se acostó, se tapó con el edredón hasta la coronilla y se encogió, buscando protegerse. Tenía la piel hipersensible, le parecía que notaría cualquier mínimo cambio en el dormitorio, que si unas manos trataban de llevársela lo sabría mucho antes. Después de todo, echar el pestillo no era suficiente, nada impedía a aquel asesino entrar en los dormitorios. Se lamentó como un animal herido. En su conciencia todo sería muy sencillo. Trató de animarse.

Tal vez debería hablar primero con Gunnar, explicarle lo que planeaba hacer, seguro que también querría participar, que tendría algo que decir.

Pero Gunnar ya no era el mismo. Había acuchillado a Einar. Ya no podía confiar en él. Y Einar no era de fiar.

«Estás sola, Frida. Hazlo y ya está».

17

Lo cogieron desprevenido nada más desayunar. Habían decidido no aplazarlo más, pasara lo que pasara. El comandante no esperaba que Mikel y Erika fueran a interrogarlo sobre Halvard Linnes. Cuando la agente le echó en cara sin ambages que había fingido su desaparición, se quedó callado. Se habían reunido en su despacho y él los había recibido sentado en su silla giratoria con un café delante, creyendo que habían pedido verlo para consultar algún detalle o hacerle alguna sugerencia. Y resultó que querían hablar de Halvard.

Le costaba creer que Erika Oblyakov supiera que Halvard se había marchado y que no lo habían raptado. La evaluó con curiosidad. ¿La había subestimado?

Erika aprovechó su desconcierto y le explicó cómo había descubierto la verdad.

Seguía de pie. Mikel también, los dos habían rehusado sentarse. Ella se inclinó hacia delante.

—Estoy deseando oír una explicación, Thorensen. Díganos ahora mismo a qué está jugando.

Thorensen soltó un bufido lleno de cinismo, y eso la encolerizó.

—¡¡No se ría de nosotros, comandante!! ¡Su hombre me atacó y luego se escabulló en medio de la ventisca con la bolsa que usted le entregó! ¡¿Cómo es que él tiene una moto de nieve con combustible?! ¡¿Adónde ha ido!? ¡¿Qué había en esa bolsa?!

Cruzado de brazos, Mikel escrutaba las reacciones de Thorensen. Este no se inmutó lo más mínimo. Echó azúcar a su café y lo removió con parsimonia. Incluso esbozó una sonrisa burlona que aún soliviantó más a Erika.

—Supongo que te das cuenta de la gravedad de los hechos. —Mikel intervino con calma—. Has dejado que la gente crea que raptaron a Halvard, has mentido sobre el combustible y has dejado que saliéramos de expedición a pie. ¡Yo casi pierdo la vida! Quiero saber por qué.

—¿Por qué? ¡Muy bien! —Thorensen se encaró a él—. ¡Sí! ¡Es cierto! ¡Halvard está vivo, ileso! —Abrió los brazos y torció la boca hacia abajo, como disculpándose a sí mismo por algo por lo que, según pretendía hacerles ver, no debía pedir disculpas. Luego dejó caer los brazos y habló en un tono desabrido dirigido en exclusiva a Erika—: Mi enhorabuena, agente Oblyakov, ¡acaba usted de destapar mi maquiavélico plan! Resulta que Halvard está en estos momentos recorriendo todas las bases y campamentos del entorno, uno por uno, jugándose la vida para localizar el sitio donde se esconde ese demente asesino que anda suelto. ¡Mire ahí fuera! ¡Ese hombre está en medio de esa puta ventisca porque yo se lo he pedido, y no parará hasta encontrarlo!

Mikel y Erika palidecieron.

—¿Es que te has vuelto loco? ¿No has visto lo que nos pasó a nosotros por intentar llegar a San Peter? ¡Halvard está solo ahí fuera! ¡Morirá!

—¡Halvard os da mil vueltas! ¡Confío cien veces más en él que en cualquiera de vosotros! Obedece órdenes, mis órdenes, es un soldado, es leal, y no permitiré que su honor sea puesto en entredicho. ¡Lleva una moto de nieve porque tengo una reserva de combustible escondida! ¡Y, desde luego, seguirá escondida, porque no pienso permitir que nos la roben también! En cuanto a la bolsa que vio usted mientras jugaba a los espías, Oblyakov, ¡contenía víveres!

—Debiste contárnoslo —lamentó Mikel.

—Nadie lo sabe porque es mejor así. ¿Has olvidado que aún no sabemos si el asesino es uno de los nuestros?

—Podrías haber confiado en nosotros.

—No sin arriesgarme. Las paredes tienen oídos. —Thorensen miró alrededor con aprensión—. En cualquier caso, agente —se dirigió a Erika, en tono más calmado pero no exento de acritud—, no tengo por qué compartir con usted todo lo que hago ni por qué lo hago. Por si lo ha olvidado, yo estoy al mando de la investigación, y mientras usted y su acólito —señaló a Mikel con el dedo— dan palos de ciego, yo intento atrapar al responsable de la muerte de mi gente antes de que no podamos contarlo.

—Halvard está arriesgando la vida por algo cuyas probabilidades de ser cierto son nulas —rugió Erika—. El asesino no está en el exterior. Es imposible, y usted lo sabe.

—¿Y dónde está entonces? —se mofó Thorensen.

Erika solo sabía que el comandante no decía toda la verdad. Pensó en esa extraña caja fuerte futurista en el almacén nuevo.

—Déjeme hacer mi trabajo, agente Oblyakov. Agradezco sus consejos y su presencia aquí —de pronto el tono del comandante fue amable, y eso hizo que sus palabras se clavaran más profundamente en el corazón de Erika—, pero conozco a mi gente, conozco esta base, y le aseguro que sé mejor que usted qué hacer.

—No tienes derecho a hablarle así —dijo Mikel con enojo—. Erika es una muy buena profesional, deberías tener en cuenta su opinión.

—Mikel, cuando quiera tu consejo te lo pediré. No pienso tolerar que ella ponga en entredicho mis decisiones. Ahora, por favor, tengo cosas que hacer.

En cuanto salieron, Erika se dejó caer contra la pared acolchada del pasillo, sin importarle si permanecían a oscuras. Mikel encendió la linterna y buscó su expresión. Erika mostraba un aire taciturno de desconcierto e incredulidad.

—¿Cómo puede mentir con tanta desfachatez? —musitó. Se sentía abochornada. No había creído ni por un momento que Halvard estuviese arriesgando su vida para localizar la guarida del asesino.

—Me gustaría saber qué está haciendo ahí fuera.

—Y a mí —suspiró Erika. Sacudió la cabeza. Estuvo meditando unos instantes—. ¿Crees que hay algún otro campamento o base en los alrededores que desconocemos?

—No lo sé —reconoció Mikel—. ¿Sugieres que es lo que ha ido a comprobar Halvard?

—Ya no sé qué pensar.

Mikel lo dudaba. Le sorprendería mucho que Halvard, que sabía tanto como Nils o él mismo sobre supervivencia, hubiera accedido a exponerse así persiguiendo fantasmas en el desierto. No, su objetivo debía de ser otro.

—Olvidémonos de Halvard por ahora y centrémonos en esa cabina. Tenemos que hacernos con la forma de abrirla cuanto antes.

Desde que muriera Björg, apenas tenían nada que hacer. Su labor habitual en la base había sido relegada a un segundo plano, más aún desde que, debido a las restricciones de energía, no podían seguir usando los laboratorios. Todo lo que hacían era esperar. Esperar a que alguien más desapareciera, esperar a que alguien más muriera. Gunnar echaba de menos trabajar, seguir investigando, enfrascarse en sus muestras, poder intercambiar información con sus colegas de todo el mundo. Lo estaban perdiendo todo, incluso la cordura. Ya nadie confiaba en nadie, y las horas se le acumulaban formando un denso lodo en torno a su mente y su corazón. Soñaba a menudo que volvía a tener a su pequeña en brazos, que su mujer aún lo amaba, que las dos lo esperaban en casa. Luego despertaba y la realidad lo atosigaba. Si pudiera llamar a Jara, hablar con ella y explicarle lo mucho que lo sentía...

Para sofocar los remordimientos, la añoranza y el miedo, acudía regularmente a la biblioteca, donde trataba de distraerse leyendo.

Distraerse de lo que estaba pasando.

De lo que sabía de Einar.

Cogía un libro, procuraba leer, pero era en vano, su mente se negaba a pensar en otra cosa y se pasaba las horas muertas atascado en la misma página. Synne le había recetado calmantes para la ansiedad, pero estos adormecerían sus sentidos. No quería tomarlos. Se frotó las sienes con los dedos. Aquella mañana se había levantado especialmente espeso. Había dormido mejor que nunca desde que todo empezara, qué extraño. Sacudió la cabeza, si cedía y buscaba refugio en los tranquilizantes, temía no darse cuenta si Einar volvía a salir por la noche; temía que, si el asesino iba a por él, no despertaría. No, no quería tomar pastillas para dormir.

Dejó el último libro que había cogido de la biblioteca en su lugar y regresó al comedor. Cavilaba inmerso en su desgracia, ajeno a lo que sucedía alrededor. Había quien se distraía con más éxito que él. Johan y Brede, por ejemplo, estaban ocupadísimos turnándose para proteger el generador auxiliar. En cuanto a Nils, había amanecido preocupado por haberse dormido cuando debería haber estado haciendo guardia. Od, quien debería haberlo apoyado, también había sucumbido al sueño. De vez en cuando ambos cruzaban miradas agobiadas de culpabilidad. Si algo hubiera sucedido esa noche... En cuanto a Einar, Gunnar prefirió no pensar en él, porque cuando lo hacía una sorda rabia le arañaba las entrañas. No podía olvidar lo que había visto. No se lo había contado a nadie, no quería hablar de ello.

Se mordió el labio. No, no podía.

Mikel y Erika regresaron de su reunión con Thorensen, y Gunnar adivinó en sus semblantes que había ido mal. Synne, que conversaba con Od junto a la puerta de acceso a la cocina, también se apercibió. Se volvió a medias hacia él y Gunnar desvió la vista para que no advirtiese lo que pensaba.

Entonces Frida se le acercó. Estaba más tensa de lo habitual. Sus manos se agitaban sin fin, aquejadas de un convulso temblor. Se veían más huesudas que nunca. Gunnar repasó su fisonomía angulosa, sus pómulos prominentes, la forma en que las cuencas de sus ojos parecían querer meterse en su cráneo y desaparecer. Esos ojos eran dos boyas cuya luz se va ahogando en un mar de indefensión. Y aquel pelo hirsuto que flotaba enredado en torno a su cabeza desbarataba su expresión de terror, exponiendo también tristeza y culpa. La misma tristeza y la misma culpa que lo corroían a él.

Era Frida y no lo era.

Aquella otra Frida se sentó a su lado y guardó silencio.

Pero hablaba sin cesar.

Hablaba callando, y lo hacía elocuentemente. Su monólogo resultaba duro. A Gunnar le desquiciaba que hiciera eso, y últimamente lo hacía muy a menudo. Sentarse a su lado y no hablar, y sin embargo gritarle al oído lo que los dos sabían.

No lo soportaba. Decidió buscar otro rincón donde seguir rumiando en soledad. Ella lo agarró con una garra huesuda. Sus dedos se cerraron en torno a su muñeca con inusitada fuerza.

—Siéntate, Gunnar —rumió con voz áspera, en noruego.

Y Gunnar se sentó. Tampoco es que tuviera muchos lugares adonde huir. Frida liberó su muñeca y él se rascó la mata de pelo negro que coronaba su cabeza.

—Tienes que ayudarme —musitó Frida, la voz pastosa—. He pensado en algo que...

Se debatía en una lucha feroz consigo misma. Se había prometido no hablar de su secreto con nadie, pero se sentía tan desvalida, tan sola, tan incapaz.

El biólogo no se movió. Cerró los oídos. Prefería el monólogo silencioso antes que dejar que aquella voz raspara sus oídos hasta llegarle al cerebro, de donde no lograría sacarla más. Frida redobló su perorata, presa de una malsana obsesión. Su mente estaba dividida. Una parte se centraba en el recipiente oculto bajo su cama y la otra en suplicar protección.

«No debes hablarle de eso a Gunnar. ¡No lo hagas!».

Frida gimió. Un lamento tan inhumano que Gunnar se estremeció.

—Gunnar, estoy, estoy... Me estoy volviendo loca, esto es una cárcel. ¿Adónde vamos a ir? ¡No podemos escapar de él!

—Calla —ordenó Gunnar entre dientes. Se volvió imperceptiblemente hacia ella.

Frida se rio sin humor. Algunas lágrimas rodaron por sus pómulos huesudos. No había esperanza en ella.

«Todos estamos enloqueciendo», se dijo Gunnar.

Allí estaban, como dos pirados conspirando en un rincón. Distinguió a Einar, su figura enjuta, los labios rojos apretados en una fina línea de contención, el escaso pelo ralo despeinado. Al ver que Gunnar estaba atento a sus movimientos, hizo amago de acercarse, pero la muda advertencia con que su antiguo amigo lo acribilló lo hizo retroceder. Cambió de dirección y se reunió con Od y Synne. Las manos de Gunnar se cerraron en un puño sobre la mesa, crispadas. Se le pusieron los nudillos blancos. A su lado, Frida reanudó su diatriba paranoica. Murmuraba, lloriqueaba, y esos gemidos que de vez en cuando se le escapaban, como chirridos, penetraban en sus oídos como un sonsonete insoportable, martilleando en su interior. Empezó a dolerle la cabeza.

—¡Basta! —no gritó, lo dijo entre dientes, con brusquedad. Frida calló de forma repentina, pálida, amoratada la piel como si ya estuviera muerta—. Basta, Frida. Tú no eres la única que sufre, no eres la única que tiene miedo, y no tienes ni idea... —Se contuvo, consciente de que había estado a punto de hablar de más. Se perdió por un instante en esas dos boyas azules que se hundían en el semblante de la geóloga; se mantenían a flote en sus cuencas a duras penas, en medio de un abismo insondable de oscuridad. La lástima se impuso sobre sus otras emociones. Tal vez por eso dijo lo que dijo. Después se arrepintió—. Deberías temerle más a él.

Señaló a Einar, que continuaba junto a Od y Synne, como un parásito, inmóvil.

—Einar, ¿por qué debería temerle a él?

Gunnar abandonó su silla repentinamente y buscó alejarse de ella. Estaba hablando demasiado. La geóloga no se dio cuenta. Distraída, sopesó lo que acababa de escuchar sin apartar su atención de Einar. Pequeño como era, parecía haber encogido. Más aún al lado de Od, que era muy alto. Constantemente vigilaba alrededor. Vio cómo Synne le ponía una mano tranquilizadora en el hombro y el pobre se sobresaltaba. El más leve roce lo alteraba.

«Cuidarme de Einar —murmuró Frida—. Cuidarme de él, cuidarme de todos».

Entonces se volvió y descubrió que Gunnar ya no estaba a su lado. Se quedó mirando la silla que había ocupado un instante antes, ahora vacía. La tensión acumulada se abatió sobre ella. Sus hombros se hundieron, se le desprendió la poca esperanza que albergaba y la escasa luz que aún brillaba en el fondo de su corazón se extinguió. Pensó en su marido, allá en Noruega, a tanta distancia que no lograba recordar esa vida a su lado. La mujer que había sido estaba muy lejos de la sombra vulnerable que era ahora. Trató de imaginar a sus tres hijos, ¿qué estarían haciendo en aquel momento? ¿Se acordarían de ella? ¿La echarían de menos? Suspiró, y una extraña calma descendió desde su mente abotargada hasta su estómago, y todo su cuerpo se relajó. Recordó que estaba felizmente casada con un profesor de universidad, que era madre, además de una brillante bióloga, y que lo había dado todo por lo que hacían allí, en la Antártida. Había tenido sus razones para actuar como lo había hecho. Decidió que no tenía por qué acabar como Björg y Ragnar. Decidió que era dueña de su destino, y que su familia se merecía que escapara a esa clase de final que la aguardaba en las sombras. Y decidió, por último, que ese secreto oculto bajo su cama la redimiría.

«Sola, lo haré yo sola».

Entonces sacó del bolsillo de su chaquetón el cuaderno de notas que siempre llevaba consigo y una estilográfica. Arrancó una hoja y la puso sobre la mesa. Por primera vez en muchos días no le temblaba el pulso. Estaba convencida de lo que iba a hacer, había encontrado una salida. Eso le daba paz. Agradeció esa paz. Les dedicó a sus compañeros, reunidos junto a la puerta de la cocina, un gesto sereno. Gunnar había ido a sentarse al otro lado de la mesa y la ignoraba deliberadamente. Se centró en el trozo de papel que tenía delante y escribió una nota. La dobló con cuidado. Se llevó la mano al pecho, palpó por encima de su forro polar, dubitativa.

«Hazlo, Frida», se dijo.

Entonces metió la mano bajo el forro y se quitó la cinta azul que llevaba alrededor del cuello, de la cual colgaba un pequeño objeto. Lo puso con la nota y la dobló. Arrancó otra hoja e hizo un sobre con ella. Se levantó, fue hasta un armario donde sabía que había un rollo de celo y unas tijeras, lo cogió todo, cortó varios trozos de celo y pegó los bordes del sobre para cerrarlo. Metió dentro la nota junto con el objeto que se había quitado del cuello para que nadie pudiera leerla sin abrir el sobre primero.

Od sonreía mientras hablaba.

Lo escogió a él.

Confiaba en Od. De todos los que estaban allí, era el más honesto. Con él su nota estaría a salvo. No la abriría, no se la enseñaría a nadie.

«Debería haber pensado en él y no en Gunnar. Bueno, ya da lo mismo, ¿verdad? Valor, Frida».

Cruzó el comedor y se acercó al grupo, situándose junto al cocinero. Carraspeó para llamar su atención. Od advirtió su presencia y se apartó de los otros. Frida se lo llevó unos metros más allá, sin importarle la curiosidad con que Einar, Synne e incluso Gunnar la observaban.

—Necesito que me hagas un favor, Od —le dijo en noruego.

—Claro, lo que necesites.

—Ten. —Le entregó el sobre—. Necesito que le des esto a Mikel. Ahora no, luego, antes de cenar. Sí, antes de cenar estará bien.

Puso una mano en su antebrazo y buscó sus ojos. Od sostenía el sobre en la mano, intrigado.

—¿Por qué no se lo das tú misma?

—No lo leas, por favor, es personal.

—No se me ocurriría.

—Y no se lo enseñes a nadie.

—No, claro.

—Aunque te pregunten. —Señaló con la barbilla hacia la pareja que formaban Synne y Einar, y después hacia Gunnar, sentado a solas en la mesa.

—Por descontado. Pero ¿por qué no se lo das tú? —insistió Od.

Frida arrugó la frente, y Od no creyó oportuno incomodarla más de lo necesario, parecía tan frágil... Frida quería que le hiciera ese favor, un favor bien sencillo, y él no encontraba razones para negarse. Así que se guardó el sobre en el bolsillo del pantalón. Si Frida no tenía fuerzas para decirle lo que fuera a Mikel, él la respetaría.

—Se lo daré de tu parte cuando nos sentemos a cenar.

—Gracias. Eres una buena persona, Od. —Frida sonrió. Su boca se abrió en una mueca extraña que atravesó su demacrado rostro como un invasor alienígena.

Pues ya estaba hecho, el maldito secreto saldría a la luz. Ya podía descansar. Cuando Mikel viera lo que contenía el recipiente oculto bajo su cama, tal vez atara cabos y comprendiera. Confiaba en Mikel, era inteligente.

—Me voy a acostar —murmuró—, estoy muy cansada, ¿sabes? Por favor, que no me moleste nadie, ¿se lo dirás a los demás?

—Claro. Que descanses, Frida.

—Me hace falta, mucha falta dormir.

Se alejó despacio, arrastrando su cuerpo esquilmado mientras Od aún la observaba con aire pensativo. Cuando al fin desapareció por la puerta rumbo a los dormitorios, regresó junto a Synne y Einar. Lo interrogaron con la mirada, pero él se desentendió de su curiosidad y siguió hablando como si tal cosa, como si Frida nunca los hubiera interrumpido, como si no llevara en el pantalón el pequeño sobre para Mikel. Por supuesto que a Thorensen no le gustaría saber que Frida quería enviarle un mensaje. Un tanto incómodo, decidió que no iba a impedir que Frida le contara lo que fuera. Estaba harto de obedecer al comandante, estaba harto de ver morir a sus amigos.

—¿Frida se encuentra bien? —preguntó Synne en noruego.

—Está cansada, se va a acostar —repuso Od con absoluta calma.

Synne simuló que no se había dado cuenta de nada. Sin embargo, en su cabeza ya se abría un profundo abismo. Frida se había ausentado por la noche, no había estado en su cama. Recordó a su espantoso visitante nocturno, cómo se había llevado el dedo a los labios, y se estremeció ante lo que podía haber pasado. Había fingido dormir, y poco después Frida había regresado. Frida era frágil y la situación la estaba destrozando. Y hacía un momento la había visto escribiendo en un papel, fabricando un sobre y metiendo algo dentro. El bolsillo del pantalón de Od llamaba poderosamente su atención, anhelaba descubrir qué ocultaba en ese sobre. Y para quién era.

A partir de ese momento, ya no pudo pensar en otra cosa. Le daba vueltas y más vueltas a las expresiones de Frida mientras escribía la nota, a las que tenía cuando había hablado con Od, y cada vez estaba más segura de que la geóloga había tomado una decisión.

—Synne, ¿estás bien? —Od interrumpió lo que estaba pensando—. Estás pálida.

—No, estoy bien, tranquilo. Voy a tumbarme en un banco un rato.

En el rostro lánguido del cocinero no asomó el menor atisbo de recelo. A su lado, Einar, que seguía ausente, parpadeaba como un autómata. No se daba cuenta de nada, tan solo fingía escuchar. Synne simuló que echaba un sueñecito tendida en uno de los bancos corridos que había al fondo del comedor, donde desaparecía completamente de la vista, oculta tras la mesa. Esperó un poco y, cuando comprobó que ya nadie se fijaba en ella, se escabulló. Una vez en el pasillo, sus sospechas fueron creciendo en su imaginación, voraces, inasumibles. Encendió la linterna. Deslizó el cuchillo de luz de derecha a izquierda. Su aliento exhalaba vaho a causa de la baja temperatura.

«No puede ser —murmuró—. No puede saberlo».

Una amarga certeza iba cobrando fuerza en su fuero interno. Tenía que comprobarlo. Corrió hacia la enfermería. No podía creerlo. ¡Frida no!

Tenía que darse prisa, no debía pasar demasiado tiempo ausente.

«Espera, Synne, espera; aún no estás segura. Oh, vamos, ¿a quién tratas de engañar?».

Alcanzó la enfermería y entró. Encendió la luz. Fue directa al rincón bajo su mesa. La rejilla estaba en su lugar. Se arrodilló y gateó hasta ella. Con el corazón latiendo desbocado, alargó las manos y la sacó del conducto de ventilación. Luego se estiró y metió el brazo hasta el fondo. Palpó buscando el recipiente de muestras que escondió ahí. Sus dedos tantearon a ciegas.

Y no encontraron nada.

Se le escapó un jadeo. Retiró el brazo como si le hubiera mordido una serpiente.

Alumbró con la linterna el interior metálico y cuadrado, estiró el cuello, casi tumbada en el suelo, y miró. ¡Allí no había nada!

«¡Oh, Frida!, pero ¿qué has hecho?».

Furiosa, Synne colocó la rejilla en su lugar y abandonó la enfermería, dispuesta a poner fin al juego de la geóloga. Corrió por los pasillos linterna en mano sin preocuparse del peligro. Se detuvo ante la puerta de la habitación que compartía con ella. Estaba sin aliento. Apenas lograba contener la rabia y el temor ante la traición de su compañera. Así que por eso no estaba en su cama cuando... Escuchó con la oreja pegada a la puerta. No se oía nada.

Se acabó. Entraría y pondría punto y final a aquella locura. Obligaría a Frida a retroceder, la haría entrar en razón.

Recordó entonces el pestillo. Sin duda, Frida lo habría echado, ¡no podría entrar!

Probó a girar el picaporte y, para su sorpresa, la puerta

cedió. Ya dentro, vio que la geóloga estaba a punto de acostarse. Se volvió despacio, con fría calma, y esbozó una sonrisa tranquila.

—¿Qué has hecho, Frida? —Synne habló en noruego.

—Lo que tenía que hacer.

—No, ni hablar.

—No puedo más, Synne; no puedo vivir así. Y tú tampoco deberías.

Synne dio un paso hacia ella.

—¿Dónde la tienes? La caja. Dámela.

Frida retrocedió y su expresión se volvió impenetrable.

—Ya está hecho, Synne. Déjalo estar.

—¿Qué has hecho? ¡Dímelo!

—No puedo.

—Dámela.

—Nunca.

Entonces Synne se abalanzó sobre ella con un grito de rabia desaforado.

Thorensen había decidido sacar los cadáveres de Ragnar y Björg del módulo sanitario y trasladarlos a uno de los laboratorios que no se usaban, donde se preservarían mejor. Hacía tanto frío allí que los cuerpos no correrían peligro de empezar a corromperse por la putrefacción. Johan y Brede se estaban encargando del traslado. Ninguno se fijó en que el precinto con que Erika había sellado la enfermería estaba roto, tanto en la puerta que daba al pasillo como en la que comunicaba con el módulo médico.

Por su parte, Mikel se hallaba reunido con su compañera en su dormitorio. Necesitaban hacer un alto y tomar decisiones. Los diferentes hilos sueltos se multiplicaban, y los actores que intervenían en aquel entramado de sombras chinescas formaban un mosaico de piezas demasiado enrevesado.

Una profunda incertidumbre lo inquietaba. No iba a decirlo en voz alta, pero lo cierto era que no acertaba a imaginar cómo iba a arrebatarle a Nils una llave electrónica si en verdad poseía una como sospechaban. Quería creer que encontraría la manera de abrir esa cabina, después de todo siempre había tenido fama de ser un tipo ocurrente, ingenioso, y su cerebro aún podía trabajar a pleno rendimiento. Por cuánto tiempo, lo ignoraba. En sus manos solo estaba concentrarse en el presente y mantener la amenaza de su tumor relegada a un segundo, tercer plano. No, relegada al olvido. Debía ignorarlo, hacer como si no estuviera enfermo. Y que fuera lo que tuviera que ser.

—Vayamos cosa por cosa —sugirió—. Establezcamos prioridades.

—Tú dirás.

—Tenemos que averiguar lo que esconden entre todos, con Thorensen a la cabeza. Hay que despejar las incógnitas una por una. Frida y Nils son dos brechas abiertas en la muralla de mentiras de Thorensen. Ya sé que acordamos dejar que sean ellos los que den el primer paso, pero a la vista de los acontecimientos, me parece que podemos hacernos viejos esperando.

—¡Estaba pensando lo mismo! Intentémoslo con Frida primero. La veo mucho más accesible. La presionaremos, con suerte puede que se venga abajo y nos hable de ese edificio, puede que incluso tenga una llave o pueda agenciarnos una, ¿por qué no? Aunque no sé —se estremeció—. ¿Te has fijado? Es espeluznante, parece un fantasma, esa mujer acabará cometiendo alguna locura, como le ocurrió a Gunnar.

—Pero eso mismo la vuelve muy vulnerable, tenemos que presionarla ahora, antes de que estalle.

—Busquemos el modo de hablar con ella sin que Thorensen pueda intervenir. Tenemos que encontrar la forma de llegar a esta gente, Mikel. No puede ser que nos tengan en jaque todo el tiempo.

Mikel estaba de acuerdo.

El tiempo apremiaba. Ya llevaba mucho rato fuera del comedor. ¿Se habrían percatado de que se había escabullido? Synne apretó el recipiente contra su costado. Había una única forma de deshacerse de su contenido. Tenía que hacerlo ya.

Avanzaba hacia la incineradora agarrada a la cuerda-guía, consciente de que debía volver antes de que la echaran en falta, pero la ventisca dificultaba su avance. Agachó la cabeza para que el viento no mordiera con tanta crudeza su rostro. El peso del recipiente que le había quitado a Frida tiraba de ella hacia abajo. Se alegró de haber resuelto el problema que podría haberles ocasionado la geóloga con su impulsivo arrepentimiento.

Con cada paso se preguntaba para quién sería el sobre que le había dado a Od. Temía que fuera para Erika o para Mikel. Odiaba la idea de que supieran la verdad, la idea de que la señalasen con el dedo; a ella, que había sacrificado tanto, más que ninguno. Y odiaba a Frida por haber propiciado que eso fuera así. Claro que no sabía lo que había escrito en la nota. ¿Y si se estaba equivocando?

Daba lo mismo, si destruía aquella caja no tendría sentido nada de lo que Frida hubiera escrito en esa nota. Además, Frida llevaba días desquiciada, podría justificarse fácilmente. Sin duda la creerían cuando les recordara lo mucho que había estado desbarrando desde que asesinaran a Björg.

Un paso tras otro, fue reduciendo la distancia que mediaba hasta la incineradora. ¿Es que aquel temporal no iba a terminar nunca? Se le ocurrió que tal vez fuera un castigo por sus pecados, tal vez Njoror, el dios nórdico que rige el viento, el mar y el fuego, estaba furioso y por eso descargaba su enfado sobre Nytt Håp, sobre todos ellos.

O tal vez solo se trataba de una borrasca invernal más. Aunque nunca solían durar tanto.

«Deja de pensar tanto y haz lo que debes».

La instalación donde se hallaba la incineradora apareció ante ella al fin. Synne empujó la puerta y se deslizó dentro del edificio. Ahora que no tenía que seguir luchando contra el temporal, podía moverse mejor. Se tomó un momento para recuperar fuerzas. Luego se dirigió al horno donde quemaban los restos orgánicos que salían de la cocina y cualquier otro desperdicio no contaminante, como papel y cartón entre otras cosas. Había un gancho colgando a un lado de la boca del horno. Lo cogió y abrió la puerta de acero reforzado, manchada de hollín negro. Miró el botón rojo que encendía los potentes chorros de fuego. Levantó el contenedor de muestras que había utilizado para ocultar aquel secreto y lo abrió. Allí estaba, lo que los estaba destruyendo a todos, uno por uno, lo que la había convertido en un ser despreciable. No se apreciaba nada extraño, al parecer ya no era peligroso. Al fin, metió la caja en el horno. Después pulsó el botón. Al instante las llamas emergieron, eyectadas con furibunda potencia desde todos los ángulos, como enormes lanzallamas. Aquello era un horno crematorio, como los que se usan en los tanatorios para incinerar a los difuntos. El intenso calor que despedía la alcanzó sin piedad. El contraste después de haber pasado más de una hora en el exterior fue demasiado brusco. Retrocedió un paso. El fuego devoraba ya el plástico del recipiente, que se deformaba ennegreciéndose. Synne se preguntó si lo que había dentro se incineraría también. Casi temió lo que pasaría, la reacción. Se cubrió el rostro con el brazo para protegerse. Sin duda, pensó, la temperatura alcanzaría tal nivel que el contenido de la caja se desintegraría.

Cerró la puerta del horno por si acaso y se quedó contemplando embobada cómo se quemaba. Debió haberlo hecho antes, en vez de esconderla. Se hubiera ahorrado todo aquello, se hubiera ahorrado tener que enfrentarse a Frida.

Algunas lágrimas corrieron por su rostro. No sentía el menor deseo de apartarse de la boca del horno. Sabía que era hora de regresar, pero quería asegurarse de que no quedara nada. Las llamas hechizaban su mente.

«No seas estúpida, nadie va a venir, y si lo hacen, no sabrán qué es lo que ven; creerán que son rescoldos, nada más».

Le costó conformarse con ese pensamiento, pero al fin se obligó a salir del edificio. Una vez fuera, de nuevo se agarró a la cuerda-guía e inició el camino de vuelta.

Fingiría normalidad. Volvería al comedor, se tumbaría en el banco y simularía haber pasado durmiendo todo el tiempo.

No pudieron hablar con Frida porque la geóloga se había acostado. Od les aseguró con aire contrito que la había visto realmente mal, muy necesitada de descanso. Les rogó que la dejaran tranquila hasta el día siguiente. Mikel intercambió una mirada decepcionada con Erika. Se habían demorado demasiado, tanto que la hora de cenar se les había echado encima.

El cocinero había preparado una receta noruega a base de albóndigas de ternera, pollo y pescado. Los invitó a sentarse con una sonrisa amable. Cuando empezó a servir la cena, cuya agradable fragancia se dispersó en el ambiente inundando los olfatos de los presentes, hubo un murmullo de aprobación. Mikel acusó más que nunca la falta de Björg y de Ragnar en aquella mesa. El hecho de que Frida hubiera decidido acostarse, sumado a la ausencia de Halvard, aún aumentaba más la sensación de vacío.

Al menos podían contar con que Halvard no era una víctima. Realmente nadie más había desaparecido. Por el momento.

Empezó a comer. Se llevó un trozo de albóndiga a la boca y la carne se deshizo en su lengua. Estaba deliciosa.

—Perdón, Mikel. —Od estaba a su espalda, y había extendido con disimulo una mano hacia él, entre cuyos dedos había un sobre pegado con celo—. Casi lo olvido —mintió, como para quitarle importancia—. Me lo ha dado Frida para ti. Me ha pedido que no te dijera nada hasta la hora de la cena.

Od se lo entregó y volvió a su silla. Había cumplido su palabra, había entregado el mensaje y no había hablado de él con nadie, ni se lo había enseñado a nadie. Por supuesto, tampoco había intentado fisgar su contenido.

Mikel escudriñó el extraño sobre. Pensó en una confesión. Consciente de que Erika —sentada a su izquierda— aguardaba a que lo abriera, tan intrigada como él, cogió un cuchillo y cortó el celo que lo sellaba. Seguramente Frida quería concertar una cita a escondidas para decirles la verdad sin que Thorensen la amenazara. Lo abrió. Dentro había una nota doblada. Al desplegarla, un objeto de plástico se deslizó en su regazo. Lo cogió y lo estudió. Al punto comprendió lo que era: ¡una tarjeta, una llave electrónica! La ocultó enseguida.

Y leyó la nota:

> He creído que deberías tener mi tarjeta de acceso, estoy segura de que sabrás qué hacer con ella. Mikel, mi querido amigo, te han dicho que solo encontraron poliespán y un reproductor en el vientre de Björg, ¿verdad? Mienten. Mira bajo mi cama y ata cabos. Eres listo, estoy segura de que lo entenderás. Utiliza bien el pase. Yo ya no puedo más, perdóname,
>
> FRIDA

No hizo falta que se la mostrara a Erika, ella la había leído por encima de su hombro. Jugueteó con la tarjeta entre los dedos bajo la mesa.

—Hay que ir a ver a Frida ahora —dijo Erika—. No pienso esperar a mañana. Puede que no tengamos otra oportunidad.

—Terminemos la cena. Yo me levantaré primero y me sigues. Mejor no llamar la atención.

Mikel se obligó a comerse las albóndigas despacio, al mismo ritmo que cualquier otro día. Erika lo imitó. Rechazaron el postre y dijeron que se retiraban a descansar.

—Alguien tiene que hacer guardia —dijeron.

Casi corrieron para llegar cuanto antes al dormitorio donde descansaba la geóloga.

La puerta estaba abierta. Encontraron la luz apagada y la estancia en silencio. Aquello ya de por sí era alarmante. Mikel fue el primero en entrar. Encendió la luz. Frida dormía de costado, de espaldas a ellos. No se movió.

—Frida, hemos venido por tu nota.

Erika cerró la puerta y echó el pestillo, dispuesta a impedir que los interrumpieran. Mikel se inclinó sobre la geóloga y le puso una mano en el hombro. Debía de haberse dormido profundamente, lo cual no era de extrañar dado su estado nervioso. O tal vez había tomado algún sedante. La sacudió con suavidad, no pretendía asustarla. A su lado, sobre la mesilla de noche, había una botella de licor casi vacía, sin tapón. Si había estado bebiendo y lo había mezclado con pastillas...

—Eh, ¡Frida!

Tiró de su hombro para verle la cara y su cuerpo se ladeó hasta quedar boca arriba, absolutamente inerte. Tenía los ojos cerrados y una expresión rígida. Mikel contempló aquel semblante pálido, las mejillas hundidas, los pómulos sobresalientes, los labios entreabiertos. Hedía a alcohol. Recordó sus últimas líneas en la nota: «Yo ya no puedo más».

Palideció. De inmediato apartó el edredón y dejó al descubierto el colchón.

Estaba encharcado, había una gran cantidad de sangre.

Mikel la observó con estupor. Tomó su mano izquierda y la giró hasta dejar a la vista la cara interna de su antebrazo. Un cruel corte lo cruzaba desde la muñeca hasta el codo. Comprobó el otro brazo. Otro profundo tajo longitudinal lo atravesaba. En la mano derecha sostenía un cúter ensangrentado.

Comprobó su pulso. Estaba muerta.

—Dios bendito —murmuró Erika—. Deberíamos dar aviso.

Estaba lívida.

—Espera, miremos bajo la cama primero.

Tenían que comprobar qué había guardado allí antes de que Thorensen asumiera el control. Haciendo acopio de sangre fría, Mikel se agachó y palpó bajo la cama. No había nada.

—No lo entiendo. ¿Alguien más lo sabía? —susurró Erika—. ¡Tiene que ser eso!

Se quedaron perplejos delante del cadáver de Frida, cuya piel aún conservaba algo del calor corporal. Alguien se les había adelantado. ¿Quién?

—¿Y si no se ha suicidado? ¿Y si han simulado el suicidio? Piénsalo, Mikel, alguien se da cuenta de que Frida quiere hablar, descubre que va a entregarnos algo importante, lo bastante importante como para matarla y llevárselo.

Erika tomó la mano derecha de Frida, le abrió los dedos, aún no estaban rígidos por el *rigor mortis,* le quitó el cúter y miró bajo sus uñas. Halló restos de piel.

—Es una lástima que no tengamos forma de analizar esto. —Le señaló a Mikel lo que había encontrado—. Se ha defendido, no hay duda.

Comprobó el cadáver en busca de otras señales de violencia, miró bajo su ropa, por si escondía golpes. No tenía más heridas.

—No hay señales de pelea —indicó Mikel tras mirar alrededor.

—Bueno, eso no significa nada. Si han simulado un suicidio, habrán dejado todo en orden. Puede que incluso la botella de licor esté ahí para despistar, y que le hayan echado un poco en la boca. —Volvió a escudriñar bajo sus uñas. No había duda, tenía restos de tejido epitelial bajo ellas—. Alguien en la base debe de tener heridas, un arañazo hecho con cuatro dedos, tal vez en la cara, en el cuello o en los brazos.

A Mikel le costaba aceptar que alguien de la base hubiera asesinado a Frida, asumir que una de aquellas personas fuera capaz de matar por proteger sus mentiras.

—No creo que Frida sospechara que alguien sabía que tenía algo escondido bajo la cama —dijo—. Sin duda, la han cogido desprevenida.

—Habrá que hacerle la autopsia para corroborar que la han matado antes de cortarle las venas.

—¿Crees que la han asfixiado? ¿Con la almohada?

—Mírale los ojos.

Mikel le levantó a la geóloga los párpados. No descubrieron nada, ni rastro de las típicas petequias hemorrágicas, esas lesiones de color rojo provocadas por la rotura de los vasos capilares, signo evidente de muerte por asfixia.

Erika bufó.

—Ahora sabemos hasta dónde está dispuesta a llegar esta gente, es evidente que esto no es obra del mismo que ha matado a los demás. No es su estilo. —Se volvió hacia Mikel—. Si están dispuestos a matarse unos a otros, es que esconden algo muy grave.

—¿Qué hacemos?

—Interrogarlos. Nos fijaremos en si alguno tiene arañazos, pero primero avisaremos a Thorensen. No queda más remedio.

—Sabrá lo de la nota, Od se lo contará —recapacitó Mikel. Pensaba en la tarjeta electrónica. No debían permitir que el comandante supiera que la tenían—. ¿Qué le diremos?

—Que quería verte. Deshazte de ella.

Mikel sacó la tarjeta de su bolsillo y le dio vueltas entre los dedos.

—Al menos ha conseguido darnos esto —musitó apenado—. Podremos abrir esa puerta, Erika.

Mikel se asomó al pasillo. Estaba sumido en la oscuridad. Linterna en mano se adentró en él. Erika lo siguió. Mientras se dirigían al comedor, dispuestos a comunicar a Thorensen y a los demás la muerte de Frida, no dejaba de pensar en ella.

Se odió por pensar como lo hacía, pero no podía evitarlo.

Él había intentado morir.

No podía dejar de pensar en lo que implicaba la muerte.

En su mente veía a Frida con espantoso detalle, la muerte descarnada penetrando su piel, horadando su cuerpo, manando a través de sus heridas.

No quería morir.

Por primera vez desde que supo que tenía cáncer, comprendió que anhelaba vivir. La muerte le resultaba demasiado desabrida, demasiado lóbrega. Abrumadora. No la quería matándolo desde dentro, carcomiendo su cerebro, sus pensamientos, mermando sus facultades; no soportaba verse a sí mismo como el despojo en que se había convertido Frida. Una cáscara vacía. No quedaba nada de ella, de lo que había sido, y no quedaría nada de él. Lo aterraba la infinita soledad de no ser.

18

Alcanzó el primer refugio cuando su cuerpo había llegado al límite de su resistencia. Detuvo la moto junto a un edificio en forma de «v» invertida cuyo tejado asomaba de la nieve como el pico de un risco solitario, y se apeó con dificultad. Había perdido movilidad. Apenas sentía las piernas, las manos o los pies. Era tal el frío que había soportado desde que abandonara Nytt Håp que le parecía que se le cristalizaba la sangre en las venas. Halvard caminó con pasos torpes hasta la puerta principal. Era una construcción grande y calculó que podría meter la moto dentro. Sin embargo, se encontró con que la nieve se había amontonado contra ella impidiéndole el paso. Tuvo que retroceder, encorvado y débil, y sacar una pala del equipamiento que había llevado consigo. Rebajar la montaña de nieve y abrirse paso hasta la puerta supuso para sus agotadas fuerzas una dura prueba. Sus manos estaban entumecidas, como dos piedras, y no notaba los dedos dentro de los guantes. Pero era un hombre preparado, con una enorme fortaleza mental, y abordó la tarea con robótico empeño. Cuando al fin logró desatascar la puerta, la empujó, una, dos, tres veces, hasta que logró abrirla.

Halvard resopló. Volvió a por la moto y la empujó a duras penas a través del vano de la puerta, hacia el oscuro interior. Encendió su linterna y buscó el motor que proporcionaba energía al refugio. Lo vio adosado a la pared del fondo, protegido con una gruesa tela aislante. La retiró y lo encendió. Tuvo que probar varias veces antes de que un suave ronroneo inundara el edificio. Cerró la puerta y buscó el interruptor. Hubo un parpadeo, y al fin una lámpara en el techo desterró las sombras. Ya no necesitaba la linterna. Se hallaba en un espacio diáfano, no muy grande, bien aislado, con el suelo y las paredes de madera. Aun así, la temperatura según el termómetro que colgaba de un gancho alcanzaba los veinte grados bajo cero. La moto ocupaba un hueco grande junto a la entrada, no obstante le dejaba espacio de sobra donde acomodarse. A un lado había una litera y una pequeña cocina. El motor no solo proporcionaba luz, sino que alimentaba un potente calefactor. Le llevaría tiempo vencer el gélido ambiente, pero la temperatura iría ascendiendo de forma paulatina y eso le permitiría descansar. Una tregua. Aterido, decidió prepararse algo caliente. Una cena llena de proteínas lo ayudaría a entonarse. Eran las once de la noche. Tenía margen para dormir, y esperaba poder hacerlo, puesto que aún le quedaban otras dos largas jornadas antes de alcanzar la costa. Según sus cálculos, haría noche una vez más, si todo iba bien; dos noches si algo iba mal. Esperaba que la suerte lo acompañara un poco más. Si sufría un accidente, sus probabilidades de supervivencia serían muy pequeñas. Pensó en esos grandes expedicionarios del pasado, en Amundsen, noruego como él, cuyos medios de la época, en su ambición por ser el primero en alcanzar el centro del polo sur, habían sido mucho más precarios que los suyos, lo que no le había impedido lograr su hazaña. Él contaba con un vehículo moderno, potente, preparado para surcar aquellos vastos espacios helados; su ropa había sido diseñada para la supervivencia en las condiciones más extremas, y su preparación era la de un experto. ¿Qué no hubiera logrado Amundsen con tantas facilidades?

Tomó una sopa caliente de pescado saboreándola despacio. Entre cucharada y cucharada, decidió que utilizaría la cama de abajo por ser la que más cerca estaba del calefactor. Abrió una lata y calentó su contenido en un cazo. Carne guisada. La devoró. Estaba buena, aunque no tanto como los guisos de Od. Empezó a sentirse mejor, la sangre hormigueaba por su cuerpo ahora que se encontraba al abrigo del temporal, cuyos embates hacían crujir la estructura del refugio. No le daba miedo, era de construcción recia y llevaba soportando la climatología extrema de la Antártida los últimos doce años. Era una suerte que nadie en la base conociera su existencia. Halvard se frotó el cuerpo con vigor. Aún notaba algunos pinchazos en brazos y piernas, como miles de alfileres clavándose en su carne. Se obligó a mover los dedos de manos y pies, y al fin se fue quitando la ropa, capa a capa. Se desprendió de las pesadas botas y se cambió los calcetines por unos de repuesto. Luego extendió su saco de dormir sobre el colchón en la litera y se metió dentro. Dormiría seis horas, desayunaría fuerte y reemprendería la marcha.

A las cinco de la madrugada estaba en pie, listo para partir. Había dormido de un tirón. Se sentía renovado, decidido a cumplir con su objetivo. Desayunó, se hidrató bien con una bebida caliente, enrolló el saco, lo guardó en su funda, comprobó su GPS, llenó con el combustible extra que llevaba el depósito de la moto y, protegido de pies a cabeza, apagó el motor del refugio y sacó el vehículo. El viento lo inmovilizó nada más salir. Ráfagas de nieve cruzaban a cuchilladas la oscuridad, sacudiendo su cuerpo como si fueran metralla. Luchando contra aquella marea viva de los elementos, encendió los potentes focos de la moto, se encaramó al asiento, cerró el poderoso quitavientos térmico que Johan y Brede habían incorporado al vehículo en torno a su cuerpo y se abrió paso a través de la ventisca. El quitavientos era una tela térmica muy resistente instalada de tal forma que protegía también el manillar y evitaba que el viento azotara directamente su torso, piernas y manos.

Estaba salvándolo de la congelación. La oscuridad y el temporal le impedían orientarse, de manera que el GPS era su herramienta más vital, dependía de él por completo. Por lo demás, solo su instinto y su experiencia le evitarían sufrir un accidente. No era la primera vez que hacía aquel recorrido, pero el hielo, se recordó, era traicionero, y su ruta atravesaba enormes glaciares en continuo desplazamiento.

Halvard aceleró sumergiéndose valientemente en el difícil trayecto que lo llevaría hasta el mar. Guio su poderoso vehículo con vigor, como un surfista. Los patines de la moto arañaban la superficie dura y helada, cortando como cuchillas el vasto territorio.

A pesar de sus esfuerzos, tuvo que hacer noche tres veces antes de llegar a ver el mar. La tercera, a cielo abierto, amparado por su tienda de campaña. Pese a que estaba diseñada para soportar las condiciones más extremas, fueron las horas más largas y difíciles de su vida. Envuelto en su saco de dormir como un gusano en su capullo, separado de las inhóspitas inclemencias de aquella tierra hostil únicamente por la delgada tela aislante de la tienda, cuyas violentas sacudidas le hacían temer por su supervivencia, no pudo pegar ojo. La despiadada brutalidad que la naturaleza desplegaba sobre su pequeño refugio, diminuto en la inmensidad helada, lo atormentó cada minuto, poniendo a prueba su capacidad física y mental.

Al amanecer, un sepulcral silencio lo envolvía. Abrió los ojos y escuchó. Luego quiso incorporarse, pero se encontró atrapado dentro del saco. Comprendió entonces el porqué de aquel singular silencio. La nieve había sepultado la tienda y esta se había vencido sobre él, aprisionándolo.

No debía perder la calma.

Sacudió los hombros, las piernas, revolviéndose, intentando hacerse un hueco. Por suerte, la capa de nieve que lo cubría no era tan gruesa como para que no lograra empujarla. No obstante, tuvo que emplearse a fondo para salir.

La costa apareció por fin ante él, escarpada y salvaje, envuelta en un manto de nubarrones negros cuyos contornos indefinidos abrazaban el negro océano. Se fundían con él en un lienzo que no tenía fronteras, difuminado el horizonte sin que fuera posible distinguirlo. Las aguas de ese océano bañaban la lengua de tierra helada con que el continente entero se sumergía en sus profundidades, cubiertas por una resquebrajada capa de hielo que pronto se solidificaría y haría imposible la navegación: la temida banquisa.

Halvard descendió hacia la playa helada que se abría al mar siguiendo la línea más amable de un antiguo glaciar, formando una ancha plataforma de muchos kilómetros de extensión. El oleaje rompía contra esa costa congelada, aplastado por las cada vez más gruesas y sólidas placas de hielo que se habían ido formando a medida que avanzaba el invierno. A espaldas de Halvard, bordeando el glaciar, se elevaban unas inmensas torres blancas y azuladas, como construcciones faraónicas cinceladas por la naturaleza. Parecían emitir su propia luz en aquel crepúsculo continuo que poblaba de oscuridad las horas diurnas en la Antártida. No había rastro de vida en aquel paraje. Las criaturas que colonizaban la costa durante el verano austral lo habían abandonado. Leones marinos, focas antárticas, págalos, pingüinos solo recalaban allí durante la época de cría.

Comprobó las coordenadas en su GPS. Estaba donde debía. Con la moto orientada hacia el mar, oscuro como un enorme animal durmiente, encendió y apagó sus poderosos focos siguiendo una secuencia concreta. La repitió dos veces. Luego quitó la llave del motor, rescató la bolsa que Thorensen le entregó, la depositó en el suelo, entre sus piernas, y quedó a la espera, pendiente de aquel paisaje móvil que se retorcía bajo la tormenta.

Esperaba ver algo. Pronto.

No tuvo que aguardar demasiado. Unas luces se encendieron y apagaron a lo lejos. Eran la respuesta a su llamada. Calculó que tardarían bastante en llegar a recogerlo. Se sentó en la moto y se protegió del inclemente vendaval con el quitavientos.

Al cabo de cuarenta minutos creyó distinguir el rugido de un motor. Al poco brillaron unas nuevas luces en el mar. Una pesada embarcación se aproximaba, guiada por cuatro expertos hombres de mar embutidos en sus trajes rojos de supervivencia. Avanzaban entre los grandes trozos de hielo flotantes esquivándolos. Tras una serie de difíciles maniobras, lograron acercarse hasta un punto donde era menos peligroso que Halvard embarcara. Una vez a bordo, pusieron rumbo mar adentro. La lancha se abría camino a través de la banquisa con cuidado. Fueron momentos de máxima tensión. Si una de aquellas planchas de hielo los golpeaba, podría hacerlos volcar. Cuando al fin se liberaron de aquellas opresivas placas heladas y salieron a mar abierto, la embarcación saltó hacia delante impulsada por su potente motor. Saltaba ahora sobre las olas con audacia, surcando el océano negro sin temor. Tan pronto se hundía por la proa en el seno de una depresión en las aguas, descendiendo en picado como por un tobogán, como se encaramaba hacia ese cielo negro que parecía querer engullir el mar. Halvard apretaba los dientes, bien agarrado, alegrándose de llevar también un traje estanco de supervivencia. Un enorme rompehielos de casco rojo se hizo visible al cabo de un rato. Flotaba a cada vez menos distancia, impasible, como si nada pudiera hundirlo. Era un barco de nacionalidad japonesa.

En cuanto subió a bordo lo condujeron ante el capitán. Los dos hombres se saludaron sin necesidad de cruzar muchas palabras. Se le ofreció comida caliente y sitio en uno de los camarotes bajo cubierta para que pudiera descansar y reponer fuerzas. Halvard lo agradeció. Tenía dos horas, después el capitán bajaría a buscarlo y lo llevaría a las bodegas. Una ducha caliente y un reparador sueño le devolvieron la vitalidad perdida.

Mientras se vestía, dispuesto a abordar la parte más delicada de su misión, se preguntó si el capitán del rompehielos habría cumplido con el trato. De que lo hubiera hecho dependían muchas cosas. Se subió la cremallera del forro polar y se puso un abrigo de plumón. A continuación, se metió en su traje de supervivencia estanco, diseñado para permitirle sobrevivir a las gélidas temperaturas del océano en caso de precipitarse al mar. Estaba terminando de ajustarse los guantes cuando llamaron a la sólida puerta de hierro de su camarote, un estrecho compartimento interior con dos literas, una mesa atornillada a la pared y un sencillo taburete anclado al suelo. Halvard abrió y se encontró al capitán acompañado de dos de sus hombres. Era un tipo alto, fornido, con la cabeza de cabello negro rasurada, una prominente nariz carnosa y un aspecto de hiena desagradable. Sus ojos rasgados resultaban inexpresivos, pero, después de todo, solo era un intermediario. Halvard se subió la capucha, cogió su preciada bolsa y salió al estrecho pasillo. El capitán y sus hombres se hicieron a un lado. Olía a aceite de motor, a humedad y a salitre. Había llegado el momento de la verdad.

Lo condujeron a través de una infinidad de angostas escaleras metálicas, escotillas y lóbregos pasillos hasta las entrañas del enorme buque. Allí, en un rincón apartado de la atestada bodega, estaba lo que había ido a buscar. El capitán se lo señaló: dos grandes cajas metálicas y varios bultos envueltos en una densa lona negra aguardaban sobre un trineo a ser cargadas en la lancha motora. Lo llevarían de vuelta a la costa con todo aquello y lo ayudarían a enganchar el trineo a su moto para que pudiera transportarlo.

Ese era el trato.

A cambio de la bolsa.

Halvard comprobó el material, abrió las cajas y miró los

pesados bultos, uno por uno, asegurándose de que estaba todo lo que habían pedido. Una vez conforme, estrechó la mano del capitán, le entregó la bolsa negra y esperó a que también comprobara su contenido. El capitán asintió y se despidió. Los mismos hombres que lo habían llevado al rompehielos se encargarían de acompañarlo de regreso al continente. Debía volver de inmediato a Nytt Håp.

19

La muerte de la geóloga sobrecogió a todos por inesperada y dramática. Cuando Mikel y Erika regresaron de su dormitorio y lo anunciaron, Synne se había sentado junto a Od, sintiéndose a salvo. Nadie se había percatado de que había estado ausente, mucho menos de que había salido al exterior. No obstante, cuando los dos agentes entraron al comedor, demudados como dos fantasmas, y contaron que habían encontrado a Frida sin vida en su cama, palideció sin poder remediarlo. Atisbó con ansiedad la expresión de Mikel, buscando en su rostro moreno algún rastro de sospecha. Pero Mikel no estaba pendiente de ella. Erika tampoco la miraba más que a los demás. Procuró calmarse. A ojos de sus compañeros había estado descansando en uno de los bancos corridos del comedor. Después había estado ayudando a Od con la cena. Había sido cuidadosa. El verdadero peligro era Frida, ella era el talón de Aquiles que podía ponerlos en peligro a todos, y ahora estaba muerta.

«Todo está bien. No saben nada, míralos».

Hubo murmullos de sorpresa a su alrededor, a los que se sumó, y un sombrío velo cubrió los ya decaídos ánimos de sus compañeros. A su lado, Od permaneció callado. Frida había hablado con él y no había sido capaz de detectar nada extraño en sus palabras ni en su expresión. Había creído que se limitaría a esperar a que Mikel leyera su nota. Sí, la había visto demacrada, llevaba días descolocada, fuera de sí, pero había creído que estaba asustada, como todos, y que realmente tenía intención de acostarse y descansar, tal y como le había asegurado que haría. No dejaba de preguntarse si habría podido evitarlo. Le pesaba mucho su muerte.

Thorensen se hizo cargo de lo que aquella nueva muerte implicaba. De inmediato tomó el mando. Prohibió al personal acercarse al dormitorio donde yacía la geóloga y, oponiéndose de plano a las recomendaciones de Erika y Mikel, quienes le sugirieron la necesidad de hacerle la autopsia, trasladó su cadáver al laboratorio donde ya se encontraban los cadáveres de Ragnar y Björg.

—Nadie mancillará su cuerpo. Se ha suicidado, ya es bastante trágico.

—Pero hemos encontrado restos de piel bajo las uñas, comandante. Tenemos que saber cómo ha muerto —dijo Erika.

—¿Insinúa que la han asesinado? —rugió él.

—Se ha defendido, todo lo demás ha sido escenificado —intervino Mikel.

No pensaba explicarle que Frida había querido hablar con ellos y que alguien había robado lo que escondía bajo su cama.

—Nada de autopsias. Frida ha muerto, nada más se puede hacer por ella.

Dio media vuelta y los dejó con la palabra en la boca.

Mikel no pudo evitar enfurecerse, la actitud del comandante superaba su capacidad de autocontrol. Más temperamental que Erika, y harto de tener que trabajar sin medios y de sortear los constantes impedimentos con que el comandante saboteaba sus esfuerzos, se encendió como una cerilla. Se le crisparon las facciones y dio un paso adelante, a punto de cometer una estupidez.

Por suerte, Erika estaba a su lado, muy consciente de la ofuscación que nublaba su semblante. Lo sujetó por la muñeca y lo retuvo. Se acercó a él y murmuró en su oído para que nadie más la oyera:

—Recuerda, por favor, que hay algo que ese déspota engreído no puede impedir: tenemos la tarjeta que Frida te ha dado, Mikel.

Pero él gruñó y tiró de su muñeca, buscando zafarse. Erika percibió lo descontrolado que estaba. Si no lo impedía, acabaría por saltarle al cuello al comandante. Sí, podía leerlo en sus ojos, quería coger a Thorensen y estamparle un puñetazo en la cara, quería doblegarlo, sacar su pistola e imponer su autoridad.

De pronto, lo abrazó.

Y fue como si un rayo lo hubiera atravesado. Erika nunca se permitía esa clase de gestos, siempre mantenía las distancias, era reservada, profesional, a veces incluso fría. Y allí estaba, pegada a él, abrazándolo con fuerza, con calidez. Como cuando la encontró a su lado en la cama porque le había dado calor con su cuerpo para salvarlo de una hipotermia.

Mikel se estremeció, desbaratado, desconcertado. Su rostro congestionado se relajó de golpe y su piel recobró el color natural. Erika lo notó y lo estrechó con más fuerza, tan cerca que percibía el olor de su piel. A Mikel se le escapó un gemido. Se tragó los restos de rabia que aún corrían por sus venas y rodeó su cintura. Enterró la cara en el hueco de su hombro, como el oso que se rinde y se tiende en la hierba, agotado.

—Tranquilo...

La voz de Erika desató un cálido torrente de emociones en su corazón.

—Es nuestro turno, Mikel —murmuró su compañera—. Confía en mí, por favor. No dejes que la rabia te ofusque, conozco a Thorensen; si lo presionamos demasiado acabará por encerrarnos. No podemos permitirnos que eso pase, ¿de acuerdo?

Por toda respuesta, Mikel la estrechó aún más contra su

cuerpo, sofocando toda aquella impotencia contenida que bullía en su interior, como la lava de un volcán a punto de reventar. Se aferró a ella casi con desesperación, mientras se daba perfecta cuenta de que aquel momento no era sino el hábil modo de Erika para controlar la situación, para llevarlo de vuelta al remanso de la serenidad, donde podían trabajar.

Y se descubrió decepcionado, deseando que significara algo más.

Cuando al fin se separaron, Mikel había recuperado el dominio de sus emociones.

Empezaron a hablar con unos y con otros, interrogándolos sobre sus últimos movimientos y, sobre todo, buscando señales de pelea en alguna parte de su cuerpo. Thorensen no se opuso a que lo hicieran. Sus hombres por supuesto tenían coartada, no en vano se cubrían unos a otros. Se mostraron dispuestos a descubrir la piel de sus antebrazos, así como de las manos y del cuello cuando se lo pidieron. Ninguna herida. Decepcionados, fueron interrogando al resto del personal, uno por uno, empezando por Od.

El cocinero estaba deseoso de colaborar. Les confirmó que Einar, Gunnar, Frida y Synne habían estado juntos en el comedor todo el tiempo, y que la geóloga se había conducido de forma rara. La había visto hablando con Gunnar y después escribiendo su nota a solas.

—¿Puedo saber qué decía?

—Nada —aseguró Mikel—. Solo que quería verme a solas.

Od fruncía el ceño. Hubiera jurado que esa nota decía mucho más. Sacudió los hombros para desprenderse de los fantasmas que lo asediaban y les confirmó que, tras darle el mensaje, Frida se había ido a acostar. Gunnar corroboró su relato. Le había parecido que Frida estaba nerviosa, más de lo normal, muy cansada. Habían estado hablando, aseguró una y otra vez, de las ganas que tenía de volver a casa y que todo aquello acabara. En cuanto a Einar, no pudieron arrancarle una sola palabra. No salía de su mutismo y meneaba la cabeza, apesadumbrado.

Ninguno tenía heridas visibles.

Faltaba Synne. La buscaron por todas partes. Nadie sabía dónde estaba, aunque Od les aseguró que había estado durmiendo en el comedor y que después lo había ayudado con la cena.

Mikel y Erika contrastaron la información que habían ido recabando. Todo el mundo tenía coartada hasta la hora de la cena. Recordaban que en ese momento efectivamente estaban todos en el comedor. Synne también.

Ninguno se había ausentado. Ninguno mostraba señales de arañazos.

—Tenemos que hablar con Synne —dijo Mikel.

—Se ha escabullido. Mala señal.

—No importa, no tiene adónde ir. Aparecerá en cualquier momento, y entonces tendrá que contestar a nuestras preguntas. Ocupémonos ahora de nuestro otro asunto.

Se fueron sin llamar la atención, de vuelta al dormitorio que compartían. Una vez allí, esperaron pacientemente a que las aguas revueltas volvieran a su cauce. Le darían tiempo a Thorensen para que se ocupara del cuerpo de Frida y de calmar los ánimos. Sin duda, sus insistentes preguntas los habían soliviantado. Cuando todo el mundo se acostara, saldrían.

Pasó una hora larga. La base al fin quedó en calma. Mikel miró su reloj —las doce de la noche—, apagó la luz, se asomó al pasillo y escuchó. Las puertas de los otros dormitorios permanecían cerradas. No percibió luces de linternas, ni oyó pasos o voces. Sabía que Johan y Brede montaban guardia junto al generador auxiliar. No se moverían de allí hasta el amanecer, pero Nils y Od vigilarían los dormitorios con Molly.

Volvió a meterse en la habitación, cerró la puerta y encendió la luz con la extrañeza reflejada en su semblante. Erika aguardaba expectante, preparada como él para salir al exterior.

—No hay nadie.

—Pues vamos, ¿a qué esperamos?

—No hay nadie de guardia. ¿No te parece extraño?

—A mí ya nada me parece extraño en este lugar. Vamos, Mikel. No pienso retrasar esto más tiempo. Sabremos hoy mismo lo que hay en esa cabina.

Mikel suspiró. De nuevo apagó la luz y se asomó al corredor. Le hizo una seña a Erika y enfilaron la salida. No se tropezaron con nadie. La puerta principal se deslizó con un prolongado siseo y el viento gélido los azotó con virulencia. No nevaba, pero el cielo era un manto oscuro sin estrellas, cubierto por unos densos nubarrones que lo cruzaban a gran velocidad. Se cubrieron la cabeza con las capuchas y se calaron las gafas antiventisca.

En el primer escalón metálico Mikel reculó, y Erika tropezó y trastabilló sorprendida por su inesperado movimiento. La puerta se cerró. Estaban de regreso en el pasillo.

—¿Qué pasa? —susurró.

—Johan y Brede. ¡Están ahí fuera!

—¿Qué? ¿Y el generador? ¿No deberían estar protegiéndolo?

—Puede que por eso no hayamos visto a Nils y a Od. Thorensen les habrá ordenado ocupar el puesto de Johan y Brede para que puedan salir. Los he visto entrando a nuestro edificio. No vamos a poder hacer nada esta noche.

Erika se echó atrás la capucha. Ahora sí estaba furiosa. ¿Y si Thorensen estaba vaciando esa cabina? ¡Tal vez ya nunca supieran lo que escondía en ella! Se quitó las gafas, y sin decir nada desanduvo el camino de regreso al dormitorio. Mikel la siguió tan enfadado como ella. Las cosas no podían ponerse peor.

La cama vacía de Einar mantenía a Gunnar despierto. Acababa de sentir cómo se levantaba y salía furtivamente de la habitación. Otra vez. El reloj de su mesilla daba las dos de la madrugada. Sus agujas brillaban en la oscuridad con aquel fulgor fosforescente tan característico. Parpadeó, debía de haberse dormido, pese a que lo ocurrido con Frida le había hecho creer que no llegaría a conciliar el sueño. En las impenetrables tinieblas no alcanzaba a distinguir a Synne, aunque sabía que dormía en su cama. Había estado desaparecida todo el día, y cuando al fin había vuelto, se había encerrado en la habitación, aduciendo que no se encontraba bien. Sin duda, no había querido contestar las preguntas de Mikel y Erika y había estado evitándolos. ¿Por qué? ¿Qué sabía ella de la muerte de Frida? Gunnar entrecerró los ojos tratando de distinguirla. Le pareció oírla suspirar en sueños. ¿Y qué significaban esas heridas en su muñeca? Se las había visto pese a que las había escondido tapándolas con la manga de su chaqueta. Mikel había pedido a todo el mundo que enseñaran las manos, los antebrazos y el cuello. Gunnar sospechaba. Por más que intentaba recordar, no lograba situar a Synne en el comedor. No todo el tiempo, por mucho que Od jurase que había estado durmiendo en un banco al fondo. Se agitó nervioso. Debería decírselo a Mikel y Erika. Se lo confesaría al día siguiente.

«Frida está muerta, ¡está muerta!», había querido hablar con él, y la había dejado sola.

Clavó los ojos en el lugar donde dormía Synne. Recordó entonces haberla visto tomar una dosis doble de lorazepam con un vaso de agua al acostarse. Si tenía algo que ver con la muerte de Frida, algo tan horrendo la habría empujado a recurrir a la química por duplicado.

Ojalá él hubiera hecho lo mismo.

Ojalá no hubiera despertado, ojalá hubiera seguido durmiendo.

Así no habría visto a Einar escabullirse como las otras veces.

Así no sería tan consciente del hueco que había dejado la cama de Frida. Brede y Johan se la habían llevado, junto con sus pertenencias, y habían limpiado la sangre que se había filtrado del colchón al suelo. El espacio vacío que había quedado en el rincón era como un agujero negro que todo lo absorbe. Tragó saliva.

Estaba asustado.

¿Y si había sido Synne?

¿Hasta dónde sería capaz de llegar?

Empezaba a tener miedo de todo y de todos.

Y de Einar en especial, de lo que hacía en sus salidas nocturnas. Habría dejado la puerta abierta. Debería levantarse, echar el pestillo, atrancarla al menos.

Algo se movió a su lado, muy cerca.

Gunnar se tensó bajo el edredón.

Una mano cubrió su boca y su nariz y alguien se puso encima de su pecho. No podía respirar. Quiso zafarse, luchar, pero su agresor era muy fuerte y apretaba a conciencia para que se asfixiara. Gunnar miró desesperado hacia la cama donde descansaba Synne, pugnando por llamarla, por despertarla. De su boca solo salían gemidos guturales, y ella no los oyó gracias al lorazepam. Gunnar se desmayó. Entonces el asesino cargó con él y lo sacó del dormitorio. Colgaba como un fardo de su formidable espalda mientras se lo llevaba por el pasillo. Einar aguardaba fuera. No hizo nada por ayudar a su antiguo amigo. Estaba acuclillado en un rincón, temblando de los pies a la cabeza.

—Lo siento —musitó—. Lo siento, Gunnar, ¡perdóname!

El asesino lo ignoró. Se acercó al hueco abierto en la pared acolchada del pasillo y desapareció por él. Todo quedó en silencio.

Einar esperó. Luego, aún temblando de miedo, se levantó y cerró el panel sobre el hueco por el que acababan de llevarse a su amigo. No se apreciaba que fuera móvil, estaba muy bien disimulado. Einar sollozó con amargura. Gunnar había sido un buen amigo, su mejor amigo, su familia, y no había impedido que fuera el siguiente. Lloró y lloró, y arrastrando los pies regresó al dormitorio, echó el pestillo, pasó junto a la cama vacía de Gunnar y se metió en la suya, seguro de que Synne dormía profundamente.

Despertó sobresaltado y de inmediato recordó lo ocurrido. El pánico inundó su pecho. Tenía frío, mucho frío. Gunnar se agitó, gritó, quiso mover brazos y piernas, escapar, pero no lograba moverse, sus brazos permanecieron quietos, atrapados, y sus piernas también. Los tenía aprisionados. Notó que el espacio en torno a su cuerpo era de unos escasos cuatro centímetros. Por un momento temió estar enterrado, metido en un cajón. Trató de calmarse. Miró alrededor, por primera vez consciente de cuanto lo rodeaba. En ese momento comprendió que estaba desnudo, su cuerpo embutido no en un cajón, sino en un traje de inmersión submarina. Sus jadeos resonaron huecos dentro del casco que cubría su cabeza. No entendía cuál era el objeto de haberlo metido en un traje de buceo. Los trajes de inmersión submarina pesaban, se lamentó, tanto que fuera del agua no podría moverlo aunque tuviera más fuerza.

Estaba en un lugar extraño. No lo reconocía.

Y había alguien allí, dándole la espalda.

Gunnar lo observó. Un hombre. El que había matado a Björg, a Ragnar, el hombre que se había llevado a Halvard. Halvard ya estaría muerto, dedujo. Tal vez ya se había deshecho de su cadáver. Sin duda, ahora iba a matarlo a él. Gruesas gotas de sudor corrieron por sus sienes. Luego se orinó encima.

El asesino se dio la vuelta. Pudo ver su rostro. Su garganta se cerró cuando lo reconoció. Entonces comprendió.

—Por favor, ¡por favor! ¡Perdóname! —exclamó—. Perdóname, perdóname, ¡perdóname!

El hombre se acercó y manipuló algo en su traje. Gunnar trató de ver lo que hacía. Había una especie de válvula conectada a la parte que cubría su tórax, y un tubo estaba insertado en ella. El asesino estaba inoculando algo a través de aquel tubo. ¿Agua? ¿Iba a llenar el traje de agua? ¡Iba a ahogarlo! ¡Se ahogaría dentro del traje!

Gunnar chilló, impotente en su trampa. El agua recorrió el tubo y empezó a derramarse en el interior del traje de inmersión. Notó cómo bajaba hasta sus pies, agua helada, cómo poco a poco iba llenando los huecos en torno a sus pantorrillas, cómo subía hacia arriba, gélida, hasta los muslos y las ingles. Empezó a tiritar.

Lloró, suplicó, aterrado ante la inexorable inundación. Pronto le llegaría al pecho.

—¡Por favor! ¡Perdóname!

El hombre le dio la espalda y se alejó.

Tal vez no lo oía. Sí, eso era, no podía oír sus gritos, inútiles dentro de un traje diseñado para soportar la presión de las profundidades.

El agua alcanzó su garganta, luego su barbilla, y pronto inundó el casco. Gunnar contuvo el aire. No aguantaría mucho. Sus pulmones bramaron pidiendo oxígeno. Al cabo de dos minutos quemaban, ardían, impeliéndolo a tomar una gran bocanada de aire. Se resistió cuanto pudo, hasta que al fin su boca se abrió en un acto reflejo involuntario y el agua penetró a través de su tráquea e inundó sus pulmones. Boqueó, se agitó, rígido, convulsionó.

20

Un sinuoso zumbido vibró en el aire quieto del dormitorio. A Erika se le erizó el vello. Aún dormía, esquilmadas sus fuerzas tras su frustrada incursión nocturna. El peculiar zumbido siseó por toda la estancia, y la fibra superficial de la moqueta se elevó atraída por la electricidad estática presente en el ambiente. El cuerpo dormido de Erika también reaccionó ante el estímulo de aquella corriente de energía, sutil pero poderosa. Un resplandor pobló las sombras, se posó en el dormitorio, y el zumbido elevó su cadencia, penetrando en su piel, en sus músculos, en su cerebro.

Despertó.

Tensa, percibiendo el peligro, se giró hasta quedar boca arriba. Se tapó los oídos.

Y allí estaba Mikel.

Lo descubrió sentado en el borde de su cama, inerte como una estatua de piedra, pálido y rígido. Una densa nube cambiante formada por miles de estrellas, motas de polvo luminiscentes, flotaba ante él, irreal, fantasmal. Era esa nube la que emitía el zumbido, la que iluminaba la oscuridad, la que provocaba la electricidad estática. Erika recordó el relato de Frida y Synne acerca de ese fenómeno. Había creído que hablaban de una fantasía o de un sueño.

Su instinto la impelía a escapar, en cambio permaneció

sentada en la cama, anclada al edredón como si su cuerpo se hubiera convertido en una roca.

Aquella forma etérea estaba muy cerca de Mikel, rozaba su piel.

Un estremecimiento recorrió su espalda al verlo a merced de esa cosa, tan ausente, tan vacío de expresión, un muñeco sin vida. Un fulgor azulado parecía brotar de él, o tal vez simplemente reflejaba el resplandor de ese ser.

Erika alargó la mano para encender la luz. Apretó el interruptor de la pared, las luces del techo se encendieron, parpadearon, y entonces hubo un chasquido y la oscuridad regresó.

La presencia vibró, y una serie de ondas la recorrieron. Estaba más cerca de Mikel, muy muy cerca, empezaba a envolverlo.

Erika lo llamó para despertarlo, pero él no la oía. Aquello le estaba haciendo algo.

Asustada, se abalanzó en busca de su linterna. Estaba al pie de la cama. La tocó con los dedos, tan descontrolada que se le escurrió y rodó lejos de su alcance. Soltó un juramento y se levantó para rescatarla. Tuvo que gatear, meterse bajo la cama. Al fin la atrapó. De inmediato retrocedió y se irguió.

Todo volvía a estar a oscuras, sumido en una profunda calma.

Parpadeó desconcertada. La nube ya no estaba.

Encendió la linterna y buscó a Mikel.

Seguía allí sentado, inmóvil.

Jadeó, pulsó el interruptor de la pared. Inútil. No había corriente.

De nuevo iluminó a Mikel. Continuaba igual. Daba miedo verlo así.

Se acercó a él. Se arrodilló, le puso la mano que tenía libre en la rodilla y al instante la apartó. Estaba helado.

Escudriñó su rostro, buscando un atisbo de conciencia. Mikel apoyaba las manos rígidas a ambos lados de su cuerpo, aferradas al colchón como dos garras. Daba la impresión de que una estaca de acero lo hubiese atravesado, sus músculos se tensaban duros, su mandíbula estaba contraída. Había un rictus de sufrimiento en su semblante.

—Mikel, Mikel, por favor, ¡dime algo!

Al hablar, su aliento dejó un rastro de vaho. Fue consciente por primera vez del frío. La temperatura apenas superaría los menos diez grados. Eso significaba que la luz se había ido en toda la base y que la calefacción no funcionaba.

No podía seguir llevando la ropa de dormir. Se vistió a toda prisa y regresó junto a su compañero. Colocó la linterna de manera que los alumbrara a ambos y lo cubrió con el edredón. Tenía que despertarlo. Lo sacudió por los hombros. Lo abofeteó en ambas mejillas, llamándolo por su nombre, al principio con suavidad. Estaba catatónico.

—¡Mikel!

De pronto él reaccionó, pero no como esperaba. Se levantó, ignorándola, y caminó descalzo hacia la puerta, como un autómata. No pudo detenerlo. El edredón resbaló de sus anchos hombros y cayó en la moqueta.

Sonámbulo, estaba sonámbulo.

Erika se interpuso en su camino.

—¡Mikel, despierta!

Lo sacudió de nuevo, pero era un tipo grande y fuerte, apenas se tambaleaba, pese a que estaba empleándose a fondo para hacerlo retroceder.

—¡Mikel!

Desesperada, se abrazó a él. Sollozaba de impotencia. Tenía que hacerlo volver, tenía que despertarlo. Lo llamó una y otra vez muy quedo al oído, murmurando su nombre. Estaba tan gélido... Era como abrazar un iceberg.

—Mikel, Mikel, por favor, vuelve, vuelve.

Y entonces los brazos de él se alzaron y la rodearon por la cintura.

—Estoy bien.

Su voz sonó ronca.

Erika soltó una risa histriónica y lo estrechó aún con más fuerza mientras una intensa oleada de alivio recorría su cuerpo.

—Tranquila, estoy bien —murmuró él.

Permanecieron así un rato, meciéndose en la oscuridad. Luego Erika se apartó. Se había llevado un susto de muerte. Escudriñó el rostro de su amigo, de nuevo cálido. El color había vuelto a sus mejillas. Parecía desconcertado y muy muy cansado.

—¿Qué ha pasado?

—No lo sé. Nada bueno.

Mikel no recordaba nada. Se suponía que estaría haciendo guardia. Alzó la cabeza hacia el techo. ¿Y la luz?

—No hay electricidad —explicó Erika—. El generador habrá saltado. —Se frotó los brazos, cada vez hacía más frío—. Deberías ponerte algo, estás helado.

Él se miró las manos, las palmas, el dorso, abrió y cerró los dedos, y un cosquilleo hormigueó por todo su cuerpo. Había perdido la noción de la realidad, como si acabara de aterrizar tras haber visitado otro planeta. ¿Otro ataque? ¿Qué si no?

—Estoy bien, yo...

De repente le fallaron las piernas, todo daba vueltas alrededor. Quiso agarrarse a algo y manoteó en el aire como un pájaro que trata de volar, aleteando en la oscuridad. Erika se apresuró a socorrerlo. Lo sostuvo por la cintura antes de que se desplomara, y Mikel se apoyó en ella. Se quedaron quietos, jadeando a la vez mientras recuperaba el equilibrio y la habitación dejaba de girar.

—Ven, siéntate, vamos.

Erika lo acompañó hasta la cama y lo obligó a sentarse. Lo cubrió de nuevo con el edredón que había caído al suelo.

—Oye, quédate aquí, voy a buscar a la doctora Gulbrandsen, ¿de acuerdo?

—No sabemos dónde está, ¿recuerdas?

—Pues espero que haya vuelto y que se haya acostado. Voy a por ella.

—No, no te vayas, Erika, por favor.

—Será un momento. Vuelvo volando.

Buscó la linterna de Mikel y se la dio para no dejarlo a oscuras. Luego apartó la silla que atrancaba la puerta, quitó el pestillo y se marchó.

Mikel permaneció mudo y dolorido en la oscuridad. En realidad, no tenía miedo. Estaba agotado. Y confuso. Se llevó las manos a la cabeza, intentando rememorar lo sucedido. ¿Por qué se había asustado tanto Erika? Puede que hubiera visto cómo sufría uno de sus ataques. Tenía que pasar, tarde o temprano. Enterró la cara entre las manos. Había oído en su mente voces ininteligibles, algo que le hablaba. Sacudió la cabeza. Se estaba volviendo loco. No quería que Synne lo atendiera, no quería que le hiciera preguntas después de lo de Frida. No quería descubrir que era una asesina.

Apagó la linterna. ¿Y qué le importaba Synne? En aquel momento le importaba mucho más lo que estaba sucediendo en su mente, lo que Erika pensaría de él. Era aterrador perder el control, desconectarse de uno mismo, alienarse de la propia conciencia. No había esperado que el final fuera a ser así, mucho peor desde luego de lo que la oncóloga había predicho. No se atrevía a imaginar lo que vendría después.

Tal vez iba a tener que tomar medidas mucho antes de lo esperado.

Y por primera vez se supo atrapado. En su propio cuerpo.

¿Qué podía hacer si no había modo ni medio de salir

de Nytt Håp? ¿Perderse en la nieve y morir congelado? Él había planeado otra cosa, había previsto que tendría más tiempo, para poder ir hacia la costa cuando llegara el momento y meterse en el mar.

Odiaba la idea de acabar sus días encerrado en aquella jaula de locos. Estaban asesinando a todos a su alrededor, y él asistía impotente a la degradación de gente a la que apreciaba mucho.

A su propia degradación.

No, no era así como quería terminar.

Oyó pasos al otro lado de la puerta. Enseguida irrumpió Erika con Synne a su lado. La joven médica acababa de despertarse. A Erika debía de haberle costado levantarla de la cama. Por su aspecto, había tomado somníferos. Sus ojos estaban hinchados y enrojecidos.

—Mikel, ¿cómo estás?

Synne se sentó junto a él y le puso una mano en el hombro. Comprobó que tenía la piel muy fría, tal y como ya le había explicado Erika.

—Me ha dicho Erika que has estado ido mucho rato, que no respondías. ¿Qué sientes? ¿Recuerdas algo?

Él no contestó. ¿Qué podía decir? Buscó los ojos de Erika, quería leer en ellos. Pero ella mantenía la mirada fija en el suelo.

Synne sacó una linterna del tamaño de un bolígrafo de un pequeño botiquín y lo alumbró. Mikel parpadeó.

—Sigue la luz.

La movió de derecha a izquierda varias veces. Mikel respondió bien. Sacó un estetoscopio y auscultó su corazón, que latía con poderosa energía, y sus pulmones, grandes, los pulmones de un deportista. Le tomó la tensión. Muy normal. Todo estaba en orden. Le midió la temperatura. Era fría, muy fría. No superaba los treinta y tres grados. Eso no encajaba en el cuadro. La fiebre sí. Frunció el ceño.

—Doctora, ¿qué pasa? —preguntó Erika.

Mikel dirigió su linterna hacia Synne, intrigado por su silencio. Descubrió cómo apretaba los labios. Tenía en su semblante la expresión de alguien que se esfuerza por callar.

La misma expresión que su oncóloga.

Synne lo sabía, dedujo. Sabía lo de su tumor, que estaba enfermo. ¿Cómo?

Al fin, Synne movió los labios. ¿Quería hablar de ello? Mikel se levantó al punto. No permitiría que Erika supiera nada de su enfermedad.

—¡No! —Alzó un dedo índice amenazador ante el rostro de la doctora y esta enmudeció, impresionada por la rabiosa advertencia—. Ni se te ocurra, Synne.

—Mikel, deberías...

—No.

—¿No qué? —Erika asistía a aquel extraño cruce de palabras sin comprender. Aquellos dos compartían un secreto, hasta ahí llegaba sin la menor dificultad.

—Por favor, Erika, ¿puedes dejarnos a solas un momento? —pidió Mikel—. Tengo que hablar con Synne.

Erika se controló. No quería irse, quería saber. Sin embargo, obedeció.

—Está bien. Iré a ver qué pasa con el generador.

Salió del dormitorio con el corazón latiendo a toda velocidad. A su compañero le pasaba algo y la doctora parecía conocer la causa, sin embargo, Synne no había presenciado lo que ella. Ese ser. Ya había varios testigos que lo habían visto, incluyéndose ella. No podía explicarlo, aún tenía el vello erizado, la electricidad corría por su piel, un intenso hormigueo cosquilleaba en sus células.

Sí. Había sido algo muy real.

Eran las seis y cuarto de la madrugada. Synne aún estaba adormilada a cuenta del lorazepam, pero los nervios y la tensión por hallarse a solas con Mikel la hicieron espabilar, por no hablar del vaso de agua que Erika le había arrojado encima para hacer que se levantara. De pie delante de él, no sabía cómo abordar la situación.

—¿Cómo lo has sabido? —dijo Mikel.

Dirigió su linterna hacia ella, que agachó la cabeza, de pronto avergonzada. Vestía un forro polar gris sobre dos camisetas de manga larga, el pelo rojo suelto sobre los hombros, mojado, las largas piernas embutidas en un pantalón de pana negro bajo el que seguramente se había puesto unas medias térmicas. Se notaba que se había vestido a toda prisa, sin duda apremiada por Erika.

—Encontré el informe de tu oncóloga —reconoció al fin—. Se cayó de tu ropa el día que volviste de la expedición, mientras estabas inconsciente.

Mikel soltó un gemido.

—Lo siento, no deberías pasar por esto tú solo, Mikel. La verdad, no sé qué haces aquí.

—Ayudar.

—¿Ayudar? ¡Estás enfermo! Y por lo que veo, tu cáncer no avanza, ¡galopa! No tienes mucho tiempo, y en vez de estar con tu familia te vienes aquí, en mitad de la nada, ¡donde no podremos ayudarte! ¡Yo no podré hacer nada! ¿Lo entiendes? ¡Es una locura!

—¿Y cuál es la otra opción? Me muero, Synne, no es que pueda hacer mucho al respecto, ¿verdad?

—Pero aquí no tenemos paliativos, ¡míranos! ¿Y si la próxima vez te da un ataque mucho más agresivo? ¡Ni siquiera tenemos luz! ¡Nos están matando uno a uno, esto es una locura!

Mikel esbozó una sonrisa amarga.

—Es mi elección, y te agradecería que no le dijeras nada a Erika. Ni a nadie.

—Se dará cuenta, no es estúpida. Cada vez estarás peor, Mikel. Lo de hoy ha sido un aviso, la próxima vez puede que ya no puedas controlarte.

No quería oírlo. Mikel alzó una mano para que se callara. Basta. No necesitaba que se lo recitaran.

—No será un problema, te lo aseguro.

—¿Y qué vas a hacer?

—Lo que tenga que hacer.

A Synne se le escapó un bufido impotente. No podía creer lo que estaba oyendo. Miró a Mikel con lástima.

—Precisamente eso es lo que no quiero ver —musitó Mikel. Dio un paso hacia ella y meneó la cabeza. El edredón resbaló de sus hombros por segunda vez—. No necesito tu compasión, Synne. Deja que me ocupe de mí mismo, sabré qué hacer llegado el momento.

La luz de las lámparas en el techo parpadeó emitiendo chasquidos. Creyeron que había vuelto la corriente, pero enseguida se apagaron y todo quedó de nuevo a oscuras.

—¿Y qué? ¿Cuál es tu plan? ¿Le vas a mentir a Erika? ¿A todo el mundo?

—Aquí todos mentís, ¿no?

Synne acusó sus palabras. Retrocedió, de pronto enojada y beligerante.

—Tú no sabes nada, Mikel.

—Sé que llevas todo el día escaqueándote. ¿Dónde te has metido? Teníamos preguntas que hacerte.

—No me estaba escaqueando. Es solo que me ha impactado mucho lo de Frida.

—¿Dónde has estado?

—¿Qué importa? Frida se ha suicidado.

—Puede que sí, puede que no.

—¿Qué insinúas?

Mikel le clavó una dura mirada.

—¿Qué? ¿Crees que la he matado yo?

—¿Es así?

Synne arqueó las cejas, pálida ahora.

—Yo no la he matado.

—Pues dime dónde estabas.

Synne apretó los labios. Mikel resopló con impaciencia.

—Estoy harto de mentiras.

—Qué sabrás tú. No tienes ni idea, hace más de un año que no vienes por aquí, ¡te has perdido muchas cosas!

—¿Qué cosas?

—Cosas. —Synne enrojeció—. ¿Y tú me acusas de mentir? Tú, que te guardas tus secretos, ¡que te estás muriendo y no quieres que nadie lo sepa! No te atrevas a juzgarme, Mikel. Ni siquiera pasas los inviernos aquí, te crees que nos conoces y no tienes ni idea.

—¡Pues explícamelo!

—¡No puedo!

—¿Has matado a Frida? ¿Estuviste anoche con ella? ¡Joder, Synne, dime si estuviste con ella! —Mikel la agarró del brazo y tiró de ella.

—¡No fui yo!

Entonces se zafó de su mano y, al hacerlo, profirió un lamento. Al punto, Mikel volvió a atrapar su muñeca y le levantó la manga de la camiseta. Cuatro largas líneas enrojecidas laceraban su piel. Arañazos. Synne estaba mortalmente pálida. Fue a decir algo, pero sonó un golpe contundente y seco al otro lado de la puerta. Synne se bajó la manga de la camiseta y ocultó sus delatoras heridas. Dirigió una mirada alarmada a Mikel. Este se llevó un dedo a los labios.

—No te muevas —ordenó con tono severo.

Se asomó al pasillo. Todo estaba tranquilo, sumido en una profunda oscuridad. Lo recorrió con el haz de su linterna, despacio. Entonces distinguió un bulto en el suelo.

—¡Johan!

El ingeniero yacía de bruces, inconsciente o muerto. Aún sostenía en la mano derecha su linterna. Se le había apagado al desplomarse. Mikel corrió hasta él y se arrodilló a su lado. Tenía una contusión en la cabeza de la que sangraba un poco, aunque no parecía en exceso grave. Le tomó el pulso. Su corazón latía con fuerza.

Miró alrededor. Notaba algo. Había alguien más allí.

Entonces Synne salió al pasillo.

—Synne, vuelve dentro.

Pero al ver a Johan sin sentido, la doctora desobedeció.

—Deja que lo vea.

Ya había dado unos pasos hacia él, pero se frenó en seco, la linterna en la mano apuntando más allá de Mikel. Estaba desconcertada, la boca congelada en una mueca de estupor.

—Tú... —murmuró.

Entonces Mikel comprendió que tenía a alguien detrás. Se levantó dispuesto a defenderse, pero recibió un duro golpe en la cabeza, tan fuerte que perdió el sentido. Synne chilló.

—¡Einar! ¿Por qué?

El biólogo aún sostenía una barra de hierro en las manos. Sus manos temblaban, su cuerpo se agitaba nervioso, su cara era la de un loco enajenado. Se orinó encima y la humedad mojó su pantalón y luego manchó el suelo, formando un charco a sus pies.

Synne tragó saliva. Dio un paso hacia él. Einar no se movió. La observaba como lo haría un psicópata. Sin duda estaba fuera de sí, la mente deteriorada por las muertes de sus compañeros, por el continuo aislamiento al que estaban sometidos, por la tormenta. Einar no sabía lo que hacía. La doctora dio otro paso cauto hacia él. Adivinó también en el fondo de sus ojos un sentimiento de... ¿lástima?, ¿arrepentimiento? ¡Culpa! ¿Había sido él? ¿Era él el asesino? ¿Había matado a Björg?

Era tan pequeño y frágil que parecía imposible.

—Einar, tranquilo. Escucha mi voz, mírame.

Él no parpadeaba, como si estuviera esperando algo, a que sucediera algo. Cuando Synne lo comprendió, se estremeció. El terror la dominó.

«Huye», le ordenó una voz en su cabeza.

No tuvo ocasión.

Una mano grande tapó su boca y su nariz. Antes de que pudiera reaccionar o defenderse, quedó aprisionada por un brazo poderoso que la levantó en volandas ante un Einar acobardado. El biólogo no hizo nada, no se movió, no gritó. Dejó que aquello sucediera. Luego retrocedió y se perdió en la oscuridad, dejando a Mikel y a Johan inconscientes en el suelo.

Los pasos de Erika llenaron el corredor. Había estado con Brede y con Nils, el generador había fallado. Estaban tratando de resucitarlo. No habían querido decirlo, pero estaban asustados. Temían que aquella vez sería la última. No volvería a arrancar.

Recorrió los últimos metros hasta el dormitorio donde había dejado a Mikel con Synne a la carrera.

Cuando su linterna lo descubrió tirado en el suelo, inmóvil junto a Johan, se detuvo en seco. Algo se quebró en su pecho al contemplar la escena. Permaneció inmóvil, alucinada al ver a su compañero y a Johan inertes. ¿Sin vida? ¿Qué había pasado?

Decidió buscar a Synne y abrió la puerta del dormitorio. Estaba vacío.

—Ay, no... No no no no no no, ¡no!

Corrió junto a Mikel y Johan y comprobó su pulso. Estaban inconscientes. Habían sido agredidos con algo contundente en la cabeza. Los abofeteó, cachetes en las mejillas, llamándolos por su nombre. Johan revivió primero. Se sentó y se llevó la mano a la nuca, donde un enorme chichón crecía con rapidez. Se manchó los dedos de sangre. No recordaba qué había pasado. Estaba haciendo la ronda, aseguró, y luego nada.

Entre los dos lograron despertar a Mikel. Lo ayudaron a sentarse e hicieron que apoyara la espalda en la pared. Lo primero que hizo fue preguntar por Synne.

—No está —dijo Erika—. Lo he comprobado, no está.

Mikel se puso en pie de inmediato, gruñendo toda suerte de imprecaciones, y, tambaleante, fue a verlo por sí mismo. Se llevó las manos a la cabeza y soltó un gemido de impotencia.

—Mikel, ¿qué pasa?

—¡Se la ha llevado! ¡Se la ha llevado y no he podido impedirlo! ¡Joder!

Les contó a Erika y a Johan lo ocurrido mientras daba vueltas en círculo, presa de la rabia y la impotencia.

—La buscaremos, puede que haya escapado, Mikel; puede que se asustara.

A Mikel se le escapó un bufido. Sabía que no. Y aún debía contarle a Erika lo de las marcas en su antebrazo. Por desgracia, ya no podrían interrogar a Synne.

21

—

Tenía el cuerpo entumecido. Atrapada en una estrecha cámara frigorífica, Synne se protegía el torso desnudo con los brazos. Su propio aliento formaba nubes de vaho. Buscó cómo escapar tratando de entender. No se atrevía a imaginar cuál iba a ser su futuro inmediato, demasiado aterrador. Había despertado despojada de su ropa de abrigo en aquel espacio en el que apenas podía moverse. Si abría los brazos tocaba ambas paredes. Con su metro setenta, su cabeza casi rozaba el techo metalizado. Una dura capa de escarcha lo cubría todo, incluido su pelo rojo. Hacía mucho, mucho frío, aunque no lo suficiente como para matarla de una hipotermia.

Por el momento.

Trató de pensar con coherencia, de calmar su ansiedad. Al fin y al cabo, ¡seguía con vida! Jugueteó con la esperanza, temerosa de romperla, tan frágil era.

Estudió la pesada puerta de metal. La había empujado y no se movía. No tenía con qué romper el cristal de la ventanita redonda que tenía delante. Era muy grueso y resistente, como un ojo de buey. Se acercó, limpió el vaho que lo empañaba y atisbó a través de él.

Al otro lado no vio gran cosa. No lograba distinguir dónde se hallaba instalada aquella cámara. Si era un almacén o un laboratorio; ni siquiera si estaba aún en Nytt Håp.

Una bombilla colgaba desnuda de un techo que no divisaba, creyó distinguir los contornos de una mesa, tal vez una camilla.

Una camilla quirúrgica. Tragó saliva pensando en lo que les había sucedido a sus compañeros.

Le castañeteaban los dientes.

Se acuclilló en el suelo, sin tumbarse —había descubierto que la piel se le adhería dolorosamente a la fina capa de escarcha—, y se meció adelante y atrás. Aguantaría, lo soportaría todo. Sobreviviría.

Notó un cambio sutil, cómo se ensombrecía el reducido espacio en que se hallaba. Algo había cubierto el cristal. Alzó la cabeza. Un rostro la observaba enmarcado en el ojo de buey. El rostro de un hombre.

Synne lo reconoció. Abrió la boca, el pánico emergiendo desde el centro de su alma. La frágil esperanza se desintegró.

No había esperado que fuese él.

«Einar, ¿por qué? ¿Por qué?».

Un amargo resentimiento contra el biólogo llenó su boca. «Traidor», fue la palabra que afloró a su mente. Había asaltado a Mikel por la espalda y la había dejado a merced de un asesino, ¡la había entregado!

«Para salvarse él, ¡el muy cobarde!».

Mordió este pensamiento deseando atravesárselo a Einar en el pecho. Luego la realidad se abatió sobre su espíritu y doblegó su rabia. Entonces se humilló, suplicó con desesperación por su vida, cayó de rodillas e imploró. Su voz sonaba hueca allí dentro. No era la primera que suplicaba; sus palabras, sus llantos sin duda lograrían enfurecer a ese hombre. Pero no podía evitarlo. Sollozó, desvalida, muerta de hambre, de sed, de frío. Anhelando vivir.

Su captor la observó impertérrito durante mucho tiempo. No hizo ni dijo nada. Su semblante era una máscara rígida.

Luego se marchó.

Synne gritó hasta desgañitarse, implorando por su vida.

Se arrojó sobre el cristal y miró a través de él. Entonces vislumbró algo que la hizo palidecer. Descubrió un traje. Reconoció un traje de inmersión submarina. La luz que colgaba del techo le permitió distinguir a Gunnar en su interior. ¡Estaba muerto!

Se puso histérica. Cuando su garganta enronqueció y la afonía se llevó su voz, se derrumbó, sin importarle ya si su piel se pegaba al suelo, si dolía o no. Se encogió, abrazándose las rodillas, y empezó a rezar. Pidió perdón por sus pecados, rogó por su alma, pensó en sus padres, en su hermana, en su familia, a la que no volvería a ver. No podría despedirse de sus seres queridos.

«¿Ha merecido la pena?», se preguntó.

No. Todo había sido un error.

Se miró los arañazos en la muñeca, cuatro líneas enrojecidas.

«Me he equivocado, oh, por Dios, ¡cuánto me he equivocado!».

Sus lágrimas se helaban nada más tocar el suelo. Sus dedos empezaban a insensibilizarse. Pronto no podría moverlos. El frío duele. El frío muerde.

No hay nada dulce en morir de frío.

Mikel y Erika descubrieron que también Gunnar se había esfumado. Dos raptos seguidos. El asesino aceleraba el ritmo. Como siempre, nadie había visto nada. Erika era incapaz de determinar si el biólogo aún estaba en su cama cuando fue a buscar a la doctora para que atendiera a Mikel. Le había costado tanto despertarla que no había prestado atención a nada más.

No lograron arrancarle a Einar, el único que quedaba

de los que habían ocupado ese dormitorio, una sola palabra. Permaneció aturdido e inmóvil mientras lo interrogaban. No parecía importarle nada. Creyeron que estaba al borde de un ataque de apoplejía; por eso, en ausencia de Synne, lo dejaron bajo la supervisión de Od. En cuanto a Thorensen, repitió su cantinela de siempre: ¿acaso no lo habían intentado todo con las otras víctimas? ¿Y de qué había servido?

Pero ellos no podían darse por vencidos. Los buscaron por su cuenta. Recorrieron la base de arriba abajo, cada módulo, cada sala. No encontraron el menor rastro. Cuando anunciaron que iban a buscar en el exterior, Nils, que no soportaba la inacción a la que lo estaba sometiendo Thorensen, se saltó su autoridad y se les unió. Molly los acompañó.

El viento al fin había dejado de soplar, pero la niebla envolvía de nuevo Nytt Håp. Moverse en el crepúsculo diurno a través de aquel denso manto lechoso, bajo una nevada que no cesaba, empeoraba la sensación de aislamiento y fragilidad. Acordaron dividirse. Nils se marchó con Molly para buscar indicios por el recinto de la base mientras Mikel y Erika revisaban los edificios auxiliares. Estaban dispuestos a arriesgarse y entrar de una vez por todas en el almacén de la cabina.

Apenas hacía cinco minutos que se habían separado de Nils cuando oyeron los agudos ladridos de Molly. Al poco, el propio Nils los llamó. Corrieron hacia su voz, comprendiendo que había encontrado algo.

Lo descubrieron a unos cincuenta metros. Molly aullaba desgañitándose mientras Nils alumbraba con su linterna algo que se alzaba ante él. Al principio Mikel no supo lo que era. La niebla le impedía distinguirlo. Cuando al fin alcanzó a su amigo, comprobó que estaban ante un traje de inmersión submarina. Había sido colocado como si de un traje espacial se tratara. No había huellas. La nieve había formado ya una densa capa sobre el casco, el torso, los brazos y las piernas del coloso de titanio, y se había congelado formando una costra blanca y dura.

Nils cogió a Molly por el collar y la hizo sentarse mientras Mikel se aproximaba. La perra gimoteaba, ladraba, las orejas erguidas. Mikel limpió el casco con el guante y el rostro de Gunnar apareció al otro lado. Lo alumbraron con las linternas. El interior del traje había sido inundado. A Gunnar se le había petrificado el pavor en la cara; tenía las pupilas dilatadas, el rostro amoratado, la boca abierta en un postrero intento de respirar.

—Está muerto.

—Lo ha ahogado —murmuró Erika—. Deberíamos meterlo dentro.

—Este traje pesará unos doscientos kilos. —Mikel se volvió hacia ella—. No podremos moverlo, y sin combustible para manejar la Manitou, me temo que tendrá que quedarse aquí.

—¿No podríais desplazarlo entre tres o cuatro? Johan, Brede, Nils y tú. ¡Sois fuertes!

—Piensa, Erika. No merece la pena. Mientras estamos aquí fuera discutiendo si podemos meterlo o no, el asesino aún tiene a Synne en alguna parte. Además, ahora somos más vulnerables que nunca. Dejémoslo aquí y volvamos.

—¿Y cómo lo ha traído él hasta aquí?

—Nils, ¿tenemos planos de la base? —le preguntó Mikel—. Los planos originales.

—No creo, al menos yo no los he visto, ¿por qué?

—Joder, porque por algún sitio entra ese demente. Está aquí, con nosotros.

Al contrario de lo que temían, al fin el generador auxiliar volvió a la vida y recuperaron la luz y la calefacción. Pero el humor de Thorensen empeoraba por momentos y sus hoscas maneras se recrudecieron. Más que nunca, Mikel tenía la impresión de que estaba planeando algo por su cuenta en connivencia con sus hombres de confianza, Johan y Brede. A Nils y a Od parecía haberlos dejado al margen de lo que fuera que estuviera tramando. Los dos ingenieros cerraban filas en torno a él. No obedecían a nadie que no fuera su comandante. Nunca mencionaban a Halvard. ¿Dónde estaba?

Nils no encontró los planos de la base, y el comandante aseguró que nunca los habían tenido. Por eso Erika decidió recurrir a Kronos. Lo llamó desde su dormitorio y le pidió que se los consiguiera cuanto antes. Mikel la escuchó con atención mientras le explicaba al misterioso Kronos lo que pretendían.

—¿Cómo van las cosas por ahí? —preguntó Kronos.

—De mal en peor. —Le resumió los últimos acontecimientos.

—Pinta mal.

—Peor que mal. No conseguimos adelantar nada. —Erika se derrumbó. Bajó la voz y se alejó unos pasos para evitar que Mikel la oyera—. Kronos, ¿y si os habéis equivocado conmigo? Tal vez no deberíais haberme enviado a mí.

—No, Erika. Es la tensión. Lo resolverás. ¿Qué hay de Thorensen?

—Es un muro. No hago más que darme de cabeza contra él.

—Ya sabíamos que sería así.

—Estamos muy perdidos, Kronos. Si te digo la verdad, esto me supera.

—Bueno, creo que puedo decirte algo que te levantará el ánimo.

—¡Por favor!, ¡lo que sea! —Se volvió hacia Mikel y sonrió. Se acercó a él.

—La borrasca no tardará en disiparse. Pronto tendréis una tregua.

Kronos colgó, y el pecho de Erika se expandió. Una tregua podía significar la diferencia entre fracasar o vencer. Erika abrazó a Mikel, incapaz de contenerse.

—¡La borrasca pronto nos dejará! —anunció exultante.

Mikel soltó un suspiro prolongado mientras una intensa sensación de euforia recorría su cuerpo. Tal vez las tornas se volvieran a su favor por primera vez desde que llegaron.

—Preparémonos, esta noche vamos a volver a intentarlo —propuso Erika—. Solo espero que no hayan decidido vaciar esa cabina.

Thorensen los vio salir a hurtadillas de su habitación sobre las once de la noche, después de haber cenado todos juntos. Mikel y Erika se habían ido del comedor con aire furtivo, y el comandante los estaba vigilando. Esperó a que sus linternas dejaran de verse, cruzó los pocos metros que lo separaban de su dormitorio y se coló en él. Cerró la puerta, echó el pestillo y encendió la luz. ¿Por dónde empezar?

La mesa que la agente había llevado a la habitación para trabajar llamó su atención. Había un buen número de notas y documentos desperdigados sobre ella. Una sonrisa aviesa bailó en su rostro. Empezó a revisar los papeles. Lo habían dejado todo allí, incluidas sus libretas personales, con anotaciones e impresiones sobre el caso, sobre él.

Su expresión se crispó tornándose más y más torva. No le gustó lo que estaba leyendo. En una nota, Mikel había dibujado la cabina del almacén nuevo y junto a ella había escrito: «¿¿¿Qué esconden???».

Así que habían entrado en el edificio y la habían descubierto. Eso era grave. Tal vez era allí adonde iban esa noche. Thorensen sonrió: por más que lo intentaran, no podrían abrir la cabina.

Registró palmo a palmo la habitación, hurgando entre sus pertenencias y sus camas. Y encontró el teléfono satelital que Erika había escondido bajo el colchón, pegado al somier de lamas con cinta aislante. Lo arrancó con rabia, el rostro encendido por la sorpresa. ¡Lo había tenido todo el tiempo! ¡A sus espaldas!

Erika sabía jugar sus cartas. La había subestimado.

Entonces decidió aprovecharlo. Marcó un número y esperó.

Al cabo de varios tonos, una voz femenina contestó. Había contactado con la Kripos. Se identificó como el comandante Steffen Thorensen, al mando de la base Nytt Håp en la Antártida, y pidió hablar con el director de la agencia. Lo dejaron en espera. Al poco, Mark Enberg en persona lo saludó. Intercambió algunas frases de cortesía con él y enseguida le recriminó que hubiera enviado a Erika Oblyakov a husmear en su base sin su consentimiento. Enberg lo escuchó pacientemente. Cuando Thorensen dejó de soltar improperios contra la Kripos, tomó la palabra. Su tono fue hostil, transmitía sorpresa y malestar a partes iguales.

—Erika Oblyakov ya no trabaja aquí, comandante. Ha dejado su puesto y entregado su placa sin explicaciones. Le aseguro que no comprendo qué hace en Nytt Håp, desde luego sin mi permiso ni mi conocimiento.

—¿Entonces quién respalda su investigación aquí?

—Nadie. No es cosa nuestra.

Enberg colgó de malos modos y el comandante se tragó su malsano enconamiento contra Erika. Sus sienes latían y apenas lograba respirar de indignación. Así que aquella arpía estaba allí por su cuenta y riesgo, sin autorización, ¡sin respaldo! ¡Lo había engañado! Estaba actuando por su cuenta. Sin duda, había algo más detrás de su renuncia en la Kripos y su aparición en Nytt Håp. Sus ojos refulgieron con un destello de preocupación. Tal vez había estado demasiado ciego para ver la realidad. ¡Qué estúpido!

Furioso, marcó otro número y esperó.

No tardó en ser atendido. Una voz masculina respondió al otro lado.

—¿Sí?

—Comandante Thorensen al habla. Esta es una llamada de emergencia desde Nytt Håp. Hay que evacuar. La situación es grave.

Hubo un silencio. Luego su interlocutor dijo:

—Haced las maletas. Os recogerán en el punto convenido.

—¿Y el cierre?

—Hemos recibido la entrega. Ha cumplido su palabra, nosotros cumpliremos la nuestra. La cuenta atrás ya ha comenzado.

Thorensen calculó con cuánto tiempo contaba. Un día o dos, como mucho tres. Todo dependía de Halvard.

22

Fue sencillo entrar en el almacén nuevo una vez calmado el viento. Habían esperado pacientemente y al fin se habían aventurado fuera de la base. Johan y Brede no rondaban en el exterior esa noche. Mikel y Erika intercambiaron una mirada elocuente. «A la tercera va la vencida», se dijeron sin palabras. Habían llegado a creer que perderían su oportunidad si los dos ingenieros no dejaban de merodear por allí. No iban a desperdiciarla.

Soltaron el candado, abrieron el portón y se deslizaron dentro con sigilo. Lo cerraron tras ellos y cruzaron deprisa la distancia que los separaba de la extraña cabina. Parecía aguardarlos sumida en las tinieblas. Mikel acercó la mano al panel de control. El sensor integrado en la estructura lo detectó. Al instante se iluminó la pantalla azul y les mostró el mismo mensaje de la vez anterior:

«Aproxime su acreditación».

Esta vez sí tenían la dichosa tarjeta. Gracias a Frida. Mikel le dedicó un pensamiento triste a la geóloga. Ojalá hubiera confiado más en él, ojalá se hubiera decidido a hablar antes, en vez de arriesgarse como lo había hecho. Ya nunca sabrían si Synne la había asesinado, si habían discutido a cuenta de la nota que Frida le había dejado a Mikel. ¿Y si alguien más había estado en la habitación después de esa pelea? Alguien que la había matado y después había simulado la muerte de Frida y se había llevado lo que escondía bajo la cama.

—La explicación más simple suele ser la verdadera —le había dicho Mikel a Erika después de mucho discutir al respecto—. Pensar en un segundo implicado en la muerte de Frida es demasiado complicado. Yo creo que Synne vio que le daba la nota a Od, que se imaginó lo que pretendía. En algún momento se largó del comedor sin que nadie se diera cuenta e intentó disuadirla. Discutieron, la mató y se llevó lo que tenía para nosotros.

Erika no podía estar más de acuerdo con su teoría. Ahora bien, ¿qué era tan importante como para empujar a Synne a matar?

A Mikel le tembló un poco el pulso al acercar la acreditación de Frida al panel. Si la presencia de los ingenieros en ese almacén significaba que habían estado limpiando lo que fuera que ocultaran allí, habrían perdido su oportunidad de aclarar las cosas. El texto desapareció, la pantalla se apagó y se oyó un chasquido corto y seco seguido de un prolongado zumbido. Retrocedió dos pasos. Su compañera lo imitó, a la expectativa. De vez en cuando lanzaban furtivas miradas hacia el portón, temiendo ver aparecer a los hombres de Thorensen o incluso al propio comandante. Una compuerta se desplazó hacia el fondo de la cabina un par de centímetros y se deslizó hacia arriba, mostrando un interior cilíndrico iluminado.

La cabina estaba vacía. Se trataba de un espacio de paredes esféricas de alguna aleación metalizada, sin adornos de ninguna clase. El techo era un panel de luz blanca, y el suelo liso, también de metal. Habían llegado tarde. Mikel guardó silencio, abatido. Lo que fuera que hubiesen guardado allí había desaparecido.

A su lado, Erika contemplaba aquel espacio vacío con el semblante demudado, tan afectada como él. Aquella era su mayor derrota en toda su carrera. Dio un paso adelante y permaneció allí, muda, mucho tiempo. Si Thorensen sospechaba que habían entrado allí, que habían descubierto la cabina, era lógico que se hubiese apresurado a vaciarla sin dejar rastro de su contenido. Llevaba tiempo adelantándose a sus pesquisas. Sin embargo, había algo extraño en aquel espacio cilíndrico perfecto. No parecía un almacén. Recordó la nota de Frida. Ella había escrito «tarjeta de acceso».

—¿Es un ascensor? —preguntó desconcertada.

Desde fuera le había parecido que el interior sería más espacioso, pero apenas cabían dos personas en aquel hueco. Además, resultaba extraño que lo utilizaran para almacenamiento dentro de un edificio de dimensiones tan grandes. Mikel arqueó las cejas. Miró las paredes pulidas y aquel techo luminoso.

—Es posible. No se me había ocurrido.

—¿Y si esa tarjeta no es una simple llave para abrir una puerta? Y de ser así, si estamos en un ascensor, ¿adónde va?

—Solo puede ser hacia abajo. Probémoslo. Lo que encontraremos no lo sé. Puede que nada bueno.

—¿Crees que él está ahí abajo?

—Tendremos que averiguarlo.

Erika se estremeció.

—Adelante —lo invitó.

Le tembló la voz. No tenía miedo, pero aun así no pudo evitar que sonara trémula.

Mikel no se hizo de rogar, al instante se metió en la cabina. Él tampoco estaba asustado. Quería saber, quería descubrir de una vez por todas qué estaba pasando, y su instinto le gritaba que las respuestas estaban allí. Cuando Erika se le unió, la puerta de la cabina siseó, encajó de nuevo en su hueco y se cerró. Les pareció estar atrapados en una lata de metal. ¿Y si se habían equivocado?

Transcurridos algunos segundos, hubo una vibración suave, y notaron un cosquilleo en los pies. Un chorro vaporizado los sorprendió. Surgió del techo y los bañó de arriba abajo. Comprendieron que era un desinfectante. ¿Para qué? Luego un cierto vértigo se adueñó de ellos. Sintieron que algo tiraba de sus cuerpos hacia arriba. Aunque no lo pareciera, pues nada cambió ni había indicadores de ninguna clase, descendían a gran velocidad.

—Estamos yendo muy rápido —murmuró Mikel.

Miró su reloj y empezó a contar el tiempo. Un minuto, dos... A esa velocidad debían de estar adentrándose en la tierra a mucha profundidad. Empezó a inquietarse, algunas gotas de sudor resbalaron por su espalda. ¿Cuánto estaban bajando? Cuando la vibración se detuvo, dejaron de sentir vértigo. La compuerta se deslizó hacia arriba.

¿Dónde estaban?

No tuvieron necesidad de usar sus linternas. Nada más salir de la cabina, varios focos de gran potencia se encendieron, desterrando las sombras y proyectando una luz fuerte y directa sobre ellos. Parpadearon deslumbrados, protegiéndose los ojos con las manos. Poco a poco se habituaron al exceso de luz. Descubrieron entonces, conmocionados, que se hallaban en una inmensa y hermosa gruta de hielo, con grandes columnas naturales, como estalactitas y estalagmitas gigantescas, inmensos dedos retorcidos que trataban de encontrarse. Los focos provocaban que la cueva resplandeciera, como si tuviera luz propia.

Impresionada, Erika buscó el techo, pero este se alzaba a muchos metros por encima de sus cabezas. El suelo era irregular y no lo estaban pisando directamente con las botas, sino que se encontraban sobre una pasarela de un metro de ancho. No alcanzaban a ver adónde los conduciría. Al menos podrían caminar por ella sin temor a resbalar. La siguieron sin dejar de admirar ese entorno natural de formas fantásticas, esculpido durante miles de millones de años por el agua. Se preguntaban cómo lo había descubierto Thorensen y por qué lo mantenía en secreto; cuánto tiempo les había llevado a los noruegos perforar un túnel hasta la gruta, instalar el ascensor; cómo lo habían hecho sin llamar la atención.

La orilla helada de un impresionante lago de aguas prístinas se materializó ante ellos. La quietud de su superficie lo hacía parecer un espejo. Sus límites se perdían más allá del alcance de los focos, en la oscuridad. Mikel lo contempló subyugado por su belleza. Calculaba que debían de haber descendido a unos mil metros de profundidad en esos tres minutos, tal vez a más. El lago Vostok, situado en el centro del continente, por ejemplo, estaba a cuatro mil metros bajo el hielo. Los rusos habían descubierto que albergaba vida, pero nadie en su sano juicio había tratado de llegar a él. Los noruegos habían cruzado todos los límites al adentrarse en esa cueva.

—No deberíamos estar aquí —se lamentó.

—¿Cómo? ¿Por qué?

—En realidad, nadie debería. —Estaba enfadado. Su pecho subía y bajaba de indignación—. Hay muchos lagos bajo la Antártida, lagos de agua dulce que forman un enorme entramado, conectados entre sí pero aislados del mundo exterior. Han estado así durante millones de años, inalterados, intactos, evolucionando al margen del resto del planeta. Nada de nuestro mundo ha estado en contacto con ellos desde que se formaron. No deberíamos estar aquí —repitió.

—Lo estamos contaminando. ¿Es eso?

Mikel se lo confirmó.

—Hay mucho que no sabemos de nuestro mundo, Erika, apenas hemos llegado a escarbar en la superficie, y nos creemos con derecho a profanar estos ecosistemas sin la preparación ni los conocimientos necesarios. La Antártida es un santuario, o debería serlo. Nuestra presencia en este lugar podría estar poniendo en peligro su delicado equilibrio. Podríamos destruirlo todo y perder las respuestas que tanto necesitamos para preservar el futuro, la oportunidad de comprender, que es lo que hemos venido a hacer en la Antártida, el motivo por el que se firmó el tratado. A Thorensen parece que le da igual —rezongó.

Meneó la cabeza con creciente disgusto. Erika señaló la orilla del lago.

—¿Qué es eso?

Algo grande y blanco flotaba en el agua. Tenía algo escrito en grandes letras en el costado: TITAN 11000.

—Un sumergible. No, *el* sumergible —dijo Mikel con admiración—. Debe de haber costado una barbaridad.

El Titan era un vehículo diseñado por una de las empresas más avanzadas en descenso a grandes profundidades, una de sus últimas creaciones. Habían llegado a un nivel de sofisticación impresionante. Hacer que un sumergible fuera capaz de descender a más de diez mil metros de profundidad sin peligro era hasta hacía muy poco una quimera. Mikel admiró el diseño del Titan mientras se aproximaba siguiendo la estrecha pasarela. Tenía forma de gota de agua y había sido fabricado con fibra de carbono y titanio, lo que le otorgaba una gran resistencia a la presión. Su cuerpo era blanco y su parte frontal, completamente esférica, era de un material transparente que permitía una visión panorámica a sus tripulantes. Dos focos adosados a los costados le proporcionaban luz en la oscuridad. Por debajo sobresalían cuatro patas negras y arqueadas que terminaban en dos patines. Un cable coaxial monofilamento conectaba el Titan a una consola ubicada junto a la orilla del lago. Le recordó al cordón umbilical que unía el Altair a los trajes de inmersión de Urpekari. Se situó junto a ella y acercó la tarjeta de Frida. Varias pantallas se iluminaron y un teclado táctil parpadeó. Por lo que había leído sobre aquel prodigio, el Titan estaba dotado de sensores acústicos y medidores de deformación a lo largo de su estructura, lo que permitía controlar desde el exterior la presión que soportaba y cómo afectaba al casco. Desde la consola, podían monitorear en tiempo real la salud del sumergible y de sus tripulantes a medida que se hundieran a más y más profundidad. Ante cualquier fallo, podrían detener el descenso y hacerlo regresar a la superficie de manera segura.

—Qué belleza...

Estaba emocionado. Por un momento olvidó por qué estaban allí y lo que implicaba todo aquello. Ya no estaba enfadado, sino fascinado. El DeepWorker que habían adquirido en Urpekari, comparado con aquel sofisticado aparato, era un juguete. Y les había costado una millonada. Thorensen debía de contar con una cuantiosa financiación. Los noruegos estaban actuando en la sombra, dado que ni el Comité Polar Internacional ni ninguno de los países miembros del tratado que protegía la Antártida sabrían nada de aquello: jamás lo habrían permitido.

Erika se situó a su lado, maravillada al ver cómo los dedos de su compañero volaban sobre el teclado táctil, con absoluta familiaridad. Mikel sonrió al ver su expresión.

—Recuerda que me dedico a esto. Sé cómo funciona.

—Sabía que tenías que venir conmigo, Mikel.

Hubo un siseo y las luces exteriores del Titan se encendieron. La cabina interior también. Ya alcanzaban a ver, desde donde estaban, los asientos de los tripulantes. Cuatro en total, acolchados, de cuero blanco.

—¿Qué has hecho?

—Ponerlo en marcha. El manejo del Titan es autónomo, pero sus sistemas dependen por completo del ordenador. Si se desconectara ese cable —señaló el cordón que unía la consola con el sumergible—, sencillamente se apagaría y caería como una piedra hasta el fondo. —En una de las pantallas apareció una imagen de la cueva desde el punto de vista del sumergible—. Lleva una cámara integrada en el casco, de manera que quien controla la consola puede ver lo que ve el sumergible mientras navega en el fondo del lago.

—¿Qué crees que hay ahí abajo?

—No lo sé, pero pienso averiguarlo.

—No irás a...

—Sabré manejar este trasto perfectamente. Volveré enseguida, no tardaré más de media hora, lo prometo. Mientras tanto, quédate aquí y vigila.

—No me gusta lo que estás proponiendo.

—Estaré bien.

—¿Y qué hay de lo de no contaminar?

—Ya no podemos hacer nada. Hace tiempo que cruzaron esa barrera —señaló alrededor.

—Odio quedarme atrás, Mikel.

—¡Lo sé bien! —Soltó una carcajada—. Pero por esta vez serás mi guardaespaldas. Estate atenta a la pantalla, por si ves algo que a mí se me escape ahí abajo. Si surge cualquier imprevisto, te diré qué hacer.

—¿Y si viniera alguien?

—Te las apañarás.

—Él podría esconderse aquí, Mikel.

—Erika, las respuestas están ahí abajo. Tengo que ir, y no puedo hacerlo si tú no estás aquí cubriéndome. Sé que quieres saber la verdad tanto como yo.

Ella le dedicó una larga mirada. Sus ojos del color del mar reflejaron una dura lucha interna. Luego se volvieron duros y fríos. Sin esperar a que protestara, Mikel se fue directo al Titan, abrió la escotilla de acceso en la parte superior y se coló dentro, deslizándose por ella. El interior era espacioso, cuatro personas podían compartirlo sin estrecheces. Buscó el asiento delantero, frente a la ventana panorámica, y se situó a los mandos, un panel de control similar al de la cabina de un avión. Se puso los cascos y le indicó a Erika por señas que cogiera los suyos, junto a la consola. Así podrían hablar.

—¿Todo bien?

Erika se sorprendió de oírlo tan cerca como si lo tuviera pegado a la oreja.

—Supongo.

—Inicio descenso. Cuanto antes baje, antes volveré. Recuerda, media hora.

Con una profunda emoción en el pecho, Mikel tomó los mandos y guio el Titan hacia el centro del lago. Era fácil de manejar, suave e intuitivo. Las aguas negras se agitaron ondulando en torno al vehículo. Comenzó la inmersión. Enseguida se adentró en la profunda oscuridad. Los indicadores le decían cuánto estaba descendiendo. Viejos recuerdos inundaron su memoria. Su última inmersión con el prototipo de Urpekari se le apareció con claridad en la imaginación. Synne le había echado en cara que fuera a morir allí, en Nytt Håp, rodeado de locura y asesinatos. Entonces no imaginaba que existía el lago. La posibilidad de contar con ese recurso, en caso de necesitarlo, le pareció una bendición.

—Mikel, no veo nada. —La voz de Erika le llegó alta y clara.

—Porque no hay nada que ver.

En torno al Titan el lago era una inmensa masa de agua oscura. Los focos no mostraban más que miles de partículas flotando en su haz de luz.

Seiscientos metros. Setecientos. Setecientos cincuenta.

El Titan se sumergía con facilidad, sin inmutarse ante la presión. Su casco estaba preparado para soportarla hasta un máximo de once mil metros. Dudaba que llegara tan lejos. Escudriñó esa nada buscando un atisbo de algo que explicara la motivación de Thorensen.

Mil doscientos metros. Aceleró un poco. Mil seiscientos.

Reinaba una gran quietud allí abajo. Una serena paz colmó su espíritu atribulado por primera vez desde hacía mucho tiempo. Su corazón se calmó, sus pulsaciones bajaron, como cuando buceaba. Tenía el control. Dios, cómo había echado de menos eso.

Oyó suspirar a Erika:

—¿Ves algo?

—Por el momento no.

De súbito, una especie de manta traslúcida emergió de la oscuridad y se materializó ante él. Una curiosa serpentina de luces de colores vibrantes recorría su interior y se extendía a lo largo de dos largas colas que salían de su parte trasera, formando dos látigos brillantes que ondeaban grácilmente tras ella. Era una criatura abisal, bioluminiscente, un ser tan diferente a cualquier otro que hubiera visto antes que lo dejó sin aliento. Abrió la boca para comentarlo con Erika, pero entonces, de todas partes, emergieron minúsculas y variopintas formas de vida, como si se hubieran ocultado ante la irrupción en su mundo de aquel gigante de titanio y ahora empezaran a asomarse tímidamente, curiosas. Brillaban por sí mismas, como estrellas refulgentes. El lago rebosaba de vida. A medida que los seres que lo poblaban se acomodaban a la luz de los focos del Titan, iban dejándose ver. Algunos parecían volar alrededor, salían de la oscuridad y se acercaban, sin duda movidos por la curiosidad.

Hizo que el sumergible avanzara un poco.

Estaban asistiendo a un gran descubrimiento: la vida abriéndose camino en un entorno imposible, oculto bajo el hielo, en un lugar al que jamás llegaba la luz del sol y sometido a tales condiciones de presión y temperatura que hacían impensable que la vida pudiera evolucionar en él. Los rusos ya habían descubierto que era posible gracias a las muestras que habían estado tomando del lago Vostok; habían encontrado bacterias cuyo ADN era un trece por ciento diferente al de cualquier criatura conocida en todo el planeta, lo que era lo mismo que si dijeran que su origen era extraterrestre.

—Erika, dime que lo estás viendo.

—Lo veo. Dios mío, es muy hermoso.

Seres imposibles desplegando sus alas, extendiendo sus tentáculos, rizados como látigos de luz. De pronto se apartaron y se alejaron. Mikel fue tras ellos. Un increíble espectáculo natural se desplegó ante él. Una inmensa barrera de coral emergió de la oscuridad, largas cintas rojas ondeaban hacia arriba, criaturas ancladas a las rocas emergían con formas extravagantes, unas coloridas, otras rugosas, como cerebros palpitantes; el lago estaba lleno de vida, vida que llevaba millones de años evolucionando sin el ser humano, sin contacto con el exterior, siguiendo sus propios ritmos, sus propias leyes. ¿Cuánto mediría aquel coral? ¿Cuánto se extendía el lago bajo Nytt Håp? ¿Hasta dónde lo habría explorado Thorensen?

—Mikel, ¿cuántos metros tiene el cable al que está sujeto el sumergible? —preguntó Erika.

—Hay un sensor que me avisará si llego al límite. No te preocupes.

Esperaba que le permitiera ir más lejos, no quería dejar de explorar ese lugar misterioso, no quería tener que regresar a la superficie para lidiar con el horror que el ser humano es capaz de provocar. Prefería permanecer ahí abajo.

Si se daba la ocasión, volvería a aquel lugar. Para no salir más.

Se centró en lo que veía en los monitores, en su conversación con Erika. Esperaba que dijera algo más mientras él avanzaba en su exploración del fondo de ese lago primigenio. Presentía que estaban a punto de hacer un gran descubrimiento.

Pero Erika guardaba silencio. ¿Cuánto tiempo había transcurrido? El silencio que inundaba sus oídos no era natural. Ya no oía el característico chisporroteo de los auriculares, ni la respiración de su compañera. La llamó mientras una profunda inquietud crecía en su pecho. ¿Por qué no contestaba?

—¿Erika? ¿Sigues ahí?

La comunicación se había cortado.

De pronto las luces del Titan se apagaron y todo quedó sumido en un opresivo silencio. Mikel trató de reiniciar los sistemas, pero el panel de control estaba muerto, inútil, y no podía ver nada. Manoteó en la oscuridad buscando su linterna bajo el chaquetón. Cuando alumbró el habitáculo, comprobó que los sistemas se habían caído. Aun así, volvió a llamar a Erika varias veces, consciente de que estaba perdiendo el tiempo. Trató de mover los mandos. Se habían quedado rígidos, anclados en punto muerto. Había únicamente una cosa que pudiera provocar algo así: la consola no le enviaba energía.

El sumergible estaba desconectado.

Como cuando él liberó el cable de su exotraje y se separó del Altair para morir.

Solo que el exotraje sí era autónomo.

Apuntó el haz de su linterna hacia el exterior a través del mirador esférico de la parte frontal y comprobó que se estaba hundiendo. Caía a plomo de forma inexorable. Al cabo de unos segundos el Titan tocó fondo y quedó inerte como una piedra sobre un lecho de arena negra que formó una cortina turbia alrededor. Una sobrecogedora quietud siguió al impacto. Mikel se quedó muy quieto, aturdido. Si apagara la linterna, quedaría a merced de la oscuridad más absoluta.

«Soledad» fue la palabra que se abrió paso en su mente y en su alma.

Estaba solo. Completamente solo.

Sabía lo que vendría a continuación: el cálido habitáculo iría perdiendo temperatura y al cabo de unas horas se convertiría en una nevera. Si no moría congelado, lo haría por falta de oxígeno, cuando el soporte vital se agotara. Al menos, se consoló, no sucumbiría a la presión mientras permaneciera dentro del sumergible.

Se planteó si quería esperar ahí a morir.

¿Por qué iba a tener miedo si ya había intentado quitarse de en medio una vez?

Entonces una horrible idea se abrió paso en su mente.

Alzó la mirada pensando en Erika. ¿Por qué le había preguntado cuánto medía el cable?

¿Erika?

Pero ya le había mentido antes, ¿verdad? Recordó que le había ocultado que tenía un satelital, y había impedido que la acompañara cuando fue a registrar el despacho de Thorensen, ¿por qué tanto empeño? ¿Y si había algo que ella no quería que supiera, igual que él le ocultaba su enfermedad? Por duro que resultara, no debía descartar ninguna posibilidad. Debía contemplar el hecho de que hubiese estado utilizándolo, de que tal vez no quería que siguiera adelante a partir de ese nuevo descubrimiento.

Le dolió el mero hecho de contemplarla bajo aquel nuevo prisma. Sin embargo, siempre había sabido que se guardaba algo, que le ocultaba sus verdaderos motivos para estar allí.

Le dolió ser consciente de que quizá Erika no fuera la persona que él creía, de que podía haberlo traicionado en beneficio de sus propios objetivos. Ya nunca llegaría a saberlo.

Iba a morir sin respuestas.

No había nada que pudiera hacer al respecto, ni siquiera por sí mismo. No sabía a qué profundidad se había hundido y no podía calcular cuántas horas de oxígeno le quedaban.

Se enterró en el mullido asiento de cuero blanco rumiando su aciago destino.

«La curiosidad mató al gato», se recriminó.

Ojalá no hubiera actuado de forma tan impulsiva, ojalá no se hubiera lanzado sin pensar a explorar el lago.

Apagó la linterna y dejó que las tinieblas se abatieran sobre él. No tenía miedo. ¿De qué? ¿De morir? Ya estaba muerto, en realidad.

Trató de calmarse. Aún tardaría en notar el descenso de la temperatura, aún había tiempo para poner en orden sus emociones, sus recuerdos, sus deseos.

«Esta vez nadie vendrá a rescatarte, colega. Esto es un adiós».

23

Prefería la cámara frigorífica. Mil veces. La prefería a estar inmovilizada en esa camilla de acero pulido, aséptica, como las que se usan en los quirófanos, como la que ella misma tenía en el módulo médico. Casi añoraba su anterior encierro. Si le hubieran dado a escoger, habría elegido quedarse encerrada allí y morir congelada; cualquier cosa antes que padecer el helado contacto del metal sobre el que se hallaba tendida boca arriba mordiendo su piel desnuda; cualquier cosa antes que encontrarse atada de pies y manos con aquellas bridas lacerando su carne. Se daba cuenta de que le aguardaba un destino astroso. Había visto a Gunnar ahogado dentro de un traje de buzo. Se lo había llevado hacía mucho tiempo. Jadeó. Ni siquiera sabía cuándo había cambiado su situación. Suponía que había perdido el conocimiento y que él había regresado y, aprovechando su inconsciencia, la había trasladado.

Aquel cambio solo significaba una cosa: era la siguiente.

—¡Einar! Cabrón... Pedazo de mierda... ¿Por qué? —aulló—. ¿Por qué?

Giró la cabeza frenética, buscando a su captor, suplicando clemencia. Sus gritos se transformaron en un murmullo agónico que brotó de sus labios exangües. Debía de tenerlos amoratados, los notaba cuarteados y tirantes, había pasado mucho tiempo expuesta a la temperatura de la nevera sin ropa alguna. Sus articulaciones estaban entumecidas, le dolían como si algo le estuviese triturando los huesos. Tiritaba, le castañeteaban los dientes. Gimió aterrada. ¿Qué le iba a pasar? Pensó en las otras víctimas, sus compañeros de infortunio, y la imagen de sus cuerpos mutilados se le hizo insoportable. Björg había sido eviscerado; Ragnar, abierto en canal, y Gunnar, ahogado; su muerte había sido la más dulce, si es que existía tal cosa.

Ya no importaba. Había llegado su turno.

Distinguió un bidón azul a su izquierda. Un penetrante olor a petróleo, o a queroseno, provenía de su interior. Entonces lo vio a él. Estaba muy cerca, de espaldas, inclinado sobre aquel bidón, haciendo algo. Un grueso chaquetón polar envolvía su cuerpo, la espalda ancha, los brazos poderosos. Se cubría la cabeza con la capucha, pero no le hacía falta ver su rostro familiar otra vez. Sabía bien quién era. Por Dios, ¿cómo podía ser él?

Synne suplicó, rogó clemencia, pero su voz apenas se elevaba en aquel lugar abyecto, tiritaba tanto a causa de la baja temperatura que sus cuerdas vocales se habían visto afectadas. Quiso llamar su atención. Si lograba que la viera como el ser humano que era, ¡como lo que había significado para él! Gimió de nuevo. No se apiadaría, no lo había hecho con sus otros compañeros, mucho menos con ella.

—Por favor, por favor, ten piedad —murmuró—. Por favor, mírame, sabes quién soy, ¿es que eso no significa nada para ti?

No logró atraer su atención. Ni siquiera se inmutó.

Synne estiró el cuello. Los músculos de la espalda acusaron el esfuerzo; los brazos, tensos a causa de las bridas que tiraban de sus muñecas, se resintieron, y un dolor punzante le subió hasta los hombros. Aun así, perseveró, tragándose el lamento que pugnaba por abrirse camino en su garganta. Quería ver, necesitaba saber lo que hacía. Entonces él se desplazó un poco, y eso le permitió descubrir la realidad.

Había conectado un tubo a aquel bidón, que contenía un líquido espeso y negro en su interior: petróleo crudo. Ese tubo se enroscaba hacia ella. Hacia su brazo. Espantada, se dio cuenta por primera vez de que tenía una vía en la vena, y que ese tubo estaba unido a ella. Miró la vía, miró el bidón, el petróleo líquido, un pequeño motor conectado a ambos para bombearlo hasta su torrente sanguíneo.

Chilló. Arqueó el cuerpo, levantó su pecho desnudo, las caderas, retorció la espalda, tratando de escapar. Pero las bridas estaban muy prietas y la mantenían atada a aquella camilla de la muerte. Synne era médica y conocía bien el efecto que tendría ese crudo en su organismo. Moriría de una forma espantosa. Por eso seguía con vida, porque para inoculárselo y lograr que corriera por sus venas necesitaba que su corazón lo bombeara. El dolor sería inenarrable.

—¡Por favor! ¡Por favor! ¡Por favor! ¡No, no, no!

Entonces su captor se volvió hacia ella. No había vida en su inexpresividad, era como una piedra inerte. No iba a parar.

Erika volvió en sí lentamente. Por un momento creyó que vomitaría. El dolor en la base del cráneo era muy intenso. Se llevó la mano a la nuca y palpó, hurgando con los dedos a través de su corta mata de pelo negro. Una incipiente hinchazón se reveló al tacto. Se miró los dedos. Al menos no sangraba. Parpadeó intentando aclarar la vista. ¿Cuánto llevaba inconsciente? ¿Quién la había golpeado? Tardó en poder moverse varios minutos, le daba vueltas la cabeza y las náuseas aún bailaban en su garganta. Se había dejado sorprender por la espalda. Había estado tan pendiente de Mikel en el sumergible, tan fascinada por lo que estaba viendo a través de los monitores, por saberse más cerca que nunca de desenmascarar a Thorensen, que había bajado la guardia. Ni siquiera había tenido margen de reacción. El ataque había llegado seco, demoledor. Y luego la nada. ¡Qué estúpida había sido!

¡Mikel! Se le encogió el corazón al pensar en su compañero. ¡Aún debía de estar en el lago!

Acuciada por una poderosa urgencia, quiso ponerse en pie, pero se mareó y se le doblaron las piernas. Mikel aún estaba ahí abajo, tan inalcanzable que le dio pavor pensar en ello. Se detuvo a reflexionar, procurando calmar el desaforado ritmo de su corazón. Quien la había atacado habría visto, sin duda, las imágenes que el Titan estaba transmitiendo.

Al fin logró erguirse sin perder el equilibrio. Primero se puso a cuatro patas y luego se agarró con las manos al borde de la consola. Las pantallas estaban encendidas, pero no mostraban sino un fondo negro en cuyo centro un texto rezaba: NO SIGNAL. Se quedó aturdida leyendo esas dos palabras mientras en su interior iba creciendo una sorda desazón. El Titan había dejado de transmitir.

«Oh, por Dios, no, ¡por favor!».

Olvidando el lacerante dolor en el cráneo, el cual martilleaba con una cadencia constante y se propagaba por su cabeza desde la nuca hasta las sienes, buscó la causa de aquel mensaje. La consola estaba encendida, aparentemente todo correcto. Trató de acceder al menú del ordenador que controlaba el Titan a través del teclado. Fue seleccionando distintas opciones hasta llegar a una muy prometedora: ENLAZAR COMUNICACIONES CON TITAN 11000. El sistema le devolvió el mismo texto funesto: NO SIGNAL. Erika gimió. Pulsó REINICIAR, y el programa se apagó. Al cabo de un momento se escuchó un zumbido y aparecieron las palabras LISTO PARA ENLACE REMOTO.

Aceptó. De nuevo NO SIGNAL.

Su corazón redobló su ritmo y bombeó frenético la sangre a través de su sistema sanguíneo, a cañonazos. El dolor de cabeza se recrudeció y Erika se mareó. «Contrólate, vamos». ¡Tenía que haber una explicación! Desesperada, revisó la consola, comprobando cables y conexiones, buscando la causa de aquella pérdida de señal. Encontró los cascos de comunicación que había estado utilizando para hablar con Mikel colgando de uno de los costados de la consola. Volvió a colocárselos, los ajustó a sus oídos y probó a llamar a Mikel.

Nada.

Insistió una y otra vez.

Ni siquiera le llegaba el chisporroteo de fondo. No daban señal, como ocurría con las pantallas, como si estuvieran desconectados.

Una amarga impresión le subió desde la boca del estómago hasta atenazar su garganta cuando su embotada mente le insinuó lo que podía estar pasando.

Buscó el cordón umbilical que unía el sumergible a la consola, el cable coaxial del que dependía la vida de su compañero.

No estaba.

Se quedó anonadada. Mikel había dicho que el Titan no era autónomo, que sin ese cable dejaría de funcionar: todos sus sistemas, los motores, las luces, la cámara, las comunicaciones quedarían anulados. Aquello no había sido algo fortuito. Quien la había asaltado había soltado el cordón con toda la intención. Imaginó a Mikel hundiéndose en las profundidades para siempre, inalcanzable. Miró su reloj. Ya llevaba perdido en el lago más de media hora.

Demasiado tiempo a oscuras, expuesto a las gélidas temperaturas de esas aguas. La vida de su compañero dependía del oxígeno que le quedara y de que soportara el frío extremo.

Estuvo a punto de flaquear. Comprobó su pulso, le temblaban las manos.

«Ahora no, Erika, piensa, ¡piensa! No puedes dejarte llevar por el pánico, busca una solución, ¡ya!».

Pero no sabía nada de rescates, mucho menos sobre rescates de sumergibles hundidos a profundidades abisales. Se sintió ridícula, impotente, absolutamente incapaz. Desterró las sombras que amenazaban con nublar su lucidez. No se daría por vencida. ¡Tenía que haber alguna solución! Pensó en Nils Høgli. ¡Sin duda él sí sabría qué hacer!

El ascensor.

Rebuscó en los bolsillos de su chaquetón.

La sangre se retiró de su rostro cuando descubrió que le habían quitado la tarjeta de acceso. Cayó de rodillas al comprender que estaba atrapada. ¿Por qué? ¿Para qué? ¿Quién? ¿Quién les había hecho aquello?

Un escalofrío le subió por la espalda al imaginar que el asesino, tal y como habían imaginado, utilizaba aquella cueva para ocultarse, y había decidido acabar con ellos también. Mikel agonizaría en el lago y, en cuanto a ella, ¿quién podía saber qué planes tenía para ella? Se habían equivocado al creerse a salvo porque era el propio asesino quien quería que investigaran. De pronto vislumbró otra posibilidad: que fuera alguien de la base quien había denunciado la muerte de Björg, alguien que no se atrevía a enfrentarse a Thorensen, y que había tatuado Kripos en la piel de Björg y después había recurrido a aquella llamada anónima para hacer que se presentaran en Nytt Håp. Nunca se habían preguntado quién más había estado despierto la noche en que Synne encontró su cuerpo. ¡Ni siquiera se habían planteado esa posibilidad!

Miró alrededor. No era descabellado pensar que fuese ahí donde se ocultaba, después de todo la caverna era muy grande y no la habían explorado. Tanteó bajo la ropa, buscando su pistola. Tampoco estaba. Quiso llorar de rabia. Gritó con toda la fuerza de que eran capaces sus pulmones, un alarido potente que despertó ecos en la caverna.

El comandante estaba furioso con lo que había descubierto en el dormitorio de Erika y Mikel. El satelital, oculto bajo su abrigo, le quemaba. Congregó a Johan, Nils y Od de urgencia en la sala de reuniones. Nils se llevó una fuerte impresión: la cantidad de sillas vacías que había en torno a la mesa resultaba sobrecogedora. Faltaba mucha gente, personas valiosas, compañeros, amigos... Demasiadas bajas, quedaban muy pocos en Nytt Håp. Einar tampoco estaba —el biólogo se negaba a moverse de la cama, sumido en una profunda depresión—, ni Mikel y Erika, lo que contribuía a empeorar la impresión de pérdida y desamparo en su ánimo. Brede continuaba montando guardia junto al viejo generador, alguien tenía que hacerlo.

Thorensen les soltó que siempre había sabido que Erika Oblyakov no era una agente de la Kripos, que estaba allí de forma ilegal, sin el consentimiento de sus superiores, y que no tenía autoridad alguna para llevar a cabo ninguna investigación. La noticia quedó suspendida en la sala como una malsana neblina irrespirable.

Desconfiando de semejante revelación, Nils le preguntó cómo lo había descubierto si estaban incomunicados. Era el único dispuesto a enfrentarse a Thorensen. Johan lo miró con receloso disgusto, y Od no se atrevió a secundarlo, aunque abrigaba la misma desconfianza. Ante el silencio del comandante, el guía se puso en pie:

—No te creo.

—No necesito que me creas. Ya no contamos con ellos, es todo.

—¡Pero los necesitamos! —arguyó Nils—. ¡Mira alrededor! —Señaló las sillas vacías: Björg, Ragnar, Halvard, Frida, Gunnar, Synne—. ¡Nos están diezmando! ¡Yo no he visto que hayan hecho otra cosa que investigar las muertes de nuestros compañeros! ¡Te recuerdo que Mikel casi dio su vida por ayudarnos en San Peter!

—¡Basta!

Nils enmudeció cuando vio que Thorensen se llevaba la mano al chaquetón dejando ver la culata de su arma. Od lo agarró de la chaqueta y tiró de él para que se sentara. El guía se dejó caer en su silla. No concebía mayor despropósito. Estaban traicionando todo en lo que habían creído alguna vez.

—Erika Oblyakov está husmeando donde no debe, y todos sabemos lo que está en juego —añadió Thorensen—. No consentiré discusiones.

—¿Y qué piensas hacer?

—Tomaré medidas. Es todo cuanto necesitas saber, Nils.

¿Iba a encerrarlos? Aquello era un error y pronto sufrirían las consecuencias. Sin embargo, no podía enfrentarse solo a Thorensen estando este armado y con Johan para protegerlo.

Thorensen señaló hacia la ventana.

—El temporal está amainando, es nuestra oportunidad para acabar con esta situac...

No pudo terminar la frase. Hubo un chasquido y las luces del techo parpadearon atrayendo la atención de todos. Luego se apagaron con un zumbido y todo quedó a oscuras. El generador había vuelto a fallar. Thorensen encendió su linterna.

—Johan, ve a ver.

Al instante, el ingeniero abandonó la sala.

—Sin el generador estamos acabados, comandante —protestó Nils—. La última vez Johan y Brede sudaron para volver a arrancarlo, puede que esta vez no logren hacer nada. Reconsidere lo de Mikel y Erika, los vamos a necesitar.

—Ni hablar —rugió Thorensen.

Nils calculó cómo derribarlo antes de que sacara su arma ahora que Johan no estaba. No tuvo tiempo, el ingeniero regresó enseguida. El duro haz de su linterna se movió sobre la mesa iluminando a los presentes.

—Comandante, el generador no responde —anunció.

Thorensen recibió sus palabras en silencio.

—No podemos arrancarlo, lo han saboteado —insistió Johan.

Brede apareció a su lado, consternado.

—No lo entiendo, no me he movido de mi puesto —se excusó.

—Se acabó —murmuró Od.

Nils arremetió con ganas:

—¡Necesitamos a Mikel y a Erika!

El comandante no iba a ceder.

—¡No pienso contar con ellos!

El guía comprendió que no iba a cambiar de idea. Apenas logró contener la impotencia y la rabia que dominaron su espíritu. Si permitían que el comandante siguiera tomando decisiones, aquello acabaría mal, muy mal. ¿Iba a traicionar a Mikel dejándolo a merced de aquel déspota sin escrúpulos? Nils se arrepentía por no haberle confesado todo cuando tuvo la oportunidad, en San Peter.

«Demasiado tarde», se dijo con tristeza.

Un aullido rompió el tenso ambiente en la sala.

Provino del exterior, agudo y seco.

Era Molly.

Nils corrió a la ventana. La había dejado encerrada en su habitación, debía de haberse escapado, pero Molly nunca actuaba así salvo que tuviera un motivo poderoso para desobedecer. Desempañó el cristal con la manga de su jersey polar rojo, no logró ver si el animal estaba cerca. Sin embargo, la oyó llorar y gañir con claridad, como si la estuvieran maltratando.

Sin pedir permiso al comandante ni dar explicaciones, cogió su chaquetón, empujó a Johan y a Brede al salir y atravesó los largos pasillos con la única guía de su linterna. Los dos ingenieros fueron tras él, y el cocinero y el comandante los siguieron. Intuían una nueva fatalidad. No podía ser casual que el generador hubiera sufrido un sabotaje justo entonces. Se dejaron guiar por los ladridos cada vez más ansiosos de Molly a través de la densa niebla. Agarrados a la cuerda guía, fueron acortando distancias. Encontraron a Molly al pie del almacén nuevo.

La perra lloraba olisqueando algo en el suelo, un bulto tirado junto a ella. Trataba de escarbar con sus fuertes patas en torno a él para desenterrarlo.

—¡Molly!

La perra volvió su enorme cabeza hacia su dueño y ladró con exigencia, impeliéndolo a correr. Nils llegó a su lado, la sujetó por el collar y la acarició. Comprobó que estaba ilesa y después la hizo retroceder con voz tranquila. Cuando el animal obedeció, se arrodilló para ver qué la había alterado tanto. Temía lo que iba a encontrar. Apartó la nieve que aún tapaba aquel bulto informe con las manos enguantadas.

Poco a poco fue apareciendo un cuerpo humano. Un cuerpo de mujer. Angustiado, Nils destapó su cabeza y dejó al descubierto un rostro conocido y un pelo rojo inconfundible.

Estaba muerta.

Od se arrodilló a su lado y lo ayudó a terminar de sacarla de entre la nieve. Entre los dos, con todo el cuidado de que fueron capaces, la dejaron tendida boca arriba. Synne estaba desnuda, y su largo cabello rojo llameaba en contraste con la nieve sobre la que la habían recostado. Tenía los labios amoratados, agrietados, y una expresión congelada de espanto y sufrimiento. Horrorizados, descubrieron que sus venas eran perfectamente visibles, como si hubieran aflorado a la superficie formando una red de telarañas negras que recorrían su cuerpo de la cabeza a los pies.

—¿A qué huele? —musitó Od.

—¿Queroseno?

—¿De dónde viene?

Nils miraba aquellas venas negras.

—De ella. —Buscó a Thorensen, de pie a su espalda—. Por favor, comandante. Mírela, mire a Synne. ¿Quién será el siguiente?

—No habrá más víctimas. Ya me estoy ocupando de eso. Johan, Brede, encargaos de ella. Llevadla al laboratorio.

No se atrevía a moverse. Einar se mecía tendido en su cama, balanceándose mientras se abrazaba el torso, con la cara enterrada en la almohada, como un niño pequeño y asustado. Tenía cuarenta y dos años, pero se sentía como si tuviera seis y hubiera despertado en medio de una pesadilla. Su mente se negaba a razonar, el miedo había tomado el control, gobernaba sus emociones, gobernaba sus decisiones. Si lo pensaba bien, hacía mucho que el terror había nublado su juicio y hacía galopar la sangre por sus venas como un veneno letal. Respiraba deprisa en la oscuridad, helado bajo el edredón. Solo era capaz de lamentarse, rezando por su alma, por sus pecados, suplicando clemencia.

Cuando habían acudido a buscarlo para que asistiera a la reunión de Thorensen no se había movido y, poco después, había saltado la luz. Ya nada importaba, nada importaba, todo estaba dicho, todo estaba hecho, y él no era nada, no era nada.

Oyó voces, una mano se posó en su hombro, percibió el calor de un cuerpo inclinado sobre él, pero todo eso no fue nada, no significó nada. Pensó a través de la niebla del miedo que debería haberse tragado lo que quedaba de los ansiolíticos que le recetó Synne, todos de golpe; pensó en lo bueno que habría sido morir así, una muerte dulce comparada con la que le aguardaba. Las lágrimas barrieron su cara mientras el pánico lo obligaba a rememorar cada una de sus traiciones.

Sí. Pagaría por lo que había hecho.

«Paga el precio, ¡págalo!».

Llegaría el castigo. La justicia se abatiría sobre él con sus blancas alas y dictaría sentencia.

Temía el final, lo aterraba el final. Sospechaba que se ensañaría especialmente con él.

24

Erika nunca se había visto en una situación así. Su compañero se hallaba atrapado a una profundidad insalvable para ella y se le acababa el tiempo. Había registrado la cueva sin encontrar una solución y empezaba a estar desesperada, por no hablar del temor que le inspiraba la idea de verse sorprendida de nuevo cuando sabía que no solo le habían quitado la tarjeta de acceso, su único medio para salir de allí, sino que también la habían despojado de su arma, lo que significaba que no tenía con qué defenderse. Y justo cuando al fin corroboraba que sus sospechas sobre Thorensen estaban más que fundamentadas. No le hacía falta saber lo que había en aquel lago para estar segura. Lo había comprendido en cuanto Mikel se había metido en el sumergible. Había sido como un fogonazo, una revelación suprema: que tenía lo que había ido a buscar después de tanto tiempo luchando por hacer que la escucharan, y que allí estaba la prueba de que siempre había tenido razón. Toda aquella excavación, la caverna, el sumergible hablaban claramente de una ingente cantidad de dinero invertida, de corrupción, y con toda probabilidad de algo más serio.

Ahora todo eso quedaría enterrado porque ella había caído en la trampa del asesino, al que no habían logrado desenmascarar.

Temblaba, cada vez más agarrotada, y mientras su cuerpo sucumbía, una malsana marea de pensamientos oscuros, muy oscuros, emergieron de las profundidades. No debía olvidar que ese asesino estaba ahí abajo, en alguna parte, ni perder de vista que volvería a buscarla. Su supervivencia dependía de que fuera capaz de mantenerse alerta. La sensación de vulnerabilidad que domeñaba su juicio se parecía demasiado a la que la asaltó cuando su marido quiso quemarla viva. Había creído haber superado ese episodio de su pasado, haberlo enterrado para siempre; tantas sesiones de terapia, tanto trabajo por volver a ser ella misma, por avanzar y desprenderse del lastre, por sanar sus heridas, físicas y emocionales, por aprender a quererse y comprender, y reaprender. Al parecer los fantasmas nunca se marchan, solamente se aletargan, esperando su momento para volver a la superficie.

Se frotó los brazos con las manos enguantadas por encima del chaquetón. Tiritaba, le dolían los dedos de los pies y de las manos mientras pugnaba por salir de ese atolladero.

Si ella tenía tanto frío, ¿cómo sería el que estaría padeciendo Mikel, sumergido a tanta profundidad? No tenía derecho a lamentarse. ¡No debía ceder al miedo!

De pronto se descubrió inclinada temerariamente sobre la orilla del lago, escudriñando el agua oscura, casi rozándola con la cara por tratar de ver algo a través de la mansa superficie, tan adelantado el cuerpo hacia delante que, en precario equilibrio, había estado a punto de precipitarse en las aguas heladas. Retrocedió de inmediato. El lago relumbraba bajo la luz artificial de los focos, atrayéndola con un canto de sirenas. De haber caído dentro, ¿cuánto habría sobrevivido? Ni un minuto, no sin un traje estanco de supervivencia. Estaba perdiendo el control.

«Piensa, piensa, ¡piensa!».

Volvería a recorrer la cueva. Cualquier cosa antes que quedarse quieta y dejarse morir. Debía luchar contra la abulia que provoca la hipotermia. No iba a abandonar a Mikel. No podía fallarle.

Eso le dio fuerzas.

Se obligó a registrar cada rincón. Abandonó la pasarela y se adentró en la cueva utilizando su linterna, más allá del círculo de luz que proyectaban los focos. Comprobó que el suelo era una pista de patinaje, tan resbaladizo que apenas lograba dar un paso sin perder pie. Se cayó varias veces, y cada vez volvía a levantarse más y más cansada, más torpe. Fue bordeando las gigantescas estalagmitas de hielo que se perdían en lo alto. Era como recorrer una catedral de cristal, gélida, inconmensurable, con caprichosas lenguas de belleza mirífica lamiendo sus paredes. Una corriente de aire procedente de todas partes y ninguna se agarraba a su ropa y penetraba a través de ella adhiriéndose a sus músculos, endureciéndolos, a dentelladas. Fue adentrándose más y más en las profundidades de aquella gruta que no parecía tener fin. Anduvo dando vueltas mucho tiempo. ¡Allí no había nada! Podría seguir y seguir hasta los confines de la Antártida, hasta perderse en el infinito corazón de aquel mundo helado.

Empezó a distraerse, le costaba pensar con claridad. Se imaginó enloquecida, hablando sola mientras se movía de un lado a otro sin rumbo. Ni siquiera se daría cuenta cuando la muerte la abrazara.

De pronto se dio de bruces contra un muro, tan inamovible que trastabilló y estuvo a punto de caerse. Era una pared alta formada por sucesivas lenguas congeladas superpuestas unas sobre otras, como las capas de una vela derretida. Lo observó, parecía infranqueable. Había llegado al final de la cueva. Así pues, sí que tenía un final.

Se le escapó una risa extraña.

Temblando, con la mente cada vez más nublada, Erika hizo un esfuerzo por ponerse en pie otra vez y empezó a seguirlo ayudándose con la linterna. Fue palpando su superficie lisa. Sus dedos enguantados tantearon aquellas formas curvilíneas, redibujándolas, temblando de forma incontrolable. Se daba cuenta de que su cabeza divagaba, sus pies tropezaban, era como estar borracha o drogada; sus neuronas se estaban aletargando, no actuaba con normalidad, iba a ciegas, a merced de los síntomas de una incipiente congelación. Sus dientes castañeteaban tan fuerte... Ya no lograba doblar los dedos. No sabía dónde estaban estos, dónde sus manos. Sus pies eran como piedras que llenaban sus botas, o eran los pies de otra persona; su cuerpo no era suyo, no lo sentía suyo, se le antojó algo ajeno y extraño. En algunos momentos recordaba lo que trataba de hacer, y se daba cuenta de que allí no había sino hielo y más hielo, nada que la ayudara a sacar el Titan del lago. Estaba perdiendo el tiempo, no tenía modo de alcanzarlo, ni siquiera sabía dónde estaba Mikel, seguramente habría recorrido kilómetros en cualquier dirección.

Apretó los labios, terca, repitiéndose que no iba a abandonar a su compañero. Tosió. Sus pulmones se lamentaron, endurecidos, resecos, tirantes.

Y entonces sus manos detectaron un cambio en aquel muro infinito.

Una hendidura.

Al principio le pareció una grieta estrecha, pero descubrió que se agrandaba hacia dentro, mucho, y que podía pasar a través de ella holgadamente. Sin atender a la razón, que le advertía sobre el peligro que corría de caer en una profunda fisura abierta en el hielo, se adentró en ella.

El angosto espacio se fue abriendo a medida que avanzaba, y de pronto se descubrió siguiendo un túnel natural que ascendía. La luz de su linterna le devolvía reflejos azulados que reverberaban en las pulidas paredes heladas. Esos reflejos le hacían daño. Sus botas patinaban pese a su suela antideslizante. Se cayó una y otra vez. Cada vez le costaba más levantarse. Sus rodillas al chocar en el suelo sonaban como ramas secas, o así se lo parecía. Varias veces creyó que se las había partido, pero se levantaba y sus piernas se movían.

El túnel se interrumpió abruptamente. Había un espacio más grande delante, pero estaba desfallecida, se cayó, la linterna rodó lejos y se apagó. Todo quedó oscuro y silencioso. No podía ver qué era lo que tenía delante. ¿Otra cueva? ¿Otro lago? ¿Una fosa?

Se dejó caer sobre el costado y se hundió en el abismo que precede a la muerte: su cerebro, incapaz de reaccionar, se perdió en la oscuridad. Anhelaba descansar. Así estaba bien. Así estaba bien...

Cayó en un sueño inquieto y a través de la brecha abierta en su menguada fortaleza física y mental emergieron fantasmas largo tiempo enterrados, como una horda sedienta de sangre.

De pronto el fuego lo llenó todo.

Las llamas.

El dolor.

Se recordó a sí misma arrinconada en su antigua habitación, en la casa que compartía con su maltratador. Se visualizó arrastrándose, tosiendo, los pulmones clamando por respirar, la piel acusando el abrasador calor de las llamas, que avanzaban hacia ella sin control. Recordó el pánico, la expresión de Ulrik mientras arrojaba gasolina por todo el cuarto. Su odio, un odio vacío, un abismo de rencor y desprecio. Llevaba mucho tiempo planeando asesinarla. Los recuerdos brotaron aquí y allá, obra de su subconsciente. Erika se agitó en sueños, gimiendo.

«Ulrik está muerto, está muerto, no puede hacerte daño».

La suerte la había abandonado.

En vez de fuego, sería el hielo. Sucumbiría al hielo, era el hielo lo que la estaba matando.

El dolor que provoca el frío se parecía mucho al dolor de las quemaduras.

«No quiero morir así».

Una corriente cálida y electrizante recorrió su cuerpo. No estaba sola.

El terror trepó por sus venas y abrió la boca, incapaz de gritar.

Ahí, ante ella, estaba ese ser, esa forma nebulosa, inconsistente y al mismo tiempo hermosa, flotando en la oscuridad. Emitía un suave resplandor y alrededor se percibía una carga eléctrica cuyo zumbido penetraba sutilmente en sus oídos. Como cuando la vio por primera vez junto a Mikel. Hipnotizada, descubrió que una parte de ese ser se había alargado, como si de un brazo se tratara, y estaba en contacto con su mano. Era casi como si la estuviera sosteniendo, y aquella cálida corriente la provocaba ese contacto. Erika se quedó contemplando ese tentáculo luminoso posado sobre el dorso de su mano. Ya no sentía dolor en su cuerpo, se recuperaba, su mente volvía a trabajar con lucidez. Por su piel se iba extendiendo una pátina de partículas iridiscentes que provenían del tentáculo; notó un cosquilleo, aquello le provocaba un dulce hormigueo a medida que trepaba hacia su muñeca, su antebrazo, su codo... Entonces otro tentáculo se formó y se estiró hacia su rostro hasta rozar sus sienes. Erika se incorporó y se quedó rígida, temiendo lo que podía sucederle a continuación. Quiso soltarse, pero no lo consiguió. Una extraña sensación recorrió su cabeza, como si unos dedos la palparan, tanteando, hurgando, reconociendo. Casi podía sentir cómo aquel ser la analizaba. ¿Tenía conciencia? ¿Qué era?

«Un delirio —pensó—. Esto es lo que estoy viendo a las puertas de la muerte. Una alucinación».

Se convenció de que aquello no era real.

Así pues, su mente jugaba con ella. La hipotermia.

«Erika...».

Creyó oír una voz pronunciando su nombre. La voz de Mikel.

Entonces descubrió que estaba sola.

Jadeó. Había estado conteniendo el aliento mucho tiempo. Miró alrededor. Allí no había sino tinieblas, un velo nigérrimo llenándolo todo.

Había estado delirando.

«Oh, venga, Erika, muévete, ¡muévete!».

Pese a que puso toda su voluntad, apenas logró arrastrarse en la oscuridad. Avanzó unos pocos centímetros sin saber hacia dónde, reptando como si su cuerpo pesara una tonelada, una piedra inerte. No podía llevarlo consigo, era demasiado lastre.

«Estás desvariando, Erika Oblyakov».

De súbito una luz se encendió y un suave ronroneo eléctrico reverberó alrededor, el ruido que haría un generador. Erika parpadeó deslumbrada y levantó el brazo para protegerse del fuerte resplandor. Intentó ver la realidad y no lo que su mente embotada se empeñaba en mostrarle.

Y lo que tenía delante se reveló con todo su significado.

Abrió la boca, incapaz de creer.

El horror inundó su espíritu moribundo.

Estaba en la guarida del asesino.

Parpadeó, muda, tragándose la voz de alarma que pugnaba por emerger en su mente advirtiéndola del peligro. De manera que no se había equivocado, había sido él, él la había atacado por la espalda, ¡él había soltado el cable del Titan! Temió llamar la atención, así que se quedó muy quieta. Se apoyó en las manos, muy despacio, y alzó el torso. No había nadie allí. Estaba en una gruta secundaria, más pequeña que la que albergaba el lago. Una potente bombilla se había encendido de forma automática al detectarla a ella. Colgaba de un techo que no podía divisar. Debía de haber sensores instalados en alguna parte.

Erika se dejó caer. Necesitaba recuperar fuerzas, poco a poco. Quería vivir, quería poder pensar.

Esperó. Esperó.

Rezó para no ser descubierta, rezó para que él no volviera todavía de donde quiera que estuviera. No se atrevía a moverse, casi no se atrevía a respirar. Se dijo a sí misma que era parte del suelo sobre el que se había acostado, parte de la gruta, invisible.

No pasó nada. Al menos de momento, no había nadie más en aquel lugar recóndito.

Poco a poco e incomprensiblemente, la sangre empezó a hormiguear en sus venas, a circular con mayor fluidez, a oxigenar su cuerpo y su mente. Su corazón empezó a bombear con más ganas, la lucidez fue retornando, pudo mover los dedos. Gimió ante el dolor que le provocaba doblarlos. Dios, volver a la vida era tan doloroso como el proceso inverso. Apretó los dientes y lanzó un gemido ahogado.

Tanto tiempo se habían preguntado dónde perpetraba el asesino sus crímenes, dónde se ocultaba, y había estado siempre muy cerca, allí mismo. Trató de calcular la ubicación de esa gruta respecto a la base. ¿Y por dónde accedía ese monstruo a ella?

Se incorporó despacio.

Lo primero que alcanzó a ver hizo que su pulso galopara frenético: una mesa de quirófano en el centro de la gruta, una camilla de metal con largas patas de hierro sobre la que habían dejado un sobre de plástico transparente abierto del que asomaban las cabezas de varias bridas negras. Recordó las marcas en muñecas y tobillos de las víctimas. Bajo la camilla, en cuya superficie había restos resecos de un color pardusco, había un cubo de plástico. Estaba lleno de sangre congelada. Erika gimió asustada. Se había adentrado en el reino de un loco. Un carrito con material quirúrgico esperaba a la cabecera de la camilla, muy bien equipado, con bisturíes, sierras para cortar hueso, tenazas, pinzas, hilo, gasas... No estaba ordenado, ni lo había limpiado después de su uso; la sangre aún manchaba aquellas hojas afiladas, los dientes de sierra y las bandejas. ¿De dónde había sacado todo aquello? ¿Lo había ido robando de la base? Recordó que Synne había negado que le faltara algo del módulo sanitario. Habría mentido también sobre eso. Un arcón congelador de buen tamaño descansaba pegado a la pared a su derecha; al fondo, una cámara frigorífica se alzaba siniestra, como las que se usan en las carnicerías para almacenar grandes piezas de vacuno; la puerta aislante estaba abierta y dejaba ver su interior vacío. Pensó en Synne. ¿Dónde estaba? ¿La había llevado allí?

Tal vez ya estaba muerta.

Miró la cámara frigorífica vacía con un escalofrío. A lo mejor la había tenido encerrada allí, a lo mejor Björg y Ragnar, y Gunnar, todos ellos también habían estado metidos ahí antes de...

Notó por primera vez un fuerte olor a petróleo. Encontró un bidón de plástico azul. Se agachó y miró dentro. Contenía petróleo crudo, y un tubo salía de él conectado a un motor, enroscándose hasta una vía intravenosa que había quedado tirada en el suelo. El untuoso líquido negro llenaba el tubo y goteaba de la aguja de la vía.

¿Acaso le había inyectado aquello a Synne? Erika se cubrió la boca con las manos para no gritar. Por eso el asesino no estaba allí, porque se la había llevado. Dejaría su cuerpo en la base para que lo encontraran, habría ideado una nueva escenificación. ¿Cuál? ¿Cuál sería su nuevo mensaje?

Petróleo. ¿Por qué petróleo?

Erika notó el estómago tenso. Un miedo visceral se tragaba su cordura. Procuró calmarse. Se acercó al arcón y levantó la tapa. Sonó un ¡chap! cuando las ventosas que lo sellaban se despegaron.

Un gutural gemido de horror salió de su garganta al ver su contenido y dejó caer la tapa. Retrocedió con espanto. Acababa de encontrar las vísceras de los cadáveres de Björg y Ragnar. Se había preguntado muchas veces qué habría hecho con ellas el asesino. Estaban allí, almacenadas en bolsas de congelación. Incluso había creído ver los globos oculares de Ragnar, intactos en una bolsita de plástico de color azul.

«Dios, oh Dios...».

¿Quién, quién era el que se escondía allí abajo? Quería saberlo, descubrir de una vez su identidad. Vio una cama estrecha en un rincón, con un colchón y un saco de dormir extendido sobre él. Varias mantas dobladas descansaban a los pies de esa cama. Había revistas de viajes, científicas, de naturaleza, la *National Geographic* y unos cuantos libros tirados por el suelo, además de varias bolsas y una mochila amontonadas a un lado. También encontró detallados planos de la base hechos a mano con extrañas anotaciones en los márgenes, hojas y hojas de cálculos y fórmulas de diseños complicados.

Contuvo el aliento y se quedó mirando aquellas bolsas. La respuesta que andaba buscando podía estar en ellas: la identidad del hombre que estaba acabando con la gente de Nytt Håp. En un primer registro no encontró sino ropa: camisetas y mallas térmicas, calcetines de lana y dos gorros, de talla muy grande, prendas masculinas. Lo devolvió todo a su lugar y pasó a una mochila de montaña naranja con muchos bolsillos exteriores. Se topó con una navaja suiza, una linterna pequeña sin pilas, dos baterías, pañuelos de papel... Quiso quedarse con la navaja, para defenderse en caso de necesidad, pero estaba tan nerviosa que se le escurrió y se perdió en alguna parte. Siguió registrando los bolsillos de la mochila. Nada revelador. Un tanto frustrada, procedió a tirar de las correas que la cerraban y fue sacando su contenido. Más ropa, de talla grande, de hombre, y una guía de la Antártida. La abrió, pasó las páginas, muy manoseadas. Varias fotografías cayeron al suelo. Se le aceleró el pulso al contemplarlas. ¿Qué era lo que estaba viendo? Estudió con atención cada una. Eran escenas en una base, Nytt Håp sin duda, fotos de distintas personas en grupo, por parejas, a unos los conocía, a otros no, suponía que ahí aparecía parte del personal de verano. Todos sonreían felices, caras expresivas que reflejaban entusiasmo, ganas de trabajar, compañerismo. Algunas estaban tomadas con la base detrás, otras en alguna expedición, con los trineos o las motos de nieve al fondo.

Se detuvo en una en especial. La sostuvo con cuidado, escrutando la escena: tres personas habían sido retratadas al pie de una perforadora de las que se usan para extraer muestras del hielo. A dos de ellas no las conocía, dos hombres que sonreían felices. Lo que le llamó la atención fue que uno de ellos, un tipo de rostro redondo, cabello rubio y sonrisa amplia posaba junto a Synne Gulbrandsen en una actitud que delataba la existencia de una relación sentimental entre los dos. Por la forma en que la sujetaba por la cintura, por cómo se inclinaba hacia ella, se apreciaba que estaba enamorado. Synne sonreía con la cabeza inclinada sobre su hombro. A los pies de la pareja había un cachorro de husky. Erika arrugó el entrecejo. ¿Molly? Sí, debía de ser ella. Su manto negro, las orejas, el pecho blanco... Caviló acerca de la edad de la perra. Mikel le había dicho que tenía unos dos años. Le dio la vuelta a la fotografía y descubrió unas líneas escritas a mano:

«Siempre juntos, tú y yo. Te quiero, Mjolnir Hove. Synne».

¿Quién era Mjolnir Hove y por qué nadie le había hablado de él? ¿Y el otro hombre que posaba con ellos? Buscó en las otras fotografías. En una de ellas, los dos hombres aparecían juntos al lado de una máquina grande y extraña. Escrito a mano también por detrás, leyó:

«Erling Becken y Mjolnir Hove».

Y una fecha de dos años atrás. Molly también estaba con ellos, un cachorro hermoso, alzada la cabeza hacia Mjolnir, como si fuera su dueño.

Le pareció que alguien se acercaba.

Devolvió las fotografías a la guía y esta a la mochila. Lo dejó todo apresuradamente como estaba y corrió a ocultarse tras la cámara frigorífica. Al pasar junto a la mesa auxiliar con el instrumental quirúrgico, robó un bisturí. Por fortuna, al quedarse tan inmóvil como una piedra, los sensores dejaron de detectarla y la bombilla se apagó.

Justo a tiempo.

Mikel llevaba rato sin moverse, los ojos cerrados. No dejaba de darle vueltas a su situación. Todo aquello era demencial, no tenía sentido. Erika estaba en peligro, tal vez ya muerta. ¿Cómo había llegado a sospechar de ella? Una tormenta de emociones sacudía su pecho torturándolo. Permaneció así mucho tiempo, hasta que una suave luz traspasó sus párpados e hizo que reaccionase.

Una hermosa criatura flotaba frente al cristal frontal del sumergible. Era un ser alargado, como esos dragones chinos con cuerpo de serpiente, aunque este tenía un sinfín de tentáculos que emergían de su lomo, como largos látigos resplandecientes que simulaban una hermosa cabellera bioluminiscente que ondeaba en torno a él. Era su luz la que le permitía verlo. Proyectaba un suave resplandor azulado en el interior del sumergible. No tenía patas, sino aletas, unas bellas alas cubiertas en toda su superficie por puntos de luz de colores vivos que destellaban en la oscuridad. Su cabeza era redonda como la punta roma de un lapicero. Todo su cuerpo era traslúcido. Podía ver su corazón y su complejo sistema digestivo funcionando en su interior. Era como ver la maquinaria de un ingenio electrónico perfecto. Estuvo flotando frente a él mucho tiempo. Se deslizó un poco a su derecha, desplazándose con gracilidad, como si volara.

Mikel sonrió sin darse cuenta, y cualquier pensamiento asociado a la muerte se evaporó de su mente.

Después de todo tendría compañía.

Entonces oyó algo, como un roce. No sabía de dónde provenía. Pegó el rostro al mirador panorámico y a la luz que aquella criatura emitía; pronto localizó lo que lo provocaba. El cable que debería unirlo a la consola estaba cayendo, lánguido como una serpiente muerta, enroscándose en el fondo arenoso. Al fin, el último tramo apareció, con el extremo que debería estar conectado a la consola en la superficie dando vueltas sin control, hasta posarse sobre los metros y metros de cable que se habían ido amontonando en el lecho submarino. Una suave nube de partículas de arena en suspensión fue posándose de nuevo. Mikel se quedó mirándolo durante dos interminables minutos, en *shock*. Ya estaba seguro de que los sensores que deberían haberle avisado si alcanzaba el límite de capacidad del cable no se habían encendido. Había estado muy pendiente de ellos. Y Erika le había preguntado cuánto medía el cable.

De nuevo las dudas.

Se estremeció.

Culpable o inocente, daba lo mismo. No podía contar con ella. No podía contar con nadie.

Iba a morir sumergido en esas profundidades. Se consoló pensando que perecer en un paraíso ignoto aislado del mundo bajo toneladas de hielo primigenio no era un mal final. Era justo el final que él había deseado desde que supo que tenía un tumor cerebral.

Era incluso mejor.

Mientras volvía a contemplar cómo aquel hermoso ser flotaba al otro lado del cristal, decidió que cuando estuviera preparado abriría la esclusa y dejaría que el Titan se inundara. Moriría por la presión, pero tendría tiempo para salir y rozar siquiera con los dedos de su mente la piel de esa misteriosa criatura que nadaba, no, que volaba delante de él.

Ojalá se hubiese equivocado con respecto a Erika. En otras circunstancias, tal vez en otra vida, le hubiera gustado tener más tiempo, conocerla mejor, lejos de las terribles circunstancias que los habían unido, y profundizar en esos ojos de tormenta, navegar en sus aguas misteriosas y descubrir sus secretos. Le gustaba la fuerza que anidaba en ella.

Qué absurdo, eso no iba a pasar.

Se obligó a apartarla de su mente. Aún le quedaba tiempo. Esperaría un poco más antes de abrir la esclusa. Merecía la pena disfrutar de ese espectáculo único. Estaba en primera fila, todo un privilegio.

Se recostó en el asiento dispuesto a esperar.

De súbito, una familiar corriente inundó su cuerpo propagándose hacia su cabeza como un tsunami de adrenalina angustioso. No lo había visto venir. Un nuevo episodio lo cogió desprevenido.

«Jod... ¡Ahora no!».

El ataque regresó, más virulento que nunca. El resplandor, como las otras veces, estalló en su cabeza y todo se tornó blanco. Apretó los dientes y se retorció con un lamento, encogiéndose sobre sí mismo.

«Cabrón de parásito, siempre tan oport...», pensó poco antes de perder la consciencia.

25

Einar era el único que quedaba del personal científico; comprendía, en medio del estrés mental al que estaba sometido, que su turno estaba cerca. Era lógico, si lo pensaba bien, aunque hubiera esperado cierta compasión en compensación por sus esfuerzos. Porque había estado ayudando a su enemigo, por él había traicionado a sus compañeros, uno por uno; a Gunnar, que había sido como su hermano, aunque lo había acuchillado. Se rozó con los dedos las cicatrices que le dejaron las heridas que recibió de su mano. Aún no comprendía aquel arranque violento. Sin duda, Gunnar lo había adivinado, de algún modo. Aún le escocían, sangraban por dentro.

¿Cómo sería? ¿Qué le haría? Tantos meses ofreciéndole su ayuda, cuidando de él. Había creído que era el mejor modo de expiar sus pecados, de salvarse, colaborando, allanándole el camino, facilitándole la supervivencia, consiguiéndole lo imposible, proporcionándole los medios para alcanzar su objetivo. No había servido de nada. El coste había sido altísimo, y pese a todo no iba a salvarse.

No estaba orgulloso de lo que había hecho. Era un hombre asustado, terriblemente asustado.

Acostado en su estrecha cama, aguardaba lleno de congoja mientras oía a Thorensen y sus hombres moviéndose por los pasillos. Ya nadie vigilaba, estaban muy ajetreados yendo de aquí para allá con sus linternas, cargando bultos. Desconocía lo que se proponían con semejante trajín, y en su estado tampoco albergaba curiosidad. Se mantuvo apegado a la profunda oscuridad en que se hallaba su dormitorio. Esperando.

¿Se habían olvidado de él? Nadie pensaba en protegerlo y no se creía con derecho a pedir ayuda.

Cuando Nils fue a buscarlo, lo encontró aletargado, enmohecido, enroscado sobre sí mismo como un gusano bajo tierra. Lo alumbró con la linterna y constató que estaba ido, el rostro desencajado, los labios temblorosos. Lo sacudió tratando de hacerlo regresar a la realidad, pero Einar no reaccionó.

—Einar, vamos, necesito que te levantes. Vamos, compañero, tienes que empezar a recoger tus cosas —le dijo.

Einar se replegó aún más sobre sí mismo. Nils le puso una mano en el hombro y lo oprimió con afecto.

—Está bien, yo lo haré por ti.

Nils siempre era bueno con él, tenía un gran corazón. Einar pensó que ojalá pudiera salvarse, no merecía pagar como el resto. Se metió el puño en la boca y lo mordió en un gesto infantil. No saldría de debajo del edredón, por mucho que Nils se lo suplicara; no iba a marcharse a ninguna parte, poco le importaba su equipaje. Ese era su lugar. Debía pagar por sus pecados. Era tarde para arrepentirse, tarde para el perdón. Estaba convencido de que su alma iría directa al infierno. ¿Cómo pensar en regresar a casa? No sobreviviría a su conciencia.

Nils empezó a escoger entre sus pertenencias las cosas más importantes y a meterlas en sus sencillas bolsas de viaje. Abrió cajones, armarios, de forma metódica mientras se preguntaba cómo iba a sacarlo del dormitorio. Estaba convencido de que se revolvería si lo intentaba. Iba a tener que sedarlo y llevárselo acomodado en un trineo. Se dio prisa, antes de que los perros guardianes de Thorensen lo pillaran desobedeciendo.

Molly montaba guardia junto a la puerta. Cuando terminó, dejó las bolsas de Einar en el pasillo, comprobó que no había nadie y se volvió hacia el biólogo. No era sino un bulto en la oscuridad.

—Enseguida vuelvo —prometió.

Einar no contestó. Los pasos firmes de Nils y las sigilosas pisadas de su perra se alejaron. Al poco todo se sumió en un absoluto silencio. Daba la impresión de que era el único que quedaba en la base. Tragó saliva. Tal vez fuera así. Por un instante deseó ir tras su compañero. Aún podía hacerlo, escapar y enterrar sus pecados para siempre. Cuando se marchara de Nytt Håp, la terrible culpa quedaría atrás, volvería a Noruega y nadie llegaría nunca a descubrir la verdad. No quedaban testigos de lo que había hecho. Salvo uno. Él.

Por qué no, por qué no escapar. ¡Como los demás, era una víctima!

Entonces los pasos de Nils regresaron. Entró con una jeringuilla en la mano. Se acercó y le puso una inyección.

—Es un sedante —le explicó—. Te dormirás enseguida. No te preocupes, voy a ayudarte. Cógete a mí, nos vamos.

Iba a sacarlo del dormitorio para ponerlo a salvo, cuando Johan asomó por la puerta. Brede estaba tras él.

—¿Qué haces? —le preguntó Johan.

—Me llevo a Einar, no podemos dejarlo solo más tiempo.

—Ni hablar. Einar puede esperar, tenemos cosas que hacer.

—Johan, no hablas en serio.

—Son órdenes, ya te ocuparás de él después.

Nils quiso saltar sobre Johan, enzarzarse con él en una pelea, pero era como un armario, y Brede estaba a su lado.

¿Qué hacer?

Nils dudó, pero Johan y Brede parecían dispuestos a hacerlo salir por la fuerza.

No era momento de heroicidades. Ya buscaría la manera. Dejó a Einar sobre la cama y le apretó el hombro con cariño.

Los pasos de los tres hombres se perdieron a lo lejos y Einar quedó solo. Consciente de lo peligroso que era quedarse dormido sin nadie que lo acompañara, vaciló, de pronto ansioso por escapar. ¿En qué momento de locura irracional había pensado que debía quedarse? ¡Quedarse era ofrecer una invitación abierta a la muerte! Sería como decir: «¡Ven a por mí, estoy listo!».

No lo estaba.

Él vendría.

Se lo dijeron sus huesos.

Pensó en Frida, en cortarse las venas como había hecho ella. ¡Pero no tenía el valor! Su propio olor le llegaba con fuerza, el olor del miedo; hedía como un animal. Lo percibía incluso en el ambiente. Tembló. El frío intenso penetraba la ropa de cama, su vestimenta, su piel, sus músculos, tendones y ligamentos. Cada vez era peor.

El sedante ya iba haciendo efecto. Primero lo notó en los párpados, que se le cerraban, luego en los músculos, que hormigueaban placenteros, en la mente que se adormecía.

Se obligó a incorporarse. Lo hizo torpemente, apartó el edredón como en una pesadilla y oteó la oscuridad.

Entonces lo supo. Había alguien más allí.

Con una mano trémula agarró la linterna, que estaba en la mesilla, y se arrastró al rincón más próximo tirando de sus piernas adormecidas. Se acurrucó como un chiquillo asustado, la encendió y barrió la estancia con su haz de luz, perfilando los muebles, las camas vacías de Synne y Gunnar —esta vez Thorensen no se había molestado en deshacerse de sus cosas, como había hecho con las de Björg, Ragnar y Frida—, la calefacción bajo la ventana y los sencillos armarios, ahora casi vacíos, pues la mayoría de sus pertenencias se las había llevado Nils.

Luchó contra el sueño. Se dormía. No resistiría mucho más.

Pero no dejaba de sentir la presencia de alguien agazapado en las sombras.

Sin duda era él.

Ya estaba allí.

Se tomaría su tiempo, saboreando el momento antes de atraparlo, su nueva presa indefensa.

Un paso, un roce de ropa, tal vez un abrigo contra la pared.

Y al fin lo descubrió. Se había materializado de la nada, como lo haría un fantasma. Lo reconoció: alto, fiero, fornido.

A Einar se le arrugaron las facciones y formó un puchero con los labios. Al fin alcanzó a suplicar, con la voz pastosa a causa del sedante:

—Por favor, he hecho todo lo que me has pedido, ¿qué más quieres de mí?

No hubo respuesta. A Einar se le cayó la linterna de las manos lánguidas, y la luz se apagó. A solas en el rincón, miró sin ver.

Cuando dos manos lo agarraron y lo levantaron en el aire sin esfuerzo, no se resistió. Era un muñeco de arena; sus brazos y sus piernas, dos trapos colgones; su cuerpo, un saco muerto. Su captor se lo llevó en volandas, y Einar, que se hundía en el sueño, no gritó para pedir ayuda. No podía. Intentó rezar fervientemente, por si su alma aún podía ser salvada, pero su mente se perdió a merced del sedante. Al poco, la oscuridad de un hueco en la pared los engulló a él y a su captor.

Cuando Nils regresó vio que Od ya había hecho su equipaje; lo había amontonado junto al resto de bultos en el vestíbulo de la base. Llevaba las bolsas de Einar a cuestas. Le explicó a Od que lo había sedado, pero que había tenido que dejarlo en su dormitorio. Miró de soslayo a Johan y Brede, que lo seguían de cerca. No dejaban de vigilar cada paso que daba. El rencor que sentía emergió en su noble rostro.

—Habrá que llevarlo después a uno de los trineos —susurró Nils.

—Nadie nos dice nada —se lamentó Od—. ¿Adónde vamos? ¿A casa?

Johan y Brede los empujaron y no pudieron hablar más. Debían estar listos para abandonar Nytt Håp en cualquier momento. Ordenaron a los dos amigos que dejaran aparte algunos sacos de dormir, mantas y víveres, puesto que tal vez tuvieran que pasar todavía algunos días más allí, aunque no dijeron por qué ni precisaron cuántos. Nils, siempre hostigado por los ingenieros, preguntó varias veces por Mikel y Erika sin obtener respuesta. Llevaban ya mucho tiempo ausentes y a nadie parecía importarle. Empezaba a sospechar que el comandante los había encerrado. De ser así, ya imaginaba dónde. La otra posibilidad era peor: que hubiesen sido atrapados por el asesino.

Tuvieron que hacer los preparativos a oscuras, y las bajas temperaturas se estaban volviendo insoportables en el interior. Con el paso de las horas, sobrevivir allí sería tremendamente difícil.

Cuando lo hubieron apilado todo en la entrada, Johan, quien al parecer había sido designado por Thorensen como su hombre al mando, les hizo llevarlo al edificio auxiliar donde guardaban los vehículos. El comandante, ofuscado en su empeño por abandonar las instalaciones, no daba tregua a sus hombres, obligándolos a esforzarse al máximo por apurar las últimas horas en Nytt Håp.

Varias veces trató Nils de escabullirse para sacar a Einar de su habitación, pero en cada intento Johan o Brede le cortaban el paso. Cada vez más preocupado, Nils decidió hablar con el comandante y suplicarle que le permitiera trasladarlo y acomodarlo en uno de los trineos. Thorensen lo escuchó sin un ápice de compasión.

—Einar puede esperar. No podemos permitirnos el más mínimo retraso. Si no salimos pronto estaremos muertos. No nos van a esperar. Tal vez prefieras quedarte aquí con él.

—¿Quién nos espera?

Thorensen no contestó. Le dedicó una mirada sombría a Od, que se encogió como un cordero que intuye el final a las puertas del matadero, y se retiró.

—Vamos, Nils, no tardaremos mucho si nos damos prisa, así podremos ocuparnos de Einar. —Od agarró la manga de su chaquetón polar con aire suplicante—. Se irán sin nosotros si no obedecemos. Nils, por favor.

El guía dudó. A esas alturas ya no le quedaba ninguna duda de lo que sería capaz de hacer Thorensen si no cumplían sus órdenes. Se zafó de la mano de Od con un gesto de contenida impotencia y siguió trasladando las bolsas con feroz ímpetu. Mientras se esforzaba por cumplir con aquella tarea en un tiempo récord, no dejaba de rumiar el sinsentido que era llevarlo todo junto a las motos de nieve, puesto que no quedaba combustible, y sin combustible esos vehículos eran del todo inútiles. Se le escapaba algo. ¿Y Johan y Brede? ¿Acaso no veían lo demencial de todo aquello? Los dos ingenieros secundaban a Thorensen sin fisuras en su lealtad, lo habían hecho desde el principio, como dos autómatas herméticos.

¿Dónde se habían metido Mikel y Erika? Una sorda rabia cabalgaba por sus venas, insuflándole el valor que hasta entonces le había faltado.

No quería seguir con aquello.

Buscó un modo de enfrentarse a Thorensen y sus dos robots. Sin embargo, no sabía cómo sin que los ingenieros se abatieran sobre él como dos perros de presa. Debía ser cauto, esperar su oportunidad. Miró de reojo a Od. Si es que su compañero se superaba a sí mismo y dejaba de ser un cobarde.

Entre los dos trasladaron las últimas bolsas. Creyeron que habían cumplido y que podrían ir a buscar a Einar, pero Thorensen una vez más se lo impidió: aún debían acomodarlo todo en los trineos y equiparlos para varios días. Nils apretó los dientes y obedeció; hacer acopio de suministros de comida, cuerdas, linternas, baterías, raquetas, piolets, mantas y tiendas de campaña iba a llevarles un buen rato. Después aún deberían enganchar los trineos a las motos, y Johan y Brede no es que estuviesen ayudando mucho, se limitaban a vigilarlos. Miró las motos de nieve. Thorensen tenía que contar con alguna provisión de combustible de la que no les había hablado.

Molly entró en el edificio auxiliar con él. Había estado fuera, merodeando mientras ellos iban y venían, pero ya se había cansado y buscaba su atención. Gimió inquieta, Nils palmeó su formidable cuello y frotó su lomo. Se agachó junto a ella para calmarla. Molly no vacilaría en saltar sobre Thorensen y sus dos acólitos si él se lo ordenaba. Y con sus poderosos colmillos, sería por sí sola una formidable contrincante.

Para su sorpresa, Johan y Brede abandonaron su vigilancia. A través del portón, Nils comprobó que se dirigían —siguiendo el surco que habían ido formando en la nieve con tantas idas y venidas— a alguno de los edificios más alejados. Un profundo recelo se apoderó de él. Dejó a Molly y se asomó para espiarlos. No le gustó su forma sigilosa de perderse detrás de la incineradora.

—¿Qué ocurre? —Od estaba visiblemente inquieto.

Nils lo agarró del brazo, se lo llevó dentro y se pegó a él para hablarle al oído:

—Van a dejarnos aquí, ¿no te das cuenta? ¿Johan y Brede se largan de repente? Se nos acaba el tiempo, Od.

—¿Dejarnos aquí? —gimió el cocinero.

—¡Plantémosles cara! ¡Es nuestra oportunidad!

Od agachó la cabeza, el semblante sombrío. Nada quedaba de su buen humor habitual.

—Si no hacemos nada, estaremos secundando a Thorensen —perseveró Nils—, ¿quieres cargar con eso en tu conciencia? ¡Yo digo basta! Hagámoslo, Od. ¡Por nuestros compañeros! Por Björg, por Ragnar, por Gunnar, por Synne, por Halvard —enumeró con vehemencia—. No es tan difícil. Si nos ponemos en marcha enseguida, no lo verán venir, ¡podremos sorprenderlos! Primero nos ocuparemos de Thorensen. Luego buscaremos a Mikel y Erika y seremos mayoría, caerán los otros dos.

—Pero Mikel y Erika ya llevan demasiado tiempo ausentes, ya sabemos lo que eso significa, ¡a estas alturas los habrá atrapado también! —Od lanzó una mirada inquieta alrededor—. Es demasiado tarde para ellos, seguramente Thorensen piensa lo mismo y por eso se niega a buscarlos. En cambio, Einar... Podríamos ir a buscarlo en vez de arriesgarnos intentando reducir a Thorensen.

—Johan y Brede podrían volver en cualquier momento; si nos cogen trasladando a Einar hasta aquí, se acabó. Od, es ahora o nunca.

—Pues entonces deja que vaya yo a buscar a Einar. Después me reuniré contigo.

—Od, despierta, nuestra única salida es imponernos y tomar el control.

El cocinero, pálido como una sábana, al fin cedió, y Nils le palmeó la espalda para infundirle valor. A continuación, se hizo con una bolsa grande de lona vacía. Abandonaron el edificio y corrieron a través del terreno helado de vuelta a la base. Molly trotó detrás.

El pasillo principal estaba desierto. Con los ingenieros fuera, solamente debían preocuparse de Thorensen. Con ayuda de sus linternas se dirigieron a un despacho contiguo al del comandante. Para llegar hasta él debían pasar por delante. La puerta estaba entreabierta, lo que les permitió verlo sentado ante su escritorio. Repasaba abstraído una pila de papeles que iba echando en una trituradora a la luz de la lámpara de gas. No se percató de su presencia, así que Nils y Od pudieron deslizarse como dos sombras por el pasillo.

En cuanto alcanzaron la estancia que buscaban, Nils dirigió su linterna hacia uno de los armarios pegados a la pared. Forzó la cerradura y lo abrió. Le hizo un gesto a Od y entre los dos retiraron un falso fondo. Allí era donde escondían las armas de la base. Erika y Mikel jamás podrían haberlo encontrado durante sus exhaustivos registros, puesto que estaba perfectamente camuflado. Nunca sospecharían que tenían armas en la base, algo prohibido por el tratado internacional que protegía la Antártida.

Por fortuna, Johan y Brede aún no las habían recogido, de manera que no faltaba nada. Debían de creerse muy superiores, o los consideraban unos cobardes incapaces de sublevarse.

Había diez rifles de asalto Heckler & Koch HK416 con culata telescópica ajustable de múltiples posiciones, de uso habitual en el Ejército noruego. Cogieron dos y sus cargadores, se llenaron los bolsillos con munición y guardaron lo que quedaba en la bolsa de lona que Nils había llevado consigo. Había llegado el momento de actuar.

Tras tantas jornadas a la intemperie, Halvard Linnes se hallaba al límite de sus fuerzas. La travesía había sido infernal a causa del temporal. Ni siquiera con la protección extra de ropa ni con el protector adosado a la moto había dejado de sentir las atroces temperaturas. Orientarse en aquella gran nada blanca donde no había colores, ni formas ni contornos estaba llevándolo al límite de su capacidad física y mental. Halvard no recordaba haber soportado nunca una dureza tan despiadada. Había perdido el rumbo cuando buscaba el refugio en el que había pasado la primera noche de camino a la costa, y se había visto obligado a acampar a la intemperie después de levantar un muro de nieve para protegerse siquiera en parte del huracanado vendaval. Al día siguiente había podido salir de la tienda a duras penas, pues había quedado una vez más enterrado en la nieve. Conciliar el sueño le había resultado imposible. Sí, se había perdido una vez y había escapado hasta en dos ocasiones a una muerte segura, cuando el terreno traicionero se había abierto bajo los patines de la moto. Por fortuna había logrado maniobrar a tiempo y ni él ni su cargamento habían sufrido daños, aunque se había visto obligado a detenerse para sustituir los anclajes que mantenían la carga atada al trineo, pues algunas cuerdas se habían roto. No tenía forma de contactar con el comandante, de manera que se había limitado a seguir las instrucciones, esperando siempre que en la base todo estuviera bajo control.

Avanzó despacio, con mucho cuidado. No quería que la moto de nieve volviera a quedar atascada. Giró la cabeza y comprobó que el trineo seguía allí y que no había perdido la preciada carga que tanto le había costado traer desde que se la entregaran en el rompehielos japonés.

Mientras avanzaba, metro a metro, el temporal remitió en parte, el cielo se despejó y las estrellas asomaron en lo alto ofreciéndole un soberbio espectáculo. Pese a que su instinto le gritaba que se apresurase, que aprovechara aquella momentánea ventaja y apretara el ritmo para regresar cuanto antes a la base, la prudencia le dictaba otra cosa. Continuaría avanzando con cautela, dado que la nieve acumulada era peligrosa y en cualquier momento la moto podía volver a hundirse, en cuyo caso correría el riesgo de ahogar el motor, y si el morro quedaba atrapado definitivamente... Además, estaba extenuado por culpa del viento, cuyos constantes embates lo habían obligado a mantener la dirección del vehículo firme, oponiendo una constante resistencia todo el trayecto. Esto le había hecho forzar los músculos al máximo, sometiéndolos a una tremenda tensión.

Detuvo la moto y sacó unos prismáticos de visión nocturna. Atisbó a través de ellos. Por suerte, la base estaba más cerca de lo que había creído. La descubrió a unos dos kilómetros. Frunció el ceño. Estaba sumida en la oscuridad, los focos exteriores no funcionaban, lo que indicaba que probablemente el generador auxiliar había sucumbido o que había sido saboteado. ¿Cuánto tiempo llevaban así? Muchas cosas podían haber sucedido en su ausencia. Preocupado por lo que pudiera encontrarse, arrancó el motor y se lanzó hacia delante, arrastrando el trineo con su cargamento a cuestas.

26

El asesino ya estaba allí. Lo oía avanzar, sus pasos resonaban desde algún lugar imposible de precisar. Tal vez llegara a través del túnel por el que ella había accedido a la gruta, lo que implicaría que había utilizado el ascensor y que por tanto disponía de una tarjeta de acceso, una tarjeta que le permitía subir a la superficie cuando se le antojaba.

No. Se equivocaba.

Esos pasos sonaban más bien ahí mismo, muy cerca. ¿Acaso había otro acceso a la gruta que ella aún no había descubierto? Tenía que existir alguna otra grieta en la pared, muy bien camuflada. Intuyó que el asesino accedía a la base a través de ella. No usaba el ascensor, imposible si Thorensen cerraba el portón del edificio con un candado y una cerradura. Tenía que existir un pasadizo natural oculto en alguna parte. Sin duda, debía de ascender muchos metros hasta llegar a la superficie. ¿En qué punto saldría al exterior?

«Si lo encuentro, ¡podré escapar y buscar ayuda!».

Aguardó inmóvil, con el corazón batiendo contra su caja torácica como un preso que se estrella contra las rejas que lo mantienen encerrado. Le parecía que sus latidos sonaban con claridad, tan alto que él sin duda acabaría por oírlos. Tal vez oliera su miedo. Escrutó las tinieblas. Aún no alcanzaba a verlo, pero lo sentía cerca. Tuvo miedo, mucho miedo. Apretó el bisturí ensangrentado en la mano, sabiéndose vulnerable sin su arma de fuego. Ese loco se la había quitado, igual que su tarjeta de acceso; luego estaba armado. Eso lo volvía aún más peligroso. Trató de pasar desapercibida, se pegó al gélido muro queriendo mimetizarse con él, pero el hueco tras la cámara frigorífica donde se escondía no daba más de sí. Se le clavaron en la espalda los hierros del panel que protegía la parte trasera de la cámara.

Oyó un jadeo, más pasos, unas botas cuyas suelas se arrastraban, un roce de ropa, probablemente contra las paredes del túnel, y una tos. Una tos de hombre. Oyó el tintineo de unas llaves. No se había equivocado, había algún pasaje. Al fin se armó de valor y se asomó un poco. Apenas alargó el cuello, lo justo para atisbar en la oscuridad.

La luz se encendió.

Una figura apareció. Era un hombre muy alto y corpulento, llevaba un chaquetón polar rojo y un gorro negro de lana viejo, muy usado, de manera que no pudo distinguir sus rasgos. Cargaba con una persona al hombro, como si de un fardo se tratara: otra víctima. Erika se compadeció de él, pues distinguió que se trataba de un hombre, un hombre sumamente delgado. ¿Nils? ¿Johan? ¿Od? No, demasiado delgado, ellos eran corpulentos. Solo quedaba Einar. Tragó saliva. Debía de haberlo secuestrado mientras dormía a juzgar por su escasa vestimenta: una camiseta térmica y unas mallas largas. Ni siquiera llevaba calcetines. Colgando boca abajo sobre los hombros de su captor, se bamboleaba con las piernas estiradas en un ángulo de cuarenta y cinco grados. Quiso verle la cara, pero su torso, brazos y cabeza quedaban ocultos a la espalda del asesino.

El monstruo se detuvo junto a la camilla quirúrgica y el rostro de la víctima quedó expuesto, enrojecido por estar boca abajo, pues se le agolpaba la sangre en la cabeza. Tenía el pelo ralo y oscuro.

Era Einar Rekdal, el biólogo. Ya no había duda.

«Pobre hombre».

Erika permaneció encogida en su escondrijo con los puños apretados. No quería ser testigo de lo que vendría a continuación. Podía haber sido ella la que ocupara aquella camilla en vez de Einar. Si ese demente hubiese querido, la habría arrastrado hasta allí después de noquearla. Su sentido del deber la impelía a descubrir al asesino. Se obligó a identificarlo.

Ajeno a su presencia, el monstruo despejó la camilla de un manotazo. Recogió la bolsa de plástico que estaba sobre ella con las bridas y se la metió en un bolsillo. Después depositó al infortunado Einar tendido boca arriba. El biólogo quedó desmadejado, la cabeza ladeada. Su expresión, incluso en su inconsciencia, era de angustia. Algunas lágrimas se le adherían a las mejillas demacradas. Erika constató que estaba delgadísimo. Como Frida, había perdido mucho peso en poco tiempo.

Debía de estar sedado, su pecho subía y bajaba de forma regular, respiraba profundamente. Su captor actuaba de manera metódica, evidenciando lo mucho que había interiorizado el ritual. Despojó a Einar de la poca ropa que llevaba y lo dejó desnudo, el famélico cuerpo muy velludo, con una piel muy blanca, expuesto al rigor gélido de la gruta. Erika alcanzó a ver las cicatrices que las cuchilladas de Gunnar le habían dejado. A continuación, el asesino sacó unas cuantas bridas y fue ciñéndolas en torno a las muñecas y los tobillos de su víctima, atándolo a las cuatro patas de la camilla. Las apretó mucho, pues se hundieron en la carne de Einar cruelmente, cortándole la circulación.

El biólogo no podría escapar, aunque despertara. El asesino se tomó un respiro. Estiró los brazos, buscando relajar sus músculos, y suspiró. Erika estaba hechizada. Esperaba que se quitara la capucha. Rezó para que lo hiciera. «Quiero verte, maldito cabrón, vamos, ¿quién eres?».

Como si la hubiera escuchado, el asesino levantó la mano derecha y se la retiró, dejándola caer hacia atrás. Luego se deshizo del viejo gorro de lana y una densa mata de pelo rubio, del color de la paja, quedó al descubierto.

Erika contuvo el aliento al reconocerlo.

«No puede ser».

Mjolnir Hove observó a Einar con frialdad. Las profundas cuencas de los ojos, hundidas en su semblante ceroso, eran dos pozos de oscuridad y odio. Nada en su fisonomía recordaba al hombre sonriente que Erika acababa de ver en las fotos de su mochila. Una larga barba cubría su rostro y el pelo le había crecido mucho, pero era él. Mil preguntas acudieron a su cabeza. Ninguna respuesta. ¿Por qué tanto odio? Synne y él habían tenido algo, y sin embargo también a ella se la había llevado.

Einar era el siguiente. Después iría a buscarla a ella.

Dios, estaba atrapada, ¡condenada a presenciarlo todo!

No quería oír los gritos de ese pobre desgraciado cuando despertara y comenzara su suplicio.

Apartó la vista, y entonces descubrió de reojo algo que hizo que se olvidara de lo que estaba sucediendo a apenas dos metros de ella. Medio oculto en un rincón había un traje de inmersión submarina. Erika parpadeó sin comprender cómo no lo había visto antes —claro que tampoco había encontrado el otro acceso a la gruta; sus facultades debían de estar más mermadas de lo que le convenía—. Era de una aleación similar a la utilizada para reforzar el casco del Titan, con articulaciones giroscópicas en brazos y piernas, cuatro motores de impulsión, varios focos, una cámara integrada en el casco y un sofisticado sistema de soporte vital. En vez de manos, contaba con unas potentes tenazas. Erika no podía creer que tuviera una forma de rescatar a Mikel tan al alcance y al mismo tiempo tan lejos. Porque ¿de qué le servía un exotraje mientras ese demente estuviera en la gruta? La respuesta a sus plegarias estaba en sus narices sin que pudiera hacer uso de ella.

El traje se parecía mucho a los que se usan en el espacio, salvo por su aleación de titanio. Su fría superficie, de un gris metálico, brillaba bajo los focos. Parecía sólido. Debía de pesar mucho. Sin duda, formaba parte del equipamiento con que Thorensen había llenado la caverna, como el sumergible y todo lo demás, y Hove lo había robado.

¿Cómo iba a llevarlo hasta el lago?

Lo contempló impotente.

Luego se volvió hacia el macabro escenario donde Einar aguardaba su destino. Mjolnir Hove se había vuelto de espaldas. Estaba inclinado sobre la mesa auxiliar manipulando el instrumental. Erika se mordió la lengua. ¿Notaría que faltaba un bisturí? Se angustió ante semejante posibilidad y apretó el fino mango de su arma improvisada. Lo sintió diminuto entre sus dedos, ridículo. Hove removía los cuchillos, las sierras... ¿Qué iba a hacerle a Einar? ¿Qué le haría a ella si la encontraba?

Debía ser práctica: ¿cuánto tardaría Hove en subir con su cadáver cuando lo hubiera matado, de vuelta a la base? Si se atenía a su conducta con las víctimas anteriores, no mucho. En cualquier caso, sería demasiado tiempo. Mikel ya estaría muerto para entonces.

Y aunque Hove se fuera, ella no era buzo. Para empezar, no tenía la menor idea de cómo iba a sacar algo tan pesado ella sola de la gruta y trasladarlo a través del túnel hasta el lago. ¡Vamos, ni siquiera lograría moverlo de su sitio! Y suponiendo que lo hiciera, ¿cómo iba a conseguir que se abriera? ¿Cómo iba a meterse dentro del exotraje sin ayuda? ¿Cómo hacer que se activara?

En comparación, salvar a Einar era más plausible.

Ante la contundencia de su absoluta incapacidad para serle útil a Einar o a Mikel, dada la ínfima medida de sus fuerzas, mermadas a causa del frío, se le fueron hundiendo los hombros. Meneó la cabeza y apretó los labios en un gesto obstinado muy característico en ella. No quería rendirse, pero era evidente que hasta ahí había llegado: Mjolnir Hove era un monstruo de más de un metro noventa y cien kilos de puro músculo. Y tenía su pistola. Se tragó un gemido de impotencia, abrió la mano que sostenía el ridículo bisturí y lamentó haber perdido la navaja suiza que había sacado de la mochila. ¡Clavarle aquello a Mjolnir sería como pincharlo con una aguja! En cuanto lo hiciera, estaría muerta. No podría salvar a nadie, ni a Einar, ni a Mikel ni a sí misma.

Fue Nils el primero en irrumpir en el despacho de Thorensen. Lo apuntó con el rifle de asalto y Od lo secundó. Al ver que lo encañonaban, el comandante soltó los papeles y levantó las dos manos en señal de rendición. Nils dio un paso a su derecha con cautela. Conocía a ese hombre. Era un lobo con mucha experiencia en el campo de batalla, pues estuvo destinado en varias zonas de conflicto en Europa del Este, y estaba armado. No debían fiarse de él.

—Nils, ¿qué es esto? —preguntó con calma contenida.

Nils no estaba interesado en tener una conversación con él. Trataría de distraerlos de cualquier forma y empuñar su pistola, así que le quitó el seguro a su rifle y dio otro paso.

—En pie, comandante. Contra la pared.

Thorensen obedeció y abrió las piernas sabiendo lo que pretendía Nils.

—Od, quítasela.

Al punto su compañero le entregó el rifle y se acercó, dispuesto a arrebatarle la pistola y cachearlo. Lo hizo con manos expertas. Era cocinero, técnico de medio ambiente y llevaba en Nytt Håp muchos años, pero no había olvidado su formación militar. Encontró en la cinturilla del pantalón térmico, bajo la chaqueta polar, una Glock 17. No tenía nada más. Se la quitó, retrocedió y recuperó su rifle.

Johan y Brede continuaban fuera, pero regresarían.

—Hay que atarlo —le sugirió Nils a Od.

—Tengo bridas en mi armario.

—Ve a por ellas. Rápido.

—Estás cometiendo un error, Nils. Escucha, soy tu comandante, ¿cuántos años llevamos juntos? Te lo perdonaré todo si sueltas ese rifle ahora mismo, puedo entender que la situación os haya superado.

—Está muriendo gente —replicó Nils—. Dime adónde vamos y cómo piensas marcharte si no hay combustible.

—No hemos podido encontrar a ese loco y me veo impotente. El plan es evacuar, no quieras saber nada más. Deja el arma y escucha. —Thorensen quiso volverse.

—¡Contra la pared!

—Te estás equivocando, ¡todo lo que estoy haciendo es para protegernos! ¡Ya nos están esperando! Evacuaremos, y que se ocupe el Ejército. Aquí ya no hacemos nada, Nils. Piénsalo. Si nos quedamos nos matará, y sin el generador estaremos muertos de todos modos.

—¿Y Mikel? ¿Y Erika?

—¿Por qué te preocupas tanto por esos dos? No han hecho más que estorbar desde que llegaron.

—¿Y el combustible?

—Créeme, eso no es problema. Nils, deja el arma. Tenemos que irnos ya.

Seguía sin darle respuestas, lo que significaba que no pensaba contar con ellos. Od llegó con las bridas y procedió de inmediato a atar las muñecas de Thorensen a la espalda. Luego lo cogió del brazo y lo obligó a rodear la mesa hasta situarlo en el centro del despacho. Thorensen los miró con dureza.

—Hay una ventana climática que nos dejará llegar a la costa, pero tenemos el tiempo justo, debemos irnos ya.

¿Así que pensaba marcharse en barco?

—He pasado por el dormitorio de Einar —murmuró Od con tristeza—. No está.

—Lo he sedado...

—No está, Nils. Se lo ha llevado.

—¿Creéis que habríais podido hacer algo por él, aunque os hubiera permitido sacarlo de su cama? ¡Ese loco se lo habría llevado de todos modos en vuestras mismísimas narices! ¡Lleva haciéndolo todo este tiempo! ¡Vamos! ¡Nils, Od, soltadme! ¡Es hora de marcharnos, no podremos llegar a tiempo!

—Ni hablar —rugió Nils.

Thorensen soltó un prolongado suspiro y su rostro se ensombreció.

—Alto.

Una voz a sus espaldas sonó alta y clara. Una mueca de incredulidad llenó el semblante de Nils. A su lado, Od palideció. El comandante no pareció sorprenderse en absoluto. Nils se giró a medias, aunque no necesitaba hacerlo para saber quién acababa de echar por tierra su improvisado plan: Halvard Linnes no estaba muerto.

De hecho, los apuntaba con una pistola. Su cañón oscilaba, de ellos a Molly y vuelta a ellos. La perra mostró los colmillos y Nils calculó que al menor gesto Halvard la mataría.

—Quieta, Molly, quieta.

La perra obedeció.

Halvard mostraba signos de congelación en las mejillas, tenía los labios cuarteados y la nariz blanca. Su aspecto era el de un hombre extenuado, al borde de su capacidad. ¿De dónde venía?

—Soltad las armas.

Nils obedeció, y Od lo imitó.

—Átala —le ordenó Halvard señalando a la perra—. Al radiador, vamos.

Nils sujetó a Molly y enganchó su correa, que siempre llevaba encima, en torno a los tubos de la calefacción. La acarició para calmarla, pero la perra meneaba la cola inquieta y emitía suaves gañidos.

—Apártate, vamos, Nils.

Preocupado por lo que fueran a hacer de ella, Nils retrocedió sintiendo que se le partía el corazón.

—No sufras por Molly, no vamos a hacerle daño —le aseguró Thorensen—. Te lo he dicho, Nils, vamos a evacuar. Lamentablemente ya no puedo confiar en vosotros dos y no puedo dejar a tu perra suelta. Halvard, llévatelos. Los quiero inmovilizados.

—Nos has hecho creer todo este tiempo que estabas muerto. —Nils escudriñó los rasgos agudos de ave de presa de Halvard mientras este recogía los rifles—. Pensábamos que eras otra víctima más. ¿Dónde has estado?

—Ha ido a por ayuda —dijo Thorensen. Halvard cortó las bridas que lo maniataban y le entregó uno de los rifles—. Gracias a él, tenemos combustible. ¿Lo entendéis ahora?

Pasó junto a Nils y le posó una mano en el hombro. Apretó con saña, clavándole los dedos.

—No creí que fueras a traicionarme así, Nils. —Se volvió hacia su segundo—. Halvard, estamos preparados. Solo faltabas tú. ¿Lo tienes todo?

—Sí, comandante.

—Que te ayude Johan. Mientras tanto, llenaré los depósitos de las motos.

—Andando —ordenó Halvard.

Los obligó a salir al pasillo con las linternas. Nils iba por delante sin dar crédito. ¿Ese había sido el plan de Thorensen? ¿Enviar a Halvard en busca de ayuda en previsión de una evacuación? ¿Adónde había ido? ¿Quién le había facilitado el combustible? Habían sido unos necios por creer que podrían imponerse a Thorensen. Mientras se alejaban, los desesperados ladridos de Molly estallaron. La oyeron tirar de la correa, revolverse, intentando ir tras ellos.

Cuando salieron, el cielo se había despejado por completo y se veía radiante, repleto de estrellas. La noche había caído definitiva sobre la Antártida y aquel firmamento libre de nubes había hecho que la temperatura aún descendiera más, hasta los cincuenta y seis grados bajo cero.

—¿No vas a decirnos adónde vamos? —le preguntó Nils a Halvard mientras caminaban sobre la nieve—. ¿Quién nos espera?

La moto de nieve en la que había llegado aguardaba junto al nuevo almacén. Nils se reconvino por no haberlo oído llegar; debería haber estado más atento, aunque ¿cómo imaginar que Halvard estaba vivo y que disponía de un vehículo con el depósito lleno? No podía culparse por eso. Un trineo cargado hasta arriba de combustible estaba enganchado a su trasera. Pero había algo más. ¿Qué eran esas otras cajas junto a los bidones?

Johan vio a Halvard y lo abrazó, luego tanto él como Brede estaban al tanto de sus maniobras. Nils observó la escena con una sorda rabia royendo sus esperanzas. Se volvió hacia el lugar donde habían dejado el cadáver de Gunnar. Permanecía dentro del traje de buzo donde lo habían encontrado, recordándoles la realidad que estaban viviendo. Cada vez que pasaba por delante evitaba mirarlo. Era como una estatua de titanio con un macabro recuerdo en su interior. Por suerte estaba completamente cubierto por la nieve y el rostro amoratado e hinchado del biólogo no era visible.

Johan y Halvard hablaban en voz muy baja. Imposible oír lo que decían. Sin mostrar un ápice de compasión, camaradería o pesar, Johan los empujó sin contemplaciones, obligándolos a meterse en el almacén. Los hizo sentarse en el suelo, contra la pared, y montó guardia junto al portón. Nils echó un vistazo alrededor. Ni rastro de Mikel y Erika. Hasta entonces había mantenido viva la ilusión de que Thorensen los hubiese retenido ahí. Pero no. Así que ya debían de estar muertos. Y Einar los seguiría pronto. Apretó los labios tragándose la frustración que sentía.

Thorensen se presentó al cabo de un rato. Brede lo acompañaba y Halvard llegaba por detrás. Portaban los rifles que les habían arrebatado y la bolsa con el resto de armas.

—Yo los vigilo —le dijo Brede a Johan.

—Halvard —ordenó Thorensen—, traed las cajas y llevadlas abajo.

Al punto, Halvard abandonó el edificio. El comandante y Johan lo siguieron, y Nils y Od quedaron a merced de Brede. Nils no apartaba los ojos del ingeniero, este lo apuntó con su rifle y simuló que disparaba. Nils lo insultó y Brede se carcajeó.

Cuando Halvard y Johan regresaron, cargaban con dos grandes cajones metálicos. Nils los reconoció, eran los que había visto en el trineo enganchado a la moto de Halvard. Los dos hombres se acercaron a la columna central. Nils no dejaba de observar aquellos dos cajones. Escudriñó el rostro de Brede en busca de respuestas. Él se limitó a sonreír. Empezaba a odiar aquella sonrisa socarrona y deseó borrársela de la cara de un guantazo. Entonces Brede hizo un gesto con una mano, abriéndola en el aire, mientras no dejaba de apuntarles con el rifle que sostenía en la otra.

—Booom —dijo imitando una explosión.

Nils palideció al comprender el plan:

—Se hundirá todo...

Brede asintió muy satisfecho.

27

El ascensor descendió y Johan ayudó a Halvard a sacar los cajones; los arrastraron por la pasarela de madera hasta la consola junto al lago. Miraron alrededor escudriñando cada rincón de aquel palacio de hielo. Todo estaba en calma, podían trabajar. Mientras Johan vigilaba, Halvard procedió a abrir los cajones con sumo cuidado.

Dentro había explosivos, cargas individuales encajadas cada una en su hueco independiente de espuma protectora, listas para ser armadas y programadas. Las fue sacando y las alineó en el suelo. Había suficientes para hundir la cueva. Su labor sería distribuirlas por el perímetro y programarlas para que detonaran cuando ellos ya estuvieran lo suficientemente lejos de la base. Halvard cogió la primera y la colocó en la consola. Luego tomó la siguiente y se dirigió a algún punto estratégico señalado por Johan, que era muy bueno en esa clase de cálculos.

Cuando hubieron terminado, se reunieron. Los explosivos habían sido programados para explotar al cabo de dos horas.

Mikel había vuelto en sí. Lo primero que pensó fue que el oxígeno pronto empezaría a escasear. Comprobó su reloj. Había pasado demasiado tiempo inconsciente, aunque nada había cambiado. Procuró mantener la calma, una ardua tarea.

Inspiró y espiró, consciente de lo importante que era que su corazón bombeara despacio, no jadear para no consumir tan rápido el oxígeno que aún llenaba al habitáculo del Titan.

Aun así, por mucho autocontrol que tuviera, no le quedaban opciones.

Iba a morir asfixiado.

¿Para qué esperar más? Había llegado el momento.

Miró hacia la esclusa y calculó por enésima vez que la abriría y dejaría entrar el agua, la presión lo aplastaría antes de que llegara a ahogarse, pero esperaba poder salir, de ese modo moriría en el lago. La criatura de largos tentáculos bioluminiscentes continuaba al otro lado del cristal, como si quisiera acompañarlo en su soledad proporcionándole consuelo y algo de luz. Otros seres nadaban en torno al sumergible.

«Ahora o nunca», decidió Mikel.

Se levantó y agarró la rueda que abría la esclusa, como un volante, tratando de hacerla girar. No se movió. Se empleó a fondo apretando los dientes, gruñendo, pero no logró que girara ni un milímetro. Entonces cayó en la cuenta de que la esclusa estaría controlada de forma electrónica. No podría abrirla manualmente.

Al comprender que estaba condenado, la frustración le arrancó un alarido de impotencia. Buscó con qué romper el mirador frontal del sumergible. No había nada que pudiera usar. Además, el material de que estaba hecho era de alta resistencia, capaz de soportar sus empellones sin sufrir el menor daño. El Titan era un ataúd de último diseño.

Un gemido escapó de sus labios. No era justo, no quería morir así.

—¡¡Joder!!

Impotente, se sentó en el asiento del piloto y levantó las piernas pateando aquella ventana esférica con sus pesadas botas, una y otra vez. Descargaba toda su rabia en cada patada, los poderosos músculos de sus piernas tensos, hasta que empezó a dolerle todo.

«No puede ser, ¡no puede ser!».

Dejó caer las piernas y contempló derrotado las apacibles entrañas del lago, anhelando perderse en esa oscuridad. Las lágrimas resbalaron por sus mejillas morenas. Al parecer, nunca había estado en sus manos elegir. Desde la primera vez. Moriría, sí, pero no como él quería.

Pensó en su madre, allá en San Sebastián. ¿Qué estaría haciendo? ¿Se acordaría de él? Después de todo, el alzhéimer la salvaría de sufrir. Deseó haberla abrazado más a menudo, haberle dicho más veces que la quería, no tener que dejarla sola en su última etapa, cuando más frágil era. Imaginó que la noticia de su muerte le llegaría primero a Aitor, que este se la trasladaría a Unai y a Andrea, y que después Aitor iría a ver a su madre. Pero no se lo contaría. En el último momento se guardaría tan amarga realidad y se limitaría a abrazarla como lo habría hecho él. La protegería del dolor.

Aitor, su buen amigo.

Para acabar así, atrapado en aquel sumergible, prefería haberse quedado en su hogar, cerca de su gente. Qué error, ¡qué tremendo error!

El pánico inundó su corazón. De pronto le pareció que se ahogaba, que el oxígeno ya escaseaba en el habitáculo. Sollozó, triste y derrotado, y apoyó las manos en el mirador, suplicando perdón, rogando para que todo acabara pronto.

Un hormigueo cosquilleó en sus dedos y de pronto la piel de sus manos se cubrió de una película iridiscente, como si sus células refulgieran, y esos dedos, que ahora eran como dos témpanos de hielo, irradiaron algo que empezó a expandirse como un reguero por el mirador del sumergible. Mikel ni siquiera se dio cuenta. Lloraba mientras bajo sus manos el grueso cristal se astillaba y una fina red de fisuras silenciosas se iba expandiendo en todas direcciones.

28

Todo estaba preparado: los depósitos de las motos de nieve llenos, el material que necesitaban enganchado en los trineos, las cargas colocadas. Thorensen se reunió con Brede e intercambió unas palabras con él, en voz tan baja que sus prisioneros no pudieron oír lo que decía. Nils preguntó qué pensaba hacer con ellos. El comandante lo ignoró, y cuando preguntó por los explosivos le dio la espalda. Nils gritó exigiendo que los soltaran. Entonces Thorensen se acercó a él, alzó su rifle y le incrustó la culata en la frente. Una fea brecha se abrió sobre su ojo izquierdo y la sangre se derramó cegándolo. Un reguero cálido y rojo alcanzó enseguida la mejilla, la mandíbula, y empapó el cuello de su chaquetón. Se mareó. Parpadeó aturdido mientras a su lado Od murmuraba súplicas y trataba de animarlo.

—Nos matarán si no dejas de revolverte, Nils.

El guía rechinó los dientes y se lamió la sangre que llenaba las comisuras de sus labios.

—Maldito loco —murmuró lleno de rabia.

—Haz que se levanten. Irán en uno de los trineos —le ordenó Thorensen a Brede—. Amárralos bien y protégelos, no queremos que se nos mueran por el camino.

—Deberíamos dejarlos aquí, ¿para qué llevarlos con nosotros?

—Haz lo que te digo, Brede. En cuanto Johan y Halvard suban, nos vamos. Tenemos que alejarnos todo lo posible antes de que las cargas exploten.

Brede obligó a Nils y a Od a ponerse en pie y los llevó hasta el edificio donde esperaban las motos y los trineos. El trayecto por el exterior fue desagradable. Los dos amigos no pudieron evitar pensar en sus compañeros, cuyas vidas al parecer ya no valían nada, pues Thorensen estaba dispuesto a dejarlos morir. Maldijeron la oportunidad perdida por haberse dejado sorprender.

Brede los hizo tumbarse en el último trineo, boca arriba, apretujados uno contra otro, a duras penas acomodados sobre las bolsas que ellos mismos habían trasladado desde la base. Los ató de pies y manos con bridas y los cubrió con sacos de dormir abiertos y varias mantas térmicas. Se aseguró de que llevaran guantes, les puso gafas antiventisca, cerró bien el cuello de sus chaquetones y les puso las capuchas. Sonrió al verlos así, envueltos como orugas en su capullo.

—Espero que lleguéis con vida —dijo con sorna, justo antes de taparles las cabezas con las mantas.

—Lo siento, Od —murmuró Nils—. Perdóname, tío, no esperaba esto.

Od no contestó. Escuchaba, atento a los movimientos de Brede.

El ingeniero los amarró asegurándolos como si fueran parte del equipaje, dos bultos más, tan prietas las cuerdas en torno a sus cuerpos que la sangre apenas podía circular por sus venas. Después se encaminó hacia la base. La puerta siseó al abrirse. Encendió el frontal que llevaba en la cabeza. Un amplio haz de luz desterró la oscuridad del pasillo. Iba a necesitar las dos manos para trabajar, se colgó el rifle al hombro. Le gustaba notar su peso.

Brede odiaba Nytt Håp, la soledad, el martirio de soportar cada día la perenne oscuridad. Se alegraba de marcharse de una vez. Avanzó despacio por el pasillo principal buscando los dos bidones de gasolina de veinte litros cada uno. Thorensen los había dejado allí para él.

Escogió uno, desenroscó el tapón y empezó a verter su contenido por todas partes. Roció el acolchado de las paredes, extremadamente inflamable, y el suelo; fue entrando en cada módulo: en el comedor, la cocina y los laboratorios. Cuando vació el primer bidón, regresó a por el segundo. Con él terminó el trabajo. Apestaba tanto a gasolina que el aire se había vuelto irrespirable.

Retrocedió satisfecho hacia la entrada, entró en el comedor y le prendió fuego. Al punto, las llamas se alzaron hambrientas y empezaron su letal avance, devorando cuanto encontraban a su paso. El incendio ya era imparable. Brede se quedó prendado del poder del infierno que se estaba desatando ahí dentro. El calor abrasaba su rostro. Dio un paso atrás y se protegió con la mano. Sentía verdadero regocijo. No, nunca le había gustado estar destinado en Nytt Håp. Abandonó la base sin asomo de remordimientos y fue a reunirse con sus compañeros.

El olor del incendio alertó a Molly. Se había enroscado junto al radiador al que la había amarrado Nils, segura de que volvería a por ella, pero su instinto la advertía del peligro. Alzó su robusta cabeza y olisqueó el aire. Percibió el olor de la gasolina que se colaba por la puerta abierta del despacho de Thorensen. Al instante se levantó y se le erizó el pelo del lomo. Ladró, las orejas erguidas, hasta ella llegaba el crepitar de las crecientes llamas. Entonces empezó a tirar con fuerza de la correa, sacudiéndola con toda su energía, saltando adelante y atrás, gruñendo, mordiéndola, intentando escapar de una muerte segura.

Erika temió que Hove la hubiera descubierto cuando lo vio avanzar hacia ella. Sin embargo, se limitó a abrir la puerta de la cámara frigorífica a fin de meter dentro a Einar. El biólogo ya empezaba a despertar. Erika apretaba con tanta fuerza el bisturí que no sentía los dedos. No se atrevía a salir y hacerle frente, consciente de su inferioridad física. No llegaría muy lejos en sus condiciones, incluso aunque Hove le diera la espalda el tiempo suficiente.

Recapacitó sobre las fotografías que había encontrado entre las páginas de la guía. Pensó en Synne, en Molly... La perra era un cachorro, ¿por qué aparecía en las fotos siempre junto a Mjolnir Hove? ¿Y Nils? ¿Acaso no era él su dueño? Entonces se le ocurrió que tal vez la perra le había pertenecido a Hove, ¿no era posible que la hubiese criado él?

«¡Por eso no ladra por las noches cuando se lleva a sus víctimas!», pensó de pronto.

Hove ya había depositado a Einar en la cámara frigorífica. Erika sufrió por él. Entonces el desgraciado despertó. Miró alrededor y comprendió dónde se hallaba. Tiró impotente de las bridas que apretaban sus manos y sus pies inmovilizados.

—Por favor, Mjolnir, ¡por favor! Me lo prometiste, te he ayudado, lo has tenido todo gracias a mí, ¡por favor! ¿Qué más he de hacer para que me perdones? ¡Te los he entregado a todos! ¡Incluso a mi amigo! ¡Te he dado a Gunnar!

Erika sufrió un severo revés al oírle confesar que había sido él quien le facilitaba a Hove el acceso a sus víctimas. ¡Él lo dejaba entrar! ¿Por dónde? Y todo aquello, el material quirúrgico, la camilla, la cámara, ¿acaso se lo había proporcionado Einar? Imposible, ¡imposible! ¿Por qué habría hecho algo así? Una sorda furia soliviantó su espíritu. Einar, todo el tiempo Einar, traicionándolos, jugando en su contra, maniobrando en las sombras. Todas esas guardias nocturnas, y él los había burlado con tanta facilidad.

«¡Miserable!».

No tuvo que esperar mucho para saber más. Einar, en su afán por hacerse perdonar la vida, desgranó una historia que se reveló demencial y trágica.

—Esto nunca debió pasar, Mjolnir, ¡yo no lo quise! ¿Y quién iba a imaginar que acabaría así? ¿No crees que ya son demasiadas muertes? ¡Te dejamos aquí, sí! ¡Lo lamento! ¿Cómo íbamos a...? ¡No pudimos impedirlo! —El biólogo se agitó tiritando y levantó el rostro descompuesto hacia su verdugo—. Oye, Hove, escucha, ¡si hay algún culpable, ese es Thorensen! ¡Fue él quien empezó a excavar! ¡Fue él quien se empeñó en encontrar este lago! ¡Fue él y solo él, ese tirano! Si no fuera por él —sollozó—, nunca habríais bajado al lago y Erling no habría muerto, ¡y no habríamos tenido que dejarte aquí abajo! ¿Crees que yo quise hacerlo? ¿Que cualquiera de nosotros quisimos algo de esto? El comandante nos lo ordenó, ¡dijo que era peligroso, que lo que hay ahí abajo saldría a la luz! ¡Dijo que todo por lo que habíamos luchado desaparecería! ¡Nos amenazó! ¡No pudimos negarnos! Mjolnir, yo te he estado ayudando todo este tiempo, ¡te salvé la vida! Cuando Thorensen desconectó la consola de tu sumergible y te dejó ahí abajo, ¡volví a por ti! ¿Lo has olvidado? ¡Volví a por ti!

Erika se estremeció. ¡Eso mismo era lo que había pasado con Mikel! La habían noqueado, y al despertar, el cable que suministraba energía al Titan ya no estaba en su lugar. Thorensen la había golpeado, no Hove, ¡sino Thorensen!

La expresión de Hove se tornó hostil, rencorosa, y un gruñido escapó de su garganta. Dio un paso hacia el biólogo. Einar se dio cuenta de que no estaba logrando calmarlo, sino enervarlo. Agachó la cabeza y lloró gimoteando.

—Te he ayudado... Todo este tiempo... Te lo he dado todo para que pudieras sobrevivir. ¡Por favor!

Erika escuchaba asqueada. Le daba náuseas pensar

en la traición de Einar. Su confesión aclaraba el móvil de Hove: la venganza. Debía de llevar mucho tiempo oculto en la caverna. Pudo imaginar el efecto que habría provocado en su mente, la devastación psicológica que debía de haber supuesto semejante aislamiento. Hove habría desarrollado un profundo odio hacia sus compañeros. Casi tuvo lástima de él. ¿Y qué era lo que habían encontrado Erling y él? Habían sufrido alguna clase de incidente trabajando en la excavación, debía de tratarse de algo muy peligroso si Thorensen se había asustado tanto como para abandonar lo que fuera que hacían allí abajo y dejar a uno de sus hombres atrapado en la cueva para que muriera de inanición o congelado. Erika recapacitó. Al parecer, nadie aparte de Einar sabía que Hove había sobrevivido. No era de extrañar, dada la enorme tensión a la que había estado sometido, que el biólogo acabara desquiciado. La conciencia debía de pesarle sin medida si había permitido a aquel pobre loco que llegara hasta sus compañeros, entregándoselos uno por uno para aplacar su cólera. ¿Y Synne? Si todos habían participado dejando a Hove allí abajo, esperando que muriera, ella, que había mantenido una relación sentimental con él...

«¿Qué clase de persona haría algo así?».

Por eso se encubrían unos a otros. Ninguno quería confesar su espantoso comportamiento. Por eso habían borrado cualquier rastro de la estancia de Mjolnir Hove y su compañero en la base, por eso habían borrado información de los ordenadores, seguramente habrían destruido cualquier documentación relacionada con esa cueva y su lago. ¿Quién más estaba al tanto de la excavación bajo el nuevo almacén? ¿Tal vez alguien del Gobierno noruego? Erika se estremeció al pensar que siempre había tenido razón. Haber abandonado su puesto en la Kripos cobraba de pronto mucho sentido. Habría merecido la pena si conseguía demostrar quién era Thorensen en realidad. Sin embargo, ahora se daba cuenta de que estaba ante algo más grande que el comandante. Había alguien más poderoso tras la escena, alguien capaz de frenar a la Kripos, capaz de impedir que investigaran en Nytt Håp, capaz de hacer que la apartaran del caso. Faltaban nombres, piezas fundamentales en el tablero, Thorensen no era sino un engranaje de una maquinaria compleja. Por eso sus superiores se habían plegado a los deseos del comandante. Debía de tener un fuerte respaldo para doblegar así la autoridad del director de la Kripos. Y por eso ella había dejado su puesto.

Hove, que había permanecido en silencio, de pronto habló. Su voz sonó cavernosa, era la voz de un hombre que ha perdido la costumbre de conversar:

—¿Por qué debería tener clemencia? Yo os la pedí también y me disteis la espalda, me abandonasteis a mi suerte, creyendo que moriría enfermo o de frío aquí abajo.

—¡Yo no!

—Oh, sí, tú también, Einar. ¿Tienes remordimientos? Ah, no me extraña, cuando todo lo que has hecho ha sido para asegurarte de que me quedara aquí, todo para proteger tu culo, ¿no es así? Miserable, eres el peor de todos, un cobarde. Björg, Ragnar, Gunnar, Frida, Synne... —gimió—. ¡Synne también! Todos ellos callaron, su pecado fue condenarme a morir aquí, ¡pero me creían muerto! Mientras que tú, gusano inmundo, ¡has sido mi carcelero! «No debes salir, Mjolnir, no te espera nada bueno ahí fuera; Thorensen te matará, yo te daré todo lo que necesites, ¡cuidaré de ti!» —imitó a Einar con retintín diabólico—. No mereces vivir.

Erika asistía impotente a aquel diálogo. El tiempo pasaba y Mikel seguía en el lago. Lanzó una mirada cada vez más desesperada al traje de inmersión mordiéndose el labio inferior. Tenía que hacer algo. Ya.

De súbito Hove le dio la espalda a Einar y se acercó a la camilla desoyendo sus lloros y súplicas. Erika aferró el bisturí. Si era rápida, podía clavárselo en el cuello. Sabía dónde hacerlo para que resultara letal. Le seccionaría la carótida; aunque se revolviera, se desangraría. Podía esquivar sus ataques hasta que se desplomara sin vida. Además, ahora sabía que no tenía su arma, Thorensen era quien se la había quitado. Como la tarjeta de acceso.

Solo tendría una oportunidad.

Hove empezó a tararear algo. Erika tomó aire y salió de su escondrijo con sumo sigilo. No respiraba, contenía el aliento, atenta a su enorme oponente.

Hove estaba distraído ordenando otra vez el instrumental quirúrgico mientras maquinaba cómo acabar con la vida del biólogo. Al pasar junto a la puerta de la cámara frigorífica, Einar la descubrió y enmudeció. Erika Oblyakov ahí de pie, a su lado, ¿cómo era posible? Negó con la cabeza, espantado al distinguir el bisturí en su mano.

«No lo hagas», parecía decir.

Miró a Hove, luego a ella, temblando, y de nuevo a Hove, quien seguía canturreando una melodía siniestra entre dientes. Erika avanzó otro paso, se llevó el dedo a los labios. Levantó el bisturí en el aire, lista para hundírselo a Hove en el cuello.

Pero él se volvió de pronto y atrapó su muñeca con brutalidad. El bisturí cayó en alguna parte con un siniestro tintineo metálico, lejos de su alcance. Una sonrisa torcida asomó en el rostro de Hove, pervertido por el odio. ¿Había sabido todo el tiempo que ella estaba allí? Erika supo que sí, que había notado que faltaba el bisturí y que había estado simulando que jugaba con el instrumental mientras esperaba a que el ratón saliera de su escondrijo. Por eso había trasladado a Einar de la camilla a la cámara frigorífica. Antes de que aquel gigante pudiera inmovilizarla con sus formidables brazos, se retorció y le propinó un puntapié en la entrepierna. Hove la soltó y se dobló por la mitad con un gemido. Entonces ella aprovechó para tomar impulso y lo golpeó con la rodilla en la cara. Pero aquel tipo era enorme y, aunque acusó el duro impacto contra su mandíbula y perdió un diente, no tardó en erguirse. Escupió sangre, un colmillo salió proyectado como un misil de su boca torcida. Rabioso, la agarró del cuello y la levantó en el aire con una sola mano. Erika se agarró a sus gruesas muñecas forcejeando, tratando de liberarse mientras sentía que se asfixiaba. Hove mostró sus dientes ensangrentados como un animal rabioso. Erika buscó sus dedos meñiques para descoyuntárselos, pero se clavaban en su garganta como garras de acero. Imposible separar siquiera uno de ellos. Pataleó, agredió a Hove con sus botas alcanzando sus muslos, sus pantorrillas, sus caderas. Él no se inmutó y apretó más, ensañándose, contemplándola mientras la vida se extinguía en su interior. Erika gimió, boqueó como un pez fuera del agua. Cada vez pataleaba con menos ímpetu, no había manera de soltarse de aquel cepo en torno a su cuello. Cansado de sostenerla en el aire, Hove decidió tumbarla en la camilla. Erika notó su espalda chocando con dureza contra el metal. Se le nubló la mente.

Y entonces, cuando ya creía morir, la mano de Hove se aflojó y su expresión se transformó. Soltó un gemido y la soltó. El aire penetró en sus pulmones inundándolos, devolviéndole la vida. Erika inspiró con fuerza y tosió, la vista vidriosa. Distinguió a Einar detrás de Hove. ¿Estaba libre? El biólogo temblaba de miedo. Erika vio sus tobillos y sus muñecas laceradas por las bridas y entonces comprendió. Había aprovechado que Hove estaba distraído con ella y se había arrastrado para alcanzar el bisturí, había cortado las bridas y se lo había clavado a Hove en la espalda. Erika confió en que la herida fuera letal.

Pero no.

No era una herida letal.

Hove sangraba profusamente, pero no moriría.

El gigante se volvió despacio hacia su agresor. Nunca hubiera esperado aquel arranque de coraje por parte de un gusano tan cobarde. Lo miró como a un insecto al que debía aplastar. Einar no supo reaccionar a tiempo y Hove agarró su mano, la que aún sostenía el bisturí, y se la retorció hasta que lo soltó con un alarido de dolor.

Erika trataba de recuperar el aliento aún tendida en la camilla. ¡Einar iba a morir! Quiso ponerse en pie, pero estaba desfallecida, mareada, entumecida por el frío, y se cayó al suelo con estrépito. Contempló impotente cómo Hove daba un paso hacia Einar, que estaba paralizado de terror.

Lo agarró del cuello y se lo partió.

29

Para cuando la expedición comandada por Thorensen se puso en marcha, Nytt Håp ardía con virulencia. Las llamas se elevaban hacia el cielo como largas lenguas anaranjadas cuyo resplandor arrancaba extraños reflejos en la nieve. Un total de cuatro motos con cuatro trineos enganchados a ellas rugían siguiendo los mismos surcos que Halvard había trazado al regresar desde la costa. Él encabezaba la comitiva, pues conocía bien el itinerario. Por detrás iban Thorensen en primer lugar, Johan detrás y Brede cerrando la marcha. En el último trineo viajaban Nils y Od, completamente cubiertos por las mantas, como dos momias.

Unas densas nubes negras se descolgaron del cielo al poco tiempo de su partida, expandiéndose en todas direcciones con gruesos penachos rizados, tan bajos que rozaban el suelo helado. Halvard miró con preocupación creciente el feo aspecto de la tormenta que volvía a formarse. Al menos, se dijo, esta vez afrontaría las adversidades de la travesía con el apoyo de sus compañeros y de su comandante, todos ellos hombres preparados. Comprobaba cada poco tiempo que las otras motos lo siguieran, procurando no forzar la marcha y mantener una distancia constante, no muy grande, pues la visibilidad era cada vez menor. El viento empezó a soplar de nuevo. Sin obstáculos que frenaran su virulencia, levantaba la nieve del suelo formando remolinos de polvo blanco que envolvían a la comitiva. Ante ellos se extendía una infinita y monótona blancura, sin horizontes ni contornos, ni líneas de rocas o picos que los ayudaran a establecer qué era la derecha o la izquierda. Sin referencias, era como estar perdidos en la inmensidad infinita, en un lienzo sin pintar donde lo mismo podían estar al principio o al final. Con más de cincuenta grados bajo cero, deberían soportar las inclemencias con estoicismo y valor, pero resultaba difícil cuando aquel condenado viento parecía capaz de atravesar los quitavientos, sus muchas capas de ropa y arañar sus huesos a dentelladas. La nieve se depositaba sobre sus rostros en forma de cristales de escarcha, una escarcha dura que se les adhería a la poca piel que quedaba al descubierto, quemándola. Demasiado tiempo expuestos a semejantes condiciones acabaría por producirles ampollas, congelaciones e incluso gangrena en las manos, los pies o la nariz.

El incendio dejó de verse enseguida, pese a que aún no se habían alejado tanto de Nytt Håp. Aquel polvo blanco que giraba huracanado en torno a ellos lo ocultaba como si se hallara tras una cortina impenetrable. Hacia delante, Thorensen apenas distinguía a Halvard. Su hombre de confianza empezaba a ser una mancha difusa difícil de seguir. Tras él, Johan y Brede también luchaban para no perderlo de vista. Los potentes focos de las motos eran inútiles. Aminoraron la marcha, temiendo separarse y dispersarse en la inmensidad blanca.

En el último trineo, bajo las mantas, Od trataba de rescatar su navaja suiza. Apenas podía mover los dedos entumecidos. Por fortuna, siempre la guardaba en un bolsillo lateral de su pantalón y Brede no los había registrado.

—¡Tengo los dedos insensibles! —Tuvo que gritar para hacerse oír por encima del viento, el rugido de la moto y el siseo de los patines en la nieve—. ¡No puedo! ¡No lo conseguiré!

—¿El qué?

—¡Mi navaja! ¡En mi bolsillo! ¡Junto a tu pierna!

Nils no sabía que tuviera una navaja y la esperanza se abrió paso en su espíritu. Quiso levantar un poco la cabeza, pero las ataduras que sujetaban su pecho se lo impedían. Él también estaba perdiendo sensibilidad, tanto a causa de la baja temperatura como por culpa de la presión de las cuerdas. Los bultos sobre los que iban tumbados se le clavaban en la espalda y las caderas; soportar los saltos y traqueteos del trineo era una tortura. Notó los dedos de Od presionando su muslo izquierdo.

El trineo saltó en un bache y cayó con un topetazo que lo dejó sin respiración. Además, las mantas apenas le dejaban ver algo, ni respirar en condiciones. Trató de retorcerse y deslizarse hacia abajo lo suficiente como para rozar con los dedos el bolsillo de Od. Por suerte, la comitiva no iba muy rápido y Brede era el último en la cola. Si lograban soltarse, podrían cortar los amarres del trineo y quedarse atrás sin que se diera cuenta. Gruñó mientras procuraba arrastrarse unos milímetros cada vez. Estuvo esforzándose mucho rato, dando pequeños tirones, una y otra vez. Era mucho más fuerte que Od, sus músculos poderosos trabajaban, tensos como cuerdas de acero, y Nils tenía una gran capacidad de sufrimiento. De pronto su cabeza quedó por debajo de la de Od, tocaba ya su hombro con la frente. Od gimió dolorido. Las cuerdas se habían tensado tanto con los esfuerzos de Nils que le estaban lacerando la carne.

—¡Date prisa, Nils! —gruñó. Le faltaba el aire.

Nils logró desplazar las manos bajo las cuerdas un poco hacia su izquierda, a costa de abrirse llagas en los antebrazos, debajo de la ropa. Las bridas que sujetaban sus muñecas se le clavaron, pero se tragó el dolor e insistió. Si se alejaban demasiado de Nytt Håp, estarían perdidos. Al cabo de varios tirones logró que sus dedos agarraran la solapa del bolsillo de su compañero. Tanteó con dificultad, la levantó, la cara contraída por el dolor, concentrado al máximo en lo que hacía, y metió dos dedos temblorosos en su interior. Apenas los sentía.

Al fin palpó el mango. Agarró la navaja. Se le escapó un jadeo. La tenía, aunque de forma muy precaria, apenas sujeta por el extremo con la punta de los dedos.

«Cuidado, no la dejes caer», se dijo.

La pequeña navaja era sólida y fiable. Tenía un botón que al accionarlo hacía que se desplegara la hoja, corta y extremadamente afilada. Se aseguró de empuñarla bien antes de accionar el resorte que hacía que saltara, calculando que el filo quedara hacia arriba. Murmuró mientras presionaba el botón. La hoja se liberó con suavidad. Logró retenerla y, jugando con los dedos, la movió de manera que pudo introducirla bajo la brida que ataba sus muñecas. Empezó a moverla arriba y abajo, arriba y abajo. El dolor era inenarrable. La sangre brotó de las llagas y le mojó las palmas de las manos. Así, sujetar la navaja se volvió aún más difícil, pues se le resbalaba. Además, la moto saltaba sobre el terreno irregular y el trineo se bamboleaba peligrosamente. En tres ocasiones estuvo a punto de perderla.

Al fin la brida saltó y sus muñecas se liberaron. Una sensación de júbilo inundó su pecho. Con las manos libres, todo sería más fácil. Le tocaba el turno a la cuerda que mantenía sus brazos aprisionados por encima de los codos. Agarró mejor la empuñadura y la cortó. Le resultó mucho más fácil que librarse de la brida. Hizo lo mismo con la cuerda que aprisionaba su pecho y sus hombros. Ya podía incorporarse, pero no lo hizo, porque corría peligro de volcar el trineo. A su lado, Od tampoco se movió, pese a que había quedado libre al mismo tiempo. Nils cortó la brida que ataba sus muñecas, y al fin quedaron los dos sujetos únicamente de cadera para abajo. Si se incorporaban a la vez, el trineo mantendría el equilibrio. Tal vez, puesto que el viento los azotaría en cuanto se levantaran. Las mantas no podían volarse, amarradas como estaban por las mismas cuerdas que sujetaban sus piernas, pero se sacudían sin control sobre sus cabezas. Brede acabaría por verlas.

—¡Voy a soltar nuestros tobillos y a cortar las cuerdas! —aulló Nils—. ¡Estate preparado! ¡El trineo empezará a dar vueltas y saldremos disparados! ¡Cuando nos separemos, estés donde estés, no te muevas! ¡Yo te buscaré!

Od asintió asustado, consciente de que Nils podría no encontrarlo jamás, y de que una caída así, catapultados desde un trineo en marcha, podía matarlos a ambos.

Se incorporaron a la vez. De inmediato el brutal vendaval los vapuleó, azotando las mantas sueltas contra sus rostros. Od tuvo que agarrarlas y comprimirlas contra su vientre para que Nils pudiera ver lo que hacía.

Liberar sus tobillos fue sencillo, lo mismo que cortar las cuerdas que sujetaban sus piernas. Pero cortar las que enganchaban el trineo a la moto de Brede fue mucho más difícil, porque sin ataduras, sentados como estaban, se bamboleaban más, saltaban con cada bache y el peligro de caer era mayor. Necesitaban el trineo, los dos lo sabían. Od vigilaba por encima del hombro a Brede, temeroso de que los descubriera. Sin embargo, el ingeniero no se volvió, demasiado ocupado en no perder de vista a Johan, cuya moto apenas se distinguía en la ventisca. Mientras Nils forcejeaba con la navaja, Od se percató de que estaba sentado sobre una bolsa que reconoció como las que usaban para llevar los *walkie-talkies*. Extrañado, pues según Thorensen se los habían robado junto a los satelitales, la abrió por el costado y palpó su contenido, descubriendo que había en su interior dos *walkies* y un teléfono satelital. Tenía que haberlos conseguido Halvard, igual que el combustible.

—¡¡Nils!!

El guía se volvió hacia él, y Od le tendió un *walkie*. Se quedó uno para sí. Una sonrisa apareció medio escondida bajo la ropa del guía. ¡No podía creerlo! Od le hizo señas, y Nils se lo guardó en un bolsillo de su chaquetón polar, cerrado con cremallera. Satisfecho, Od cerró la bolsa y agarró las asas pasando el antebrazo por dentro. Cuando cayeran, la bolsa se iría con él. Si es que lograba retenerla.

Un último esfuerzo y los amarres saltaron. El trineo sufrió una gran sacudida, se volteó y salió volando, girando en el aire a gran velocidad. La caída fue brutal. Salieron despedidos y se precipitaron cada uno en una dirección distinta al mismo tiempo que parte de la carga, que quedó desperdigada en una gran extensión. Rodaron como muñecos de trapo, brazos y piernas zarandeados como si no les pertenecieran, un hombro contra el suelo, una rodilla, un espaldarazo.

Nils cayó al fin de bruces, como un saco, y quedó tendido, inmóvil, medio enterrado en la nieve, a mucha distancia del punto donde el trineo había volcado. Las motos de nieve se alejaron. Pronto dejó de oírse el rugido de sus motores. Nils quedó inconsciente, roto, el pecho aplastado contra el suelo. La ventisca empujaba la nieve sobre él, sepultándolo.

Los insistentes lametones de Molly lo despertaron. ¡La perra estaba sobre él! Su amiga fiel, su compañera, no podía creerlo. De algún modo había logrado escapar y los había seguido. Nils se emocionó. El viento removía su denso pelaje negro con dedos hirientes, hurgando para alcanzar su piel vulnerable y más íntima, pero ella, anclada con sus cuatro poderosas patas al terreno helado, resistía fiel a su dueño. Había escarbado para desenterrarlo hasta ver su cara.

«De vuelta al infierno», pensó cuando se hizo consciente del peso del temporal silbando sobre su cuerpo maltrecho. Notó las piernas retorcidas, dos pesos muertos, los pies congelados. No los sentía. Se le habían rasgado los pantalones en la pantorrilla izquierda, y notaba el antebrazo derecho dolorido. Lo palpó por encima de la manga de su chaquetón polar. Le pareció que estaba roto, o tal vez no fuera más que una contusión. Trató de desencajar los pies, de recuperar la movilidad. Tuvo que sacudir las botas para desenterrarse. Se incorporó, y un dolor agudo en el pecho lo atravesó. Se llevó la mano al costado. ¿Costillas rotas? Se consideraba afortunado si había salido de semejante caída con unas cuantas costillas rotas y algunas magulladuras. Molly ladró contenta de verlo sano y salvo, y él agradeció tenerla de nuevo a su lado. Había temido que muriera sola en la base, atada a aquel radiador. Sin embargo, el trozo de correa roto que colgaba de su collar indicaba que la había mordido hasta liberarse. La abrazó con ganas, murmurando palabras cariñosas. Luego se agarró a su arnés y probó a incorporarse. Apenas soportaba la fuerza del viento, cuya velocidad calculó alcanzaría los cuarenta kilómetros por hora. Había perdido las gafas, por eso cerraba los párpados, intentando evitar los dardos de hielo. Apenas le entraba el aire en los pulmones, los bronquios le ardían en el pecho. Se cubrió la boca con el pañuelo polar para poder respirar. Al menos se sostenía, pese a que los fuertes músculos de sus piernas se habían resentido a causa de la caída y de tanto tiempo amarrado al trineo; le dolían las llagas que se había provocado al tratar de soltarse. Las peores eran las que ulceraban sus muñecas y tobillos. Agachó la cabeza y se cerró la capucha. Levantó el brazo para protegerse. Tenía que encontrar a Od. Pero ¿cómo, en medio de aquella gran nada blanca? No divisaba los restos del trineo, y no sabía a qué distancia había rodado.

Su única esperanza era Molly.

Benditos fueran los dioses por tenerla.

Se agachó junto a ella y le pidió, pegando los labios a sus sensibles orejas, que buscara a Od. La abrazó conmovido, convencido de que podría encontrar a su amigo. Después de todo, había sido capaz de seguir el rastro de las motos a través de la ventisca. La perra gimió, agachó las orejas, vuelta la cara para eludir el aire helador. Oler algo en semejantes condiciones parecía imposible, pero Nils conocía su poderoso instinto, el agudo sentido de la orientación con que se movía en las peores circunstancias, esa primitiva intuición que le decía qué hacer, hacia dónde ir, y que en más de una ocasión los había salvado a ambos de una muerte segura en aquel desierto traicionero.

Dejó que lo guiara.

Confiaba en su perra con fe ciega.

Molly empezó a avanzar impulsándose con sus fuertes patas traseras para elevarse por encima de la nieve y caer un poco más adelante cada vez. Con cada salto se hundía hasta el vientre. Cada poco alzaba la cabeza y venteaba. Se paraba a los pocos metros para que Nils no la perdiera. Él procuraba no perderla de vista, aunque casi no podía mantener abiertos los ojos y cada paso le suponía un esfuerzo inhumano. Procuraba aprovechar el surco que iba abriendo su amiga. Sufría los pinchazos de sus costillas rotas, los pies muertos dentro de las botas, como dos bloques inertes. Temía que se le hubieran congelado y que la gangrena hiciera acto de presencia.

Molly se volvió hacia él con las orejas gachas. Parecía desubicada, no encontraba rastro alguno de Od. Nils recordó entonces el *walkie talkie.* ¡Aún lo llevaba en el bolsillo! Abrió la cremallera y lo sacó. Sus esperanzas se desmoronaron: estaba aplastado, inservible. Descorazonado, lo arrojó lejos. Molly aguardaba. Era como un gran lobo negro en medio de la ventisca, una suerte que tuviera el manto de ese color, o no sería capaz de distinguirla. La perra reanudó la marcha y Nils se apresuró tras ella. Con cada salto su amiga se volvía una mancha confusa.

Nils perdió la noción del tiempo. Le fallaban las fuerzas, se le estaba tensando la piel de las mejillas, tan dura como una piedra; no sentía la nariz, apenas podía mover los labios. Molly ladró e irguió la cabeza. Se abrió paso entre la nieve, hundiéndose hasta el cuello cada vez que se impulsaba hacia delante. Al poco distinguió un bulto oscuro. Molly lo rodeó moviendo el rabo y ladró de nuevo.

Era el trineo. Estaba entero; aunque había caído boca abajo y perdido buena parte de su carga, Nils vio varias bolsas repartidas alrededor. Rescató algunas y las arrastró hasta el trineo. Sus costillas rotas le lanzaban dentelladas agudas con cada tirón, pero perseveró, porque sabía bien cuánto iban a necesitar aquel equipo. Volteó el trineo y revisó los bultos que aún permanecían en su sitio. Encontró víveres, agua, mantas... Un inmenso alivio inundó su espíritu al descubrir que la tienda de campaña y los sacos de invierno seguían allí. Abrazó a Molly y cargó las bolsas que había recuperado en el trineo. Las amarró lo mejor que pudo con lo que quedaba de las cuerdas y, situándose tras él, lo empujó. El trineo se hundía en la nieve dificultando su avance. Nils no hacía más que pensar en encontrar a Od y regresar a Nytt Håp.

No quería pensar en las bombas.

Molly localizó al cocinero al cabo de mucho rato. Había caído a más de cien metros del trineo. Como él, había quedado medio enterrado. De no ser por la perra, jamás lo hubiera visto. El animal se adelantó y se puso a su lado. Empezó a escarbar para sacarlo de la nieve. Cuando Nils llegó a su lado, descubrió que su compañero había quedado boca abajo, con la cara enterrada. Lo llamó por su nombre, lo incorporó un poco, lo volteó y buscó su pulso. Estaba vivo, aunque inconsciente. Comprobó sus lesiones. No había tenido tanta suerte como él, y se había roto el fémur de la pierna derecha. Tal vez algo más. No podría caminar. Cuando logró despertarlo, el pobre hombre se quejó llevándose la mano al muslo. Tenía además el rostro magullado: una fuerte inflamación se extendía por el lado derecho cerrándole ese ojo, por el que no veía nada. Milagrosamente había conservado las gafas antiventisca, porque tenía la costumbre de llevarlas sujetas a su cuello con un cordel, pero estaban rotas, los cristales rajados. Lo primero que hizo Od fue comprobar que la bolsa con el satelital, cuyas asas se había asegurado de sujetar con el antebrazo, continuaba a su lado, pero le había partido el hueso.

Nils lo dejó con Molly y se fue a buscar el trineo. Apenas podía andar, como si tuviera que ir empujando un muro invisible, pero logró llegar hasta él y arrastrarlo hasta donde esperaba su amigo y su compañera de vida. Sacó de las bolsas algunas mantas y cuerdas, acomodó a Od sobre el trineo, lo cubrió para protegerlo y lo amarró. Su amigo lo agarró con el brazo sano por las solapas de su chaquetón y lo obligó a inclinarse sobre él.

—¡Gracias! —gritó en su oído—. ¡Gracias, amigo!

Nils le sonrió y le apretó un hombro con la mano enguantada. Pero Od no había acabado:

—¡Quédate las gafas! —Od se las quitó y se las dio.

Servirían para protegerle los ojos, aunque estuviesen rotas. Iba a necesitarlas más que él si pretendía guiar el trineo. Od recostó la cabeza y Nils lo cubrió por completo, enganchó el trineo al arnés de Molly y, colocándose detrás, empujó con todas sus fuerzas confiando en que la perra supiera volver a Nytt Håp. No sabía si las cargas explosivas habrían detonado ya. Esperaba que la explosión no hundiera la base. Porque era su única baza para sobrevivir.

30

El cuerpo de Einar cayó sin vida en el suelo, y Hove se quedó mirándolo, como esperando que se moviera. Junto a la pared, justo al lado del traje de inmersión, Erika distinguió una bombona de oxígeno. Se desplazó hacia ella despacio, sin dejar de vigilar a su enemigo. Aún le ardía la garganta a causa de la asfixia que los dedos de su poderoso oponente le habían provocado. Apretó los dientes mientras se movía con torpeza. Logró llegar hasta la bombona y alargó el brazo para cogerla.

Hove fue consciente de su maniobra. Se volvió velozmente y una mueca aviesa partió su cara inexpresiva dejando emerger la locura que anidaba en su interior. No podía permitirse sentir compasión, o la asesinaría. Necesitaba ganar tiempo, distraerlo.

—Mjolnir, soy Erika Oblyakov —dijo. Se situó de manera que su cuerpo ocultara la bombona—. Soy de la Kripos, he venido para ayudarte. Tú nos llamaste, ¿verdad?

Hove arqueó las cejas y Erika escudriñó su rostro buscando algún reconocimiento. Todo el tiempo habían creído que él había escrito «Kripos» con burdos tajos sobre la piel de Björg Stutgard porque quería que se investigara lo que estaba pasando en Nytt Håp. Como para confirmar que había sido él, Hove dio un paso hacia ella.

—¡No! ¡Mjolnir, espera! ¿Fuiste tú? ¿Tú escribiste «Kripos» en el cadáver de Björg Stutgard? Dímelo, querías que viniéramos, ¿por qué? ¿Por lo que te hicieron? Oye, fuiste tú, tú nos llamaste. Quisiste asegurarte de que viniéramos, ¿verdad?

—Yo no he llamado.

—Pero escribiste «Kripos» en la piel de Björg, ¿verdad?

—Sí.

Su voz cavernosa retumbó grave y ronca en la gruta. Hove parecía un animal, el largo pelo rubio alborotado sobre el rostro crispado de un enajenado. Sin embargo, había una luz de reconocimiento en el fondo de su vacuo semblante. No mentía. Siseó entre dientes.

«Alguien más quiere destapar todo esto, alguien del personal debió de conmoverse al ver ese tatuaje en el pobre Björg y se arriesgó a denunciarlo. Lo aprovechó para llamar nuestra atención, alguien con miedo a hablar, pero con valor para avisarnos y pedir ayuda. ¿Quién?».

En cualquier caso, Thorensen se había ocupado de que la Kripos la apartara del caso y mirara a otra parte, él o quienes se ocultaban en la sombra financiando todo aquello. Si estaba allí con Mikel, era solo porque alguien ajeno a la Kripos la había buscado cuando ella, despechada y defraudada, ya había renunciado a su placa. Recordó la noche en que Kronos se presentó en su casa con una inusual oferta.

Hove dio otro paso, y Erika no esperó más. Con un hábil movimiento de su brazo aferró la bombona, la levantó con todas sus fuerzas e, impulsándose con un poderoso giro de cadera, lo golpeó en la cabeza. El gigante trató de protegerse con el brazo, pero no logró eludir el ataque. La bombona impactó en su cráneo con contundencia. Se oyó el crujido del hueso, se tambaleó y se desplomó como un fardo. Una fea brecha sangraba profusamente. Un charco denso de un intenso color rojo se extendió bajo él.

Estaba muerto.

Erika soltó la bombona, que cayó al suelo y rebotó rodando hasta toparse con el cuerpo inerte de Hove. Se acuclilló a su lado y comprobó que no tenía pulso. Revisó sus bolsillos. Llevaba una llave. ¡Podía salir! Pediría ayuda y rescatarían a Mikel.

«Aguanta, compañero, ¡ya voy!».

Pasó por encima de Einar, recuperó su linterna caída a la entrada de la gruta y tanteó la pared por donde sabía que había entrado Hove cargando con el biólogo a la espalda. No tardó en localizar una grieta estrecha, camuflada entre los pliegues del hielo. A escasos dos metros había una puerta. Emocionada, utilizó la llave y la abrió. Guiándose por el haz de luz de su linterna, que cercenaba como una lanza las tinieblas del túnel que se abría ante ella, inició el ascenso, de vuelta, suponía, al exterior. Resbaló a los pocos pasos, se hizo daño, un tirón repentino en la pierna derecha. Erika masculló un improperio, pero continuó. Cojeó jadeando, tratando de calcular cuánto tiempo llevaba Mikel bajo las aguas.

Tiempo.

Se le escapaba el tiempo.

Y aquel túnel subía y subía como si no tuviera fin.

Empezó a dudar de su decisión, pero ¿qué otra cosa podía hacer? ¡No sabía utilizar el traje de inmersión, necesitaba ayuda!

Apretó el paso forzando la pierna dolorida, mordiéndose el labio para no gritar de frustración y rabia. Tardaría demasiado en subir a la superficie, más aún en encontrar a alguien dispuesto a ayudarla; era muy muy probable que nadie moviera un dedo por salvar a Mikel. Pero ¿acaso tenía otra opción? Gimió desesperada. La gruta estaba a más profundidad de la que había imaginado, ¿a cuánto, a mil metros? Y ni siquiera tenía la certeza de que aquel pasaje condujera a la base. Valoró retroceder, pero ya había avanzado demasiado, le costaría lo mismo volver que seguir adelante. Apretó los dientes y se esforzó por ir más deprisa. ¿Cómo habían excavado aquel túnel? ¿O ya existía y no habían tenido que hacer nada más que unirlo a la base?

Cuando al cabo de lo que le pareció una eternidad el túnel terminó, se encontró en una cámara de apenas dos metros cuadrados. Una escalera de metal trepaba por la pared. Una trampilla metálica la cerraba a unos cuatro metros por encima de su cabeza. Erika empezó a subir los estrechos peldaños con asombro. Einar y Hove debían de haber empleado muchos meses para montar todo ese tinglado sin que Thorensen ni nadie de la base se diese cuenta. Einar había confesado haberle facilitado a Hove los medios, luego habría sido él quien había empleado su tiempo en excavar.

Empujó la trampilla y comprobó que cedía con facilidad. Asomó la cabeza y los hombros a un espacio angosto y un tanto asfixiante. Olía a un producto industrial, químico. ¿Dónde estaba? La luz de su linterna le reveló un hueco lleno de cables y tubos de electricidad. Las paredes estaban recubiertas por un aislante parecido a una manta. Se apoyó con los antebrazos en el borde e izó su cuerpo para salir. Se puso de pie, con el aislante rozándole el pecho y la espalda y el cableado enganchándose en sus botas. El olor provenía de las paredes. Tocó una con la mano enguantada. Era un material áspero, ¿lana de roca? ¿Acaso estaba dentro de los tabiques de la base? Comprendió entonces cómo Hove lograba entrar. Pero ¿dónde estaba el punto de acceso? Tenía que haber una puerta, una trampilla, algo. El hueco era tan pequeño que le faltaba el aire. ¿Cómo había podido Hove sacar a sus víctimas por ahí? Era un tipo corpulento, mucho más grande que ella, que apenas lograba revolverse. El aislante desprendía una sustancia irritante que se le metía en la nariz y los ojos, provocándole un agudo escozor.

¡Tenía que haber un modo de salir!

Apoyó las manos en el techo y empujó por si había otra trampilla. Sus manos tropezaron con una plancha de metal firmemente sujeta. Probó entonces a empujar presionando sobre el aislante. De pronto perdió el equilibrio y se fue hacia delante. Asombrada, descubrió que colgaba de un hueco en la pared, asomada al pasillo de la base a través de uno de los paneles acolchados. Así que Hove había aprovechado el hueco entre los tabiques, donde iba el aislante que lo protegía del frío, la instalación eléctrica y los cables de comunicaciones. ¿Acaso era ingeniero? Recordó los planos que vio en la gruta, los extraños diseños y las interminables anotaciones que los llenaban. Seguramente no era aquel el único acceso, seguramente había paneles que se abrían en los dormitorios y Hove se movía a sus anchas por dentro de las paredes. ¡Por eso los pestillos no servían de nada! ¡Por eso las guardias nocturnas eran infructuosas!

Pestañeó y se descolgó dejándose caer en el suelo. De inmediato, sus ojos se resintieron y una aguda irritación hizo que lagrimeara. El aire en aquella zona ¡resultaba irrespirable! Iluminó el pasillo con su linterna: una densa humareda negra se acumulaba en el techo. Se agachó por instinto, consciente por primera vez del fuerte olor a gasolina. La humareda lo recorría todo y al fondo ardía un fuego atroz. Las llamas no tardarían en alcanzarla.

Nytt Håp estaba ardiendo.

Se quedó paralizada. Su instinto aulló para que retrocediera, un miedo visceral, fruto de sus recuerdos. No supo reaccionar, sus fantasmas emergieron, nublaron su juicio, constriñeron su voluntad y se apoderaron de su alma susurrándole al oído lo espantoso que era morir abrasada. Permaneció a gatas, a merced del pánico. Las enormes lenguas de fuego devorarían los paneles acolchados a gran velocidad; el material, extremadamente inflamable, las alimentaría volviéndolas monstruosas. Su mente gritó, su miedo quería tomar el control, incluso sus cicatrices ardían recordándole cuánto sufrió a manos de Ulrik, su marido. Las sentía enrojecer en la espalda, en su cintura, en los brazos, en el pecho, como si volvieran a estar abiertas, llagas supurantes, la piel llena de ampollas, ¡el olor a carne quemada! Ese hedor, el de su propia carne abrasándose, inundó su cerebro.

Trató de someter su miedo.

Se repitió una y otra vez que la situación era bien distinta, no se estaba quemando viva. Aún podía escapar. Tenía alternativa.

Se obligó a razonar: ¿dónde estaba todo el mundo?

Alzó la cabeza, cubriéndose boca y nariz con el pasamontañas, y miró alrededor. Allí ya no quedaba nadie, comprendió. Debía retroceder. ¡Ya!

Deslizó su cuerpo a través del hueco abierto en la pared. Enseguida tiró del panel y lo cerró dejando el incendio al otro lado. Respiró profundamente para recuperar el oxígeno que el humo le había robado. Luego se descolgó por la escalera hasta el túnel. No flaqueó en su empeño por escapar. El calor que emitía el incendio era demencial y se dejaba sentir incluso ahí. Pronto la alcanzaría. Debía darse prisa. Fue bajando, peldaño a peldaño, un pie tras otro, sin pensar en lo que estaba pasando por encima de su cabeza, en el fuego devorando la base. Todo estaba perdido y no quedaba nadie para ayudarla. Pensó en las pruebas recabadas, consumidas por el fuego, en su satelital, con el que habría podido pedir ayuda. ¿Era un incendio fortuito o provocado? ¿Había sido Hove? No. Él había querido vengarse poco a poco, los estaba asesinando de uno en uno. No, él no había provocado aquel infierno. Aquello era obra de otra persona.

«Thorensen».

El comandante tenía mucho que esconder; Kronos lo sabía, ella también. Lamentó que cualquier prueba en su contra se hubiera perdido. ¿Dónde estaba? ¿Adónde había ido? Los había dejado allí para que murieran. Eso era homicidio múltiple. O intento de homicidio mientras siguieran respirando.

Porque aún no estaban muertos.

Mikel. Tal vez.

Saltó al suelo y lanzó un improperio al aire:

—¡Te cogeré, cabrón!

Su voz se la llevó la oscuridad.

Echó a andar linterna en mano, deshaciendo el camino hasta la gruta de Hove mientras trataba de dilucidar cómo escaparía Thorensen. ¿Andando? Lo dudaba. ¿Y las motos de nieve? Imposible, ¿cómo iba a ponerlas en marcha, si no tenían combustible?

«Halvard Linnes. ¡Qué cabrón, no estaba buscando a Hove! ¡Fue a alguna parte a por combustible! ¡Thorensen tenía planeado desde el principio marcharse y borrar su rastro!».

Le pareció tan obvio que casi se atragantó con su propia decepción, decepción consigo misma por no haberlo imaginado.

Recorrer la larga distancia hasta la gruta con aquella pierna renqueante le supuso llevar su cuerpo al límite de su resistencia. No podía permitirse ser tan lenta. Así que ignoró el dolor y corrió, aunque cojeando, obligándose a dar largas zancadas. Al menos ahora iba cuesta abajo. Sus músculos se lamentaron, a punto de estallar. Sus botas resbalaban cada poco, y entonces patinaba, caía de culo y se deslizaba unos metros. Se levantaba y seguía adelante como una tirana despiadada, con una sola idea en la cabeza: Mikel.

Así reventara, no pensaba darse por vencida.

Cuando al fin llegó a la gruta se abalanzó torpemente a través de la puerta y se lanzó hacia el rincón donde estaba el traje de inmersión. Se frotó los músculos doloridos de la pierna. Si se quedaba quieta, no volvería a andar.

Llevaría el exotraje hasta el lago como fuera.

¿Tenía el traje un cordón como el sumergible?, se le ocurrió, ¿un cable que pudiera conectar a la consola? ¡Cómo no lo había pensado antes! ¡Si lograba devolverle el suministro de energía al Titan, Mikel podría volver a subir por sí mismo! Y si así era, ¿podría engancharlo al Titan? ¿Sería compatible? Fue hasta la caverna principal, donde estaba la consola, y tecleó frenética para acceder al menú. Una voz le gritaba en alguna parte de su cerebro que si lograba sumergirse con el traje conectado a la consola y se lo quitaba para ponérselo al Titan, sería ella la que no podría volver a la superficie. ¿Se quedaría como un peso muerto allí abajo, como le había ocurrido al Titan? ¿O el traje era autónomo? Si no lo era, lo único que conseguiría sería sustituir a Mikel.

Ella por él.

¿Estaba dispuesta a sacrificarse por él? Apartó esos pensamientos cuando un resplandor rojo llamó su atención, parpadeando más abajo, al nivel de sus botas. Buscó su origen.

Un estremecimiento recorrió su espalda al descubrir que alguien había colocado una carga explosiva adherida al lateral de la consola. Se agachó y la estudió con cuidado. Empezó a hiperventilar. Tenía un reloj digital. ¡Estaba programada para explosionar en una hora y treinta y siete minutos! Y ni siquiera había intentado mover el traje de inmersión. Echó de menos su satelital, una llamada a Kronos y podría desactivar aquel artefacto infernal.

Todo su cuerpo se revolvió y vomitó lo poco que tenía en el estómago. Consultó su reloj. Debía controlar el tiempo.

«No puedes quedarte quieta. ¡Corre!».

Apretó los dientes y corrió arrastrando su pierna maltrecha, de vuelta a la gruta. Si iba a morir, no sería sin intentarlo todo. Mientras abandonaba la caverna, descubrió que la carga explosiva en la consola no era la única. Varias luces rojas más parpadeaban en la oscuridad cada diez o quince metros, incluso más allá de la zona iluminada por los focos. Comprendió que Thorensen pretendía enterrar sus secretos. La explosión sería devastadora. Fuego arriba, bombas abajo. Estaba claro que iba a destruirlo todo, la base y lo que había bajo ella.

Con ellos dentro.

Pálida como un fantasma, logró volver junto al traje de inmersión. Era imponente, sólido. Tocó su superficie fría y suave y lo estudió con atención. No contaba con cable alguno: era autónomo. Solamente faltaba que fuera capaz de utilizarlo. Bajar hasta el Titan, coger el cable y volver a conectarlo a la consola.

Se estrujó la mente para buscar el modo de mover aquel gigante de inmersión submarina. Entonces se percató de que no estaba apoyado en el suelo, sino sobre una plataforma hidráulica con ruedas. ¿Cómo no la había visto antes? La plataforma contaba con dos manillas para tirar de ella. La empujó con todas sus fuerzas para hacerla girar y alcanzarlas. Se movió un poco. Las ruedas habían sido diseñadas para rodar sobre el hielo. Con un gruñido se dobló por la cintura y, afianzando sus botas como pudo, pues no tenía crampones, empujó y empujó hasta que logró que las manillas, dos simples tubos de acero, quedaran a su alcance.

«Ahora será todo más fácil», se prometió.

Estaba transpirando.

Eso no era bueno, no en un lugar como ese.

Agarró las manillas, pero se le resbalaban con los guantes. Se los quitó y los guardó en los bolsillos. Aferró las dos manillas de metal con las manos desnudas y se dio cuenta de su error: su piel se adhería al metal helado. Cuando quisiera soltarlas, comprendió horrorizada, se desollarían. Ignoró esa certeza y tiró de la plataforma. El traje se desplazó. Una sonrisa fiera estiró sus labios cuarteados. Lo fue arrastrando a través de la gruta. Esquivó los cadáveres de Hove y del biólogo y lo fue guiando hacia la entrada de la gruta, tirón a tirón, sudando, roja de rabia, con el miedo galopando por sus venas. Un reloj imaginario brillaba en su mente, acosándola. La cuenta atrás. Las palmas de las manos le ardían, notaba cómo la piel se le enrojecía y se tensaba. No sentía los dedos, se le habían agarrotado en torno a las manillas como cuerdas de acero. El dolor, cuando quisiera liberarse, sería espantoso.

«Ya sabes lo que es el dolor, no te rajes ahora».

En el pasado fue el fuego lo que la hirió marcando su cuerpo para siempre, y sobrevivió. Serían unas pocas cicatrices más. Podría soportarlas.

Suspiró aliviada al comprobar que el traje de inmersión cabía por el túnel.

Miró por encima del hombro hacia la oscuridad. Aún debía recorrer un largo trecho a oscuras, puesto que no podía soltar la plataforma para buscar su linterna, o no sería capaz de volver a cogerla. Tampoco podía comprobar cuánto tiempo le quedaba.

La plataforma chocaba continuamente con las paredes y se veía obligada a corregir el rumbo cada vez; así fue avanzando, metro a metro. Los músculos de los brazos se lamentaban, el tirón en la pierna la hacía llorar, sus castigadas lumbares amenazaban con reventar por el exceso de esfuerzo.

Erika sudaba, el sudor humedecía su ropa, y esta se congelaba, haciendo que su calor corporal se perdiera. Siguió arrastrando aquel mastodonte de titanio, empeñada en llevarlo hasta el lago.

No desfallecer.

No ceder al miedo, al cuerpo agotado.

Por Mikel, porque quería volver a verlo, porque se había acostumbrado a él como a respirar.

Y porque quería que Mikel la ayudara a coger a Thorensen para que pagara por tanto sufrimiento.

De pronto el traje se atascó.

El último tramo del túnel se estrechaba tanto en altura como en anchura, lo suficiente para impedirle pasar. No cabía. Sus manos aferraban doloridas las manillas, completamente adheridas a ellas. Era como haberlas pegado con pegamento. Aquello era inhumano. Decidió mover la plataforma adelante y atrás, intentando romper el hielo de las paredes hasta hacer pasar el traje. No necesitaba demasiado hueco, solo un poco.

Sus bíceps protestaron, su espalda protestó, sus piernas sufrieron los primeros calambres, pero ella perseveró. Notaba cómo se desprendían esquirlas heladas, las oía caer a sus pies.

Y de pronto sonó un chasquido, la plataforma pasó y ella resbaló y se quedó colgando, pegada a las manillas.

Asombrada, se rio a carcajadas. Se le iban las fuerzas, solía reírse cuando estaba al límite. Se obligó a recuperar el equilibrio y arrastrar el traje aún muchos metros en la oscuridad, a ciegas, intuyendo dónde estaba la pasarela. Cuando chocaba con una columna de hielo, trataba de bordearla, y así, metro a metro. Al fin llegó a la zona controlada por los sensores. Los focos se encendieron. La pasarela estaba ahí mismo.

31

Molly no seguía un rumbo determinado, avanzaba y retrocedía y volvía a cambiar de dirección. Se había perdido, las motos se habían alejado demasiado de la base antes de que ellos se liberaran, y se había desorientado adentrándose más y más en el corazón de la Antártida en vez de acercarse a Nytt Håp. De seguir así, morirían congelados antes incluso de que se les acabaran las reservas de comida.

El paisaje era un monótono y continuo fondo blanco, aunque al menos el viento había cesado y las nubes se habían ido retirando tan rápido como habían llegado. Nils observó el cielo estrellado. Pese a su crítica situación, aún era capaz de reconocer que era magnífico, en ningún lugar de la tierra se veía con tanta nitidez, las estrellas descolgándose tan cerca que casi podía rozarlas con las puntas de los dedos.

Suspiró resignado. Tendrían que acampar. Nadie iría a buscarlos. Thorensen, el único que sabía que estaban allí, sin duda prefería que sucumbieran.

Al menos, morirían juntos.

Se acuclilló junto a Od. Iba a darle la mala noticia. Estaba pensando cómo decirle a su amigo que lo mejor sería montar la tienda, refugiarse dentro y esperar la muerte. Levantaría una protección con la nieve de manera que el viento no los fustigara tanto y se guarecerían en ella con las provisiones.

A esperar.

Qué duro tener que decir eso.

Muy duro rendirse; él no era de los que se rinden.

Mejor mentirle a Od, dejar que tuviera esperanza hasta el final.

«Od no es tonto, se dará cuenta».

Miró hacia el cielo buscando una respuesta, las palabras adecuadas.

Molly ladró, gimió y saltó hacia delante arrastrando unos metros el trineo. Se volvió hacia él, las orejas erguidas. Con el corazón a mil, Nils rodeó el trineo y distinguió, como a dos kilómetros, un resplandor rojo. ¡Aquello debía de ser Nytt Håp! Pero ¿acaso la base estaba ardiendo?

Un nuevo ladrido. Molly se lanzó hacia delante con poderoso impulso, impaciente por llegar pese a aquel fuego que estaba devorando el que había sido su hogar. Nils la ayudó empujando el trineo. No compartía en absoluto la misma felicidad. A medida que acortaban distancias, su mente barajaba la posibilidad de que los explosivos hubieran estallado. No, no era lógico, las bombas estaban en la caverna, la detonación habría provocado, en todo caso, el hundimiento de la plataforma sobre la que se asentaba Nytt Håp, no un incendio en la propia base. El fuego sin duda se había iniciado por otra causa. Consultó su reloj. Además, aún faltaba tiempo para que estallaran las cargas, aunque lo harían pronto. Thorensen habría calculado el margen justo para alejarse con seguridad. No debían acercarse más. Detuvo el trineo reteniendo a Molly, que lloró sin comprender por qué no continuaban avanzando. Od aguardaba oculto bajo las mantas, ignorante de lo que pasaba.

Molly gimió. ¿Por qué no la dejaba continuar? Se acercó a Nils y lo observó atenta. Se rozó contra sus piernas. La acarició con tristeza.

—Hemos llegado tarde, Molly.

El incendio se apreciaba ya claramente en la oscuridad. Habían perdido tanto por culpa de su cobardía... Se le cubrió el rostro de lágrimas. Sentía que había traicionado a su gente. Debió haber confiado en Mikel.

Una mano se posó en su hombro. Od se había soltado del trineo y había arrastrado su pierna rota hasta llegar a él. Apenas podía apoyarla. Nils le señaló el fuego sin decir una palabra y el cocinero leyó en su cara lo demás.

—Las bombas... —musitó Od.

—Pronto.

—Ese loco ya habrá matado a nuestros amigos, ¿verdad? —Se refería a Einar, Mikel y Erika—. Y Thorensen ha prendido fuego a nuestra base. Es imposible que sigan con vida.

Nils no lo desmintió.

Permanecieron en silencio unos minutos, obnubilados por el dantesco espectáculo. Resultaba antinatural aquel resplandor furioso ardiendo en medio del invierno polar.

—Yo llamé a la Kripos —confesó Od de repente—. Fui yo, Nils. Ojalá hubiera sido más valiente y se lo hubiese contado todo. Pero solo denuncié la muerte de Björg.

—Has hecho más que yo, Od.

Con el amargo sabor de la derrota en la boca, Nils ayudó a su compañero a regresar al trineo, lo tumbó y lo amarró de nuevo. El pobre hombre se castigaba pensando en la gravedad de las consecuencias que su silencio había tenido.

Había sido un error callar. Como todo lo demás.

Se arrepentía.

Se arrepentía de todo.

El traje aguardaba cerca del lago. Agarrada todavía a las manillas de la plataforma hidráulica sobre la que se asentaba, Erika trataba de recuperar el aliento. Estaba desfallecida, todo su cuerpo se lamentaba, sufría horribles calambres en las piernas, en los brazos y en la espalda. Y aún no había tratado de liberar sus manos. Esa parte iba a ser la peor.

Gruñó preparándose para el dolor.

Un tirón. Debía hacerlo rápido o no podría.

Tomó aire y sin pensarlo separó las manos con fuerza.

Se desolló la piel. El dolor que sacudió su sistema nervioso fue tan brutal que se le aflojaron las piernas y cayó de rodillas, las palmas de las manos en carne viva, sangrantes, temblorosas. Escocía, el dolor era insufrible, agudo, le subía por los antebrazos y alcanzaba sus hombros, irradiando descargas imposibles de soportar. Erika sollozó, se encogió sobre sí misma, las palmas hacia arriba, los dedos agarrotados y de un preocupante azul oscuro. ¿Gangrena? Se mordió los labios comiéndose los gritos que ansiaba soltar.

Dios, ¡qué dolor!

«Traga, aguanta, aguanta».

Masticó las lacerantes punzadas que irradiaban sus manos desolladas. A través de las lágrimas recordó que el reloj continuaba su avance inexorable. No tenía tiempo para sufrir.

Como una autómata, se llevó las manos a los bolsillos y sacó entre lágrimas, con las puntas de los dedos, los guantes de los bolsillos. Se los puso como pudo usando los dientes, torcida la cara en una mueca desquiciada de sufrimiento extremo. El roce de sus heridas con la tela avivó su padecimiento, pero se los ajustó con inclemencia. Estaba siendo despiadada consigo misma. Lo soportó sin desmayarse.

Se puso en pie. Se tambaleó mareada. Comprobó la hora. Le quedaban cincuenta minutos.

Miró el traje de inmersión. Era como contemplar a un

ser extraño. Le hubiera gustado poder hablar con Mikel, preguntarle cómo funcionaba. Tendría que improvisar.

Se acercó y estudió su estructura. Empezaría por el casco. Parecía poder girar para soltarlo. Probó hacia la derecha usando las muñecas, pues sus manos estaban inútiles y latían como dos bolas ardientes. Contuvo un lamento, los guantes se le habían adherido ya a las heridas sangrantes. No funcionó. Probó a la izquierda. No ocurrió nada. Analizó el torso de titanio. Le pareció que allí había algo similar al panel en la cabina del ascensor. Desde luego, se parecía mucho. ¿Y si todo lo que había ahí abajo funcionaba bajo un mismo diseño electrónico? Más le valía que no necesitara una de aquellas tarjetas de acceso. Lo pulsó tratando de activarlo, con sus dedos, que eran como longanizas congeladas, y el guante impedía que la pantalla reaccionara. Tuvo que quitárselo. Llorando de dolor, usó los dedos en carne viva. Era muy probable que los perdiera, tal vez incluso las manos. Al fin logró que el panel se iluminara, y la visera del casco, de un material muy grueso desconocido para ella, se elevó con un suave siseo; todo el torso se abrió por la mitad mostrándole un interior acolchado y confortable. Alucinada, Erika sonrió a través de las lágrimas. Enseguida decidió meterse ahí dentro, pasara lo que pasara. Volvió a enfundarse el guante, una auténtica tortura, tomó aire y se quitó como pudo las botas y el chaquetón polar, el quitavientos que se había puesto por debajo e incluso el forro polar que llevaba debajo. Se aupó apoyándose en sus malheridas manos con un profundo lamento. Tuvo que esperar hasta que los latigazos de dolor se mitigaron. Luego se giró y se puso en cuclillas, en un verdadero ejercicio de superación, colocándose en precario equilibrio, con los dos pies embutidos en gruesos calcetines isotérmicos sosteniéndola sobre la cintura del traje. Izó el peso de su cuerpo —a pulso sobre esas manos que eran como dos llagas abiertas—, deslizó las piernas en el interior y se dejó caer.

Estaba dentro. De ella no se veía sino torso, brazos y cabeza, porque sus caderas y sus piernas habían desaparecido encajadas en el mullido interior del exotraje. Metió los brazos en los del traje de inmersión, en cuyo extremo final asomaban dos formidables tenazas en lugar de manos, contenta por no tener que usar las suyas para nada. Enseguida se percató de lo mucho que se había confundido cuando sus dedos toparon con lo que parecían los mandos internos que las controlaban. No tuvo más remedio que deslizar los dedos en torno a ellos y aferrarlos, tragándose un aullido de angustia. Su pulgar derecho tocó un botón, y al instante el torso se plegó y la visera volvió a su lugar. La presión de estar metida en aquella lata de sardinas cayó sobre su ánimo como una pesada losa. ¡Gracias al cielo que no era claustrofóbica! Aun así, se le aceleró el pulso.

«¿Y ahora qué?».

Le llegaba oxígeno, al menos.

Permaneció allí dentro un tiempo valioso, incapaz de saber cuál era el siguiente paso.

«Vamos, ¡ya has hecho lo más difícil!».

De súbito algo cambió. Notó cómo el exotraje se calentaba, vibraba. Los focos en su casco se encendieron. ¡Ella no había hecho nada! Ya podía mover brazos y piernas, su cuerpo recuperaba la temperatura, dejó de temblar. Probó a levantar las tenazas. Las articulaciones giroscópicas le permitían hacerlo con suavidad. Un panel se iluminó en su antebrazo. Indicaba la profundidad, datos sobre el soporte vital, tiempo de inmersión y otra información que no comprendía. Frunció el ceño.

El tiempo volaba, no podía entretenerse intentando averiguar cómo funcionaba el traje.

«Cuando estés con Mikel, él te ayudará —pensó—. Salta. Ya».

Adelantó una pierna. Le resultó sorprendente poder hacerlo con tanta ligereza. El traje había sido diseñado como un exoesqueleto, las articulaciones soportaban por ella el enorme peso del gigante de titanio en el que estaba embutida. Sin embargo, la gravedad no entendía de electrónica ni de ingeniería, entendía de masa y atracción, y al adelantar la pierna de titanio el equilibrio se descompensó, el exotraje se venció hacia delante y se precipitó al lago. Erika chilló asustada. No controlaba nada, ¡no sabía qué hacer!

Una gran cortina de agua salió despedida hacia arriba cuando se hundió. Los focos de su casco iluminaron el telón de insondable oscuridad que la rodeaba. Empezó a descender a plomo, envuelta en una nube de burbujas. Allí no parecía haber absolutamente nada. Mientras se precipitaba hacia el fondo, cayó en la cuenta de algo vital: no había calculado el tiempo que necesitarían para salir. Todo lo había hecho pensando en llegar hasta Mikel, nada más. Aunque lograra encontrarlo, incluso si estaba vivo, no irían muy lejos, porque las bombas detonarían pronto y la cueva se hundiría sobre sus cabezas.

Ni siquiera tenían la tarjeta de acceso para el ascensor, y en la superficie había un incendio que a esas alturas sería de proporciones descomunales.

«¡Qué estúpida!».

¿Acaso no había sido consciente de eso? ¿O en el fondo lo sabía y pese a todo había seguido adelante? Se sorprendió de su comportamiento.

«Si no hubiese subido a la superficie a pedir ayuda...», se lamentó.

¿Y si después de todo lo encontraba y ya estaba muerto? Era lo más probable. Pero ¿y si no era así?

Estaba dispuesta a intentarlo por Mikel. De ser la situación al revés, estaba convencida, su compañero habría hecho lo mismo por ella.

Una suave paz inundó su alma mientras aceptaba aquel final.

Sus dedos estaban recuperando la sensibilidad, el calor dentro del traje lo hacía posible. En la misma medida, el dolor se recrudeció. Se mareó, lloró mordiéndose el labio para soportarlo. Pulsó algo sin querer en los mandos ocultos que agarraba con las manos, y los motores del traje se encendieron y el traje frenó su caída. ¡Así que lo manejaba con las manos! Empezó a interactuar presionando, soltando, girando, y poco a poco fue familiarizándose, hasta que logró estabilizarse y se encontró bajando de forma controlada.

«Todo va bien. Todo va bien».

Mejor de lo que esperaba.

Bajó y bajó centenares de metros. En su antebrazo los indicadores corrían, marcaban más de dos mil metros de profundidad y aumentando. ¿Cuánto soportaría el traje? ¿Tanto como el sumergible?

Cuando al fin atisbó el lecho del lago, dejó de comprobar a qué profundidad se encontraba. Únicamente quería localizar el Titan. Los potentes focos del casco le mostraron un fondo arenoso interminable. Tras varios intentos, logró desplazarse hacia delante. Tragaba saliva constantemente, aguantando el dolor, consolándose al pensar que tal vez no se le hubieran gangrenado las manos. Se centró en lo que estaba haciendo para distraer su mente. Aquello era como volar, estaba volando en el agua. La sensación era gratificante, distinta. ¡Estaba haciendo algo único! Durante unos minutos atravesó un espacio en apariencia muerto. Al poco distinguió un bulto en la monotonía arenosa, algo enrollado, como una enorme serpiente.

¡El cable!

El cordón umbilical se había hundido amontonándose en un mismo lugar. Aún podía utilizar las tenazas para recoger el extremo suelto, ascender y conectarlo a la consola. El Titan recobraría así su energía.

Pero ¿para qué? Las bombas estallarían antes, y aunque lo consiguiera, destruirían la consola y adiós energía. Le quedaba escaso margen para ver una última vez a Mikel. Nada más.

Hizo girar el exotraje, iluminando con sus focos el fondo. El sumergible tenía que estar muy cerca. Siguió el cable despacio, con el corazón bombeando sangre en sus venas como una locomotora. El Titan tenía que estar ahí, debía de estar a punto de toparse con él.

Entonces percibió algo a unos quince metros. Desconcertada, se quedó flotando como una astronauta en el espacio, escuchando su propia respiración dentro del casco. Avanzó un poco más y se posó en el lecho arenoso. Abrió la boca asombrada. Ante ella se abría un entorno único, lleno de vida. Una pared rocosa se elevaba muy cerca; de ella emergían torres de coral de hermosos colores, algas de mil formas, con sus largas hojas flotando hacia arriba como si la roca se peinara el cabello con dedos invisibles. Entre los corales, tímidas criaturas nadaban con sus cuerpos luminosos, algunas diminutas, curiosas y extrañas. Era lo mismo que había podido vislumbrar desde los monitores gracias a la cámara del sumergible. Oh, pero verlo de cerca ¡era sublime!

Más adelante, posado en la arena, distinguió un promontorio, como una piedra sin vida. Sus luces lo iluminaron desvelando una brillante superficie blanca.

¡El Titan!

Se aproximó temiendo haber llegado demasiado tarde. Se deslizó hacia la parte frontal, donde estaba la ventana panorámica. Sus luces la penetraron e inundaron el interior.

Erika no se daba cuenta, pero estaba rezando.

Algo se movió dentro del Titan. Abrió la boca y contuvo un grito al ver a Mikel asomándose desde el habitáculo. Su corazón se expandió y una oleada de júbilo recorrió su cuerpo, exaltándola hasta el delirio. Se echó a reír, feliz. ¿Cómo era posible?

«Las bombas —recordó—. No hay tiempo».

La inminente realidad borró su sonrisa y miró a Mikel con desolación. Él sonreía, las manos apoyadas en el cristal del sumergible. No daba crédito a su buena fortuna. Contra todo pronóstico, Erika estaba ahí, metida en un traje de inmersión, manejándolo como si fuera lo que hacía todos los días. Era la mujer más valiente que había conocido en su vida. ¡Lo sabía! ¡Sabía que no podía haberlo traicionado, ella no! Le indicó por señas que se acercara, y Erika hizo que el exotraje se deslizara hasta estar tan cerca que pudo ver sus facciones. Hacía un momento sonreía feliz, jubilosa por haberlo encontrado, y ahora la tristeza había inundado ese océano revuelto que era su mirada. Llovía en sus ojos.

Erika apartó la vista y miró hacia arriba. Luego volvió a posarla en él. Negó con la cabeza y dijo:

«Lo siento».

Erika juntó las tenazas y las abrió al tiempo que expresaba con la boca la onomatopeya de una explosión: «Booom». Mikel arrugó el entrecejo sin comprender. ¿Por qué Erika no hacía algo para sacarlo de ahí? Le hizo señas para indicarle que podía coger el cable y volver a conectarlo a la consola, pero ella no se movió. No quedaba tiempo para eso. Lo justo para despedirse.

Volvió a decir algo, vocalizando despacio: «No hay tiempo. Lo siento».

Mikel lo leyó en sus labios. Y entonces lo entendió.

Iba a haber una explosión arriba. Por eso no podían subir. Mikel acusó esa dura realidad y empezó a evaluar las consecuencias. Tal vez no fuera una explosión tan grande como para no poder esperar ahí abajo hasta que pasara. Después Erika podría subir el sumergible. Su exotraje podía hacer eso, sus articulaciones giroscópicas estaban diseñadas para levantar pesos mucho mayores, y él aún tenía oxígeno, podía esperar.

Erika se acercó más y le sonrió. Era una sonrisa triste. Sabía a despedida. Parecía querer decirle muchas cosas, y Mikel, que no sabía que en la cueva había suficientes cargas explosivas para hundir toneladas de hielo sobre ellos, captó el mensaje. Erika había ido a buscarlo, pero no había llegado a tiempo. En vez de escapar y salvar su vida, había decidido acompañarlo. No le cupo duda de que si hubiera podido sacarlo del lago, ya lo habría hecho.

Se perdió en su semblante tempestuoso, anhelando tocarla. Quería poder estar a su lado una última vez.

Miró el ventanal, consciente por primera vez de que estaba astillado. Si lo pateaba de nuevo, quizá cediera.

Miró los poderosos brazos del exotraje acabados en dos tenazas formidables. Sin duda podrían terminar de romper la ventana panorámica.

«Rómpela», articuló, y señaló la ventana.

Hizo un gesto simulando que lanzaba un puñetazo contra el cristal, y luego la señaló a ella.

Erika alzó la tenaza derecha y arqueó las cejas en una muda pregunta. Imitó su gesto.

Mikel juntó las palmas de las manos, rogando.

Pero Erika no quería. Por supuesto que había entendido lo que pretendía, solo que, si le hacía caso, la ventana del Titan, ya bastante dañada, reventaría, y el agua penetraría en el habitáculo del sumergible: Mikel se ahogaría.

No podía pedirle que hiciera algo así. Aún podían esperar un minuto o dos, podían decirse muchas cosas sin palabras, y había tanto que le hubiera gustado contarle... La verdad, para empezar.

Pero se equivocaba, el tiempo corría. Las cargas explosivas con sus luces rojas brillando en la oscuridad galopaban en su último *sprint* hacia la detonación que arrasaría con aquel lugar. Las cifras en los relojes digitales que las controlaban avanzaban.

Cincuenta y ocho segundos.

Cincuenta y siete. Cincuenta y seis.

... cinco.

... cuatro.

... tres.

... dos.

El tiempo se agotó.

32

La explosión hizo que las entrañas del lago se sacudieran como si un terremoto tuviera su epicentro ahí mismo. Mikel perdió pie, se le resbalaron las botas por el suelo, a duras penas se agarró al respaldo de su asiento acolchado y evitó la caída. El Titan se volcó, quedó tendido de lado y se agitó como una bestia herida levantando la arena en torno a él. Los asientos, el panel de control, el habitáculo entero temblaba. Con una mano en el techo y la otra en el asiento, Mikel esperaba la peor parte. Estaban a tanta profundidad que no podían ver las llamas de la explosión, pero era muy consciente de que pronto se les vendría encima el techo de la caverna. Lamentó que la fragilidad del mundo que lo rodeaba fuera a verse destruida así: toda esa variedad de corales y de algas en el entorno, con su colorido vibrante, trepando con formas disparatadas por las paredes de roca. La vida ahí abajo era abundante y variada, e iba a ser aplastada sin remedio. Los crímenes de Thorensen no tenían límite.

Buscó a Erika en vano, la arena revuelta formaba un telón impenetrable y no alcanzaba a verla. Ni siquiera llegaba a distinguir las luces de su exotraje. No había nada que pudieran hacer para escapar a semejante final. Morirían aplastados. Más que nunca lamentaba haberse arriesgado así, arrastrando a su compañera con él. Si se hubiese quedado en la caverna, tal vez hubiesen podido escapar. Unos minutos son unos minutos, la diferencia entre vivir o morir.

No era momento para fustigarse con la culpa.

Había hecho lo que creía mejor, punto.

Al fin, las sombras amenazadoras de algunos inmensos trozos de hielo se precipitaron sobre el sumergible. Enseguida impactaron los primeros sobre el lecho arenoso, provocando aún más turbulencia al otro lado de la ventana panorámica, cuyas fisuras se agrandaron. En pocos segundos una tormenta de rocas congeladas fue catapultada al fondo del lago. Descendían a gran velocidad y se estrellaban contra los corales, contra la arena, contra el sumergible. El Titan gimió, su estructura soportó los primeros impactos demostrando la fortaleza de su diseño, pero el peso de los escombros que se iban acumulando sobre él llegó a ser demasiado y empezó a arrugarse como si fuera de papel, el extremo de la cola se aplastó con espantosos chasquidos. Mikel se escurrió entre los asientos alejándose del fondo para protegerse. El suelo temblaba, todo temblaba. Era el caos.

La cabina, ya muy dañada, empezó a filtrar agua a borbotones por sus abundantes fisuras. El habitáculo se estaba inundando sin remedio. Se incorporó como pudo, los asientos traseros habían desaparecido. No le quedaba sino esperar el final.

La perturbación duró mucho tiempo. Cuando el caos cesó, la arena en suspensión tardó una eternidad en volver a posarse en el fondo, ahora totalmente transformado. Mikel permaneció muy quieto, aún impresionado. Era como estar en medio de una guerra soportando un bombardeo. El sumergible había quedado enterrado bajo los escombros. La oscuridad era absoluta, aunque adivinaba la tragedia; no quedaría nada de la vasta superficie de arena volcánica que había visto al llegar, ni de los corales. ¿Cómo afectaría a las criaturas que vivían en esas aguas? Aquel ser que había estado acompañándolo había escapado al llegar Erika y no lo había vuelto a ver. Esperaba que hubiera sobrevivido, seguramente se habría escabullido lejos, como el resto de criaturas que había descubierto durante su larga soledad.

El agua subía dentro del deformado habitáculo, le llegaba ya por las rodillas. Las paredes del Titan se abollaban hacia dentro, sometidas por la presión. Pronto lo aplastaría. Por suerte, el traje y las botas aún lo protegían de la gélida temperatura del lago. Aunque no por mucho tiempo. El Titan estaba herido de muerte.

¡Erika!

Trató de localizarla. Al otro lado de la ventana panorámica todo era muy confuso todavía, pero algo proyectaba luz en las tinieblas: las luces del casco del exotraje. ¡Aún funcionaban! Al parecer, había logrado alejarse un poco, pero había sido alcanzada por los desprendimientos. No la distinguía con facilidad. Las luces de su casco emergían como dos tenues cuchillos de luz bajo los escombros. Mikel ahogó un gruñido de frustración. El exotraje era robusto; si sus luces funcionaban, quería decir que aún estaba operativo. Atisbó bajo los grandes trozos de hielo con la esperanza bailando en su alma.

Entonces localizó la visera del casco, asomaba bajo una gran roca. Erika estaba ahí, podía ver su cara, así como el torso del exotraje, aunque brazos y piernas se perdían bajo el peso de toneladas de hielo. Estaba inconsciente. Algunas fisuras se habían abierto en su visera, pero aún resistía.

La llamó. Aporreó su ventana con las palmas de las manos. Erika no podía oír nada. Tenía que salir, rompería el mirador panorámico, ya muy dañado. Si se esforzaba, estallaría. Moriría enseguida, pero tal vez le daría tiempo a despertar a Erika.

Iba a poner en marcha su plan cuando se dio cuenta de que estaba despierta. La vio parpadear confusa, moverse. Sus miradas se encontraron, aislado cada cual en su propia trampa de titanio. Impotente, Mikel fue testigo de los esfuerzos por liberarse de su compañera. Los brazos y las piernas del exotraje estaban atrapados, y los motores no respondían.

Se buscaron entonces, conscientes de que aquel iba a ser su final.

Una suave luminosidad los inundó.

Se volvieron al mismo tiempo hacia el lugar de donde procedía y descubrieron la presencia de una hermosa nube de partículas brillantes. Flotaba en las tinieblas, sobre los escombros. «De nuevo ese ser», pensó Erika. Acaso había acudido a verlos morir. Permanecía estático, cambiando de forma, una nebulosa sideral tachonada por miles de estrellas. Se alejó ondulando elegante, y, bajo su suave luz fantasmal, aparecieron los restos de algo artificial. La expresión de Erika se transformó. Pasó de la sorpresa al triunfo, enseguida al desprecio y por último a la ira.

Allí estaba, lo que sospechaba. La prueba que había ido a buscar, lo que Kronos le había pedido que encontrara, la razón por la que había aceptado trabajar para él, arriesgando su reputación y su carrera. A unos cincuenta metros se apreciaba la silueta de tres máquinas de explotación submarina.

Mikel descubrió al mismo tiempo que ella aquellos tres colosos industriales: una excavadora, una perforadora y una máquina que seguramente se empleaba para enviar a la superficie las muestras que recogían, a través de un tubo conectado a una bomba aspiradora. En la caverna ya no quedaba rastro de aquella actividad, pero ahí resistía. El daño causado por esas máquinas en el entorno era inenarrable. Un enorme cráter negro se abría bajo ellas dejando a la vista la roca desnuda. En la zona donde habían estado trabajando, una enorme extensión de tamaño imposible de calcular, las algas y los corales habían muerto, cubiertos por los restos de roca triturados que devolvían al agua una vez extraído el material que buscaban. El hermoso paisaje había sido destruido.

Milagrosamente, los tres monstruos de minería habían resultado ilesos tras el derrumbamiento; de no ser por eso, y por la presencia de aquella misteriosa nube luminiscente, jamás los habrían descubierto. Mikel pestañeó desconcertado, observándola flotar sobre aquel erial arrasado, diciéndose que él ya la había visto antes, no ahí, sino en otra parte, muy muy lejos.

Nada menos que en el Cantábrico, cuando estuvo a punto de quitarse la vida.

Recordó lo que Frida y Synne le contaron sobre una extraña presencia fantasmal en la base, testimonios que tanto él como Erika habían tomado por ensoñaciones. ¿Se trataba del mismo fenómeno? No alcanzaba a comprender la relación, descripciones tan semejantes sobre algo que había ocurrido en escenarios tan distintos y distantes. Desde luego, su mente finita no lograba entender lo que estaba presenciando. ¿Era un único ser o miles de microorganismos que se comportaban como un único ente? Se desplazó como pudo al otro lado del ventanal, el agua que iba inundando el habitáculo le llegaba ya a la cintura.

Una oleada de desprecio creció en su interior cuando las luces bioluminiscentes le mostraron en el interior de la excavadora un cadáver corrompido, apenas jirones de ropa, carne y huesos. ¿Quién sería ese pobre diablo? Mikel no lo conocía, estaba seguro.

En cualquier caso, no fue difícil atar cabos.

Los esfuerzos de Thorensen y su gente por llegar hasta aquella caverna no habían sido por ningún interés científico. No buscaban investigar la vida que había evolucionado aislada durante millones de años en ese lago, no perseguían aprender, estudiar las criaturas, descubrir cómo sobrevivían, los misterios que encerraba aquel lugar primigenio.

Querían los recursos que había bajo la arena, en la roca.

La avaricia era su razón para llegar hasta ahí. Algo impensable en la Antártida, algo que rompía con el espíritu del tratado que la protegía, quebrando las reglas.

El temor a las represalias los habría impulsado a ocultar lo que hacían. Así, mientras simulaban que en Nytt Håp se trabajaba por y para la ciencia, escarbaban bajo ese almacén prefabricado que habían llevado hasta allí y que no servía para nada más que para esconder sus verdaderas actividades: prospecciones mineras en busca de yacimientos que se pudieran explotar en el futuro. Sin duda, aquel desgraciado había muerto a causa de algún accidente.

Y todos lo sabían en la base.

¿Cómo habían sido capaces? No daba crédito, había creído conocer a Frida, a Björg, a Gunnar y Einar, a Synne. Ahora entendía por qué habían estado tan tensos desde que llegaron Erika y él, sus mentiras, sus discusiones. Incluso Od. Incluso Nils. No podía admitirlo.

Retrocedió espantado.

¿Cuánto tiempo habían estado trabajando en el lago? ¿Desde cuándo? Ciertamente, no durante las campañas de verano. Tenían que haber aprovechado los inviernos, cuando el personal de la base quedaba reducido a trece personas. El comandante debía de haber sometido a ese pequeño grupo de científicos de algún modo para hacerlos cooperar y silenciar sus conciencias. Recordó el temor de Frida, esa angustia que la había hecho enloquecer, o los nervios desquiciados de Einar, el estallido de Gunnar, Synne asesinando a Frida.

La culpa había corrompido el espíritu de esas personas.

Ragnar seccionado en dos: falta de conciencia.

¿Se habría dado cuenta de lo que pasaba si hubiera estado en Nytt Håp durante la última campaña de verano? ¿Cuánto llevaba el almacén nuevo allí? Debían de haberlo trasladado desde algún buque, aprovechando que la base quedaba aislada. Durante los largos meses invernales habrían excavado bajo él hasta llegar al lago. ¿Y toda esa maquinaria? ¿Cómo habían sido capaces de hacerla llegar a Nytt Håp saltándose todos los controles? Resultaba evidente que Thorensen contaba con el respaldo de una red de conspiradores corruptos muy bien situados en puestos clave. Personas dispuestas a burlar el tratado antártico. Sin su intervención, jamás habría logrado llevar a cabo un proyecto como ese.

Por desgracia, no podrían contarlo. Se llevarían la verdad a la tumba.

Salvo que uno de los dos lograra salir.

Tomó una decisión. No había nada que pensar, la lógica era aplastante y en su corazón y su alma sabía que era Erika la que debía sobrevivir. Después de todo, él tenía cáncer.

Si lo intentaba, y él la ayudaría a lograrlo, saldría de entre los escombros. Se lo indicó por señas.

No estaba triste ni asustado. La verdad debía salir a la luz. Erika sería la emisaria. Si lograba sacarla de su trampa de hielo, si conseguía salir del lago y alcanzar la superficie.

El agua le llegaba ya el pecho y seguía subiendo. No disponía de mucho tiempo. Un horrendo chasquido, y la estructura del sumergible aún se dobló más hacia dentro. El frío penetraba ya su ropa, mordía su carne con colmillos afilados. Movió los brazos gesticulando. Erika lo miró fijamente, al principio sin comprender.

«Hazlo tú», vocalizó.

Esperó, atento a la reacción de su compañera. Erika no se movió.

¿Y si el exotraje sí estaba dañado?

Tal vez había quedado inutilizado, los motores aplastados, o las rocas que lo aprisionaban pesaban demasiado.

No lo pensó.

Se quitó el abrigo. De pronto la ropa le estorbaba. Se deshizo del quitavientos, del jersey polar e incluso del buzo. Se quedó en camiseta, con los pantalones de goretex por encima de las mallas térmicas. Se agarró al asiento en el que había pasado tanto tiempo en soledad, alzó las piernas por encima del agua y empezó a dar puntapiés a la ventana ignorando los mudos gritos de Erika, que lo increpaba desde su exotraje para que no lo hiciera.

Se empleó a fondo, patada, patada, patada... Hasta que el material de que estaba hecho el ventanal, ya debilitado, reventó.

El agua entró a raudales empujándolo contra los asientos.

Había llegado su momento. Era ese.

Al menos moriría haciendo algo bueno.

Se preparó para bucear. Tendría que salir muy rápido entre los escombros, antes de que la presión lo reventara por dentro.

El interior del sumergible se anegó. No le quedaba tiempo. De inmediato tomó impulso para salir. Erika asistió impotente a aquella maniobra. Lloraba porque sabía que le sobrevendría la muerte. Tuvo miedo. Accionó los motores con los mandos, presionó las palancas con sus manos heridas, frenética, apretando los dientes, chillando de rabia. Todo fue inútil. El exotraje no respondía. Los brazos y piernas estaban inmovilizados, atascados e inútiles. Los motores habían quedado inservibles. Nada funcionaba, salvo las luces y el soporte vital.

Mikel buceó hasta ella pataleando con vigor.

Una corriente eléctrica recorrió entonces su cuerpo y de pronto oyó en su cabeza aquel canto solemne que últimamente lo acompañaba siempre. Pensó que era la muerte, los primeros efectos de la presión. Se apresuró. Solamente quería ayudar a su compañera, liberar el exotraje.

No se dio cuenta de que ya debería estar muerto.

De que no necesitaba respirar.

No sentía nada, ni los efectos de la presión ni el frío.

Solo aquel hormigueo recorriendo sus venas, sus músculos. Se sentía como una pila cargada de electricidad y su corazón bombeaba la sangre por todo su cuerpo con sólidos impulsos, latía poderoso dentro de su pecho. Se movió con elegancia, potente, seguro de sí mismo. Se plantó delante de Erika en pocos segundos y trató de apartar con las manos desnudas grandes trozos de hielo. Pesaban demasiado y tuvo que dejarlos. El exotraje estaba muy atascado. Y lo peor, el casco de Erika se estaba resquebrajando. No aguantaría la presión.

Era el fin.

«Lo siento», pensó.

Lo había intentado.

El agua empezó a filtrarse dentro del exotraje.

Erika negó con la cabeza al darse cuenta de que se deslizaba imparable hasta anegar el espacio entre sus pies y el acolchado interior, e iba subiendo. La sintió en las piernas, en el torso... Al poco un chorro de agua gélida emergió dentro del casco como una erupción. Alzó la barbilla para poder respirar, asustada, muy asustada.

No quería morir, ¡no quería morir!

Buscó los ojos de Mikel para aferrarse a su mirada. Sería lo último que viera.

Y entonces algo sorprendente ocurrió.

La piel de su compañero se iluminó. Una hermosa nube de partículas emergió de ella, miles de microorganismos bioluminiscentes rodeando su cuerpo, envolviéndolo suavemente. Erika reconoció esa nube, su forma etérea brillando en la oscuridad. Pero brotaba de él. Incluso a través del exotraje notó la electricidad que provocaba alrededor erizando el vello de su cuerpo, que ya empezaba a congelarse. Su ritmo cardíaco empezó a disminuir, los puñales afilados como cuchillas zaherían sus músculos, tiritaba, los labios azules. Apenas lograba mantener alzada la barbilla por encima del agua.

Y entonces descubrió que la criatura que habían visto flotando sobre las máquinas de Thorensen y lo que brotaba del cuerpo de Mikel eran dos fenómenos similares pero independientes. Mientras el agua llenaba por completo su casco y tomaba el último aliento, antes de quedar completamente sumergida, se dio cuenta de que las hermosas partículas que se desprendían de él formaban tirabuzones chispeantes y se alargaban hacia el otro ser, que se había ido aproximando y flotaba ahora a su espalda, como esperando. Ambos fenómenos, fueran lo que fueran, eran idénticos, se reconocían y se buscaban. Giraron entrelazándose y formaron un solo ser. Todo era lo mismo, pensó Erika fascinada: lo que había visto sobre Mikel en el dormitorio cuando lo encontró catatónico, y en la gruta, tocándola, y solo un momento antes, mostrándole las máquinas excavadoras.

No comprendía lo que estaba viendo.

Ya daba igual, nunca llegaría a entender.

Porque iba a morir.

Tuvo miedo.

Su organismo sucumbía, sus pulmones ardían. La necesidad imperiosa de respirar la obligó a abrir la boca.

La cerró luchando por resistir un poco más.

La nube, ahora más grande y resplandeciente, se alargó, penetró a través de las fisuras del casco y envolvió su cabeza cubriendo su rostro, su nariz y su boca.

Mikel observaba aquel fenómeno como sumido en un sueño. Había perdido la noción del tiempo y la realidad. Notaba su cuerpo vibrar, ajeno a su voluntad, como si no le perteneciera. Se sentía bien, en paz.

¿Por qué no moría?

¿Por qué Erika tampoco moría, pese a que el casco ya no la protegía?

Su compañera había dejado de sacudirse, como si no necesitara respirar.

Seguía con vida, aterrorizada, sí, pero con vida, envuelta por aquel ser que era un todo y eran miríadas de partículas, una forma evanescente vibrante, llena de vida.

Luciérnagas marinas. Luciérnagas que también brotaban de él, de su cuerpo.

Aquel murmullo lento resonó una vez más dentro de la cabeza de Mikel. Un tono grave vapuleando su cráneo, sus oídos. Siempre había creído que lo provocaba su tumor.

De súbito comprendió lo que quería decirle ese murmullo.

Buscó el panel en el pecho del exotraje. Palpó su superficie, apoyó la mano en un punto y sorprendentemente se abrió. La visera del casco se desprendió hecha añicos. Mikel tiró de Erika y la sacó.

No podía creerlo. La tenía.

Erika.

Estaba viva, consciente, aún envuelta en aquella nube iridiscente.

No entendía lo que estaban viviendo. Su propia piel refulgía, ¿o reflejaba la luz de ese ser que los envolvía a ambos? Erika y él se miraron fascinados, incrédulos. Sus cuerpos flotaban muy cerca el uno del otro, se elevaban poco a poco en la oscuridad del lago, protegidos por aquella extraña criatura desconocida, como dos embriones dentro de su placenta. Mikel estrechó contra su pecho a su compañera. Había sufrido mucho por ella. La abrazó con fuerza y ella se enterró en él, segura y a salvo. Giraron despacio sobre sí mismos, como en un baile, perdidos en la magia del momento.

Algo imposible.

Fueron ascendiendo lentamente, sin darse cuenta de que se alejaban cada vez más del exotraje, impulsados por aquel mágico torbellino de estrellas refulgentes. Mikel sonrió de nuevo y Erika le correspondió. Se inclinó y la besó cubriendo con su boca la de ella. Abrazados como dos amantes, continuaron su inexorable ascenso hacia la superficie.

33

La caverna estaba sumida en una profunda oscuridad cuando emergieron junto a la orilla del lago. El humo de la explosión aún flotaba en el ambiente. Las maravillosas formaciones de hielo que vieron al llegar la primera vez se habían derrumbado, arrastrando el techo y las paredes en su caída, y formaban ahora una inmensa escombrera de hielo que se amontonaba hostil en las tinieblas. Mikel buscó por dónde salir del agua, se aupó y enseguida ayudó a Erika. Al fin estuvieron los dos fuera del lago. Súbitamente, la nube que los había protegido se disipó.

Quedaron sumidos en una profunda quietud, envueltos por las impenetrables sombras. Erika quiso sacar su linterna. Aún la llevaba consigo, pero de nuevo tiritaba y sus manos tumefactas llameaban de dolor. No podía utilizarlas.

—Mikel... —murmuró castañeteando—, la... la... linterna...

Él la buscó en un bolsillo lateral de su pantalón de goretex. La encendió y alumbró a Erika. Comprendió asustado que moriría de hipotermia si no se quitaba aquellas ropas mojadas y entraba en calor.

—La gruta... Hay una grrrruuuu-ta. —Erika señaló por encima de los escombros.

Iban a tener que trepar.

—Te sacaré de aquí, agárrate a mí.

La ayudó a encaramarse a su espalda, como si de un niño se tratara, y a enlazarse a su cuerpo como un koala. Erika sintió su cuerpo cálido, asombrosamente cálido, y se pegó a él enterrando la cara en su cuello mientras él buscaba por dónde subir. Empezó a trepar tan rápido como pudo.

—Cómo... puedes estar... tan..., tan caliente... Mikel, tu... piel arde... Tu piel...

Sus labios ateridos rozaban su mejilla, y Mikel sentía su aliento en la oreja, su voz grave rota, el desfallecimiento que sometía su cuerpo y su voluntad, patente en el temblor con que vibraba. Rezó para poder salvarla. Aún fue más deprisa, resbalando, aferrándose con uñas y dientes a esos enormes casquetes de hielo. El peso de Erika le impedía ir más deprisa, sus piernas enroscadas a sus caderas le dificultaban la escalada, sus brazos alrededor de su cuello lo ahogaban. Y sin embargo nunca había deseado con tanta intensidad llevar esa carga.

Le resultaba muy difícil ascender sin resbalar sosteniendo al mismo tiempo la linterna, así que le pidió a Erika que la llevara y que le indicara el camino. Erika se esforzó por sujetarla con la mano derecha. Gimió al cerrar los dedos en torno a ella. Se le habían pegado los guantes a la carne despellejada y el frío hacía que doblarlos supusiera una tortura. Se obligó a mantenerse despierta, pese a que una indomable oleada de fatiga pretendía llevarse su conciencia. Mientras Mikel se agarraba a los bordes gélidos de las rocas, apoyando como podía sus botas en los salientes resbaladizos, apretando los dientes para no fallar y caer, ella le señalaba con la linterna la ruta a seguir, y él continuaba trepando, avanzando a través de aquel inmenso cúmulo de escombros naturales.

Cuando al fin llegaron al fondo de la caverna, Erika lo guio hasta el lugar donde recordaba que estaba el pasadizo natural que llevaba a la gruta de Hove. Pero la pared se había caído y la grieta que daba paso al túnel que buscaban se había estrechado, en parte obstaculizada por los restos desprendidos. Mikel tuvo que dejarla en el suelo. Examinó la angosta abertura. La única forma de pasar era de uno en uno.

—¿Podrás?

Erika no contestó. Tenía los labios amoratados y agrietados y unas profundas ojeras, la piel palidísima. Se le cerraban los ojos. Mientras había estado en el exotraje, este la había mantenido caliente, después aquella nube de luces la había protegido, pero ahora debían darse prisa. La ayudó a pasar primero. Luego se deslizó él a través del estrecho paso. A partir de ahí el pasaje estaba intacto. La cogió en brazos y la apretó contra su cuerpo. Echó a correr.

Erika trataba de sostener la linterna sin que se le cayera, pero temblaba tanto que hacía que su luz oscilara de manera caótica por las paredes del pasadizo natural. Mikel apretó el ritmo. Su único propósito era salir de ahí cuanto antes y conseguir ropa seca para Erika.

—Tengo tan... to que con... tarte..., Mikel... Estammmm... os bien..., ¿verdad? Hemos sobrevi... vido, no sé qué ha sidddo... eso... Ahí abajo...

—Guarda fuerzas, Erika, ya habrá tiempo para contárnoslo todo, te lo prometo. Que me parta un rayo si dejo que te mueras ahora —farfulló entre dientes.

Acurrucada contra su pecho, Erika sonrió un poco. Dejó que su calor hiciera circular la sangre por sus venas. Estar en brazos de Mikel era como estar junto a un buen fuego. Eso la estaba salvando de sucumbir a la hipotermia.

De pronto, el pasaje se abrió y una potente luz iluminó una gruta secundaria. Allí también se había desprendido parte del techo. Mikel vio que había sepultado dos cadáveres. Uno era el de Einar. El otro no lo conocía. ¿Qué había pasado ahí?, ¿qué era ese lugar? Erika quiso explicarle, pero no pudo. Apenas alcanzó a pronunciar el nombre de Mjolnir Hove. Lo señaló y dijo: «Asesino».

Mikel no tuvo que esforzarse demasiado para adivinar que aquel había sido el escondrijo que tanto habían buscado, el lugar donde ese hombre que ahora yacía bajo los escombros perpetraba sus crímenes. Erika parecía saberlo todo, lo leyó en sus ojos, así como su impotencia por no ser capaz de hablar.

La depositó en el suelo con suavidad. Las explicaciones tendrían que esperar. Ella vaciló, no se sostenía en pie, se le doblaron las rodillas y se cayó. Al punto Mikel se arrodilló a su lado, le puso una mano en la mejilla. Estaba helada, su piel blanca, muy blanca, signo de congelación. Buscó alrededor, tenía que haber algo con qué cubrirla si ese tal Hove había sobrevivido tanto tiempo ahí. En efecto, una cama asomaba medio enterrada por el desprendimiento, y bajo ella unas mantas. Sobre el colchón había un saco. Parecía un buen saco, adecuado para climas extremos. Lo rescató, las mantas también. Bajo ellas halló una mochila. La cogió, se la colgó a la espalda y volvió junto a Erika.

—Tienes que desnudarte enseguida. —La miró para pedirle permiso, pero ella ya no lo oía. Tiritaba de modo incontrolable, los párpados cerrados—. Lo siento, tengo que quitarte esa ropa mojada o morirás.

Con sumo cuidado fue a quitarle los guantes, pero eso arrancó a Erika de su letargo. Profirió un lamento a través de sus labios cuarteados.

—Mis man... nos... Se... se mmmme... han pega... do... Te... tengggo, heri...ddddas...

Las levantó, con las palmas temblonas hacia arriba, los dedos como garras, rígidos. ¿Había dicho que se le habían pegado los guantes?

—Si te los dejo puestos, después será peor —explicó con pesar—. Tengo que sacártelos ahora que están mojados o después, cuando se sequen, será un suplicio.

Apoyó la frente en la de ella. Luego, conteniendo el aliento, fue tirando dedo a dedo del guante derecho. Los quejidos de su compañera conmovieron su alma. Sufría mucho, pero tenía que hacerlo. Al final tiró con firmeza y el guante salió. Comprendió entonces lo que pasaba. La palma de la mano de Erika estaba en carne viva. Siseó entre dientes al ver sus heridas. Erika lloraba. Aun así, le ofreció la otra mano.

Aquella mujer era puro coraje.

—Ti... ra... —murmuró.

Y él lo hizo. Erika aulló, pero al fin su mano izquierda quedó libre también.

No había tiempo que perder. La puso en pie, la sujetó por las axilas y, apoyándola contra su cuerpo para sostenerla y darle calor, la desnudó por completo, también las botas empapadas y los calcetines. La sentó sobre las mantas y frotó sus pies hasta hacer que corriera la sangre de nuevo por ellos. La metió dentro del saco y la envolvió con las mantas. Solo su rostro quedó a la vista. Se dormía, a punto de perder la consciencia.

—Erika, ¡Erika! —Mikel le dio unos cachetes—. ¿Por dónde? ¿Cómo salimos de aquí?

Erika entreabrió los ojos. Señaló con la cabeza hacia la grieta oculta tras la que estaba la puerta que llevaba al pasaje de vuelta a la base.

O a lo que quedara de ella.

Nils y Od rodearon los restos de la base con cautela. El fuego aún ardía, aunque había consumido el edificio con rapidez y ya se estaba extinguiendo. El viento mantenía vivas las llamas que quedaban. Nada se había salvado de la futurista estructura, salvo el armazón, un amasijo de hierros y restos calcinados que la nieve se encargaría de cubrir muy pronto. El temporal arreciaba otra vez y, dado que la explosión no había provocado el hundimiento que tanto había temido, Nils había decidido acercarse y buscar refugio en alguno de los edificios auxiliares que estaban intactos. O eso, o morirían. Utilizaría el satelital para pedir ayuda.

Detuvo el trineo en el extremo más alejado de la base y escogió un edificio para dejar a Od a salvo en su interior. Después se alejó con Molly. Linterna en mano, se dirigió al almacén nuevo. Había algo que tenía que hacer.

La perra avanzaba a grandes saltos, vigorosa pese a lo mucho que se había desgastado tratando de llegar a Nytt Håp. Nils la siguió sin permitirse pensar en nada. Actuaba guiado por su instinto, el corazón cerrado a toda expectativa, el alma apagada y triste. Creía que acercarse al lugar donde había muerto su amigo sería una buena manera de rendirle un último homenaje. Mikel y Erika solo podían estar allí, ¿dónde si no?

Necesitaba pedirle perdón.

Pasó junto al traje de inmersión con el cadáver de Gunnar y alcanzó el almacén. El portón estaba abierto. Cogió a Molly por el arnés y se asomó con cautela. La cabina estaba intacta. Tampoco allí se había abierto el suelo, y eso que aquel punto estaba directamente sobre la cueva. Aun así, dio unos pasos de tanteo. Todo podía venirse abajo en cualquier momento.

—Siéntate, Molly.

La perra obedeció.

Nils se detuvo, observó, el oído atento. Nada.

Dio dos pasos, pisando suavemente. Se detuvo. Escuchó. Nada.

Llegó a la cabina sin que hubiera detectado el menor signo de inestabilidad. Sacó su tarjeta de acceso y la colocó sobre el panel.

Tal y como era de esperar, no sucedió nada.

Las bombas habían inutilizado el ascensor y sus sistemas electrónicos habían quedado aniquilados. Con la linterna en la mano, se arrodilló y agachó la cabeza, sofocando a duras penas un sollozo. Cómo podrían convivir Od y él con la culpa. Allí abajo yacía un buen hombre, un amigo leal, entusiasta, amante de la vida, esa vida que ellos, con su silencio, le habían arrebatado antes de tiempo. Ninguno de los dos había participado activamente en lo que Thorensen había estado haciendo; Nils incluso se había enfrentado al comandante varias veces, había llegado a las manos con algunos compañeros, pero eso no lo eximía de responsabilidad. En consecuencia, había muerto gente a la que había apreciado mucho. Demasiadas pérdidas.

Dedicó unos momentos a implorar perdón. Su conciencia le dictó lo que debía hacer: saldar cuentas, denunciar a Thorensen. El comandante ya estaría muy lejos, pero con un clima tan adverso le llevaría al menos otros tres o cuatro días alcanzar la costa. Si usaba el satelital para contactar con McMurdo y denunciar lo sucedido, los americanos enviarían en cuanto fuera viable un helicóptero militar a rescatarlos, e iniciarían la búsqueda y captura de Thorensen y sus hombres. Suspiró. No serviría de nada. Para cuando pasara la borrasca que tanto los había estado castigando, y estaba claro que tardaría en hacerlo, Thorensen habría logrado embarcar y desaparecer. Aun así, lo denunciaría.

—Por ti, Mikel; por ti, Erika.

Se levantó y abandonó el almacén con Molly.

Una llamada no borraría lo sucedido, pero lo ayudaría a sobrellevar la carga.

Encontró a Od dormido. Su cuerpo se había rendido al sueño, necesitado de reparación. Nils lo sacó del trineo y lo acomodó en el suelo. Rebuscó en las bolsas sobre las que había estaba tumbado, procurando no despertarlo. Las fue depositando a un lado. Sacó el satelital, enseguida devolvió a Od al trineo y marcó el número de la base estadounidense rezando para que hubiera señal. Se dejó caer en el suelo mientras Molly merodeaba fuera por su cuenta. El animal se alejó. No se preocupó por ella, sabía cuidarse sola.

—Aquí, base... McMurdo, ¿con quién... hablo?

La señal era mala, y la voz de su interlocutor sonaba lejana y entrecortada. Sin embargo, oírla después de haber sufrido tantos días de aislamiento hizo que su espíritu vibrara emocionado. Fue como volver a la vida después de un difícil letargo.

—Aquí, Nils Høgli, de la base noruega Nytt Håp.

—¡Hey, ... Nils! ¡Aquí..., Mike! ¡Me ale... gro de oírte!

Mike Chalomet, a cargo de las comunicaciones en la base americana. Lo conocía personalmente. Era un joven teniente de buen carácter, cercano y optimista. Nils se alegró de oírlo y sonrió.

Molly ladró una vez.

Nils se distrajo.

—¿Nils? ¿Está... todo bien... allí? La borr... nos ha casti... do duro aquí también...

Pero Nils ya no lo escuchaba. Molly había empezado a ladrar con insistencia, frenética. Había encontrado algo. Cortó la llamada y dejó el satelital sobre el regazo de su compañero, que continuaba sumido en un profundo sueño reparador. Cuando la perra ladraba así era porque se sentía en peligro. No se explicaba qué podía ser en un lugar arrasado por las llamas. Allí ya no quedaba nadie.

Un escalofrío le subió por la columna vertebral. No había pensado ni por un momento en el asesino que los había estado diezmando. No sabían dónde se ocultaba. ¿Y si no estaba en la caverna en el momento de la explosión? ¿Se había salvado y rondaba por la base? Buscó con qué defenderse. Molly ladraba y gruñía feroz. Sin duda, se estaba enfrentando a algo.

Un enemigo.

El edificio donde habían buscado refugio almacenaba todo tipo de material de montaña: herramientas, piolets, cuerdas, esquís, todo perfectamente ordenado contra las paredes. Había una larga barra de hierro apoyada en un rincón, parte de un brazo hidráulico. La sopesó, era contundente, robusta. La cogió, decidido a utilizarla si era necesario. Vengaría a sus compañeros muertos si encontraba la menor oportunidad.

Salió y avanzó despacio hacia los ladridos. Hacia la base.

Molly estaba junto a la enorme estructura calcinada. Altas lenguas de fuego se elevaban aún hacia el cielo nocturno, pero ella ladraba desesperada hacia los pilares que la sostenían, profundamente anclados en el hielo. Escarbaba en la nieve al tiempo que saltaba atrás y adelante con los grandes colmillos asomando feroces bajo sus belfos retraídos. Extrañado, Nils corrió junto a ella y la agarró por el arnés.

—¿Qué pasa, chica?

Molly pugnó por zafarse de su mano y gruñó y ladró con furia salvaje. Nunca la había visto así. Tuvo que imponerse con firmeza para captar su atención y hacer que retrocediera, pero no consiguió que cejara en su actitud. Mientras sus ladridos castigaban sus oídos, Nils se agachó y alumbró con la linterna el montón de hierros retorcidos que asomaban humeantes de la nieve. No veía qué podía estar alterando tanto al animal. Se encogió más y trató de pasar la cabeza bajo el armazón hundido. Metió el brazo con la linterna también, y entonces percibió un ruido.

Sonó bajo el hielo. Luego se repitió, una vez, y otra.

Tumb, tumb, tumb.

Ante su asombro, unos dedos asomaron a través de una rejilla disimulada en el suelo, aplastada bajo lo que quedaba de la estructura interna de la base, que se había desplomado sobre ella.

Había alguien ahí abajo.

—¡Molly! —gritó una voz. Una voz conocida—. ¡Molly! ¿Nils?

Y Nils reaccionó como un rayo.

Porque Mikel estaba ahí.

¡Vivo!

Su corazón se ensanchó de esperanza y felicidad. Algunas lágrimas se le escaparon mientras se esforzaba por abrirse camino y liberar a su amigo. Ignoró el dolor de sus costillas rotas, metió el trozo de hierro que había cogido para defenderse entre los restos retorcidos que obstaculizaban el acceso a la rejilla e hizo palanca con él, tiró con todas sus fuerzas, al tiempo que Mikel empujaba desde el otro lado con los hombros. Al fin, la pesada rejilla saltó y pudieron apartarla lo suficiente como para que Mikel se asomara. En cuanto sacó medio cuerpo, Nils lo abrazó con fuerza, llorando de alegría.

—¡Necesito que me ayudes con Erika! —le gritó Mikel al oído—. ¡Está muy mal!

—¿Está herida?

—¡A punto de hipotermia! ¡Ayúdame a sacarla! ¡Coge esto!

Le dio la mochila que se había llevado de la gruta, y Nils la depositó a su lado. Mikel desapareció por el agujero por el que se había asomado, y al poco la cabeza de Erika emergió de la oscuridad. Estaba envuelta en mantas, metida en un saco. Se había desmayado. Nils la agarró y tiró de ella, al tiempo que Mikel empujaba sus piernas, izándola a pulso desde la escalera. Entre los dos lograron sacarla. Tenía muy mala cara. Nils ayudó a Mikel. Al darle la mano para que pudiera subir, se dio cuenta de que una camiseta térmica y un pantalón de goretex empapados eran todo su atuendo. Sin embargo, tenía la mano caliente. Sorprendido, lo miró buscando los síntomas de hipotermia que indubitablemente sufriría, pero su amigo no mostraba el menor signo de congelación y no le dio espacio para preguntar. Toda su voluntad se centraba en ayudar a Erika. Así que Nils aparcó las preguntas y se limitó a cogerla por las axilas. Se le escapó un gemido cuando un pinchazo atravesó sus costillas rotas. Apretó los dientes y afianzó los pies. Mikel la levantó por los tobillos y juntos la trasladaron al edificio donde descansaba Od. Molly los siguió sin dejar de ladrar. Seguía desconfiando de Mikel. Al parecer, para ella se había vuelto una amenaza. ¿Por qué? Por fortuna, no se atrevía a atacarlo, sino que procuraba mantenerse a una prudencial distancia.

—Queda un trineo donde estaban las motos —dijo Nils en cuanto estuvieron a salvo en el interior—. Erika estará mejor tumbada encima que en el suelo. Voy por él, vuelvo enseguida.

Por precaución, se llevó a Molly consigo. Entretanto, Mikel empezó a buscar algo de ropa para Erika y para él. Encontró algunas prendas de las que tenían para prestar a las visitas. Primero se vistió él, puesto que Erika estaba bien protegida dentro del saco. Escogió entre varias camisetas térmicas las que más se aproximaban a su talla, unas buenas mallas, calcetines gruesos de lana y dos forros polares. Se quitó la ropa mojada y se puso la seca. Buscó un abrigo y se lo enfundó. También encontró unas botas secas de su número. Luego le quitó las mantas a Erika y la depositó fuera del saco con toda la delicadeza que pudo. Su piel presentaba un preocupante tono grisáceo. Tenía fiebre. Frotó sus pies con vigor. Al tener las manos calientes, consiguió que su sangre circulara mejor. Continuó con las friegas un buen rato. Luego la vistió y se afanó de nuevo en transmitirle calor mediante vigorosos masajes en piernas y brazos. Por último, la metió de nuevo en el saco.

Sus manos. Las tomó con cuidado y observó sus palmas en carne viva. ¿Cómo se había hecho eso?

—Hay un botiquín en el trineo —anunció Nils.

Entró arrastrando un trineo consigo. El viento y la nieve entraron por la puerta abierta. Molly apareció detrás de él. En cuanto vislumbró a Mikel, le mostró sus colmillos amenazantes. Nils la mandó callar con severidad. Mikel lo ayudó a meter el pesado trineo. Cuanto antes cerraran la puerta, mejor para todos. Lo colocaron junto al de Od y tendieron a Erika en él. La cubrieron con las mantas. Nils se afanó en rescatar el botiquín de entre las bolsas que había amontonado junto a su compañero, aún inconsciente.

—¿Cómo está Od? —se interesó Mikel.

—Estará bien, aunque se ha roto una pierna y un brazo.

—¿Y tú?

—Algunas costillas rotas, el brazo dolorido... He tenido más suerte que él.

Abrió el botiquín y empezaron a curar las heridas de las manos de Erika.

—¿Qué ha pasado aquí? —preguntó Mikel. Se había perdido muchas cosas estando en el lago.

—Un incendio —musitó Nils.

—¿Dónde están los demás?

Nils lo puso al corriente de lo que había hecho Thorensen, de sus planes para llegar a la costa, y de cómo Od y él habían logrado escapar y regresar a Nytt Håp gracias a Molly. A medida que hablaba, se daba cuenta de la inmensa suerte que los había acompañado a todos. Ninguno de los cuatro debería seguir con vida.

—Thorensen tiene que pagar por lo que ha hecho —rugió Mikel.

—¿Qué ha pasado? Os daba por muertos —musitó Nils.

—Ha faltado poco.

Le contó lo ocurrido, lo que él sabía, desde que bajara con Erika en el ascensor, y descubrieran la caverna y el lago, hasta el momento en que una explosión había hecho que la cueva se desplomara sobre ellos. Nils lo escuchó con aire grave, sorprendido. No hubiera imaginado nunca que hubiesen llegado tan lejos en sus averiguaciones, mucho menos que se hubieran hecho con una tarjeta de acceso y hubiesen entrado a la caverna. Cuando abordó la parte del relato en que lograban salir del agua, Mikel no supo cómo explicarle lo sucedido. Hablar de esas extrañas luces le resultaba ridículo. No tenía modo de hacerlo sin que sonara absurdo, un delirio provocado por una situación tan extrema como la que habían soportado, por más que tuviese el convencimiento de que había sido algo muy real. ¿De qué otro modo podía justificar que estuvieran vivos habiendo permanecido sumergidos sin protección alguna a una profundidad abisal? Por eso prefirió hablarle primero de la gruta donde yacían Einar y el asesino. Erika había pronunciado su nombre: Mjolnir Hove. Había llegado a decir «asesino».

Al oír aquello, Nils dejó lo que estaba haciendo, contraído el rostro en un gesto de estupor. El nombre de Hove atravesó su conciencia, luego la confusión se adueñó de su ánimo y balbuceó aquel nombre como si se tratara de un tabú. Parecía incapaz de asimilar lo que implicaba que ese hombre fuera el responsable de tantas muertes. Terminó de vendar las heridas de Erika y protegió sus manos dentro del saco, lo cerró y la cubrió con las mantas. Mikel lo observaba, consciente de la conmoción que le había provocado su relato. Era el nombre de Hove lo que lo había alterado así, luego lo conocía. Decidió darle algo de margen para que se recompusiera antes de presionarlo.

Sin embargo, a Nils le costó un buen rato reunir el valor para hablar. Cuando al fin lo hizo, reconoció que sabía quién era ese hombre. No se atrevió a mirar a Mikel a los ojos, esquivaba su mirada, avergonzado de sí mismo.

—Nunca imaginé que pudiera ser él quien... —musitó—. Me cuesta creerlo. Oye, hay..., hay muchas cosas que tengo que contarte. —El tono de Nils era el de un reo que se sabe culpable en el momento de confesar. Se echó atrás la capucha y se quitó el pasamontañas, dejando al descubierto su largo pelo rubio. Lo llevaba, como siempre, sujeto con una coleta—. No va a gustarte, pero tengo que hacerlo. Aunque primero deberíamos hacer fuego, ocuparnos de Od y llamar a McMurdo para que vengan a buscarnos cuanto antes, antes de que la tormenta nos lo impida.

Le explicó que tenía un satelital y cómo lo había conseguido.

Era una muy buena noticia y Mikel la recibió con visible alivio. Decidió darle el margen que pedía. Le parecía bien, primero ocuparse de su supervivencia, de Od, de Erika. Después las confesiones. Aunque se moría por saber qué historia se ocultaba tras el cadáver de la gruta. Nils aún tenía una pregunta:

—¿Cómo conseguisteis bajar? Para usar la cabina hace falta una tarjeta de acceso.

—Frida —dijo Mikel como única explicación.

Nils no preguntó más. La buena de Frida había sido más valiente que él.

Reunieron un montón de revistas viejas que alguien había apilado en una estantería y rasgaron sus páginas. Luego seleccionaron entre la ropa que quedaba colgada de los ganchos de la pared la más vieja, la rasgaron en tiras y buscaron algunos tablones apilados, de los que se usaban para hacer reparaciones. Con todo ello prendieron una fogata. Habían encontrado un mechero en el bolsillo de uno de los pantalones que rompieron. Abrieron un poco la única ventana del edificio, lo justo para dejar salir el humo, y la atrancaron para que el viento no pudiera cerrarla. Muy pronto la hoguera cogió fuerza. Agradecieron su calor. Se aproximaron para sentirlo en sus cuerpos.

Nils cogió el satelital y volvió a llamar a McMurdo. Habló por segunda vez con Mike Chalomet. El teniente no se había separado del teléfono, seguro de que volvería a contactar. Nils le explicó rápidamente cuál era la situación y le pidió ayuda. Logró ponerle sobre aviso acerca de Thorensen poco antes de que la comunicación se cortara. A partir de entonces ya no hubo manera de volver a conectar con la base estadounidense.

Mikel se recostó contra el trineo, con el brazo apoyado en las piernas de Erika, como para asegurarse de que seguía allí. Poco a poco iba recuperando el color. Alargó la mano y acarició su frente con el pulgar, apenas rozándola, pensando en todo lo que habían pasado juntos. Luego se miró las manos, consciente del calor que despedía su piel. No sentía el frío, y no era por el fuego.

A su lado, con el satelital en el regazo, Nils guardaba silencio, absorto en el crepitar del fuego. No sabía cómo abordar la cuestión. Reconocer su parte de culpa era lo más duro que iba a tener que hacer jamás. Miró a su amigo, a Erika. Dos auténticos supervivientes.

Se lo debía.

Sacó unas barritas energéticas de una bolsa y las compartió con Mikel. Estaban hambrientos y una ración tan exigua resultaba muy poca cosa para apaciguar el estómago, pero se conformaron, sabedores de que deberían racionar la comida. No sabían cuándo llegaría el socorro, podían pasar días antes de que el temporal permitiera a los americanos enviarles un helicóptero.

Al fin Nils reunió el valor que necesitaba y empezó a hablar. Así fue como Mikel conoció la historia de Mjolnir Hove y su compañero Erling Becken. El guía le reveló que eran ingenieros militares y que llegaron a la base durante el invierno, dos años atrás, para unirse a ellos a las órdenes de Thorensen. Sabían de la existencia de la caverna bajo la base, e iban a excavar un pozo a través del cual bajarían la maquinaria y los vehículos que habían traído por vía marítima, tal y como Mikel había sospechado. Junto con las máquinas, descargaron del barco el almacén nuevo, prefabricado en una sola pieza, lo trasladaron a Nytt Håp y lo instalaron en el punto donde Thorensen quería que empezaran a excavar. Su función era ocultar la excavación. Durante la campaña de verano cerraban el edificio, prohibiendo el acceso al personal temporal. En cuanto los eventuales se marchaban a casa hasta la siguiente campaña, volvían a abrirlo y reanudaban los trabajos de perforación.

—No habíais empezado a trabajar la última vez que estuve aquí. Nunca vi ese edificio —aseguró Mikel.

—No, tienes razón, fue al poco de marcharte.

Cuando terminaron el túnel, construyeron una plataforma por medio de la cual bajaron la perforadora, la excavadora, todo lo necesario para la extracción del material recogido del lecho del lago, un sumergible, trajes de inmersión y el resto del equipo y herramientas que necesitaban. Luego construyeron el ascensor para subir y bajar a la caverna. Todos en la base se opusieron a semejante agresión, pero Thorensen se impuso. Les aseguró que solo iban a hacer labores de prospección, que trabajarían con el menor impacto posible para la vida del lago y que tomarían todas las medidas para protegerlo y no contaminarlo. Luego, cuando vieron cómo se vertían los restos de triturar la roca en el agua y el efecto que esto causaba en el entorno, comprendieron hasta qué punto les había mentido.

—No quiso darnos explicaciones sobre el modo en que había logrado traer maquinaria pesada saltándose todos los controles. Para nosotros fue una sorpresa ver llegar a Hove y a Erling con todo aquello. No nos habían informado. Fue entonces cuando tuve mi primer enfrentamiento con él. —Negó con la cabeza recordando—. Se excusó asegurándome que actuaba con el respaldo del Gobierno noruego y que contaba con las debidas autorizaciones del comité polar internacional. No lo creí. Pero convenció a Frida y a Björg, quienes se encargarían de analizar lo que se extraía del lago y determinar su composición. En cuanto a Einar y Gunnar, su conciencia como biólogos los hacía rechazar de plano semejante proyecto. Thorensen hablaba y hablaba de la importancia que acceder a un lago como el que teníamos bajo nuestros pies tendría para la ciencia una vez hubieran terminado las prospecciones. No logró convencerlos, así que pasó a las amenazas. Fue entonces cuando descubrimos que Mjolnir y Erling no solamente habían traído maquinaria a Nytt Håp, sino armas. —Nils enrojeció lleno de rabia e impotencia—. Pretendía someternos y aun así nos rebelamos. Trazamos un plan: yo escaparía, trataría de llegar a McMurdo y denunciarlo. Pero me cogieron. Al poco, la pequeña de Gunnar murió y ahí acabo toda oposición.

Mikel se sobresaltó.

—¡La niña de Gunnar! ¿Estás diciendo que Thorensen mató a su hija?

—No puedo demostrarlo, pero estoy convencido de que no fue una enfermedad.

—¿Qué buscaba?

—Neodimio, tierras raras y otros recursos minerales. Las rocas que hay ahí abajo son nódulos polimetálicos, y las hay en grandes cantidades. Ha destruido el increíble entorno de ese lago por puro interés comercial —suspiró—, y habría seguido haciéndolo de no ser por el incidente. Ocurrió mientras Mjolnir y Erling trabajaban. Mjolnir estaba en el sumergible y Erling en la excavadora. Se toparon con algo que vivía adherido a las rocas que estábamos extrayendo, algo que los atacó. Inutilizó la máquina de Erling y lo mató. —Mikel recordó el cadáver que había alcanzado a ver en el lago—. Thorensen nos impidió rescatar su cuerpo. Dijo que no sabíamos a qué nos enfrentábamos y decidió abortar las prospecciones. A su juicio, no valía la pena el riesgo, no cuando ya tenía lo que buscaba, la evidencia de que bajo nuestros pies hay un enorme yacimiento.

Nils carraspeó, se pasó la mano por el pelo, muy incómodo por tener que revelar todo aquello. Lanzó una mirada furtiva a Mikel antes de seguir hablando:

—Dejó a Mjolnir ahí abajo. Aún no había salido del lago, seguía en el sumergible, y Thorensen desconectó deliberadamente el umbilical del Titan y nos prohibió ayudarlo. Halvard nos sacó de esa caverna a la fuerza. Ragnar, Johan y Brede lo secundaron, ya sabes que siempre han sido muy leales a Thorensen. Iban armados y tuvimos que ceder. Lo dejamos allí abajo, para que muriera en la oscuridad.

Mikel palideció. A él le habían hecho lo mismo. Había visto caer el cable que unía el Titan a la consola sobre el lecho del lago y había sospechado de Erika, de Hove..., pero no de Thorensen.

—Lo abandonamos —puntualizó Nils—, fuimos todos, porque Thorensen soltó el cable, pero ninguno de nosotros hicimos nada por impedirlo. Sí, discutimos con él, Od, incluso Gunnar, después de lo ocurrido a su hija, y yo mismo; tuvimos más que palabras, pero nos amenazó de nuevo, nos aseguró que si nos interponíamos en su camino las consecuencias serían nefastas y no tuvimos el valor de denunciarlo. Estaba fuera de sí, como loco. Lo creímos capaz de cualquier cosa. Así que llevamos todo este tiempo atrapados aquí, sin poder volver a casa, mintiendo a nuestras familias. —Se le rompió la voz.

—Pero Mjolnir no murió.

—No logro entenderlo. ¿Cómo pudo salir del lago?, ¿cómo ha podido sobrevivir tantos meses ahí abajo?

—No lo sé.

Mikel miró de soslayo a Erika. Sin duda, ella sabía más.

34

—

Brede tardó en darse cuenta de que había perdido su trineo. Y a Nils y Od con él. No se percató hasta que alcanzaron el primer refugio —el mismo que había usado Halvard en su trayecto hasta el rompehielos—, donde planeaban detenerse a pasar la noche. Detuvo su moto de nieve y, al apagar el motor y abandonar el sillín, observó los extremos rotos de las cuerdas que habían sujetado el trineo en el que habían atado a sus compañeros. Se agachó a examinarlos y comprobó que habían sido cortados. Comprendió que habían escapado. De inmediato informó a Thorensen y a los demás, apurado por no haberse dado cuenta de algo tan grave. Significaba que uno de los prisioneros había llevado algún objeto cortante encima. Era su responsabilidad haberlos registrado antes de partir.

Thorensen, Halvard y Johan rodearon la moto de nieve. Brede temía la reacción del comandante. Insinuó, en un esfuerzo por redimirse por su imperdonable error, que con aquella borrasca los fugitivos no sobrevivirían. Pero Halvard, con voz cortante, le recordó que el satelital de Erika estaba en el trineo al que habían atado al guía y a su compañero, luego debían considerar la posibilidad de que lo hubieran encontrado. Conociendo a Nils, con su experiencia y su pericia, debían ponerse en el peor escenario:

que al soltarse no hubiera perdido de vista el trineo y que hubiera sido capaz de localizarlo. Sin duda, revisaría el contenido de las bolsas que iban en él para saber con qué contaban para sobrevivir.

—Es lo que yo haría —aseguró.

—Pero, aunque tuviera tanta suerte —argumentó Brede desesperado—, ¡ningún helicóptero de salvamento saldrá a rescatarlos con semejante temporal! ¡Y no han llegado a saber a qué punto de la costa nos dirigimos!

Thorensen, con una sorda rabia bullendo en su interior, se adelantó y le propinó un violento puñetazo que lo tiró en la nieve. No conforme con eso, lo agarró del cuello apretándole la garganta con dedos crueles y duros. Si lograban sobrevivir, le gritó rechinando los dientes, y los denunciaban, rebelando todo lo que sabían, ¡iban a tener serios problemas! Lo insultó de todas las formas que fue capaz, recriminándolo por su incompetencia. Brede empezó a ponerse morado, le faltaba el aire. Al ver que iba a asfixiarlo, Halvard agarró a Thorensen por los hombros y forcejeó con él hasta que soltó su presa. Luego ayudó a Brede a levantarse. Ya no había nada que hacer, aseguró, salvo ganar la costa a tiempo y esperar que la Antártida acabara con Nils y Od antes de que pudieran pedir ayuda. Brede se llevó la mano a la garganta dolorida, allí donde los dedos del comandante se habían hundido. Había temor en sus ojos.

Tras una larga noche en el refugio, emplearon otras dos difíciles jornadas de travesía en alcanzar la costa. Perdieron otro trineo, pero Halvard los guio hasta allí con la seguridad que le daba haber hecho esa ruta con anterioridad.

Se hallaban en lo alto de un glaciar, a punto de cubrir el último tramo. No había demasiado oleaje y desde el rompehielos podrían enviar una o dos lanchas a buscarlos a través de la banquisa, que aún no se había cerrado del todo.

Halvard los condujo a través del glaciar hacia la playa helada. El hielo que pisaban tenía ya al menos medio metro de espesor y parecía sólido. Escogieron un lugar resguardado del viento y se agruparon junto a los vehículos. Halvard volvió a usar las luces de su moto para contactar con el rompehielos. Aguardaron expectantes, rezando para que el enorme buque japonés aún estuviera fondeado ahí, en alguna parte en la oscuridad. Tuvieron que esperar unos minutos angustiosos antes de que al fin respondiera con la secuencia acordada. De inmediato Thorensen, Halvard, y los dos ingenieros descargaron las bolsas de los trineos, las apilaron lo más cerca posible de la orilla y se reunieron en torno a ellas.

Cuando vieron las luces de las motoras que acudían a buscarlos, supieron que habían logrado su objetivo. Thorensen levantó la vista hacia ese cielo negro y castigador, rezando para que Nils y su compañero hubieran muerto en el infierno helado. El comandante estaba deseando abandonar la Antártida. Para no volver.

Llevaban cuatro días refugiados en el edificio auxiliar racionando la comida y quemando en el fuego cuanto tenían a mano para calentarse. Mikel y Nils se turnaban para salir a buscar más combustible en el resto de instalaciones exteriores. Al tercer día el incendio que había devorado la base se había extinguido por completo. Daba lástima ver el enorme montón de escombros calcinados en que se había convertido Nytt Håp. Una amarga tristeza comprimía sus corazones.

Fueron horas muy largas. Acusaron el hambre y la sed cada vez con mayor intensidad, pero se mantuvieron serenos y firmes. Sobrevivirían. Mikel y Nils cuidaron de Od y de Erika lo mejor que supieron, protegiéndolos de la congelación, alimentándolos con las mejores raciones, hirviendo el agua para mantenerlos hidratados. El cocinero había despertado y estaba consciente. En cambio, Erika permanecía sumida en un letargo preocupante del que no conseguían arrancarla.

Al amanecer del quinto día de supervivencia, cuando ya no les quedaba comida, Mikel oyó las hélices de un helicóptero.

Era el único que permanecía despierto tras una larga noche de insomnio. Sentado en el trineo donde descansaba su compañera, la sostenía en su regazo, entre los brazos, dándole calor corporal. Temía por su vida y la apretaba contra su pecho con desesperación. Había llegado a rezar por ella. Al oír el inconfundible rotor del helicóptero, la esperanza se abrió paso en su corazón.

Dejó a Erika recostada en el trineo y despertó a Nils. Enseguida se dispusieron a salir, pero, al abrir el portón, se toparon con un muro de nieve. Se había acumulado durante la noche y les impedía el paso. Tuvieron que cavar y abrirse camino gateando.

Un cielo despejado los sorprendió en cuanto asomaron al exterior. El viento había amainado y ya no nevaba. Levantaron la cabeza. El helicóptero, cuyo fuselaje naranja destacaba contra el cielo crepuscular teñido de malva, maniobraba para aterrizar. Escrito con grandes letras blancas llevaba el nombre de la base estadounidense: McMurdo. Sus enormes aspas levantaron un torbellino de nieve en polvo. Mikel y Nils corrieron levantando los brazos para protegerse, gritando, las lágrimas barriendo sus rostros demacrados, los corazones henchidos de alivio.

El enorme aparato se posó con suavidad en la nieve compacta, el portón lateral se deslizó y asomaron cuatro soldados. Nils reconoció a Mike Chalomet, con quien había hablado por teléfono días atrás.

EPÍLOGO

Hospital Clínico Magallanes, Punta Arenas (Chile), seis días después

Siempre era igual. Un muro de hielo se alzaba ante él, un muro impenetrable. No había nada más, únicamente el muro y él. Mikel siempre estaba desnudo. No sentía el frío. No comprendía qué hacía allí, ni dónde estaba, qué lugar era aquel. Pero sabía que estaba bajo el agua, a una gran profundidad. Al tocar la inmensa pared, cuya extensión no lograba medir, pues se prolongaba a derecha e izquierda sin fin, percibía una poderosa fuerza telúrica.

Intuía que al otro lado había algo observándolo.

Trataba de ver a través del hielo.

Una tenue luz lo traspasaba entonces y se expandía en un amplio círculo. En aquel resplandor parpadeaban esos destellos que él tan bien conocía ahora.

Solía asustarse, pero nunca apartaba la mano. Quería ver.

Y entonces distinguía algo más. Se iba materializando al otro lado, una forma, una figura. Algo que se acercaba.

Era consciente dentro del sueño de que estaba dormido. El mismo sueño cada noche desde que salieron de Nytt Håp. Se esforzaba por mantenerse en él. Había algo importante, algo que debía comprender. Sin embargo, siempre despertaba antes de encontrar respuestas.

Había tenido mucho tiempo para pensar en su significado. Intuía que tenía que ver con la vida y la muerte, con el hecho de que había superado pruebas muy duras y había luchado por salvarse, aun sabiendo que estaba condenado.

Claro que no lo había hecho por ayudarse a sí mismo.

Todo había sido por Erika.

La palabra «cáncer» había vuelto a adquirir protagonismo ahora que todo había pasado. Asomaba en su mente inquieta llamando a su puerta, toc toc. El tumor, fiero e implacable, crecía en su cerebro, aunque no hubiera sufrido nuevos ataques, dispuesto a sorprenderlo en cuanto se descuidara. Rebuscó en su interior. No halló rastro del miedo que lo había acompañado los últimos dos años. En su espíritu había paz. ¿Acaso había aceptado su destino?

Le costaba creerlo, pero así era.

Estaba en paz.

En ese sueño recurrente, apartaba la mano del muro y daba un paso hacia él.

Al otro lado, una forma se iba haciendo visible, como si se ocultara tras una ventana helada. O como si lo que tuviera delante fuera un espejo de hielo.

Entonces descubría que lo que había al otro lado era él mismo.

Era él y no lo era.

Ese otro Mikel, también desnudo, le decía algo. De su piel brotaban diminutas luciérnagas, chispas de luz, envolviéndolo en un halo místico, fantasmal. Ese otro Mikel parecía flotar como él, sumergido en el mar. Intuía que también había un océano al otro lado del muro. Su *alter ego* movía los labios, pero no podía oír lo que decía; tal vez el muro impedía que sus palabras llegaran a él. En su cabeza únicamente escuchaba aquel grave lamento, el canto..., el canto de las ballenas. Aquella otra versión de sí mismo trataba de transmitirle un mensaje importante. ¿Cuál?

Despertaba invariablemente cuando no quería hacerlo, sabiendo que había perdido el contacto con algo crucial para él. Su subconsciente tal vez intentaba hacerlo aflorar a la superficie, hacérselo llegar a su mente consciente.

Parpadeó. La luz del sol de la mañana le daba en el rostro. Se enderezó en la silla de la habitación. Se encontraba en el hospital Magallanes, en Punta Arenas. Llevaba en Chile seis días.

Apartó con un suspiro esos pensamientos de su cabeza y miró a Erika. Llevaba todo aquel tiempo inconsciente. La habían trasladado al hospital en un avión desde McMurdo, donde los sanitarios de la base ya habían hecho lo imposible por despertarla. No lo habían conseguido, y los médicos del Magallanes no sabían decir cuándo lo haría. Erika se había recuperado de la hipotermia sin lesiones, no había sufrido la peligrosa gangrena en ninguna parte de su cuerpo y sus constantes vitales eran normales. Mientras descansaba sumida en la inconsciencia, su organismo trabajaba reparándose a sí mismo. Cuando estuviera preparada, le habían asegurado los médicos, saldría del coma.

Mikel se inclinó hacia ella buscando algún cambio.

Su pelo corto y oscuro destacaba sobre la almohada blanca, y sus rasgos angulosos mostraban serenidad. Le gustaban esos rasgos, estaba deseando que volviera en sí para nadar en ese mar que eran sus ojos, el más hermoso océano en el que se había sumergido jamás. ¿Desde cuándo le gustaba tanto esa mujer? No sabía decirlo. No dejaba de pensar en lo valiente que había sido, en lo que habría tenido que pasar para llegar hasta él cuando quedó atrapado en el Titan. Sentía un profundo respeto hacia ella, y admiración, y otras cosas que no se veía capaz de describir. Sus manos cubiertas de vendas daban fe de su capacidad de sufrimiento. Se moría de ganas por que le contara cómo había descubierto la gruta donde se había ocultado Mjolnir Hove, cómo había descubierto que era el asesino.

Durante los días de espera encerrados en el almacén entre los restos de Nytt Håp, mientras Nils y él rezaban por oír la llegada del helicóptero de rescate de McMurdo, había husmeado en la mochila que se llevó de la gruta en la que se hallaba el cadáver de Hove. Había encontrado en su interior una guía de la Antártida y una serie de fotografías entre sus páginas. Se las había enseñado a Nils, y este le había señalado quiénes eran Mjolnir Hove y Erling Becken. Le confirmó que el cachorro que aparecía junto a ellos era Molly, y que había sido de Hove en un principio. Fue él quien la llevó a Nytt Håp cuando tenía cuatro meses, y después, cuando ocurrió el accidente en la caverna y Thorensen lo abandonó para que muriera, Nils la adoptó. Mikel chascó la lengua al pensar en Molly, cuyo comportamiento hacia él había cambiado tanto sin que pudiera explicarlo, y que en cambio seguía siendo leal a su verdadero dueño: un asesino. También le confirmó que Synne y Mjolnir habían mantenido una relación muy intensa. Mikel no imaginaba lo que debía de haber supuesto para ella dejar a Hove atrapado en el hielo.

Nils le descubrió algo más, información crucial y muy reveladora que despejaba uno de los interrogantes que más quebraderos de cabeza les había provocado a Erika y a él: lo que Hove había puesto en el vientre de Björg, eso que Frida había querido entregarles y por lo que había muerto a manos de Synne, no eran sino rocas del fondo del lago. Eso lo explicaba todo. Hove las había puesto en el cadáver aludiendo a las excavaciones. Así que esa había sido su intención cuando creaba el escenario en que dejaba a cada víctima, desde las rocas en el vientre de Björg, hasta el cuerpo de Ragnar seccionado en dos mirándose a sí mismo o el haber ahogado a Gunnar dentro de un traje de buceo. Todo hacía alusión a las actividades que habían estado llevando a cabo en la base, y a lo que habían hecho con él. Supo por Nils que Hove había matado a Synne inyectándole petróleo en las venas. Sin duda, era la que más había sufrido al morir. Hove le guardaba especial rencor, no en vano había sido traicionado también por la persona a la que había amado. ¿Thorensen había obligado a Synne a ocultar esas rocas o había sido cosa de ella? ¿Había manipulado por su cuenta el informe de la autopsia de Björg? ¿Por qué no se había deshecho de las muestras de roca? En vez de eso, las había escondido, y Frida había sabido dónde. Pobre Frida, Mikel pensaba mucho en ella.

Según Nils, Thorensen creyó que el asesino se ocultaba en alguna parte de la caverna y por eso había estado buscándolo allí, aunque infructuosamente. No obstante, dudaba que sospechara siquiera que era Mjolnir Hove. ¿Cómo iba a imaginar que había sobrevivido? Aún quedaba por saber cómo lo había logrado.

—Ha sido muy duro ocultarte la existencia de esa caverna y lo que habíamos estado haciendo en ella. Lo siento, Mikel.

Él también lo sentía.

Nils le aseguró entonces que estaba dispuesto a declarar y a afrontar las consecuencias de sus actos. Od lo secundó, él también confesaría.

De hecho, en aquellos momentos ya estarían rindiendo cuentas ante las autoridades.

El paisaje urbano que mostraba el ventanal de la habitación le transmitía una paz serena. Sentado en el cálido interior, lejos del implacable invierno polar, Mikel se sentía extraño. Le resultaba paradójico darse cuenta de que, a pesar de lo mucho que había deseado sentir el calor del sol en la piel, echaba de menos las grandes extensiones heladas. Dudaba que volviera a pisar la Antártida. No le quedaba tiempo para eso.

No le quedaba tiempo para mucho más.

Cuando de nuevo se volvió hacia Erika, la encontró despierta.

¡Despierta! ¡Al fin!

Se acercó y la abrazó emocionado, envolviendo su frágil cuerpo con los brazos. Erika suspiró, rodeó su cintura y se apretó contra su pecho. Mikel la sostuvo largo rato, meciéndola con suavidad. No tenía prisa por apartarse de ella, habían pasado por mucho juntos, le gustaba esa complicidad que se había establecido entre los dos casi sin proponérselo.

—Bienvenida —le dijo al oído.

—Hola, compañero.

Su voz sonó ronca. Su aliento cálido cosquilleó su oreja. Mikel la mantuvo un poco más entre sus brazos y luego se apartó y la ayudó a recostarse sobre la almohada. Erika paseó la vista por la habitación, una estancia agradable, con las paredes pintadas de azul lavanda y un gran ventanal por el que entraba un sol tímido. Las cortinas blancas estaban abiertas para permitir el paso de la luz del día. La luz... ¡Cuánto la había echado de menos! Un televisor colgaba de un rincón con la pantalla apagada. Erika ladeó la cabeza y Mikel adivinó lo que pensaba.

—Estás en un hospital, el Magallanes. Estamos en Chile.

Erika trató de sonreír, pero sus labios, aún muy sensibles, se tensaron lanzándole una dolorosa advertencia, así que aflojó el gesto. Parpadeó sorprendida, se sentía tan feliz de estar viva, de volver a ver a Mikel. Significaba que los dos habían sobrevivido. Pero ¿cómo? Se miró las manos, las vendas que las protegían, hurgando en su memoria. Era como si llevara manoplas, ni siquiera podía doblar los dedos. Estaba confusa, había perdido grandes retazos de lo ocurrido, aunque recordaba algunas cosas. Por ejemplo, sabía bien cómo se había desollado las palmas de las manos. Todo eso le parecía tan lejano e irreal... Sin embargo, había ocurrido. ¿Qué más? No lo sabía bien, necesitaba poner orden en su cabeza, que la ayudaran rellenando las lagunas.

—Cuéntamelo todo —le pidió a Mikel.

No se refería a Thorensen. Hablaba de lo que habían vivido en el lago. Mikel se revolvió incómodo. No tenía mucho que decir, en realidad no comprendía qué había pasado. Pensó en ese sueño recurrente que estaba teniendo. Tal vez si lograra entender lo que significaba...

—Lo logramos. Salimos del lago. ¿No basta con saber eso?

—No. A mí no. Y creo que a ti tampoco.

—No tengo respuestas, Erika. No para eso.

—Pero no fue una visión provocada por la presión, ¿verdad? Fue real, o no estaríamos aquí. Es imposible que pudieras salir del Titan sin que tus pulmones se aplastaran, ¿no es cierto? Que me sacaras a mí, y que la temperatura de esas aguas tampoco nos matara.

—Cierto.

Y las luces, esa nube de luces.

Había muchas otras cosas que compartir, mucho que contar. Necesitaban contrastar lo que habían descubierto. Algunas imágenes afloraron a su mente, escenas vagas, desdibujadas, sensaciones... Guardaba retazos de la odisea por la que habían tenido que pasar para salir de la caverna a través de los escombros, de lo que vino después. Mikel la había sacado del lago y la había llevado a cuestas todo el tiempo, y ella se había aferrado a él absorbiendo su calor. Conservaba una sensación muy vívida de su piel, extremadamente cálida atravesando su cuerpo aterido de frío. Él estaba tan caliente, mientras que ella tiritaba. De nuevo pensó en esas luces emergiendo de él, de su piel.

Mikel escudriñaba su expresión con cierta ansiedad. La sondeaba con cautela, adivinando lo que rondaba por su mente.

—Lo siento, pero es que no puedo dejar de pensar en ello. ¿Tú sí? —dijo Erika.

—No, yo tampoco puedo.

—Pero ¿estás bien?

Mikel sonrió un poco. Sí, se encontraba bien. Por el momento. Sin embargo, era consciente de que esa sensación era irreal. Su tumor seguía allí, en su cerebro. No podía saber cuándo volvería a sorprenderlo con otro ataque, ese fulgor llenando su mente, arrebatándole el control. Pasaría, y cada vez más a menudo. Era cuestión de tiempo, de muy poco tiempo, que su enfermedad se manifestara de nuevo. Erika no sabía nada de eso.

—Sí, estoy bien —mintió. Alargó una mano y la posó en su mejilla.

Erika apretó la cara contra ella y sonrió.

—Sin ti, no estaría aquí.

—Tú viniste a buscarme primero, Erika; soy yo el que te debe la vida.

Permanecieron un rato en silencio, compartiendo ese secreto sobre lo incognoscible, algo que no podían resolver. Ese misterio había quedado en la Antártida, sepultado bajo toneladas de hielo. Tal vez fuese mejor así. Tal vez haya secretos en el mundo en los que es mejor no hurgar. La humanidad no está preparada. No para algo así.

Erika cayó entonces en la cuenta de algo.

—Dios mío, ¿cuánto llevo ingresada aquí?

—Seis días.

—¡Tengo que llamar a Kronos! ¡Debe de estar preocupado!

Trató de apartar las mantas, pero se mareó. Estaba muy débil todavía, apenas llevaba unos minutos despierta, era pronto para levantarse.

—Erika, hey, Erika; vamos, túmbate.

Mikel la obligó a recostarse. Su compañera se resignó, demasiado vulnerable como para intentar zafarse de él. Sus mejillas se habían coloreado por el esfuerzo.

—Kronos sabrá que estás bien, te lo aseguro. Todo el mundo está ya enterado de lo que ha pasado en Nytt Håp.

—No sé si quiero saberlo.

—Bueno, no pinta mal. A estas horas el comité polar internacional ha tomado cartas en el asunto. Ya han trasladado los restos de los cuerpos del personal fallecido a Noruega y han abierto una investigación.

—El incendio... —Imágenes vívidas de las llamas devorando la base acudieron a su mente.

—Sí, no dejó mucho de ellos, pero han podido rescatar los restos. En cuanto a Kronos, te prometo que sabe bien dónde estás y cómo estás. Luego lo llamas.

—Pero hace días que no hablo con él —musitó.

—Luego te traigo un teléfono.

Erika suspiró.

—¿Qué pasó en esa gruta? —preguntó Mikel—. Nils me lo ha contado todo sobre Mjolnir Hove, pero aún no sé cuánto sabes tú, cómo lo encontraste.

Erika le relató entonces lo que había descubierto. A medida que desgranaba la historia, fue uniéndola con los retazos que conservaba de lo que había vivido en la gruta de Hove. Se estremeció al reconocer la verdad en lo que Nils le había confesado a su compañero. Todo encajaba.

—Lo que no sabes es que fue Einar quien lo ayudó —añadió Erika.

—¿Einar?

—Fue él, todo el tiempo fue él. Al parecer, le remordía la conciencia y lo rescató del sumergible. Pero le faltó el valor para ayudarlo a salir de Nytt Håp, y durante meses lo mantuvo oculto en esa caverna, proporcionándole cuanto le pedía, ayudándolo a vengarse.

—¿Así que Einar se las arregló para hacerse con todo ese material y lo fue llevando todo a la gruta?

—Hizo mucho más que eso. Incluso cogió el exotraje que usé para ir a buscarte. Thorensen debió de volverse loco durante meses sin saber quién les robaba.

Erika compartió con él, despacio, a sorbos, su espantosa experiencia en la guarida de Hove y cuanto había visto y oído en ella. No le resultó fácil revivir la muerte de Einar, decir en voz alta lo que había tenido que hacer para sobrevivir. Cuando terminó de hablar, estaba extenuada y muy pálida.

—Por eso necesito hablar con Kronos. Cuanto antes.

—¿Qué harás cuando vuelvas? —El anhelo palpitó en la voz de Mikel.

La realidad se había abatido sobre él de pronto con rápidas alas, en cuanto el nombre de Kronos había salido de nuevo a colación. Suponía que Erika regresaría a Noruega y sus caminos se separarían. Esa certeza ensombreció su ánimo. La investigación, al menos la parte en que lo necesitaba a él, había terminado.

No quería despedirse.

Si lo hacía, sería para siempre.

—¿Cuando vuelva? Ni siquiera sé si voy a volver, Mikel. No creo que sea muy bien recibida en mi país.

—¿La Kripos? —preguntó con calidez.

Erika enrojeció.

—No puedo volver. A estas alturas ya sabrán cuál ha sido mi papel en todo esto y no puedo darles explicaciones. Mikel, yo...

No podía contarle toda la verdad sobre la Kripos, sobre Kronos, sobre la gente para la que ahora trabajaba. En realidad, ni siquiera estaba segura de que fuera a seguir trabajando para ellos. Primero debía hablar con Kronos. ¿Podía compartir algo así con Mikel? Lo meditó y decidió contarle al menos una parte de la verdad, que ya no trabajaba en la Kripos, que había entregado su placa cuando se dio cuenta de que la agencia se dejaba manipular y que por tanto no iba a poder atrapar a Steffen Thorensen mientras siguiera siendo una de sus agentes. Llevaba demasiado tiempo investigando al comandante como para olvidar su papel en ciertas actividades ilegales relacionadas con la minería en los fondos marinos. Le había seguido la pista hasta que se trasladó a Nytt Håp y se puso al mando de la base, fuera de su alcance. Cuando les llegó la denuncia del asesinato de Björg Stutgard, creyó que tenía una excusa perfecta para presentarse en la base e investigar de primera mano lo que estaba pasando. Cuál no fue su sorpresa al descubrir que Thorensen tenía tanta influencia como para hacer que la Kripos se retirara. Decepción, impotencia... Tantos años de lucha y se daba de bruces con la realidad. Por eso había dejado la placa. Luego apareció Kronos, le habló de cierta organización dispuesta a ayudarla a detener a Thorensen, gente con capacidad para enviarla a Nytt Håp. Le ofrecieron continuar con su investigación, aunque lo haría sin el respaldo al que estaba acostumbrada en la Kripos. Mikel la escuchó atónito.

—¿Una organización? ¿Cuál? ¿La Interpol?

—No puedo decírtelo. Así que, ¿qué voy a hacer cuando vuelva? No puedo volver, ya estoy fuera. He traicionado a la Kripos, ¿comprendes? Desobedecí órdenes directas, me puse en manos de una organización de la que yo misma no sé mucho y fui a buscarte, te arrastré conmigo. Mi obsesión por Thorensen no tiene límites, ¿eh?

Mikel rebuscó en su interior alguna chispa de enojo. Erika le había mentido desde el primer día; sin embargo, no halló en su ánimo el menor rastro de enfado o rencor.

Debería estar furioso. Sin duda, de haber sabido la verdad al principio se hubiera sentido herido, como cuando descubrió que le había ocultado que tenía un satelital, pero ahora las cosas habían cambiado, comprendía por qué Erika se había conducido así. Intuyó que había más cosas que no le estaba contando y decidió que no le importaba. No iba a malgastar el tiempo que le quedaba acumulando despecho. En su lugar, tal vez él hubiera actuado igual.

—Bueno, has resuelto el caso —dijo al cabo de un rato—, puede que eso te redima ante la Kripos.

—Resolver... No crees lo que estás diciendo. No hemos hecho más que rascar la superficie, y lo sabes. Mientras Thorensen siga por ahí, esto no habrá terminado.

—Seguirás investigándolo.

—Ojalá —musitó.

Y Mikel se tragó aquel «ojalá» como si se tratara de una cuchilla de doble filo. No podría acompañarla en ese «ojalá».

Playa de la Zurriola (San Sebastián), un mes después

El mar azul era una balsa apacible. Ese día no había olas, el cielo había amanecido sin una sola nube y la temperatura alcanzaba a las diez de la mañana los diecinueve grados; corría una suave brisa muy agradable. Mikel había bajado a la playa vestido de neopreno y se había metido en el agua. Flotaba con la única compañía de su tabla de surf, sentado a horcajadas sobre ella. Se dejaba llevar, balanceándose perezosamente con las piernas sumergidas hasta las rodillas. A su izquierda, la isla de Santa Clara se alzaba serena, con su corona arbolada y el faro blanco asomando en lo alto. El paisaje era hermoso, digno de un cuadro.

Pensaba en Erika. La había dejado en el aeropuerto de

Punta Arenas un mes atrás y no había vuelto a saber nada de ella. Desde su regreso a San Sebastián, había pasado el tiempo echándola de menos, preguntándose qué estaría haciendo y si finalmente habría regresado a Noruega. La había llamado varias veces. Nunca contestaba. Los primeros días se le habían hecho muy duros, había reflexionado, había paseado por su ciudad, comiendo pinchos en la Parte Vieja y riendo por las noches frente a unas cuantas copas con Unai, Andrea y Aitor, con quienes se había reconciliado. Los tres sabían ya lo de su enfermedad. Había sido duro, pero su respuesta había sido genial. Ojalá se hubiera decidido antes.

Había vuelto a abrazar a sus amigos, a su madre. Había sido como volver a nacer. La Mari se había emocionado al verlo. Lo había estrechado contra su pecho con una enorme fragilidad a flor de piel y lágrimas a punto de verterse por sus mejillas, muy poco consciente del tiempo que había transcurrido sin verlo. Lo había leído en sus ojos, su mente se hundía en las tinieblas, doblegada por el alzhéimer. A su madre no había sido capaz de confesarle que se moría, ¿para qué infligirle tanto dolor?

Y en medio de todo ello, había echado de menos a Erika.

Le gustaba Erika.

¿Dónde estaría?

Había seguido con avidez las noticias internacionales, esperando escuchar en algún momento su nombre, que dijeran algo sobre su paradero. La organización para la que trabajaba debía de ser poderosa, porque ni una palabra respecto a ella se había colado en los informativos ni en otros medios. Erika se había esfumado, y como se habían separado sin horizontes, no tenía la menor seguridad de que fueran a volver a verse.

Remó con los brazos para avanzar un poco, distraído. El agua fluía entre sus dedos, fresca y vital.

La verdad de lo ocurrido en la Antártida había sacudido a la comunidad internacional, poniendo sobre el tapete un asunto de delicada importancia: el futuro del tratado. Se había destapado una actividad ilegal que vulneraba el acuerdo suscrito, por el cual ningún país podría buscar recursos en ese continente. Por no hablar de las armas que Thorensen había introducido junto a la maquinaria, de la atroz destrucción que había llevado a cabo en un ecosistema primigenio de incalculable valor y de los asesinatos cometidos en la base. El Gobierno noruego negaba cualquier vínculo con las actividades del comandante y sus hombres, y aseguraba desconocer por completo lo que se había estado haciendo en Nytt Håp, aunque eso desde luego lo dejaba en muy mal lugar, por cuanto ese desconocimiento denotaba negligencia e incompetencia, o falsedad y un torticero interés en la explotación de lugares aún vírgenes como la Antártida.

La imagen de Noruega estaba en entredicho. No estaba siendo precisamente un ejemplo en el Ártico, donde buscaba activamente petróleo empleando métodos cuyo impacto en un medio tan delicado podía ser irreversible. Pese a la presión internacional, sus barcos continuaban con sus espeluznantes sondeos sísmicos para mapear el lecho marino en busca de petróleo. El Gobierno noruego había salido al paso de las acusaciones que los medios estaban vertiendo sobre el país asegurando que investigarían el escándalo en la Antártida hasta depurar responsabilidades.

Al menos, algo bueno había salido de todo aquello: la presión social para que los miembros del tratado se comprometieran a proteger la Antártida, y la declararan espacio protegido para siempre, crecía día a día.

Nils y Od habían regresado a Noruega y se habían entregado a las autoridades, ante las que habían testificado. Las consecuencias de su implicación, aunque hubiesen actuado bajo coacción, aún estaban por ver, pero era indudable que su valioso testimonio y las duras circunstancias por las que habían tenido que pasar las atenuaría.

San Sebastián bullía llena de vida a sus espaldas. El paseo de la Zurriola estaba atestado de gente paseando, y el barrio de Gros, con sus bares y plazas bulliciosas, hervía de actividad. El edificio del Kursaal se alzaba imponente junto a la desembocadura del río Urumea, con su mole cúbica recortándose contra el intenso cielo azul. Aspiró con fuerza el aire con sabor a mar.

Aitor y él habían hablado mucho sobre su enfermedad.

Rememoró su llegada a Loiu. Había telefoneado a su amigo antes de coger el vuelo desde Chile, y Aitor había ido a recogerlo al aeropuerto vizcaíno. Se habían abrazado largo rato, muy emocionados. Aitor había llorado de felicidad, había sufrido mucho creyendo que su viaje a la Antártida era un viaje sin retorno.

Y así habría sido de no ser por Erika.

Aitor había querido saber qué pensaba hacer.

Ya había tomado una decisión.

Algo había cambiado en él. Su experiencia extrema en aquel lago había disipado su miedo y su rebeldía ante la muerte.

Remó despacio mientras meditaba sobre ello. Había cambiado tanto su percepción de las cosas que en el mismo aeropuerto le aseguró a Aitor que iba a volver a ver a su oncóloga. Y para demostrárselo, la llamó delante de él. A su llegada a San Sebastián, lo sometieron a una batería de pruebas para ver en qué estadio se encontraba su tumor. Suponía que pronto le darían los resultados. La doctora Isabel Larrañaga se alegró muchísimo de volver a verlo y le aseguró que lo acompañaría hasta el último momento, que haría todo cuanto estuviera en su mano para que tuviera un final lo más apacible posible, y le explicó un largo etcétera de cosas que debía tener en cuenta para estar preparado.

Mikel sonrió con sorna. Un final apacible. En fin...

Al menos, ahora se sentía en paz.

Se tumbó boca arriba sobre la tabla y dejó que el sol bañara su cuerpo. El mar lo mecía suavemente.

Sí, estaba haciendo las cosas bien. Podría despedirse de sus amigos, disfrutarlos a ellos y a su madre al máximo, permitiéndoles despedirse.

Pero ¿y Erika? ¿Qué le diría si finalmente se ponía en contacto con él? ¿Lo llamaría, como había prometido, para hacerle saber cuáles serían sus próximos pasos? Le gustaría que lo hiciera.

Necesitaba contarle la verdad. La verdad sobre su tumor.

Y despedirse también de ella.

Se quedó en el mar durante una hora más disfrutando de la tranquila mañana, del pulso tranquilo de su corazón, de la paz interior con que había logrado volver de la Antártida. Luego regresó a la playa y empezó a cambiarse. Dejó caer el neopreno sobre la arena caliente.

Se estaba enfundando los vaqueros cuando su móvil sonó. Lo tenía en su bolsa de deporte. Se secó las manos en la pernera del pantalón y lo cogió. Era la doctora Larrañaga.

No pudo evitarlo, se le encogió el estómago.

—Hola, Isabel.

—Mikel, ¿cómo estás?

—Estoy bien, la verdad.

—Me alegro.

Mikel apretó el móvil con los dedos. Se dejó caer en la arena y enterró los pies desnudos en ella, de cara al mar, ese mar tan azul en el que se sumergía cada día.

«Tranquilo —se dijo—, no será nada que no sepas ya».

—Mikel, tengo los resultados de las pruebas que te hemos hecho y..., bueno, no sé cómo explicarlo.

—Por favor, Isabel, dilo ya. ¿Qué es?, ¿metástasis?

—¡No! Mikel, tu tumor... ¡no está!

—¿Cómo que no está?

—¡Que ya no hay tumor! No lo sé, no sé... No hay lugar a dudas, tu cerebro está limpio.

—Venga, Isabel...

—No, no, Mikel, por Dios, no bromearía con algo así. Verás, lo extraño es que sigues dando altos indicios tumorales en sangre, y sin embargo el tumor ha desaparecido. Por completo. Y hay más. Hemos detectado algo muy extraño en tu organismo, algo desconocido, un microorganismo. Nunca hemos visto nada igual, su ADN es más de un trece por ciento distinto al de cualquier ser vivo conocido, ¡algo insólito! Creo que puede ser algo que hayas traído de la Antártida. Necesito que vengas para hacerte más pruebas y determinar de qué se trata.

¿Un microorganismo desconocido?

Mikel se puso pálido, su corazón latía a gran velocidad. Empezó a pensar en aquella criatura bioluminiscente del lago. Erika decía que había salido de él.

—Mikel, ¿estás ahí?

—Sí, sigo aquí.

—Escucha con atención, porque puede que esto esté relacionado de algún modo con tu curación, de ser así estaríamos ante algo muy importante. Tienes que venir enseguida.

Erika estaba a punto de aterrizar en el aeropuerto Willy Brandt de Berlín. Se ajustó el cinturón. Ya no llevaba el aparatoso vendaje con que envolvieron sus manos en el hospital de Punta Arenas e incluso podía doblar los dedos casi con normalidad, pero aún debía curar sus heridas regularmente, dos veces al día, y procurar no hacer nada con las manos que pudiera dañarlas. Había transcurrido un mes desde que dejara la Antártida, y había tenido tiempo para recuperarse y descansar. Regresó a Noruega, aunque de puntillas, sin ver a nadie, porque necesitaba ir a su casa y recoger sus cosas. No pensaba quedarse, únicamente tomarse unos días en el único puerto seguro con que contaba, su hogar. Había sido sincera respecto a eso con Mikel: no iba a quedarse en Noruega, ni volvería a su antigua vida en la Kripos. No había movido un dedo para contactar con sus antiguos jefes, ni ellos la habían llamado pese a que su nombre aparecía en todos los informes del caso. Debían de estar furiosos por que hubiera ido a Nytt Håp a sus espaldas. Pero no habían abierto diligencias contra ella. Eso de por sí ya era muy significativo. Tal vez finalmente no hubiera comité disciplinario, tal vez temían las repercusiones mediáticas.

O tal vez detrás de todo eso estaba la organización para la que trabajaba.

Aún debían de contar con ella, porque dos días atrás Kronos la había vuelto a llamar y la había convocado en Berlín. No le había explicado para qué, salvo que tenía un vuelo de ida reservado a su nombre. Su futuro se abría incierto ante ella, lo cual le suscitaba muchas dudas. Esperaba que la hubieran convocado para ofrecerle seguir con la investigación sobre Thorensen. Al fin y al cabo, habían sido ellos quienes la habían reclutado después de que renunciara en la Kripos, y, si de algo estaba segura, era de que ese asunto no estaba cerrado, no habían hecho más que destapar la punta del iceberg.

Se estremeció al evocar ciertas cosas.

Y eso la llevó a pensar en Mikel.

Miró por la ventanilla rememorando todo lo que se dijeron y lo que no. Le costó mucho despedirse. Se abrazaron durante largo rato, y ella deseó besarlo como nunca antes a nadie, pero no se atrevió. Ahora se arrepentía. Le prometió que lo llamaría para contarle sus planes en cuanto pusiera en orden sus cosas, pero no estaba segura de que fuera posible volver a verlo. Por eso había rechazado sus llamadas sistemáticamente.

Y había transcurrido un mes.

Se arrepentía. Seguramente ya era tarde. Mikel no había insistido más. Habría vuelto a su vida en el mar, a su proyecto en Urpekari.

El avión aterrizó y, en cuanto las luces se encendieron y las azafatas les dieron permiso, los pasajeros empezaron a moverse. Erika cogió su pequeña maleta del portaequipajes. Quitó el modo avión de su móvil y se lo guardó. Pero antes de que hubiera pasado un minuto, el aparato zumbó en el bolsillo de su cazadora de cuero marrón. Era Kronos.

—¿Ya has aterrizado?

—Ahora mismo.

—Te estoy esperando.

—¿Vas a contarme de una vez qué pasa?

—En cuanto te vea, en unos minut...

—Adelántame algo. Por favor, Kronos. Me lo debes.

—Bueno, supongo que ya puedo decírtelo: estamos muy contentos contigo. Nos alegramos de haberte reclutado y consideramos que te has convertido en un activo muy valioso. La información que recabaste sobre Thorensen ha resultado crucial para el futuro de la investigación. Esperamos poder contar contigo en el futuro y...

—¿Y?

—Y tenemos una pista sobre Thorensen.

Erika sonrió. El telón subía mostrándole el futuro. Al fin.

—Caramba...

—¿Debo suponer que sigues a bordo?

Erika avanzaba más animada por el pasillo central del avión, con un montón de gente delante y detrás. Si estaba en ese vuelo era porque aceptaba, Kronos buscaba oírselo decir.

—Quiero montar mi propio equipo —dijo con seguridad—, y quiero que Mikel Ibarra forme parte de él.

—¿Confías en él?

—Totalmente. Si no es con Mikel, no iré a ninguna parte.

Erika colgó con gran regocijo. Su corazón volaba queriendo salirse de su pecho. Se llevó los dedos a las mejillas. Ardían... Bufó inquieta. Aún no contaba con autorización, pero no le cabía duda de que aceptarían. Pondría sus propias reglas, trabajaría a su manera. ¿Aceptaría él seguir a su lado?

Quiso creer que sí.

NOTA DE LA AUTORA

En octubre del 2022 falleció mi madre. He querido dedicarle unas palabras, porque no llegó a leer esta novela, pese a que deseaba mucho hacerlo, y me siento en deuda con ella. Verás, no se la quise enseñar hasta que estuviera acabada; supongo que quería que la disfrutara en su mejor versión. Sin embargo, al final se marchó y no pudo ser.

Esta novela habla de supervivencia, y mi madre era una superviviente nata. Sobrevivió a la dura vida que le tocó en suerte, sobrevivió al dolor que la acompañó casi toda su existencia, sobrevivió con su coraje, con esa sonrisa que siempre iluminaba su semblante. En cierto modo mi madre me recuerda mucho a Erika Oblyakov. Era una roca, inamovible, tan dura por fuera como tierna por dentro.

Por eso esta historia es para ella. Va por ti, mamá, allá donde estés.

AGRADECIMIENTOS

Me ha costado mucho escribir esta novela, no porque sea más compleja que otras anteriores, sino porque durante un tiempo perdí de vista lo más importante a la hora de trabajar en un nuevo proyecto: hay que hacerlo con el corazón y no con la cabeza. Se me olvidó disfrutar, apasionarme, y perderme en la historia como suelo hacer.

Menos mal que cuento con vosotros, Pablo y David (Editabundo). Vosotros me hicisteis recordar, volver a soñar, ser yo misma, es gracias a vosotros, a vuestro saber hacer y a la fe que habéis depositado en mí, tal y como soy, que los lectores tienen este libro en sus manos; por vosotros lo reescribí entero disfrutando cada línea con toda el alma.

Y gracias a la editorial Planeta por volver a apostar por mí; a vosotras, Puri y Raquel, y a todo el maravilloso equipo que trabaja con vosotras; a Blanca, a Fátima, habéis logrado hacer de este libro su mejor versión.

Gracias a vosotras y a Pablo y David por acompañarme todo el camino, por comprenderme, por estar a mi lado en uno de los peores momentos de mi vida, cuando me ha faltado mi madre.

Y tengo mucho que agradecer también a mi marido, Jon, y a mi querida hermana, Marga, por haberse mantenido firmes cuando yo zozobraba y haber creído en mí, como hacen siempre, más que yo misma, a Arkaitz Yurrita, por asesorarme en todo lo relativo a la Antártida, por explicarme cómo es aquello y abrirme una ventanita a ese mundo helado y al maravilloso trabajo que se hace allí por el bien de la humanidad y por el futuro de nuestro planeta. Ha sido una suerte poder contar contigo. Gracias, porque sé lo ocupado que estás siempre; eres una persona increíble y generosa.

Y no puedo olvidarme de Juanjo y Marta, ni de Rubén, por ayudarme en todo lo relativo al trabajo de la policía autónoma vasca y en lo que concierne a la dura labor de los forenses; aunque no todo lo que me contasteis está, me ha servido muchísimo y ha sido un placer conoceros y contar con vuestro saber hacer y vuestra experiencia.

Otros títulos de la autora en Booket: